UMA
JANELA
SOMBRIA

UMA JANELA SOMBRIA

O Rei Pastor — Livro 1

RACHEL GILLIG

Tradução
Sofia Soter

Título original: *One Dark Window*

Editora responsável **Paula Drummond**
Editora de produção **Agatha Machado**
Assistentes editoriais **Giselle Brito e Mariana Gonçalves**
Preparação de texto **Theo Araújo**
Revisão **Fernanda Lizardo e Paula Prata**
Diagramação **Carolinne de Oliveira**
Adaptação de capa **Renata Zucchini**
Projeto gráfico original **Laboratório Secreto**
Imagens de capa **Trevillion and Shutterstock**
Design de capa original **Lisa Marie Pompilio**
Capa © **2022 Hachette Book Group, Inc.**

**Texto fixado conforme as regras do Acordo Ortográfico
da Língua Portuguesa (Decreto Legislativo nº 54, de 1995)**

CIP-BRASIL. CATALOGAÇÃO NA PUBLICAÇÃO
SINDICATO NACIONAL DOS EDITORES DE LIVROS, RJ

G397j
    Gillig, Rachel
        Uma janela sombria / Rachel Gillig ; tradução Sofia Soter. - 1. ed. - Rio de Janeiro : Globo Alt, 2024.

        Tradução de: One dark window
        ISBN 978-65-85348-55-3

        1. Ficção americana. I. Soter, Sofia. II. Título.

24-88773
        CDD: 813
        CDU: 82-3(73)

Meri Gleice Rodrigues de Souza - Bibliotecária - CRB-7/6439

1ª edição, 2024 — 4ª reimpressão, 2025

Direitos de edição em língua portuguesa para o Brasil
adquiridos por Editora Globo S.A.
R. Marquês de Pombal, 25
20.230-240 – Rio de Janeiro – RJ – Brasil
www.globolivros.com.br

Para as garotas quietas cheias de histórias na cabeça.
Para seus sonhos — e pesadelos.

PARTE I

AS

Cartas

CAPÍTULO UM

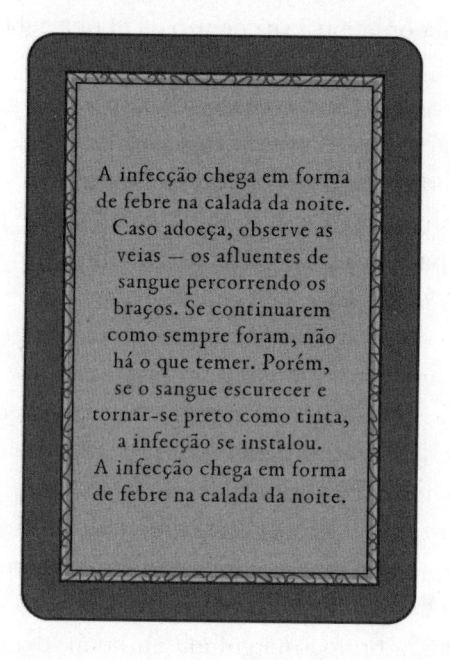

A infecção chega em forma de febre na calada da noite. Caso adoeça, observe as veias — os afluentes de sangue percorrendo os braços. Se continuarem como sempre foram, não há o que temer. Porém, se o sangue escurecer e tornar-se preto como tinta, a infecção se instalou. A infecção chega em forma de febre na calada da noite.

Eu tinha nove anos na primeira vez que os Clínicos vieram à nossa casa.

Meu tio e os homens dele não estavam. Minha prima Ione brincava com os irmãos na cozinha, fazendo barulho, e minha tia não escutou os murros na porta até o primeiro homem de vestes brancas já estar no saguão.

Ela não teve tempo de me esconder. Eu estava dormindo, cochilando que nem um gato na janela. Quando ela me acordou, me sacudindo, foi com a voz cheia de medo.

— Vá para o bosque — sussurrou, antes de abrir o trinco e me empurrar suavemente pela janela.

Para o meu azar, não caí na grama quente sob o sol de verão. Bati a cabeça em uma pedra e pisquei, a náusea e a tontura escurecendo minha visão, e senti minha cabeça doer sob o calor sufocante.

Escutei o movimento dentro da casa — passos pesados, cheios de uma determinação sinistra.

Levante-se, ordenou a voz dentro da minha cabeça. *Levante-se, Elspeth.*

Eu me ergui, trêmula, desesperada para chegar às árvores nos fundos do jardim. A bruma me envolveu e, mesmo sem meu amuleto no bolso, corri em direção ao bosque.

Mas minha cabeça doía demais, então caí de novo, sangue escorrendo pela nuca. *Vão me pegar*, choraminguei, tomada pelo medo. *Vão me matar.*

Ninguém vai matar você, criança, rosnou ele. *Agora levante-se!*

Tentei com todas as minhas forças. Porém, a lesão na minha cabeça tinha sido grave, e depois de cinco passos desesperados — o bosque tão próximo que eu sentia seu cheiro —, caí no chão novamente, desacordada.

Hoje sei que o que aconteceu depois não foi um sonho. Não tinha como ser. Não se sonha enquanto se está desmaiado. Mas não sei do que mais chamar *aquilo*.

No sonho, a bruma mergulhou em mim, densa e sombria. Eu estava no jardim da minha tia, como estivera momentos antes. Via e ouvia — sentia o cheiro, o toque da terra sob minha pele —, mas estava paralisada, sem conseguir mover um músculo sequer.

Socorro!, gritei, com a voz fraca. *Me ajude.*

Passos soaram na minha mente, pesados e urgentes. Lágrimas desciam pelo meu rosto. Eu me encolhi, ainda sem enxergar nada — a visão embaçada como se estivesse tentando abrir os olhos dentro d'água.

Uma dor lancinante se espalhou pelos meus braços, deixando as veias pretas como nanquim. Então comecei a gritar; berrei até o mundo ao meu redor desaparecer, minha visão escurecendo por completo.

Quando despertei, estava debaixo de um amieiro, protegida pela névoa e pela relva densa do bosque. A dor nas veias tinha passado. De algum modo, mesmo com a cabeça arrebentada, eu tinha chegado às árvores. Tinha escapado dos Clínicos. Eu ia sobreviver.

Meus pulmões se encheram de ar e comecei a chorar de alegria, ainda lutando contra a onda de pânico que ameaçara tomar conta de mim.

Foi só ao me sentar que senti a dor nas mãos. Confusa, encarei-as. Minhas palmas estavam esfoladas, e sangue encharcava os dedos, vindo de onde as unhas, imundas, tinham quebrado. Ao meu redor, a terra estava revirada e a grama, arrancada. Algo ou alguém tinha feito aquilo.

Algo — ou alguém — tinha me ajudado a me arrastar pela bruma até um lugar seguro.

Ele nunca me contou como fez meu corpo se mover, como conseguiu me salvar naquele dia. É um dos muitos segredos que guarda, inconfesso, em uma quietude indiferente na escuridão que pastoreamos.

Ainda assim, ali foi quando comecei a temer menos o Pesadelo — a voz na minha cabeça, a criatura de estranhos olhos amarelos e voz suave e fantasmagórica. Onze anos depois, eu não o temo nem um pouco.

Embora devesse.

Pela manhã, segui pela estrada para encontrar Ione no centro da cidade.

Nuvens cinzentas escureciam o caminho e o chão estava escorregadio, coberto por um musgo espesso. O bosque retinha água, pesada e úmida, como se quisesse desafiar a inevitável mudança de estação. Apenas um ou outro corniso se destacava em contraste com o brilho esmeralda, seus tons de laranja-avermelhado vívidos em meio à bruma, flamejantes e imponentes.

Pássaros se alvoroçaram debaixo de um buxeiro, assustados pelos meus passos desajeitados, e voaram fazendo barulho, a bruma tão densa que as asas pareciam perturbá-la. Puxei o capuz para cobrir meu rosto e assobiei uma melodia. Era uma das canções dele, uma das muitas que ele murmurava no fundo da minha mente. Antiga, melancólica e suave em meio ao silêncio. Ecoava em meus ouvidos, agradável, e, quando as últimas notas deixaram minha boca e seguiram seu caminho, lamentei que tivesse chegado ao fim.

Procurei por ele no fundo da minha mente, tateando no escuro. Como não tive nenhuma resposta, segui em frente.

Quando a rota ficou enlameada demais, desviei da estrada e me aventurei pelo bosque, parando ao encontrar um espinheiro com frutinhas pretas e suculentas. Antes de comê-las, peguei meu amuleto do bolso, um pé de corvo, e o girei, enquanto a bruma me envolvia.

Formigas colaram no sumo grudento que escorria pelos meus dedos. Joguei elas para longe com um peteleco, e um gosto forte e ácido queimou minha língua nos pontos em que acidentalmente esmaguei algumas. Limpei os dedos no vestido, cuja lã era tão escura que o líquido se fundia ali, imperceptível.

Ione me esperava no fim do caminho, logo depois das árvores. Nós nos abraçamos e ela enlaçou o braço ao meu, fitando meu rosto sob a sombra do capuz.

— Você não saiu da estrada, saiu, Bess?

— Só um pouquinho — respondi, olhando para as ruas a nossa frente.

Paramos nos limites entre o bosque e Blunder, cuja teia de ruas de paralelepípedo e lojas me apavorava mais do que qualquer floresta macabra. As pessoas se agitavam, e os barulhos humanos e animais soavam altos demais aos meus ouvidos, depois de tantas semanas passadas em casa, no bosque. Ali perto, passou uma carruagem apressada, e os cascos ressoaram com força nas pedras antigas da rua. Do terceiro andar de uma casa, um homem jogou água suja pela janela, o líquido respingando na barra do meu vestido. Crianças choravam. Mulheres gritavam e tagarelavam. Comerciantes anunciavam suas mercadorias, e um sino soava em algum lugar, o pregoeiro de Blunder relatando a detenção de três bandoleiros.

Respirei fundo e acompanhei Ione rua acima. Mais à frente, desaceleramos o passo para dar uma olhada nas barracas dos comerciantes e sentir a textura dos tecidos novos pendurados nas janelas das lojas. Decidindo-se por um embrulho de fita rosa, Ione entregou um cobre ao vendedor e sorriu para ele, revelando a janelinha entre os dentes da frente. Era reconfortante vê-la. Eu sentia muito carinho por ela, minha prima loira.

Éramos tão diferentes, Ione e eu. Ela era franca, genuína. Suas emoções estavam sempre estampadas no rosto, como um mapa, enquanto as minhas eram mascaradas pela compostura cuidadosamente treinada. Ela estava sempre animada, proclamando vontades, medos e tudo o mais em voz alta, como um feitiço de gratidão. Espalhava por aí sua tranquilidade, atraindo pessoas e animais. Até as árvores pareciam se agitar no ritmo de seus passos. Todo mundo a amava. E ela amava todo mundo. Mesmo em detrimento próprio.

Ione não fingia. Ela apenas *era*.

Eu a invejava por isso. Eu era um animal arisco, raramente calmo. Precisava de Ione — de sua aura de simpatia e serenidade —, especialmente em um dia como aquele, meu aniversário, quando eu visitava meu pai.

Ao longe, nos recantos da minha mente, o som de dentes rangendo ecoou, se mexendo devagar. Tensionei minha mandíbula e cerrei os punhos, mas não adiantou — não tinha como controlar suas idas e vindas. Um garoto esbarrou em meu ombro ao passar, demorando o olhar em mim por tempo demais. Abri um sorriso falso e desviei o rosto, passando a mão pelos músculos tensos da testa até sentir minha expressão se suavizar. Era um truque que eu tinha passado anos treinando em frente ao espelho — moldando meu rosto como argila até ter a aparência vaga e recatada de alguém que não tinha nada a esconder. Senti que ele observava Ione através dos meus olhos. Quando falou, foi com uma voz suntuosa. *Menina amarela, suave, leviana. Menina amarela, simples, tão humana. Menina amarela, ignorada. Menina amarela, não será soberana.*

Shh, sibilei, me voltando para minha prima.

Ione não sabia o efeito da infecção em mim. Não toda a verdade, pelo menos. Ninguém sabia. Nem mesmo minha tia Opal, que me acolhera quando eu estava delirando de febre. À noite, quando a febre queimava, ela forrava a porta com lã e trancava as janelas para eu não acordar as outras crianças com os meus gritos. Ela me dava elixir para dormir e cobria minhas veias, que ardiam como brasas, com cataplasma. Lia para mim os livros que antes compartilhava com minha mãe. Ela me amava, apesar do estigma de acolher uma criança contaminada pela febre.

Quando eu finalmente emergira do quarto, meu tio e meus primos puseram-se a me olhar, procurando sinais de magia — qualquer coisa que me denunciasse.

Porém, minha tia fora firme: eu tinha, sim, pegado a febre tão temida em Blunder, mas foi só isso — a infecção não me concedera magia. Nem os Hawthorn nem a nova família do meu pai teriam problemas por serem próximos de mim, desde que a infecção continuasse em segredo.

E, assim, eu continuaria a ter uma vida.

Esse é o segredo para as melhores mentiras: mascará-las com parte da verdade para que se tornem convincentes o suficiente. Durante certo tempo, até eu acreditei na mentira, acreditei que não tinha magia. Afinal, eu não apresentava nenhum dos sintomas mágicos óbvios que frequentemente acompanhavam a infecção — nada de novas habilidades, nada de sensações estranhas. Eu me deixei levar pela ilusão, me considerando a única criança a sobreviver à infecção sem a mácula da magia.

Mas era uma época que eu tentava ignorar — uma época de inocência, antes das Cartas da Providência.

Antes do Pesadelo.

A voz dele se dissipou no vazio, a sombra silenciosa de sua presença retornando para as trevas. Minha mente era só minha de novo, a algazarra da cidade mais uma vez ressoando nos meus ouvidos enquanto eu acompanhava Ione por entre as lojas até a rua do Mercado.

Ecos agudos nos receberam na esquina seguinte; tinha alguém gritando. Ergui meu rosto bruscamente, e Ione pegou minha mão.

— Corcéis — disse ela.

— Ou Orithe Willow com seus Clínicos — falei, apertando o passo e procurando por pessoas em vestes brancas na rua.

Outro grito soou, notas agudas que me causaram arrepios. Virei o rosto para a praça lotada, mas Ione me puxou para longe dali. A única coisa que vi antes de virarmos a esquina foi uma mulher, de boca escancarada em um uivo articulado, a manga da capa arregaçada revelando veias pretas como tinta.

Logo em seguida, ela desapareceu atrás de quatro homens de capas pretas: Corcéis, os soldados de elite do rei. Os gritos nos acompanharam enquanto percorríamos, apressadas, as ruas sinuosas de Blunder. Quando finalmente chegamos ao portão do Paço Spindle, já estávamos sem fôlego.

A casa do meu pai era a mais alta da rua. Parei ao portão, os gritos ainda reverberando em minha mente. Ione, de rosto corado pela caminhada íngreme, sorriu para o guarda.

O enorme portão de madeira se abriu, revelando o amplo pátio de ladrilhos.

Então entramos, Ione tomando a frente. No meio do pátio, cercado por arenito, se erguia um antigo evônimo, a árvore símbolo da família Spindle, plantado pelo meu trisavô. Diferentemente do estandarte escarlate da família, a árvore do pátio ainda se agarrava ao tom escuro de verde, os galhos finos pesando com as folhas céreas. Estiquei a mão para tocar uma, tomando cuidado com a fileira de dentes finos na borda. Não era uma árvore alta e régia, mas era antiga e galante.

Ao lado do evônimo, ainda menor e mais jovem, estava um mostajeiro.

Ao norte do pátio ficava o estábulo e, ao sul, o arsenal. Mas seguimos em frente, em direção aos degraus de pedra diante da casa, onde respirei fundo e voltei a suavizar a expressão antes de bater três vezes na grande porta de carvalho.

O mordomo de meu pai nos recebeu.

— Boa tarde — cumprimentou Balian, estreitando os olhos castanhos ao me fitar.

Ele, como os outros criados da casa, tinha aprendido, havia muito tempo, a desconfiar da filha Spindle mais velha.

Fazia um ano desde minha última visita. Ainda assim, as cores desbotadas da casa me eram familiares, e as tapeçarias e tapetes não tinham mudado nada. Balian acendeu uma vela, e Ione e eu o seguimos, passando direto pela escadaria de cerejeira escura com o corrimão comprido e sinuoso. Não pensei no quanto amava escorregar por aquele corrimão quando era criança, nem no fato de a casa continuar a mesma desde então.

Não pensei em muita coisa.

Balian abriu a porta arredondada que dava na sala de estar. Senti o cheiro da lareira antes do calor, o perfume forte de cedro fazendo meu nariz pinicar. Lá dentro, minha madrasta, Nerium, e minhas meias-irmãs gêmeas, Nya e Dimia, se levantaram das poltronas acolchoadas.

As gêmeas tiveram a educação de sorrir, as covinhas idênticas surgindo nas bochechas redondas. Vi meu pai no rosto delas, especialmente porque a mãe das duas não tinha um rosto de sorrisos fáceis. Minha madrasta me olhou do alto de seu nariz delicado empinado, enroscando a ponta do cabelo branco e comprido, que ia até a cintura, nos dedos finos e enrugados.

Sentando-se novamente, ela parecia um lindo abutre, empoleirado na sua poltrona preferida. De seu lugar, me observava com seus olhos azuis astutos, calculando se valia a pena me consumir.

Ione foi a primeira a entrar na sala, me escondendo da vista de Nerium.

Abracei Nya e Dimia, e minhas meias-irmãs tomaram cuidado para não encostar demais em mim. Quando Balian fechou a porta, Ione e eu nos acomodamos nas poltronas de estofamento elegante que ficavam perto do fogo, a minha a mais próxima da lareira.

A cena era tão rotineira que parecia ensaiada.

Um vaso de íris violeta-escuras decorava a mesinha ao meu lado. Passei os dedos pelas pétalas, com o cuidado de não machucá-las. Sempre tinha íris na sala de estar.

— Que flor sem graça — comentou Nerium, me observando e semicerrando os olhos para as íris. — Não entendo o que seu pai vê nela.

Senti um aperto no peito. Como a maioria das coisas que Nerium me dizia, havia um tom de malícia nas palavras leves e cautelosamente escolhidas. Meu pai sempre mantinha arranjos de íris em casa por um motivo bem simples.

Minha mãe se chamava Iris.

— Eu acho lindas — retrucou Ione, oferecendo um sorriso para mim e um olhar ferino para minha madrasta.

Dimia, que frequentemente ria quando não fazia ideia do que estava acontecendo, soltou uma risadinha nervosa.

— Você está bonita — disse ela, se aproximando de Ione. — O vestido é novo?

Na outra ponta da lareira, senti o olhar de Nya em mim, como se eu fosse um livro que ela era obrigada a ler. Quando devolvi seu olhar, desafiadora, ela desviou o rosto, sua expressão resguardada.

Minhas meias-irmãs não me amavam. Ou, se um dia chegaram a amar, tinham perdido o jeito fazia tempo. Aos treze anos, nascidas sete anos depois de mim, Dimia e Nya eram quase idênticas, indistinguíveis exceto pela pinta clara logo abaixo da orelha esquerda de Nya. Tinham passado a vida toda me observando com a mesma expressão de curiosidade cautelosa, reservando a gentileza apenas uma para a outra.

Troquei algumas palavras com Dimia, o calor da lareira mal me alcançando. Ela me contou que tinha sido convidada para comemorar o Equinócio em Stone, o castelo do rei.

— Eu amo o Equinócio — declarou Dimia, falando mais alto do que a mãe ou a irmã. Ela pegou um biscoito amanteigado da mesinha, seus olhos azuis e sonhadores vagando. Enquanto falava, farelos caíam da boca. — A música... a dança... os jogos!

— Nem todos os jogos são agradáveis — contrapôs Nya, limpando um canto da boca da irmã. — Lembra o que aconteceu ano passado?

Nerium torceu o nariz. Ione franziu a testa. Dimia repuxou a manga da camisa.

Eu não esbocei nenhuma reação, pois não me lembrava — não tinha sido convidada.

— O grão-príncipe Hauth gosta de jogar jogos da verdade com sua Carta do Cálice — explicou Nerium, sem ao menos me olhar. — Começou uma briga entre ele e outro Corcel... acho que foi com Jespyr Yew. Não entendo por que o rei tem uma mulher a seu serviço...

Seu pai está chegando.

Tão abrupta que me sobressaltei, a voz do Pesadelo se esgueirou das sombras, surgindo diretamente atrás dos meus olhos, urgente. *Não está vendo?*

Fiquei imóvel, deixando minhas pálpebras se fecharem. Ali, nas sombras, cada vez mais forte, uma luz azul royal: uma Carta da Providência, a Carta do Poço. Era como um farol de safira, flutuando acima do chão, sem dúvida guardada no bolso do meu pai. Como as outras Cartas da Providência, o Poço tinha o tamanho de uma carta de baralho comum, menor que meu punho fechado. A borda era de veludo antigo.

Era do veludo que emanava a luz, que só eu via. Ou melhor, que só a criatura em minha mente via.

A Carta do Poço era o dote de minha mãe, e valia tanto ouro quanto todo o restante do Paço Spindle. Era uma das doze Cartas da Providência que compunham o Baralho. Descritas em nosso texto antigo, *O velho livro dos amieiros*, as Cartas da Providência não eram apenas o maior tesouro de Blunder, mas também o único modo legalmente permitido de praticar magia. Qualquer pessoa podia usá-las — bastava contato e intenção. Esvazie a mente, segure uma Carta, bata três vezes nela, e o domínio da Carta é seu. Guarde a Carta ou a deixe em qualquer lugar, pois a magia permanecerá. Mais três batidas, ou o toque de outra pessoa na Carta, e o fluxo de magia se interrompe. Porém, se usar uma Carta por tempo demais, as consequências são graves.

As Cartas da Providência eram excepcionalmente raras, de número finito. Quando criança, eu apenas as vislumbrara.

E tocara somente uma.

Estremeci, a lembrança do veludo macio me causando arrepios. A luz azul da Carta do Poço de meu pai ficou mais forte. Quando a porta se abriu, a luz se derramou na sala de estar, um farol reluzindo no peito do gibão.

Erik Spindle. Mestre de uma das casas mais antigas de Blunder. Alto, severo e temível. Pior ainda: já havia sido Capitão daqueles homens convocados para caçar todos os que carregavam magia — como eu.

Corcel até os ossos.

Porém, para mim, ele era mais do que um soldado. Era meu pai. Como os outros Spindle que vieram antes, era um homem de poucas palavras. Quando escolhia falar, era com a voz grave e penetrante, como as pedras pontiagudas que jaziam às sombras de uma ponte levadiça. O cabelo tinha mechas grisalhas, preso na altura da nuca por uma faixa de couro. Assim como Nerium, ele não tinha um rosto de sorrisos fáceis. Porém, quando se virou para mim, o canto de seus olhos azuis se suavizou.

— Elspeth — disse ele.

Ele revelou a mão que até então escondera às costas. Ali, de uma delicadeza dolorosa em seu punho calejado, estava um buquê de flores silvestres. Milefólio.

— Feliz aniversário.

Senti algo engraçado em meu peito. Mesmo depois de tantos anos — da morte de minha mãe, da minha infecção —, ele sempre me dava milefólios em meu aniversário. "O mais belo milefólio", era como ele me chamava quando eu era criança.

Levantei e me aproximei dele, a luz azul ofuscando minha visão. Quando ele pôs os milefólios em minha mão, o cheiro do bosque invadiu minhas narinas. Meu pai devia ter colhido as flores naquela manhã mesmo.

Tentei não olhá-lo nos olhos por tempo demais, senão acabaríamos ficando desconfortáveis com a situação.

— Obrigada.

— Íamos encontrar você no salão — disse minha madrasta a meu pai, com a voz tensa. — Aconteceu alguma coisa?

A expressão de meu pai não revelou nada.

— Vim cumprimentar minha filha na minha própria casa, Nerium. Por você, tudo bem?

Nerium fechou a boca bruscamente, e Ione escondeu o rosto para disfarçar uma risadinha.

Eu quase sorri com a cena. Era tão bom ouvir meu pai me defender. Porém, mais forte do que o músculo repuxando o canto da minha boca era a dor antiga e latente, no fundo do peito, me lembrando da verdade.

Nem sempre ele me defendia.

Naquele momento, a careca de Balian surgiu na sala de estar.

— A comida está pronta, milorde. Pato assado.

Meu pai respondeu com um aceno abrupto de cabeça.

— Vamos para o salão?

Minhas meias-irmãs deixaram a sala de estar, seguidas pelo meu pai. Ione fez o mesmo, e eu fui logo atrás.

Porém, Nerium me alcançou na porta e apertou meu braço com seus dedos ossudos.

— Seu pai deseja que você vá conosco ao Equinócio este ano — sussurrou ela, sibilando cada s. — Mas é lógico que não irá.

Abaixei o olhar para sua mão em meu braço.

— Por que "é lógico que não", Nerium?

Ela semicerrou os olhos azuis.

— Que eu me lembre, da última vez que você foi, passou vergonha com aquele rapaz, cuja mãe, caso queira saber, veio nos ver mais de uma vez, na esperança de encontrá-la.

Fiz uma careta. Quase tinha me esquecido de Alyx. Já fazia anos.

— Você poderia ter contado onde eu moro.

— Para as pessoas me perguntarem por que seu pai a mandou embora? — retrucou ela, e as rugas ao redor da boca ficaram mais acentuadas. — Temos um ótimo acordo, Elspeth. Você se mantém afastada da corte, quieta e escondida, e seu pai paga aos Hawthorn... generosamente, devo dizer... para abrigá-la.

Abrigar-me. Como se eu fosse um cavalo no estábulo do meu tio. Consternada, me desvencilhei dela. O apetite que me restava se fora. Olhei para trás de minha madrasta, em busca de Ione, mas ela já tinha sumido de vista.

— De repente perdi a vontade de comer pato — falei entredentes, e empurrei minha madrasta ao passar e bater a porta da sala. — Você transmitirá meu pedido de desculpas, lógico.

Praticamente escutei o sorriso na voz suave e cruel de Nerium.

— Sempre.

Mantive a compostura até sair do Paço Spindle. Só depois que fecharam o portão atrás de mim, me permiti chorar.

Fiquei de cabeça baixa, meus olhos ardendo com as lágrimas, enquanto andava a passos apressados até a velha igreja no limite da cidade, e meus pulmões doloridos só tiveram alívio quando me vi sozinha nas ruas vazias.

De joelhos, encolhida, eu tossi, a raiva e a mágoa ressoando em um estrépito dissonante no peito.

O Pesadelo se contorceu na escuridão, como um lobo batendo a pata na grama antes de se deitar. *Que pena que fomos embora*, disse ele. *Eu estava adorando a conversa revigorante da querida Nerium.*

Segui caminho, chutando uma pedra com o bico da bota até perdê-la de vista na grama alta que crescia entre a estrada e o rio. *Você logo vai vê-la outra vez*, falei.

E você vai fugir com o rabo entre as pernas de novo?

Queria que eu ficasse lá, depois daquilo?, retruquei.

Sim. Porque fugir, minha cara, é exatamente o que ela quer que você faça.

É mais fácil assim... evitá-los todos. Arfei. *Fugir. É da minha natureza. Além do mais*, acrescentei, a voz inexpressiva, *meu pai não teria me abandonado onze anos atrás caso desejasse mesmo minha companhia. Você sabe muito bem. Então pra que me provocar assim?*

A gargalhada dele escorreu como água nas paredes de uma caverna, ecoando até sumir no silêncio. *Porque, minha cara, é da* MINHA *natureza.*

Eu me sentei à beira do rio, admirando o som suave da água corrente. Mexi nos milefólios, arrancando as minúsculas pétalas amarelas, uma de cada vez. Comprei uma maçã e uma fatia de queijo de um ambulante e fiquei na margem do rio até a luz atrás da bruma baixar no céu. Uma faísca de esperança me perturbava: talvez Ione saísse mais cedo da casa do meu pai para me encontrar — para voltarmos juntas —, mas, quando o sino tocou sete badaladas, ela não apareceu.

Prendi o cabelo em uma trança grossa e espanei a terra da minha roupa, olhando uma última vez para a estrada da cidade antes de apertar o pé de corvo no meu bolso e adentrar o bosque.

CAPÍTULO DOIS

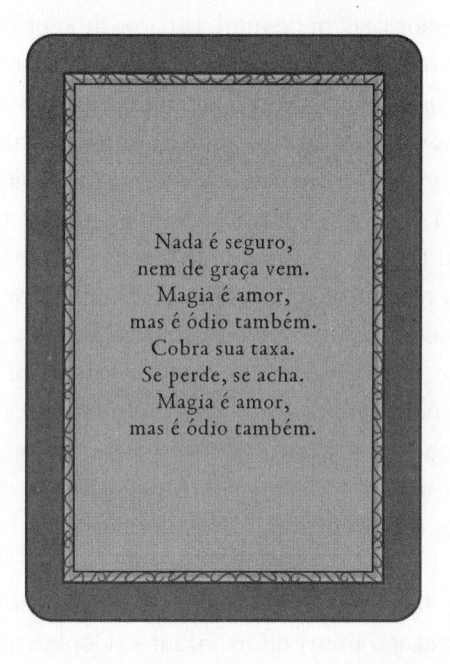

Nada é seguro,
nem de graça vem.
Magia é amor,
mas é ódio também.
Cobra sua taxa.
Se perde, se acha.
Magia é amor,
mas é ódio também.

Tudo começou na noite da grande tempestade. O vento escancarou as persianas da minha janela, e os clarões vívidos do relâmpago jogaram sombras grotescas pelo chão do quarto. As escadas rangiam enquanto meu pai subia, pé ante pé, os gritos da minha criada ainda ecoando pelos corredores em sua fuga. Quando ele chegou à minha porta, eu estava imóvel, delirante, as veias escuras como as raízes das árvores. Ele me tirou da cama infantil estreita e me jogou em uma carruagem.

Acordei dois dias depois no bosque, sob os cuidados de minha tia Opal.

Quando a febre cedeu, todo dia eu acordava ao amanhecer para inspecionar meu corpo em busca de novos sinais de magia.

Mas a magia não veio. Toda noite, ia dormir rezando para ter sido um grande equívoco e para meu pai me buscar.

Eu sentia todos os olhares em mim, criados se afastando com pressa, meu tio me olhando sempre com desconfiança, à espreita. Até os cavalos fugiam de mim, capazes de sentir minha infecção — a persuasão da magia brotando em meu sangue jovem.

No meu quarto mês no bosque, meu tio e seis homens atravessaram o portão a cavalo, os animais pingando suor e a espada do meu tio, sangue. Escondi meu corpo magricela nas sombras do estábulo para observá-los, curiosa ao ver o sorriso triunfante no rosto de meu tio. Ele chamou Jedha, o mestre de armas, e eles conversaram em voz baixa e rápida antes de entrar em casa.

Fiquei nas sombras e me esgueirei atrás deles, pelo saguão, até a biblioteca de mogno, cuja porta de madeira fora deixada entreaberta. Não lembro o que eles conversavam — como meu tio conseguira tirar a Carta da Providência dos bandoleiros —, apenas que estavam tomados pela animação.

Esperei que fossem embora, quando meu tio, tolo, não trancou a Carta, e entrei escondida na sala.

No topo da Carta, li duas palavras: *O Pesadelo*. Meu queixo caiu, e arregalei meus olhos infantis. Conhecia o suficiente d'*O velho livro dos amieiros* para saber que aquela Carta da Providência específica era apenas uma de duas, e continha uma magia formidável e temível. Ao usá-la, ganhava-se o poder de falar com a mente de outrem. Ao usar demais, a Carta revelaria seu medo mais sombrio.

Porém, o que me deixou hipnotizada não foi a reputação da Carta — foi o monstro. Parei diante da mesa, incapaz de desviar os olhos da criatura horrenda ilustrada ali. Tinha pelagem grossa e áspera, que cobria os membros, a coluna corcunda, até o alto da cauda arrepiada. Tinha dedos estranhamente compridos, cinzentos e sem pelos, que terminavam em garras enormes e vis. O rosto não era de homem nem de fera, mas uma mistura dos dois. Eu me debrucei sobre a Carta, atraída pela expressão da criatura rosnando, as presas afiadas aparecendo sob a boca retorcida.

Os olhos dele me paralisaram. Amarelos, brilhantes como tochas, riscados por pupilas compridas como as de um gato. A criatura me fitou, imóvel, sem piscar, e, apesar de ser feita de papel e tinta, senti que ela me observava com a mesma atenção que eu dirigia a ela.

Tentar entender o que aconteceu a seguir seria como consertar um espelho estilhaçado. Mesmo que realinhasse os cacos, restavam rachaduras na memória. Tenho certeza apenas do toque do veludo cor de vinho — a maciez inacreditável nas bordas da Carta do Pesadelo quando deslizei os dedos por ela.

Eu me lembro do cheiro de sal e da dor escaldante que se seguiu. Devo ter caído, ou desmaiado, porque lá fora já estava escuro quando despertei no chão da biblioteca. Senti um arrepio na nuca e, quando me sentei, de algum modo pressenti que não estava mais a sós.

Foi então que escutei, pela primeira vez, o som daquelas garras compridas e vis.

Clique. Clique. Clique.

Eu me levantei em um pulo, procurando por algum intruso na biblioteca. Mas estava sozinha. Só quando se repetiu — *clique, clique, clique* — entendi que a biblioteca estava vazia.

O intruso estava na minha cabeça.

— Olá? — chamei, com a voz fraca.

O tom dele era masculino, sibilante e ronronante — suntuoso e irascível —, sinistro e doce, ecoando pela escuridão da minha mente. *Olá.*

Gritei e fugi da biblioteca. Porém, não havia como fugir do que eu fizera.

De repente, entendi a dura verdade: a infecção não me poupara. Eu tinha magia. Uma magia estranha e horrível. Precisara apenas de um toque. Um mero toque do meu dedo no veludo, e eu absorvera algo da Carta do Pesadelo de meu tio.

Um único toque, e seu poder percorreu os cantos da minha mente, enclausurado.

De início, achei que tivesse absorvido a Carta em si, sua magia. Porém, por mais que me esforçasse, eu não conseguia falar com a mente de outrem. Falava apenas com a voz — o monstro, o Pesadelo. Li e reli *O velho livro dos amieiros* até sabê-lo de cor, em busca de respostas. Na descrição da Carta do Pesadelo, o Rei Pastor escrevia sobre os medos mais profundos trazidos à luz, sobre assombrações e terrores. Esperei pelo medo, sonhos, pesadelos. Mas nada veio. Toda vez que adentrava uma sala escura, eu cerrava a mandíbula para segurar um grito, certa de que ele rasgaria o silêncio com um grito horripilante, mas ele ficava quieto. Ele não me assombrava.

Ele não disse mais nada até o dia em que os Clínicos vieram, quando salvou minha vida.

Depois disso, os sons de suas idas e vindas se tornaram conhecidos. Enigmáticos, seus segredos eram vastos. Ainda mais estranho, o Pesadelo carregava magia própria. Aos olhos dele, as Cartas da Providência brilhavam como tochas, com as cores únicas de suas bordas de veludo. Com ele preso em minha mente, eu também enxergava as Cartas. E quando pedia ajuda, eu ficava mais forte: podia correr mais rápido e por mais tempo, com sentidos mais aguçados.

Às vezes, ele hibernava, como se adormecido. Outras vezes, parecia dominar meus pensamentos por inteiro. Quando falava, sua voz suave e assombrosa entoava enigmas rítmicos, às vezes citando *O velho livro dos amieiros*, às vezes apenas me provocando.

Contudo, por mais que eu perguntasse, ele não me contava quem era, ou como viera a existir dentro da Carta do Pesadelo.

Estávamos juntos havia onze anos.

Por onze anos, nunca contei nada a ninguém.

∗

Era raro que eu andasse pela estrada da floresta à noite, e nunca o fazia sozinha. Olhei de relance para trás, mais uma vez na esperança de Ione aparecer, de enfrentarmos a escuridão juntas, de braços dados.

Porém, o único movimento no limiar do bosque veio de uma coruja branca. Eu a vi pairar da copa das árvores, suas folhas agitadas pela investida da ave. A noite cobria as árvores devagar, e com ela vinham os ruídos dos animais — as criaturas encorajadas pela escuridão. O Pesadelo se remexeu no fundo da minha consciência, me causando calafrios apesar do ar quente.

Cruzei os braços e apertei o passo. Mais algumas curvas e eu veria as tochas do portão de meu tio, me recebendo em casa.

Porém, antes da segunda curva, os bandoleiros me atacaram.

Eles emergiram da bruma como predadores — dois, paramentados com capas compridas e escuras e máscaras que escondiam o rosto todo, exceto pelos olhos. O primeiro me puxou pelo capuz e passou a mão sobre minha boca, abafando o grito que me escapou. O segundo desembainhou do cinto uma adaga com o punho de marfim claro e encostou a ponta no meu peito.

— Fique quieta e não usarei isto aqui — disse ele, com a voz grave. — Entendeu?

Não falei nada, paralisada pelo medo. Eu tinha passado metade da vida caminhando por aquele bosque. Nunca nada me interpelara, nem mesmo um cão — muito menos bandoleiros, ainda mais tão perto assim das terras de meu tio. Eles eram ousados, ou estavam desesperados.

Nas trevas da minha mente, procurei pelo Pesadelo. Ele rastejou com um sibilo, agitado pelo meu medo, desperto e presente.

Assenti para o bandoleiro, com o cuidado de não mexer na adaga.

Ele recuou um passo.

— Como você se chama?

Minta, sussurrou o Pesadelo.

Respirei fundo, trêmula, com o capuz ainda preso na mão do primeiro bandoleiro.

— J-J-Jayne. Jayne Yarrow.

— Aonde está indo, Jayne?

Diga que não tem nada de valor.

Para eles me matarem? De jeito nenhum.

A raiva começou a fervilhar sob o meu medo, a ira do Pesadelo deixando um gosto metálico na minha boca.

— Eu... eu trabalho para o *sir* Hawthorn — consegui dizer, orando para o peso do nome de meu tio assustá-los.

Quando o bandoleiro atrás de mim soltou uma gargalhada seca, eu soube que tinha dito a coisa errada.

— Então sabe das Cartas dele — replicou o homem. — Nos diga onde ele as esconde e a deixaremos ir.

Endireitei as costas e cerrei os punhos. O castigo pelo roubo de Cartas da Providência era a execução em praça pública, lenta e cruel.

Então aqueles não eram bandoleiros comuns, atrás de dinheiro.

— Sou apenas uma faxineira — menti. — Não sei de nada.

— Sabe, sim — retrucou ele, puxando o capuz até o fecho apertar meu pescoço. — Diga.

Me solte, insistiu o Pesadelo, a voz rastejando por entre seus dentes afiados.

Cale a boca e me deixe pensar, retruquei, irritada, ainda de olho na adaga.

— Oi? — chamou o bandoleiro atrás de mim, voltando a puxar o capuz. — Está me ouvindo? Você é idiota?

— Espere — alertou o homem com a adaga.

Não dava para ver o rosto dele atrás da máscara, mas seu olhar me prendia. Quando ele se aproximou, eu me encolhi, sentindo o cheiro de cedro queimado e cravo que emanava da capa.

— Revire os bolsos dela — ordenou ele.

Dedos invasores vagaram pelo meu tronco e pela minha cintura, descendo pela minha saia. Cerrei a mandíbula e mantive o nariz empinado. O Pesadelo ficou quieto, tamborilando um ritmo agudo com as garras.

Clique. Clique. Clique.

— Nada — disse o bandoleiro.

O outro não se convenceu. O que via nos meus olhos — o que desconfiava — era suficiente para manter a adaga bem na altura do meu coração.

— Reviste as mangas — mandou ele.

Me ajude, gritei em pensamento. *Agora!*

O Pesadelo riu — um assobio cruel, como o silvo de uma cobra.

Um calor abrasador se espalhou pelos meus braços. Eu me curvei, com as veias queimando, e reprimi um grito quando o poder do Pesadelo percorreu meu sangue.

O homem atrás de mim recuou.

— O que está havendo com ela?

O bandoleiro da adaga me observou, arregalando os olhos, e abaixou a arma. Foi apenas por um breve momento — mas era tudo de que eu precisava.

Meus músculos ardiam com o poder do Pesadelo. Soquei o peito do bandoleiro com toda a força, arrancando a adaga de sua mão e o jogando de costas no chão. Ele bateu a cabeça com força bem quando o bandoleiro atrás de mim puxou uma espada.

Os reflexos do Pesadelo, contudo, eram mais rápidos. Antes que o bandoleiro conseguisse desembainhar a arma, eu o peguei pelo pulso, apertando até afundar as unhas na pele dele.

— Não volte aqui nunca mais — vociferei, com uma voz que não era inteiramente minha.

Então, com a força absoluta do poder do Pesadelo, empurrei-o da estrada para a bruma.

Galhos estalaram quando ele caiu no chão da floresta, e um xingamento ecoou pelo ar úmido do verão. Não os esperei levantar; já estava correndo — disparando em velocidade total até a casa de meu tio.

Mais rápido, pedi, em meio ao rufar ensurdecedor do meu coração.

Minhas pernas doeram com o esforço, os passos tão firmes e ágeis que meus calcanhares mal tocavam o chão. Quando cheguei à luz amarela das tochas, me joguei contra o muro de tijolos perto do portão de meu tio e me forcei a respirar fundo, meus pulmões queimando.

Olhei para trás, para a estrada, basicamente esperando que eles fossem me perseguir. A escuridão, entretanto, era entrecortada apenas pelas árvores e pela bruma.

O Pesadelo e eu estávamos novamente a sós.

Meus braços ainda ardiam, mesmo depois de meus pulmões se acalmarem. Arregacei as mangas, vendo os afluentes preto-nanquim de magia correrem pelas minhas veias, fluindo do cotovelo ao pulso. Era como naquela noite, onze anos antes, quando a febre me dominara.

Era assim toda vez que eu pedia ajuda ao Pesadelo.

Esperei a tinta se dissipar, rangendo os dentes para conter a dor ardente. *Eles perceberam que eu fui infectada?*

Eles são ladrões de Carta. Se denunciarem você, vão se denunciar também.

Alguns momentos depois, o calor passou, sua memória fazendo apenas cócegas em meus braços. Eu me recostei no muro de tijolos e respirei fundo, com dificuldade. *Por que arde toda vez?*, perguntei.

O Pesadelo, contudo, já começara a desaparecer no abismo sombrio da minha mente. *Minha magia anda*, disse ele. *Minha magia morde. Minha magia abranda. Minha magia é forte. Você é jovem, e lhe falta coragem. Eu não hesito, aos quinhentos anos de idade.*

CAPÍTULO TRÊS

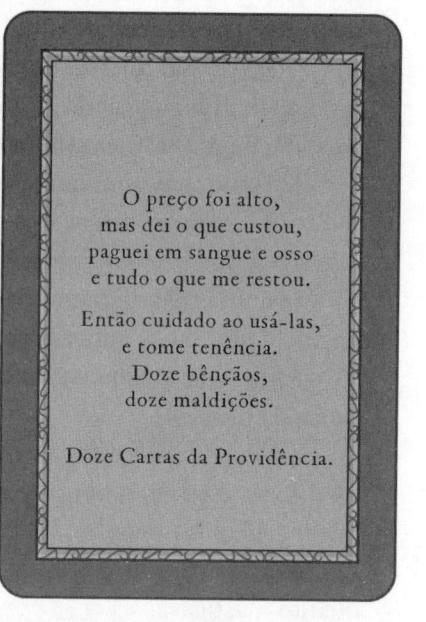

Nasci com a febre,
sangue noturno e escuro,
a magia robusta, com seu
poder eu perduro.
Meu alvo não tinha fim,
minha ambição
sempre vasta,
então pedi por mais benção,
por poder que não basta.
A Alma me alertou que
não há nada de graça,
que barganha e acordo
pedem energia escassa.

O preço foi alto,
mas dei o que custou,
paguei em sangue e osso
e tudo o que me restou.

Então cuidado ao usá-las,
e tome tenência.
Doze bênçãos,
doze maldições.

Doze Cartas da Providência.

O mensageiro veio quando estávamos sentados à mesa do café. Meus primos mais novos brigavam pelos biscoitos quentinhos enquanto Ione e eu tomávamos chá. Quando o mordomo entrou no salão, Ione se levantou em um pulo e, com os olhos castanho-claros brilhando, rasgou o envelope.

— Isso — sibilou ela pelo espaço entre os dentes.

Minha tia gesticulou com a faca de manteiga. Ione, com as maçãs do rosto arredondadas, praticamente saltitando, entregou a carta à mãe. Minha tia analisou a caligrafia elegante por vários momentos até meu tio, impaciente do outro lado da mesa, questionar:

— E então?

— Fomos convidados a passar o Equinócio em Stone — contou ela, franzindo o nariz.

Ione soltou um gritinho triunfante, e o bigode grisalho de meu tio tremeu quando ele curvou os lábios em um sorriso. Cruzei as mãos no colo, já procurando um pretexto para não ir à comemoração do rei.

— Não fique feliz assim — disse minha tia, entregando a carta ao marido. — Ainda estamos devendo os impostos do ano passado, e o rei Rowan está indo atrás de cada moedinha.

Ela contorceu as mãos, apertando a saia.

— Na cidade, dizem que foi a pior colheita do reino em muito tempo — acrescentou ela.

Do outro lado da mesa, meus primos brigavam pela última linguiça, usando os talheres de ferro como armas de guerra.

— Por que a colheita foi ruim? — perguntou Lyn. — Por causa da bruma?

— Que diferença faz a colheita? É o Equinócio! — exclamou Ione, e se virou para o pai, em êxtase. — Vamos, pai? Por favor, diga que vamos!

Meu tio passou geleia de morango no pão e grunhiu enquanto mastigava.

— Sim, Ione. Vamos, sim.

A garota soltou um gritinho alegre, contraposto pela minha tia, que tossia diante de sua xícara de chá.

— Vamos? — questionou ela.

Meu tio comeu mais um pedaço de pão e se afastou da mesa. Um instante depois, voltou, e uma luz cor de vinho emanava de seu bolso. Ele tirou do paletó uma Carta da Providência. Acariciou por um momento a borda cor de vinho e a largou na mesa, acabando com a calmaria matinal que eu sentia.

Fiquei paralisada. Estava olhando para a Carta do Pesadelo — a mesma que eu tocara onze anos antes.

— Pronto, o imposto está resolvido — disse meu tio. — Vale mais do que devemos, e ainda sobra.

O único ruído na sala foi de cadeiras rangendo, quando minha tia e meus primos se debruçaram na mesa para olhar melhor.

— É...? — sussurrou Ione.

— A Carta do Pesadelo — respondeu minha tia, e voltou a olhar para meu tio, pálida. — Os reis de Blunder procuram por esta Carta desde antes de eu nascer, Tyrn. Onde você a conseguiu?

— Peguei de um bandoleiro na estrada há alguns anos.

— E não pensou em me contar?

Meu tio olhou, cansado, para a esposa.

— Eu estava guardando — explicou ele, e olhou de relance para Ione —, para o caso de precisar dela.

Meu tio sentou-se, gordo e grisalho, como sempre, à cabeceira da mesa. Porém, havia algo estranho em seu olhar; algo em seu sorriso que eu nunca vira. Certa falsidade.

Apesar das perguntas de minha tia, ele não deu mais detalhes de como conseguira a Carta do Pesadelo — nem mencionou o sangue que eu vira em sua espada no dia em que ele a trouxera para casa. Eu me recostei na cadeira e o observei, paralisada ao pensar que conhecia meu tio muito menos do que imaginava.

— O que é isto aí? — perguntou meu primo Aldrich, se esticando e semicerrando os olhos, franzindo o cenho, para enxergar melhor a criatura na Carta.

— É um monstro — sussurrou Lyn, esticando a mão para tocá-la.

— Não! — gritou Aldrich, puxando o braço do irmão. — É muito antiga. Você vai rasgar.

Meu tio riu.

— Sua mãe não anda lendo *O velho livro* para vocês?

Meus primos não disseram nada, então meu tio pegou a Carta e a segurou entre os polegares e indicadores. Quando ele a puxou, como se fosse rasgá-la, eu escutei meu próprio arquejo.

Contudo, a Carta não rasgou.

Meu tio a colocou de volta na mesa, o pergaminho velho, porém intacto.

— As Cartas da Providência são indestrutíveis — disse ele para os filhos. — São forjadas por magia antiga.

Lyn se esticou e falou bem na cara do irmão. Por ser um ano mais velho, Lyn gostava de fazer papel de tutor, tendo Aldrich como pupilo relutante.

— Ele está falando da magia do Rei Pastor.

Aldrich o afastou com um tapa.

A voz de minha tia estremeceu, como se gasta:

— Magia concedida a ele pela Alma do Bosque, que ele então usou para criar as Cartas da Providência.

— *Concedida...* — resmungou meu tio. — Foi infectado, isso sim.

O ranger dos dentes do Pesadelo ecoaram pela minha mente quando ele tensionou e relaxou o maxilar. *Um coração de ouro ainda apodrece. O que escreveu, o que fez, foi o vazio que merece. As Cartas são armas, o reino, tirano. Pastor da tolice, Rei do insano.*

Ione tocou o veludo cor de vinho da Carta do Pesadelo. Eu me encolhi, me lembrando do toque daquele veludo na minha pele.

— Deve ter grande valor para o rei Rowan — disse.

Meu tio voltou o olhar para ela.

— Tem, sim, minha filha — concordou ele, e seu sorriso não era mais falso, mas continuava inquietante. — Estou contando com isso.

O exemplar d'*O velho livro dos amieiros* de minha tia, que ela tinha compartilhado com minha mãe, estava caído no chão da sala de estar. Eu o peguei, sentindo o toque familiar da capa gasta. O livro cheirava a couro velho, e a encadernação era frágil, rachada pelo uso e pelo tempo. Na folha de guarda estava o nome de minha tia, com o sobrenome que um dia compartilhara com minha mãe — seu nome antes de o pai assinar um contrato de casamento com Tyrn Hawthorn.

Opal Whitebeam. E ao lado, escrito na letra rebuscada de minha mãe, o nome dela também: *Iris Whitebeam*.

Folheei as páginas amareladas. Assim como meus primos, quando criança, eu tinha curiosidade pelas Cartas da Providência — pela magia. Minha mãe me deixava subir em seu colo enquanto ela lia seu exemplar d'*O velho livro dos amieiros*. Ela desenhara com tinta verde nas margens, imagens espiraladas de árvores, donzelas e monstros. Quando lia para mim, seu cabelo preto caía nos ombros, e eu enrolava a ponta das mechas no dedinho, perdida no ritmo da linguagem estranha e misteriosa do livro.

Em certo Equinócio de primavera, minha mãe e eu tínhamos ido visitar minha tia Opal. Ione e eu costumávamos nos aconchegar como gatinhas no tapete de lã, de olhos arregalados, enquanto minha mãe e minha tia respondiam a nossas dúvidas sobre o estranho livro do Rei Pastor.

— Por que o Rei Pastor fez as Cartas da Providência? — eu tinha perguntado. — Como ele as criou?

Minha tia abaixara os óculos de leitura e me fitara com uma solenidade rara.

— Para responder a isso, precisamos voltar à Alma do Bosque.

Senti um calafrio, apesar do calor que emanava da lareira. A descrição que o Rei Pastor fazia da Alma do Bosque era o tipo de coisa que aterrorizava minha imaginação fértil de criança. Uma divindade eterna, com cheiro de magia — de sal —, que se esgueirava, invisível, pela bruma.

— Há muito tempo — dissera minha tia —, antes das Cartas da Providência, a Alma do Bosque era nossa divindade. O povo de Blunder a procurava, vagando no bosque atrás do cheiro de sal. Pediam a ela por bênçãos e dádivas. Honravam seu bosque, e adotavam os nomes de suas árvores como sobrenomes. Como os nossos Whitebeam, que significa mostajeiro-branco, e Hawthorn, o pilriteiro. Era a magia antiga... a religião antiga.

Ela franzira a testa.

— Por sua reverência, a Alma do Bosque concedeu ao Rei Pastor uma magia estranha e poderosa. Ele queria compartilhar a magia com o reino, então criou as doze Cartas da Providência — continuara ela, em tom solene. — Mas tudo tem seu preço. Por cada Carta, o Rei Pastor entregou algo à Alma do Bosque.

— Como o próprio espírito? — perguntara Ione, roendo as unhas.

Minha tia confirmara.

— Mas, no fim, foi a Alma do Bosque quem pagou. Com as Cartas da Providência do Rei Pastor, o povo tinha magia ao alcance de suas mãos. Não precisava mais ir ao bosque, suplicar por sua benção. Sem ser venerada, a Alma tornou-se vingativa, traiçoeira.

Ela fizera uma pausa.

— Então a Alma criou a bruma, para atrair o povo de volta ao bosque.

Eu era muito nova, mas, mesmo naquela época, sabia que deveria temer a bruma.

— Aqueles que a encontravam perdiam o caminho e, muitas vezes, a cabeça também — contara minha mãe. — A bruma se espalhou, nos isolando dos reinos vizinhos. Pior, as crianças que se misturavam à bruma adoeciam de febre, que escurecia suas veias. Aquelas que sobreviviam frequentemente acabavam com dons mágicos, como aqueles que a Alma concedia, porém mais rebeldes... mais perigosos.

A voz dela tremera, e ela levara a mão ao pescoço antes de continuar:

— Mas essas crianças definhavam com o tempo. Algumas sofriam danos físicos, outras, mentais. Poucas chegaram à vida adulta.

Ione e eu tínhamos ficado paralisadas, absortas pela história, ainda muito jovens para compreender os perigos do mundo em que vivíamos com tanta inocência.

— Para dissipar a bruma, o Rei Pastor entrou nas profundezas do bosque para fazer um último acordo com a Alma. Quando voltou, escreveu isto — contara minha tia, indicando o livro no colo. — Escreveu sobre os perigos da magia e sobre como se proteger na bruma usando um amuleto.

Minha tia fizera uma pausa para efeito dramático.

— Na última página, o Rei Pastor escreveu sobre como destruir a bruma.

— Leia! — Ione e eu tínhamos pedido, em uníssono.

Minha tia pigarreara, levando ao rosto os óculos de leitura.

As doze se atraem quando se estende o escuro —
Quando encurtam os dias e o poder da Alma é puro.

Convocam o Baralho, e o Baralho as leva.
Se nos juntarem, elas dizem, afastaremos a treva.

Na árvore que batiza o Rei, com sangue preto de sal,
As doze, se juntas, curarão todo o mal.

Iluminarão a bruma do mar à montanha.
Recomeços — novos fins...

Mas não é gratuita a barganha.

Eu tinha soltado um gritinho, o ritmo assombroso soando como seda aos meus ouvidos. Ione e eu tínhamos nos entreolhado, curvando os lábios em sorrisos, cobertas pelas sombras deliciosas que emanavam das palavras do Rei Pastor.

— As Cartas. A bruma. O sangue — dissera minha mãe, com a voz tão suave que saiu em um sussurro. — Estão todos entrelaçados, em um equilíbrio delicado, como uma teia de aranha. Se unirem as doze Cartas da Providência e o sangue preto de sal, a infecção será curada. Blunder se verá livre da bruma.

— Mas o Rei Pastor não dissipou a bruma nem curou a infecção — contara minha tia, com a voz tensa. — A Alma o enganou e o ensinou a dissipar a bruma apenas depois de ele entregar a ela sua Carta dos Amieiros Gêmeos. Sem sua última Carta, o Rei Pastor não pôde unir o Baralho. Então nunca conseguiu dissipar a bruma. Nenhum rei conseguiu.

— Nenhum rei conseguirá — comentara minha mãe. — Pelo menos não enquanto não encontrarem a Carta dos Amieiros Gêmeos e completarem o Baralho. Até lá...

Ione e eu tínhamos nos entreolhado, assombradas.

— A bruma continuará a se espalhar.

Encontrei minha tia na horta, aonde o marido raramente ia, cantando sozinha. Ela preferia estar ali, em meio ao verde e longe da algazarra da casa. O cabelo dourado e fino caía pelas costas em cachos rebeldes. Com terra debaixo das unhas e rugas no canto dos olhos, Opal Hawthorn não era refinada ou delicada como as outras damas de Blunder. Ela e meu tio — um homem de escrúpulos limitados, cujo desejo de se tornar um grande cavalheiro de Blunder o fazia gastar mais dinheiro do que ganhava — formavam, nesse sentido, um par nitidamente ruim.

Eu amava a beleza indomada de minha tia. Via o mesmo em Ione. Às vezes, via até o vulto do rosto de minha mãe nas feições que elas compartilhavam.

Peguei uma folha de hortelã e a esmaguei entre os molares. Os pássaros do jardim, pressentindo minha chegada, se calaram. Minha tia se virou e sorriu, me chamando para ver as ervas que colhia.

— Estou preparando uma tintura — disse ela.

Olhei para as verduras musgosas que ela havia macerado com uma substância calcária no fundo do pilão. Quando me aproximei, o cheiro de tanaceto atingiu minhas narinas.

— E o resto, é o quê?

— Casca de salgueiro-branco — respondeu ela. — Para tratar dor de cabeça.

Sentei-me ao lado dela na grama.

— Em relação ao Equinócio, tia... — comecei. — Acho melhor eu não ir.

Ela bufou e voltou ao que fazia, macerando as ervas, sementes e pedra.

—Ah, é?

Aldrich e Lyn passaram correndo pela horta, gritando e empunhando espadas de madeira. Um momento depois, se foram, atravessando o quintal em uma batalha vigorosa. Quando eles se afastaram, eu disse em voz baixa:

— Faz muito tempo que não vou à corte. Além do mais, Nerium ia odiar.

— Esse é um motivo ainda melhor para ir — resmungou ela, apertando o pilão com força. — Aquele rapaz ficaria feliz em vê-la... aquele que lhe manda cartas. Qual é o nome dele mesmo? Alyc?

Soltei um muxoxo. O segundo filho do lorde Laburnum, aquele com olhos da cor dos seixos do rio. O garoto que sentara-se ao meu lado à mesa do rei e me fizera rir quando eu tinha dezessete anos — na última vez que eu fora à festa de Equinócio.

O garoto que, de tamanha tolice e tédio, eu beijara.

— Alyx. Alyx Laburnum.

Minha tia se virou para mim, e um sorriso cheio de expectativa ainda se via no canto de sua boca.

— E não gostamos mais de Alyx, é isso?

Abanei a mão em desdém.

— Talvez eu nunca tenha gostado dele. Talvez ele estivesse apenas... disponível.

Minha tia balançou a cabeça, estalando a língua nos dentes. Porém, seu sorriso aumentou.

— Não será sempre assim. Viver como eremita na casa do seu tio não é digno de uma moça.

A bruxa velha está certa.

Eu me sobressaltei, acidentalmente decapitando uma flor.

Minha tia não notou. Ela tirou do avental um envelope que, ao me entregar, sem querer sujou de terra.

Não fazia diferença. Eu conhecia aquela letra. Era do meu pai. E eu sabia o que ele perguntaria, como perguntava todo ano, quando o rei abria o castelo no Equinócio.

— Ele está se esforçando, Elspeth — disse minha tia, me observando.

Peguei a carta, e minha mão suada borrou os garranchos do meu pai. Eu não estava tentando evitar apenas ele, minha madrasta e minhas meias-irmãs. Havia outro motivo para eu não gostar de ir à corte, ao Equinócio ou ao centro da cidade.

Degeneração. Era o nome que o Rei Pastor dava, n'*O velho livro dos amieiros*, à doença de mente e corpo que acompanhava a infecção. Após a febre, a infecção concedia poderes estranhos, dons mágicos. Porém, tudo tinha seu preço. Para alguns, o preço era óbvio, e esgotava a força vital em uma deterioração lenta e agonizante.

Para outros, como eu, era desconhecido, uma bigorna pesada e invisível que poderia cair a qualquer momento. Parecia-me imprudente me misturar a desconhecidos, sabendo que, a qualquer momento, a degeneração poderia arder em meu sangue. Eu poderia fazer algo horrível na frente do rei, de seus Clínicos e Corcéis, e eles me arrastariam às masmorras. Ou talvez eu adoecesse e, mesmo tentando esconder, me esgotasse completamente.

Como acontecera com minha mãe.

Desviei o olhar de minha tia, tocando as pétalas arroxeadas de uma íris.

—Acho que seria mais fácil para todos se eu ficasse em casa.

Minha tia suspirou e, ao acariciar meu rosto, falou com delicadeza:

— Nunca vou entender de fato o que você viveu. Saiba que você é amada e que terá sempre um lugar aqui, comigo. Mas não deixe uma febre de onze anos atrás impedi-la de viver, Elspeth. Você é jovem. Ainda tem tanto pela frente.

Ela torceu o nariz e voltou a olhar para o que fazia.

— Se você não for para deleite próprio, vá pelo meu — acrescentou ela. — Eu daria tudo para ver Nerium Spindle passar raiva.

Na noite antes de viajarmos ao castelo do rei para o Equinócio, eu tive um sonho.

Eu não sonhava desde que tocara a Carta do Pesadelo. Apesar de seus defeitos, o Pesadelo não perturbava minhas horas de sono.

Não sabia o que ele fazia enquanto eu dormia, e ele não respondia quando eu perguntava. Antigamente, eu achava que ele também dormia, mas, depois de tantos anos juntos, percebi que ele nunca adormecia. Apenas desaparecia, indo para uma parte inalcançável da minha mente. Lá, fazia silêncio, e, quando eu dormia, ele vagava livre, sem o fardo da corrente — extremamente ruidosa — dos meus pensamentos.

Foi como se, naquele momento, eu o invadisse.

No sonho, eu estava em uma sala antiga, coberta por videiras. O teto de madeira velha tinha apodrecido, revelando feixes de luz sob uma copa verde. Pássaros piavam, farfalhando acima de mim, e o dia de verão era quente e límpido, apesar da pedra fria e gasta que me cercava.

Eu não lembrava como tinha chegado ali. Assim como qualquer sonho, não tinha começo nem fim. No meio da sala se encontrava uma rocha, da largura e altura de uma mesa. Sentado na rocha estava um homem, vestido em armadura dourada que perdera o brilho havia muito tempo. Ele tinha certa idade, mais velho que meu pai, e era assustador e severo. Suportava sem vacilar o peso da armadura — sua força tinha raízes profundas. No quadril, portava uma espada antiga e enferrujada, com galhos retorcidos em uma curva entalhada no punho.

Perdido em pensamentos, com a cabeça apoiada nas manoplas, ele não me viu. Arrastando os pés no chão coberto de folhas, esperei que ele me olhasse. Quando ele finalmente me notou, perdi o fôlego, reconhecendo seus aguçados olhos amarelos, felinos e sobrenaturais — de íris largas e pupilas estreitas.

Por um momento, ele fez silêncio. Percebi que eu o tinha surpreendido, invadido um momento — um lugar — que o Pesadelo não pretendia me mostrar.

A sala desapareceu, e o som das aves foi abafado pelo silêncio. As árvores se foram, substituídas por estantes altas que transbordavam de livros, tomos e pergaminhos. Uma mesa robusta de madeira de cerejeira tomou o lugar da rocha. Eu estava na biblioteca de meu tio, incapaz de respirar.

O homem de armadura tinha desaparecido. No lugar dele estava uma criatura, mais animal do que humana. Pelagem preta e grossa crescia pelos ossos protuberantes das costas. Ele se curvava sobre a mesa, e o comprimento dos dedos impossibilitava identificar o fim da carne e o início das garras. O rabo, peludo e comprido, fustigava o ar ameaçadoramente — como um gato furioso —, e as orelhas pontudas tremelicavam, voltando-se para mim.

Eu o observei, com fascínio e pavor emaranhados no peito.

Ele estreitou os olhos amarelos.

— Veio espionar?

Gaguejei, sem saber como responder. Ele estava com raiva, dava para notar. Contudo, eu não tinha escolha nos sonhos. Respirei fundo, tomando coragem.

— Quem era o homem de armadura?

Ele passou uma garra na mesa, arranhando a madeira. Curvou para cima os lábios finos e escuros.

— Alguém que já morreu faz tempo, sinto dizer.

Fiquei parada no meio do tapete de lã de meu tio, sua textura familiar e fria sob meus pés descalços. Como era estranho ouvir uma voz e quase nunca ver o rosto por trás dela. Analisei suas feições, a boca escura e os dentes curtos e afiados. Criatura, Pesadelo, homem — o que quer que fosse, certamente fora feito para assombrar, apavorante o suficiente para qualquer pessoa sair correndo.

Quando as beiradas da biblioteca começaram a esmaecer, eu soltei:

— Ele tinha olhos amarelos.

O Pesadelo estalou a língua nos dentes e sorriu. Então, se empoleirou na mesa de meu tio, me fitando com aqueles mesmos olhos amarelo-ouro.

— Quer ouvir a história? — sussurrou.

As palavras dele ecoaram, o sonho já começando a se dissipar. Eu assenti, e a biblioteca foi engolida pelas sombras.

Restou apenas a voz do Pesadelo, sedosa e infinita.

— Era uma vez uma garota — murmurou ele — reverente e atenta, que se embrenhou nas sombras da mata profunda e benta. Era uma vez também um Rei, determinado a pastorear, que reinava a magia e compôs o velho exemplar. Os dois se uniram, um do outro igual:

"A garota, o Rei... e o monstro que viraram ao final."

CAPÍTULO QUATRO

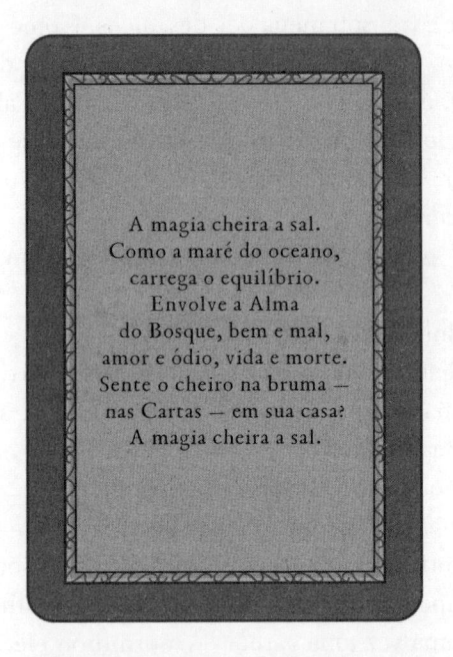

A magia cheira a sal.
Como a maré do oceano,
carrega o equilíbrio.
Envolve a Alma
do Bosque, bem e mal,
amor e ódio, vida e morte.
Sente o cheiro na bruma —
nas Cartas — em sua casa?
A magia cheira a sal.

O rei Rowan vivia em Stone, o castelo nos arredores da cidade, cercado por colinas sem árvores, ricas de colheita. Se as colinas eram belas, eu não sabia. Não as enxergava. Ninguém as enxergava.

A bruma era espessa demais.

Como se tecida em lã de ovelha, mágica e cheirando a sal, a bruma cobria Blunder inteira de cinza. Era mais densa no bosque. Todo ano, expandia, sufocando Blunder e afastando o mundo além dali, invadindo nossos campos e plantações. Se o Baralho das Cartas da Providência não fosse reunido durante os próximos anos, até o centro da cidade — com as estradas e moradias — certamente seria tomado pela névoa.

E a Alma do Bosque caminharia livremente.

Porém, as famílias de Blunder já tinham aprendido, havia muito tempo, a evitar a bruma. Iam caminhando em massa pela estrada, atravessando os imensos portões de ferro para adentrar as terras do rei, incitadas pela promessa do Equinócio — e pela oportunidade de jantar à mesa do rei. Alguns iam de carruagem, mas a maioria, por tradição, viajava a pé. Eu andava de braço dado com Ione, e segurava o fecho da minha capa com a outra mão.

Ao meu lado, Ione enchia meus ouvidos com seu falatório animado.

— O que será que o rei Rowan vai dar ao meu pai pela Carta do Pesadelo? Outras Cartas? Ouro? Terra? Um lugar de honra na corte?

O Rei Pastor fizera 78 Cartas da Providência, em ordem descendente. Eram doze Cavalos Pretos, portados exclusivamente pela guarda de elite do rei: os Corcéis. Onze Ovos Dourados. Dez Profetas. Nove Águias Brancas. Oito Donzelas. Sete Cálices. Seis Poços. Cinco Portões de Ferro. Quatro Foices. Três Espelhos. Dois Pesadelos.

E apenas uma dos Amieiros Gêmeos.

Sendo uma de apenas duas, a Carta do Pesadelo era extremamente rara. Portanto, apesar de os reis de Blunder a buscarem havia décadas, meu tio escolhera guardá-la em segredo por onze anos.

Espreitei meu tio, que caminhava lado a lado com os filhos, atrás de nós. A expressão dele era jovial, seus lábios entreabertos em meio à conversa. Tinha aparado a barba e posto um colarinho de seda mais elegante do que as roupas de costume.

— Imagino que seu pai tenha tido muito tempo para decidir o que negociará com o rei pela Carta do Pesadelo — falei, com a voz sombria.

A voz deslizou pela minha mente, como vento assobiando pela janela. *O pilriteiro dos Hawthorn semeou tão pouco. Caíram as folhas, e o galho é oco. Cuidado com o homem que rouba e barganha. Oferecerá sua alma por uma própria façanha.*

Ione ajeitou o cabelo loiro atrás da orelha.

— Meu pai pediu para eu acompanhá-lo quando for apresentar a Carta ao rei.

Desviei o olhar de meu tio para encarar minha prima.

— Como assim? Por quê?

Ela torceu a boca, coisa que sempre fazia quando estava em dúvida sobre o que dizer.

— Ele quer me apresentar ao príncipe Hauth.

Bufei.

— Me parece um castigo, não uma recompensa.

Ione sempre fora generosa com suas risadas — era uma das muitas coisas que eu amava nela. Ela fazia eu me sentir muito mais engraçada do que era. Dessa vez, porém, ela não riu. Franziu a testa, com o olhar distante.

Aos poucos, finalmente entendi.

— Espere, o tio vai trocar a Carta do Pesadelo... por uma chance de você e o grão-príncipe se conhecerem?

Ione deu de ombros, chutando uma pedrinha no caminho.

— Seria tão horrível assim?

Eu pisquei.

— E como não seria? — abaixei a voz, olhando de relance para trás, ao me lembrar do castelo em que entrava. — O homem é um brutamontes. Os dois príncipes são.

— Como você sabe? — retrucou Ione. — Já os conheceu?

— Eles são Corcéis — respondi, com mais irritação do que pretendia. — Eles foram treinados para serem violentos e horrendos.

— Nem todos. Seu pai mesmo foi capitão não faz tanto tempo assim.

Os músculos da minha mandíbula tremeram.

— Além do mais — continuou Ione —, talvez Hauth seja um rei Rowan diferente daqueles que vieram antes.

O Pesadelo rosnou ao ouvir o nome Rowan, arranhando minha mente com as garras. Eu o calei.

— Por que você acha isso?

— Ele é tão sedutor... atento. Um verdadeiro líder. Talvez, sob o comando dele, os Corcéis sejam símbolo de proteção, não de opressão. Talvez ele seja um rei que não fira aqueles atingidos pela infecção, que permita que eles se recuperem. Um rei de abundância, não de medo. Um rei Rowan melhor.

Cerrei a mandíbula. Quando falei, não soei gentil.

— Esse Hauth Rowan não existe, Ione. Você o inventou.

Minha prima soltou meu braço.

— Se todo mundo fosse desconfiado como você, Bess, Blunder não mudaria nunca.

Minha gargalhada soou vazia.

— Melhor ser desconfiada do que iludida.

Surgiu uma vermelhidão nas bochechas de Ione, uma raiva rara nos olhos castanho-claros.

— Ter esperança não me torna iludida, Elspeth — declarou ela.

Abri a boca para dizer mais alguma coisa, mas Ione saiu pisando forte, me deixando caminhar sozinha, com suas palavras que me aferroaram como vespas. Segui só pelo restante do caminho, já desejando que aquela estadia no castelo real terminasse logo.

Atravessamos a ponte levadiça enquanto o céu escurecia. Aldrich e Lyn jogaram pedras no fosso e gritaram de prazer até minha tia puxá-los pelas orelhas para entrarem no castelo com o restante de nós.

Evitei Ione, andando a passos temerosos para encontrar meu pai e minhas meias-irmãs junto a um grupo de outras famílias de Blunder. Fazia anos que eu não via a maioria daqueles rostos, mas os reconhecia pelas insígnias das árvores bordadas nas túnicas e nos vestidos. O evônimo dos Spindle, o pilriteiro dos Hawthorn, o zimbro dos Juniper, a faia dos Beech, o tojo dos Gorse, o freixo dos Ash, e assim por diante. Fazia parte da história de nosso reino — em antiga homenagem à Alma do Bosque — assumir o nome das árvores.

Nya e Dimia, com evônimos bordados nos vestidos de seda azul, acenaram para mim de perto da lareira. Nerium as acompanhava. Ao me ver, ela arregalou os olhos. Minha tia estava certa. Era bom vê-la passar raiva.

Quando meu pai se aproximou, fiquei tensa. Ele caminhava como um carvalho, rígido — mais alto do que os outros homens ao nosso redor pela diferença de uma cabeça. Usava uma túnica carmim, o vermelho Spindle. Ele me fitou com seus olhos azuis, a emoção tão contida que era quase inexistente.

— Eu não sabia se você viria.

Peguei meu amuleto no bolso e o acariciei, distraída, um hábito causado pela ansiedade que me passava despercebido.

— Faz três anos que não venho a Stone — falei, erguendo o olhar para o teto abobadado do castelo. — É mais frio do que eu me lembrava.

Meu pai hesitou. Ele abaixou o olhar para o meu rosto, mas logo o desviou.

— Você está com uma cara boa.

Não falei nada, observando seus olhos, esperando que ele me olhasse de novo — e sabendo que ele não o faria. Ele esfregou o queixo, os calos arranhando os pelos da barba desgrenhada.

— Não será alegre como nos últimos Equinócios — observou ele. — A colheita não foi boa.

Eu assenti.

— A bruma parece cada dia mais espessa.

Meu pai olhou para a multidão que conversava.

— O rei está inquieto para botar as mãos nas últimas duas Cartas. E está disposto a pagar caro por elas.

Eu me encolhi, me lembrando da conversa com Ione.

O Pesadelo se arrastou pela minha mente. *É o desespero*, falou ele.

Nenhuma Carta vale uma apresentação formal a Hauth Rowan, repliquei.

Diz a garota que conversa com o monstro na própria cabeça. Não chega a ser coisa de princesa, não é, meu bem?

Eu o ignorei.

— Mande o lacaio levar seu baú aos aposentos dos Spindle. Você terá um quarto só para você conosco — disse meu pai, hesitando. — Isto é, caso não prefira ficar com os Hawthorn.

Eu poderia ter preferido, se Ione e eu não tivéssemos discutido menos de uma hora antes. Além do mais, não fazia diferença onde eu dormiria. A comemoração do Equinócio não envolvia muito descanso.

— Obrigada — falei.

Meu pai encontrou o olhar de alguém na multidão e pôs a mão no meu ombro, apressado.

— É um prazer vê-la, Elspeth.

Em um instante, ele se foi, andando pela multidão até a escadaria grandiosa. Eu o vi partir, e olhei uma última vez lá para fora antes de os guardas fecharem a porta — o resquício final da luz cinzenta do dia desaparecendo atrás das nuvens agourentas da noite.

A caminho do salão, olhei meu reflexo em uma janela escura. Eu estava pálida, com as maçãs do rosto proeminentes demais, os olhos escuros muito fundos — infinitos. Fiz uma careta para a mulher no reflexo e suspirei, determinada a manter conversas superficiais e me recolher cedo.

Tinha avançado apenas três passos no salão quando percebi que me esconder no quarto eternamente teria sido um plano melhor. Alyx Laburnum, vestido no amarelo-vivo do laburno de sua família, aguardava à entrada do salão. Tinha penteado impecavelmente de lado o cabelo castanho, exceto por algumas mechas rebeldes no topo da cabeça, governadas por um redemoinho indomável. Quando me encontrou com seu olhar castanho-cinzento, sorriu tanto que vi todos os seus dentes.

— Droga — murmurei.

O Pesadelo resmungou.

— Elspeth — disse Alyx, vindo correndo. — Imaginei tê-la visto mais cedo, mas temi ter apenas sonhado de tamanho desejo. Felizmente, o Castelo Laburnum ficava do lado oposto ao Paço Hawthorn. A probabilidade de esbarrar em Alyx, mesmo no centro de Blunder, era mínima. Talvez fosse por isso que eu tivesse me envolvido com ele em um canto discreto dos jardins do rei aos dezessete anos — porque nunca mais precisaria vê-lo.

Porém, apenas se eu evitasse o Equinócio.

Eu me esquivei do abraço e estendi a mão.

— Olá, Alyx.

Ele analisou meu rosto. Quando encostou a boca em minha mão, eu recuei, com um nó no estômago provocado pela culpa e pelo desconforto, misturados a uma pitada de repulsa. Passei por ele para avançar para o salão.

— É melhor entrarmos.

Alyx, de passos ágeis, me alcançou em um instante.

— Eu consideraria uma grande honra tê-la sentada ao meu lado, srta. Spindle.

— Devo me sentar com meu pai — falei, sem olhá-lo.

— Devo pedir permissão a ele para que se sente comigo?

O Pesadelo resmungou baixinho. *Pelas Árvores! Eu odeio ele.*

Ele é carinhoso. A culpa me atingiu em cheio. *E eu fui horrível com ele.*

Não vejo problema nenhum nisso.

O salão amplo ecoava com os sons e vibrava com as cores. As mesas eram compridas, postas com travessas de prata reluzente e uma fileira infindável de velas. Atrás da mesa do rei, logo além do alcance da luz, contei oito Corcéis, todos carregando as Cartas do Cavalo Preto no bolso.

Precisei usar meus onze anos de prática para manter a expressão neutra. Minhas mãos estavam grudentas de suor. Nerium passou por mim e eu fui atrás dela, me afastando de Alyx, entre as cores — as luzes das Cartas da Providência guardadas em bolsos e bolsas — que brilhavam ao meu redor. Amarelo: Ovo Dourado. Turquesa: Cálice. Branco ofuscante: Águia Branca. Cinza: Profeta. Vermelho: Foice. Preto: Cavalo Preto.

O Pesadelo se remexeu, deslizando pela minha mente. *A cor não fará mal a você*, murmurou ele. *Já os Corcéis e aquele garoto intolerável...*

Eu me larguei no lugar vazio mais próximo.

— Fica para a próxima — falei, olhando rapidamente para Alyx atrás de mim.

Seu sorriso vacilou com a decepção. Ele fez uma mesura rápida, e sumiu mais adiante na mesa comprida.

Cerrei a mandíbula e esfreguei os olhos com a palma da mão. Não percebi que os outros ao meu redor tinham se levantado para um brinde ao rei até alguém me segurar pelo cotovelo e me levantar.

— Ao Equinócio! — gritou a multidão, e o tilintar de cristal ecoou pelo ambiente.

Ergui meu próprio cálice e brindei com o rapaz ao meu lado — o mesmo que tinha me levantado. Notei sardas simpáticas espalhadas pelo nariz, sob os estranhos olhos cinzentos.

— Obrigada.

O garoto encheu mais seu cálice de vinho, e fez o mesmo com o meu.

— Está tudo bem, senhorita?

Tomei um gole demorado. Quando o olhei de volta, o garoto me observava.

— Nunca estive melhor — respondi.

Ele tomou um grande gole, como eu. Quando sorriu, eu me peguei querendo sorrir em resposta, contagiada pela vivacidade de seus olhos peculiares.

— Eu não o conheço — falei.

Ele era mais alto do que eu, apesar de nitidamente mais novo. Quando falou seu nome, ele encolheu os ombros e se abaixou, como se contasse um segredo.

— Meu nome é Emory. Emory Yew.

Engasguei com o vinho no fundo da garganta. Do outro lado da mesa, minhas meias-irmãs me observavam com expressões idênticas de curiosidade. Como eu, elas sem dúvida se perguntavam como eu tinha conseguido me sentar ao lado do sobrinho mais jovem do rei.

— Eu me chamo Elspeth — falei, tensa.

Emory tomou outro gole de vinho.

— A que família você pertence?

— Spindle.

— Elspeth Spindle — disse ele, olhando para a mesa, e de novo para mim. — Eeelspeth Spindle. Que nome...

Os criados serviram o primeiro prato, uma sopa de verão, e soaram murmúrios ao redor do salão, as famílias poderosas de Blunder ávidas para comer à mesa do rei. Meu apetite, porém, se fora. Olhei para o prato e nem me mexi para tocá-lo, enquanto o vinho começava a se revirar no meu estômago.

— Concordo — disse Emory Yew, empurrando a tigela e tomando outro longo gole do cálice. — Por que desperdiçar o valioso espaço do estômago com sopa?

Alguém ao lado de Emory deu uma cotovelada nele, e o rapaz se virou para lá, escutando palavras que vinham em tons baixos e secos. Vi um tufo de cabelo castanho-arruivado, iluminado pelo brilho vermelho-sangue de uma Carta da Foice.

Não precisei de tempo para saber quem era. Havia apenas quatro Cartas da Foice em Blunder, e elas pertenciam exclusivamente à família Rowan. O príncipe Renelm Rowan, segundo na linha de sucessão ao trono, estava sentado ao outro lado de Emory, cochichando ao pé do ouvido do primo algo que não consegui escutar.

Emory deu as costas ao príncipe e virou o resto do cálice, retorcendo a boca em um sorriso sem graça.

— Peço perdão — falou ele. — Normalmente, sou mais simpático. O Equinócio tem um... efeito estranho em mim. Você me contava sobre si.

Contava? Eu não conseguia mais me concentrar. O vinho se revolvia no meu estômago vazio. Estava tonta, cansada, com os pensamentos confusos pelo álcool. Uma onda de náusea tomou conta de mim, piorando, de algum modo, com o clamor crescente no salão. O impulso de fugir era tão ardente que agarrei a cadeira com força.

Eu me obriguei a piscar, tendo quase esquecido o rapaz ao meu lado.

— Perdão — falei. — Não estou me sentindo muito bem esta noite.

— Está doente?

— Não. Só preciso... só preciso de ar.

A cadeira de Emory se arrastou no piso de pedra. Quando o sobrinho do rei me ofereceu o braço, eu recusei.

— Não há necessidade.

Emory sorriu de novo, com a boca e os dentes manchados de roxo.

— Calma, Spindle. Até eu vejo que você não quer estar aqui.

Ele pegou meu braço. Desta vez, permiti que ele me puxasse devagar, até eu me levantar em uma postura hesitante.

Emory e eu nadamos contra a corrente do mar de criados que traziam o próximo prato em travessas de prata. Saí com ele do salão, chegando até a escadaria. Não havia ninguém ao nosso redor — nada de Cartas da Providência ou Corcéis. Já ao sopé da escada, agarrei o corrimão e respirei fundo e devagar, meu corpo relaxando lentamente.

Não notei o jarro de vinho que Emory tinha roubado até ele me oferecer.

— Quer mais?

Recusei com um gesto. Emory tomou um gole demorado, o líquido escorrendo pelo queixo e pingando no veludo verde do colarinho de bordado fino. Ele secou a boca com a manga e sorriu para mim, com o olhar meio distante.

— Você está terrivelmente pálida — disse ele, mais uma vez me oferecendo o jarro.

Quando fiz outro gesto para recusar, encostei na mão dele.

— Obrigada pela ajuda — falei. — Posso seguir caminho sozinha.

Por um momento, Emory não disse nada, abaixando o olhar ao ponto em que eu tocara sua mão. Quando falou, foi com a voz titubeante.

— Eu a levarei aonde precisar ir. Conheço este castelo melhor do que os ratos.

Comecei a subir os degraus.

— Consigo ir por conta própria.

Ele me alcançou no meio da escada, acabando com a distância entre nós na velocidade de uma serpente. O hálito dele cheirava a vinho.

— Spindle — disse ele, a palavra escapando por entre os dentes em um assobio.

Ele esticou a mão e apertou meu braço.

Recuei até minhas costas baterem no corrimão. O salão se estendia abaixo de mim. Olhei para trás, o pânico subindo como bile pela minha garganta. Se eu caísse — se aquele rapaz me empurrasse —, a queda me mataria?

Não mataria, respondeu o Pesadelo. *Apenas mutilaria. Quebraria.*

O que ele está fazendo?, gritei.

Olhei para o rosto de Emory, tentando entender como me libertar daquele rapaz estranho e imprevisível. Quando me encolhi, ele gargalhou — ondas de risadas secas ecoando da escadaria até o cômodo lá embaixo.

— Há algo de estranho em você, Spindle.

Ele apertou meu braço com mais força. Abaixou a outra mão até meu punho, apoiando a palma suada na minha pele exposta.

— Eu a vejo, Elspeth Spindle — disse ele, com a voz ao mesmo tempo próxima e distante, como se debaixo d'água. — Vejo uma bela donzela de cabelo preto e comprido e olhos de carvão. Vejo um olhar amarelo cheio de ódio. Vejo trevas e sombras. — Ele torceu a boca em um sorriso assustador. — E vejo seus dedos, compridos e pálidos, cobertos de sangue.

Fiquei paralisada — pelo pavor e pelo aperto implacável do rapaz no meu braço. Tentei me desvencilhar. Como ele não soltou, levantei a outra mão, sibilando.

Dei um tapa nele, com força.

A marca de minha mão escureceu o rosto já corado de Emory. Tentei empurrá-lo, fugir, mas ele continuou a segurar meu braço, apertando com tanta força que gritei de dor.

Antes que eu pudesse chamar o Pesadelo nas sombras, ouvi passos no patamar. Um instante depois, Emory soltou meu braço, quando foi empurrado escada abaixo com muita força por alguém de capa preta.

Recuei e corri escada acima, tropeçando no vestido.

Quando olhei para baixo, Emory estava estatelado no térreo. Um homem alto se debruçava sobre ele. Não escutei as palavras que eles trocaram — a voz de Emory era interrompida por acessos de riso descontrolado —, mas o tom grave e firme do homem bastou para aquietar o rapaz.

O homem levantou Emory do chão e apontou para ele o sentido do qual tínhamos vindo.

O rapaz se arrastou, de repente sem ânimo, até voltar ao salão. Massageei meu braço e o vi partir, mas Emory nem olhou para trás, como se já tivesse me esquecido.

Já tinha me levantado quando o homem se aproximou.

— Peço desculpas pelo meu irmão, senhorita — disse ele, abaixando os olhos. — O comportamento dele é imperdoável.

Olhei para o homem alto de capa escura e senti meu corpo enrijecer.

— Elm... meu primo... me disse que Emory estava bebendo muito. Vim me certificar de que estava tudo bem.

Diante do meu silêncio, o homem ergueu o olhar e me observou pela primeira vez. Como o irmão caçula, tinha olhos cinzentos, em destaque cintilante na pele marrom. Ele me fitou de cima do nariz comprido e marcante, analisando meu rosto com o olhar.

Minha respiração falhou e um calafrio subiu pela minha coluna. Inconfundivelmente belo, ele tinha a postura das estátuas no jardim de seu tio: frio e liso como pedra. Ele não se apresentou. Não era necessário. Eu sabia quem era.

Ravyn Yew. O sobrinho mais velho do rei. O sucessor de meu pai — capitão dos Corcéis.

Murchei sob seu olhar, mas não desviei o rosto, procurando a coragem que não tinha.

— Eu não o vi no salão. Isto é... Quero dizer... — falei e soltei o ar pelo nariz. — Nunca o conheci.

— Nem eu a você — replicou ele. — Qual é sua casa?

O Pesadelo sibilou. Enrijeci, e o evônimo bordado nas minhas mangas me entregou.

— Spindle — falei, recuando um passo. — Meu pai é...

— Conheço seu pai — disse Ravyn, franzindo as sobrancelhas. — Sei também que Erik tem apenas duas filhas que moram no Paço Spindle. Por que não vive com sua família, srta. Spindle?

Ajeitei atrás da orelha uma mecha de cabelo solta.

— Não sei por que seria da sua conta.

Se minha ousadia o assustou, o capitão dos Corcéis não o revelou. Ainda assim, empalideci diante de minha própria imprudência, me lembrando, com uma pontada no estômago, com quem estava falando e o perigo que ele representava.

— Perdão — falei. — Estou muito cansada.

— Lógico.

Ravyn subiu os últimos degraus, a capa preta emanando um cheiro forte do mundo para além dos muros do castelo — cedro e cravo, fumaça e lã úmida.

— Vou acompanhá-la a seus aposentos — ofereceu ele.

Ele pegou uma tocha da parede e me conduziu por uma fileira de corredores compridos. Nas paredes se viam mais das tapeçarias grandiosas do rei Rowan, homenagem às Cartas da Providência, tecidas em cores vivas. Passei a mão pela tapeçaria cinza do Profeta, a imagem conhecida de um homem velho coberto por uma capa comprida e de capuz áspera sob meus dedos.

Três portas depois da tapeçaria, paramos, com a tocha bruxuleando entre nós.

— Os aposentos do sr. Spindle — disse Ravyn, com a voz tranquila.

Eu poderia muito bem agradecer pelo galanteio. Porém, o vinho azedara meu estômago, e o incidente na escada me esgotara. Mexi no trinco, desajeitada, e minha manga ficou presa na maçaneta.

— Pronto — disse ele, abrindo a porta.

Fiz uma careta e entrei no cômodo, ávida para fechar os olhos e esquecer aquele dia.

— Obrigada.

Ele assentiu, a luz da tocha jogando sombras severas em seu rosto.

— Eu não me apresentei. Ravyn Yew, prazer.

Até o som do nome dele fazia meu estômago revirar.

— Eu sei.

Com feições firmes, Ravyn não sorriu nem fez uma reverência. Apenas me dirigiu um olhar derradeiro e deu meia-volta para seguir as sombras do corredor com a tocha, declarando suas últimas palavras:

— Durma bem, srta. Spindle.

Minha cama me capturou em instantes. Fechei os olhos e me entreguei ao cansaço, trocando os pensamentos sobre os irmãos Yew pelo prazer sombrio do sono.

Contudo, mesmo tomada pelo repouso, não pude deixar de me perguntar como Ravyn Yew fora alertado do mau comportamento de Emory — indo prontamente conter o irmão — se não chegara nem perto do salão a noite toda.

CAPÍTULO CINCO

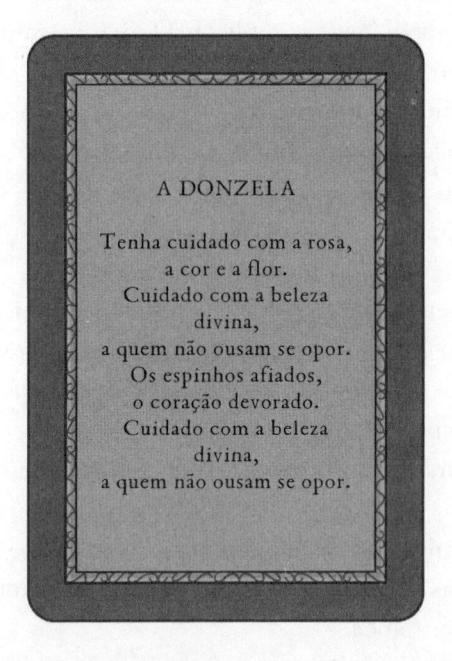

A DONZELA

Tenha cuidado com a rosa,
a cor e a flor.
Cuidado com a beleza
divina,
a quem não ousam se opor.
Os espinhos afiados,
o coração devorado.
Cuidado com a beleza
divina,
a quem não ousam se opor.

A luz do sol atingiu meus olhos. Quando os abri, abafei um grito, pois quatro olhos me fulminavam. Dimia e Nya estavam sentadas em lados opostos da minha cama, me cercando como urubus.

Eu me sentei, com a cabeça pesada.

— Que horas são?

— Quase meio-dia — respondeu Nya.

Dimia, com uma delicadeza consideravelmente menor que a da irmã, se abaixou até eu enxergar as espinhas em seu queixo.

— Vimos você sair do salão com Emory Yew.

Eu pisquei.

— Isso é uma pergunta, Dimia?

A porta se abriu com um estrondo, e estreitei os olhos quando Nerium entrou no quarto.

— Finalmente acordou a princesa dorminhoca — disse ela, com um sorriso frio, arranhando o batente com as unhas. Quando olhou para as filhas, empertigadas ao lado da minha cama, seu sorriso evaporou. — Do que vocês estão falando?

— De Emory Yew — replicou Dimia, piscando. — Ele é incrivelmente lindo.

Nerium fez um muxoxo.

— Ele não é companhia digna para uma moça sofisticada — comentou ela, e se voltou para mim. — Até você deveria evitá-lo, Elspeth.

Eu me levantei, abrindo caminho à força.

— Sou sempre grata por seus conselhos, Nerium.

Fui até o lavatório e joguei água fresca no rosto. Se tinha sido aquecida, já fazia muitas horas. A água estava tão gelada que ardia na pele.

— E, para sua informação, Emory Yew foi um imbecil — acrescentei.

Minhas meias-irmãs ergueram as sobrancelhas em expressões idênticas de satisfação e curiosidade. Até Nerium se esticou, ávida por fofoca.

— Há algo de terrivelmente errado naquele garoto — disse Nya, ajeitando uma mecha de cabelo dourado atrás da orelha.

— Quando não está recolhido aos aposentos por alguma nova doença, vive bêbado que nem um vagabundo, dizendo coisas estranhíssimas por aí. — Ela andou até mim, com a voz cheia de empolgação mal disfarçada. — Ele disse algo de… peculiar para você?

A gargalhada do Pesadelo foi astuta, se espalhando pela minha mente.

Estremeci, mais fria do que a água. *Ele falou de olhos amarelos. Como ele sabe dos seus olhos? Será que ele…*

… sabe que há um monstro de quinhentos anos ocupando os recantos sombrios da sua mente?, completou o Pesadelo.

É impossível. Puxei a barra da camisola. *Mas... havia algo de perturbador nele.*

Vi a confusão começar a surgir no rosto de minhas meias-irmãs, como era frequente quando minhas conversas mentais se demoravam demais. Passei a mão no cabelo, distraída, e dei de ombros, fingindo desinteresse.

— Ele estava bêbado. Nem conseguiu subir a escada.

— Foi uma benção, então — disse Nya. — Ele é muito desagradável. Nem me lembro de um jantar no Paço Spindle em que Emory não tenha quebrado nada.

— Isso já faz tempo — corrigiu a mãe. — Ele mora aqui há mais de dois anos.

Franzi o cenho.

— Os Yew mandaram Emory morar aqui, em Stone, com o rei? Por quê?

Nerium me olhou como olhava para o cachorro quando ele mijava no carpete: com um sem-fim de irritação.

— Para o príncipe Renelm controlar aquele temperamento terrível dele, lógico.

Eu me lembrei da luz vermelha derramada pela pessoa ao lado de Emory no jantar. A Carta da Foice do príncipe Renelm. Uma Carta reservada para a realeza. Com ela, o príncipe tinha o poder de controlar quem quisesse — como quisesse.

Antes de eu esconder minha careta, meu pai abriu a porta do próprio quarto, nos sobressaltando. Ele pigarreou.

— Está melhor, Elspeth?

Era sufocante tê-los todos juntos ali. Eu estava começando a me arrepender de não ter me hospedado nos aposentos dos Hawthorn.

— Muito melhor — menti.

— Você perdeu o café da manhã, mas haverá uma caminhada pelos jardins depois que os homens saírem para a caça.

Senti um desconforto no estômago ao pensar em me arrastar pelo jardim com um bando de mulheres de Blunder. Quando meu pai fechou a porta, minhas meias-irmãs foram correndo para o próprio quarto, perdidas na escolha de roupas.

Eu pus um vestido cinza de linho fino — nem áspero, nem pesado demais. Trancei meu cabelo com uma fita também cinza, e o prendi em coroa ao redor da cabeça. Era a roupa perfeita para um dia ameno de fim de verão, com a cor tão semelhante à da bruma que eu me sentia quase invisível.

Na descida para o salão, olhei para o ambiente para além do corrimão. Dezenas de mulheres conversavam, aproveitando a companhia, mas não vi Ione ou minha tia.

Minha madrasta e minhas meias-irmãs logo me abandonaram, sem oferecer companhia ou me apresentar às demais. Mais adiante, alguém abriu as portas, e saímos pelo castelo, conduzidas por criados de uniforme roxo, para o jardim, onde o calor estival flutuava como vapor na bruma.

Fui andando pelo lado de fora da multidão. Meus sapatos não tinham saltos, ao contrário dos da moda, e fiquei feliz com o silêncio dos passos. Estiquei a mão para tocar o verde do jardim, passando os dedos nas pétalas e caules delicados das flores do rei Rowan.

Escutei as mulheres ao redor, embalada pelo ir e vir de conversas. Mais à frente, o cinza de duas Cartas do Profeta brilhava através da turba. Ainda mais adiante, distingui a luz rosa-clara encantadora de uma Carta da Donzela.

Tenha cuidado com a rosa, disse o Pesadelo, farejando o ar, *a cor e a flor. Cuidado com a beleza divina, a quem não ousam se opor.*

Senti falta da voz de Ione em meus ouvidos. Comecei a procurar o cabelo loiro dela em meio àquela gente, ansiosa para consertar as coisas entre nós. Talvez ela estivesse certa, e eu fosse desconfiada demais, fechada demais, por demais afastada da noção da esperança. Eu admirava sua rapidez para aceitar a mudança — sua avidez por ver os hábitos antigos e cruéis de Blunder desaparecerem. Se o mundo fosse mudar um dia — se os infectados fossem cuidados, em vez de caçados como bichos —, seria pelas mãos e pelo coração de alguém como Ione. Porém, por mais que eu procurasse, não a encontrava. Contudo, encontrei minha tia. Ela estava parada na lateral da trilha, admirando o esplendor das flores do rei. Toquei as costas dela, e ela me abraçou com carinho. Eu me demorei em seu abraço. Ela cheirava a alecrim e a terra quente, suave e viva. Não contei da minha briga com Ione. Fomos caminhando de braços dados, conversando em voz baixa em meio ao movimento da maré de mulheres.

— O que sabe me dizer sobre Emory Yew, tia?

Ela ergueu as sobrancelhas.

— Ele não é meio jovem para você, meu bem?

O Pesadelo soltou uma gargalhada seca.

— Não era nesse sentido — falei, abaixando a voz e nos conduzindo a uma área mais vazia do trajeto. — Será que alguém, além de mim, sobreviveu à febre na infância? — Meu estômago se revirou. — Sem ser pego?

Não era aquilo que ela esperava que eu perguntasse. Ela tensionou as rugas e, ao falar, a voz saiu fraca.

— Não sei, Elspeth. Duvido muito.

— Certamente alguém...

— Os Corcéis e Clínicos trazem todas as crianças infectadas para cá, para Stone. Para as masmorras. E sabemos o que acontece lá.

Eu estremeci.

— É a lei, infelizmente.

— Sim, mas aqui estou eu — sussurrei. — Meu pai foi Corcel do rei, e não me entregou quando sofri da febre. Certamente outros pais fizeram o mesmo.

— Tentaram. Mas, por mais horrível que tenha sido sua infecção, Elspeth, ela não perdurou. Você não tem magia, nenhum sinal óbvio para ser notada pelos Corcéis. Os outros não tiveram a mesma sorte.

Desviei o olhar. Porém, antes que eu pudesse falar, alguém surgiu atrás de nós. Quando me virei, uma luz rosa inundou minha visão. Tropecei, esbarrei na minha tia e nos derrubei em uma sebe alta.

Ione, colorida pelo rosa-vivo de uma Carta da Donzela, me olhou de cima.

Minha tia se desvencilhou da sebe, espanando a saia.

— Céus, Elspeth.

Ela me levantou e começou a tirar folhas do meu cabelo, mas eu a dispensei com um aceno. Só conseguia pensar na Carta rosa no bolso de minha prima.

E nas implicações da magia que ela continha.

Nas trevas, o Pesadelo rondava, alerta — atento. *Interessante*, ronronou ele. *Presente do rei Rowan, em troca da Carta do Pesadelo de seu tio?*

Não, consegui dizer, com a mente tomada pelo pânico. *A Carta da Donzela está longe de ter o valor da do Pesadelo.*

Então talvez a Carta seja apenas parte de um montante muito maior.

Passei o olhar pelo rosto de Ione. Suas feições eram as de sempre, nada alteradas pela beleza prometida pela Carta. Senti um leve alívio. *Ela não a está usando.*

Ainda, replicou o Pesadelo.

Ione franziu o cenho.

— Elspeth?

A multidão nos empurrou. Ouvi murmúrios curiosos das mulheres de Blunder que me olhavam com desconfiança ao passar.

Encarei minha prima, olhando primeiro para a luz rosa em seu bolso e depois para seu rosto.

— Onde você estava? — perguntei, com a voz grave. — Procurei por você.

O rosa que emanava da Carta da Donzela de Ione quase impossibilitava distinguir seu rosto corado. Quase.

— Lugar nenhum. Só estava andando pelo castelo.

Era uma mentira óbvia, mas isso não aliviou seu impacto. Ione escondia algo de mim. Quando minha prima encontrou meu olhar, tive certeza de que ela veria a mágoa em meu rosto. Porém, isso apenas a fez franzir ainda mais o cenho. Independentemente do que tivesse acontecido desde nossa briga na véspera, estava nítido que a raiva dela ainda não passara.

— Venham — chamou minha tia —, vamos andar. Estamos bloqueando a passagem.

Eu não disse nada. Então, motivada pela minha própria raiva, estiquei o braço, agarrei a manga comprida de Ione e a puxei para fora do caminho comigo.

— Bess, o que...

— Quero conversar, Ione — falei, avançando por uma trilha de cascalho que se embrenhava no roseiral, e olhei de relance para minha tia. — Já voltamos.

Virei uma curva, até ficarmos escondidas atrás das sebes. O ar cheirava a rosas murchas, tão perfumadas que quase escondiam o odor da própria podridão. Ione arrancou a manga de minha mão. Mesmo banhada pela luz rosada da Carta da Donzela, distingui o rubor em seu rosto.

— Qual é o seu problema, Bess?

— Meu, Ione? E o seu? "Andando pelo castelo"?

— E daí?

— É mentira — falei, e mordi o lábio. — Você encontrou o príncipe Hauth, não foi?

Ela se irritou.

— Falei que encontraria, não falei?

— Mas nunca disse que envolveria uma Carta da Donzela.

Ela ficou paralisada, arregalando os olhos castanho-claros e fitando meu rosto.

— Como você sabe da Carta?

Tensionei a mandíbula.

— Foi *ele* que deu a Carta de presente? Hauth Rowan?

Ione franziu as sobrancelhas.

— Não entendo por que você odeia tanto os Rowan, Elspeth. Hauth carrega o peso de quinhentos anos de legado. Ele precisa de apoio e compreensão, não de ressentimento impensado — disse ela, endurecendo a voz sempre tão suave. — Ou você só sabe pensar em si?

O Pesadelo percorreu as sombras de minha mente, sussurrando. *Rowan, fruto da sorveira, é vermelho, vermelho infindo. A terra no tronco escurece de tanto sangue fluindo. Nem água, nem pano interrompe o que é feito. Ele pedirá uma donzela... E cessará o que bate em seu peito.*

Meu estômago se revirou, a raiva que eu sentia se transformando em desespero. Peguei a mão dela e a olhei nos olhos.

— Não sei o que meu tio negociou pela Carta do Pesadelo, mas imploro, Ione, que não use a Donzela, por favor — pedi, com um nó na garganta. — E se Hauth Rowan pedi-la em casamento, você não deve aceitar.

Vi o desdém em seus lábios, o brilho das lágrimas nos olhos castanho-claros, o mapa de linhas finas esboçadas no canto dos olhos.

— Você pede muito de mim, Elspeth. E tudo para si.

Balancei a cabeça com veemência.

— Você não entende? Você é *perfeita*, Ione. Do jeito que é. Seus dentes espaçados, sua voz, que é muito alta de manhã, as ruguinhas ao redor dos olhos quando sorri. A Donzela vai roubar isso tudo de você — insisti e tensionei a mandíbula, tentando conter o nó na garganta. — Os Rowan a oferecem como presente, mas, na verdade, a usam para controlá-la, Ione. Para distraí-la. Para prendê-la a eles. Por favor, não permita que façam isso.

Lágrimas caíram dos olhos de minha prima, e ela não as secou. Deixou que descessem pela face e escorressem nas reentrâncias da pele. Quando falou, foi com a voz falha:

— Você me ama, Elspeth?

Algo em meu peito se partiu.

— Mais do que tudo.

Ione respirou fundo, trêmula, mais de uma vez. Então, devagar, como se protegida por uma força invisível, seu olhar se tornou mais incisivo, mais duro. Ainda assim, sua voz tremia.

— Então deixe-me fazer minhas próprias escolhas.

Ela soltou minha mão e, a passos tão leves que mal os ouvi, se foi sem olhar para trás, me abandonando entre as rosas mortas.

Inteiramente vazia, mal notei os espinhos arranhando minhas mãos ao sair da trilha. Caminhei para as profundezas do jardim — até começar a correr. Não me importava por ter me afastado do caminho e adentrado a bruma. Corri até meu coração ameaçar explodir. Enfim, junto a um choupo antigo com galhos pesados na margem do bosque, chorei.

Sentei sob a árvore e passei os dedos pela terra úmida onde a folhagem começara a apodrecer. Com a outra mão, apertei o amuleto. Sequei os olhos com o dorso da mão, lágrimas fazendo os cortes dos espinhos arderem. *Ela é mais do que este reino horrendo merece. Se usar a Donzela demais, isso vai acabar. Ela se tornará fria, sem coração. Não será mais Ione.*

Peguei um graveto e o quebrei tantas vezes que as lascas tinham tamanho para caber em minha mão.

O Pesadelo tamborilou as garras. *A Donzela não é apenas uma Carta de vaidade. A magia não serve para a vaidade.*

Serve, sim, se for usada apenas para impressionar um príncipe, falei, furiosa.

Ele riu. *A Donzela é muito incompreendida.*

Levantei sem dizer nada, inundada pela vergonha e pela tristeza.

No fim, continuou o Pesadelo, *não faz diferença como e por que se usam as Cartas. Nada é seguro, nem de graça vem. A magia sempre cobra sua taxa.*

Pare de me dizer isso, falei, jogando os pedaços de graveto no chão. *Pelo menos uma vez na vida, cale a boca e me deixe em…*

— Srta. Spindle?

Eu me virei abruptamente, a voz grave atrás de mim me atingindo como um soco no estômago.

Ravyn Yew me observava com olhos cinzentos, a cabeça inclinada de lado. Ele lembrava um corvo, o *raven* de seu nome: atento, inteligente, impressionante.

Porém, meu olhar não se demorou no rosto do capitão. Estava distraída demais pela cor — pela luz — irradiando do bolso em seu peito. Era mais escura do que a da Donzela, mas de força equivalente. O pavor fez meu peito se apertar e fiquei sem ar. Já tinha visto aquela cor de veludo.

Vinho — um vermelho-sangue escuro.

A segunda Carta do Pesadelo.

CAPÍTULO SEIS

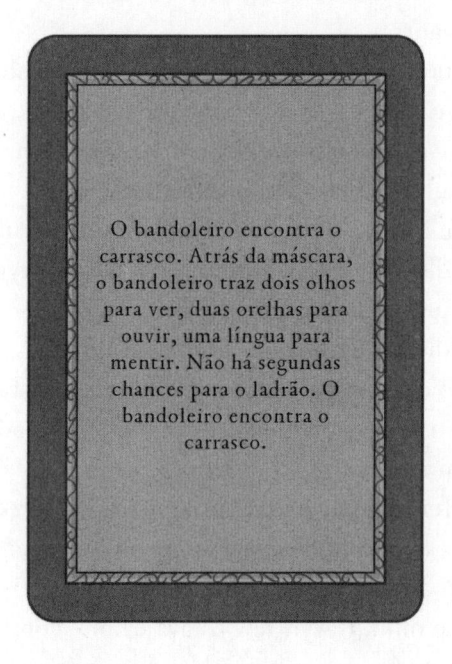

O bandoleiro encontra o carrasco. Atrás da máscara, o bandoleiro traz dois olhos para ver, duas orelhas para ouvir, uma língua para mentir. Não há segundas chances para o ladrão. O bandoleiro encontra o carrasco.

Ravyn mudou o peso de um pé para o outro. No movimento, notei uma fileira de facas embainhadas no cinto.

— O que fez com essas mãos, srta. Spindle? — perguntou ele. Quando consegui falar, ainda rangia os dentes.

— Estava admirando as rosas.

Um fio invisível repuxou o canto da boca de Ravyn. Ele se aproximou.

— Posso? — indagou, apontando para minhas mãos.

Fiquei paralisada. Ele pegou minha mão esquerda e a virou para examinar a palma. Sua pele era áspera, mas o toque, suave, cobrindo minha mão com facilidade. Ele não tocou os cortes causados pelos espinhos das roseiras, apenas os observou.

Fez o mesmo com a outra mão. Quando acabou, olhou para meu rosto.

— Perdão, srta. Spindle, mas preciso fazer uma pergunta.

Eu me desvencilhei de seu toque, com um nó na garganta.

— Pois não?

— Por que estava na estrada da floresta, sozinha, ao anoitecer, há quinze dias?

O choque por ter visto a Carta do Pesadelo em seu bolso desapareceu, substituído por um terror enregelante e nauseante. O barulho de insetos e o farfalhar das asas de corujas me voltaram em detalhes vívidos. Encarei o rosto de Ravyn Yew, talvez de fato pela primeira vez, e não o reconheci.

Os bandoleiros estavam usando máscaras.

Abaixei o olhar para o cinto de Ravyn. Ali estava, bem debaixo do meu nariz. O punho de marfim — a adaga que ele encostara em meu peito.

É ele, arfei. *Ataquei o maldito capitão dos Corcéis.*

As garras do Pesadelo arranharam as sombras, eriçando os pelos em seu dorso. *Me solte*, sibilou ele.

Diante de mim, Ravyn Yew estava calmo, com uma postura nada agressiva, de braços cruzados. Não agia como o homem perigoso que eu encontrara na estrada — mas era ele.

E eu o atacara. Atacara um Corcel — crime com pena de morte.

Ele percorreu a estrada para roubar Cartas, disse o Pesadelo. *Outro crime com pena de morte.*

Um crime do qual fui a única testemunha. Recuei vários passos.

— Deve ter me confundido com outra pessoa, capitão. Eu sei que não devo andar pela floresta à noite.

Ravyn ergueu as sobrancelhas escuras.

— Eu não esqueceria um rosto como o seu, srta. Spindle. O que estava fazendo naquela estrada? — questionou ele pela segunda vez, com a voz mais tensa.

Voltei a olhar a adaga em seu cinto, mas ele nem tentou pegá-la. Apenas sustentou o olhar austero, aparentemente intocado pelo pânico que fazia minha garganta se apertar.

Recuei mais um passo. *Ele vai me prender. Ou, pior, me matar, para esconder sua atividade clandestina.*

Ao meu redor, a bruma era densa, e o cheiro de sal, carregado no ar. Eu não escutava mais as mulheres no jardim. Nem conseguia discernir a direção do castelo. Porém, tinha meu amuleto. Podia afastar a Alma do Bosque. Podia me esconder por tempo suficiente para bolar um plano.

Entretanto, não diria o mesmo em relação a enfrentar o capitão dos Corcéis pela segunda vez.

— Peço perdão, capitão — falei, recuando na bruma. — Minha família me aguarda.

Me ajude a fugir, gritei na escuridão da minha mente. *Agora.*

Escapei do capitão dos Corcéis e penetrei a bruma espessa e impermeável.

Fomos imediatamente engolidos, o Pesadelo e eu, e o capitão e o bosque desapareceram. Meu coração batia rápido, minhas mãos tremiam. Porém, se eu me perdesse na bruma, haveria chances de despistar Ravyn Yew também.

Ele está vindo, alertou o Pesadelo.

Levantei a saia e virei para a esquerda. Adentrei uma plantação de trigo colhido — o que restava fora deixado para apodrecer na terra dura. Os caules sob meus pés eram escorregadios, mas mantive o equilíbrio.

Ele atravessou a bruma como uma ave de rapina, esticando os braços fortes. Eu me atrapalhei, com passos confusos, mas os reflexos do Pesadelo eram aguçados. Antes que Ravyn me alcançasse, eu corri, meu coração no ritmo de um tambor de guerra.

— Pare! — gritou ele através da bruma. — Não vou machucá-la... espere um pouco!

Ao longe, ouvi o uivo de cães. Mudei de direção, desorientada pelos tropeços. Porém, ainda era mais ágil que o capitão. Eu ia escapar, ia sobreviver. Precisava apenas...

O cheiro de sal atingiu meu nariz, como se alguém tivesse jogado água do mar no meu rosto. Senti nos ouvidos, nos olhos, nas narinas, no céu da boca. Tossi, arfando freneticamente para respirar, minha cabeça e meu corpo tomados repentinamente por algo inimaginável.

Espere, Elspeth Spindle, disse uma voz grave em minha mente. *Não vou machucá-la.*

Eu berrei.

Tropecei na terra irregular e caí, derrubada pela gravidade e pelo som da voz de Ravyn Yew na minha cabeça. Cobri as orelhas com as mãos e berrei outra vez, o terror me fustigando como os espinhos da roseira.

Ele me alcançou com uma onda cor de vinho. Abaixou-se ao meu lado, cobrindo minha boca com a mão.

— Silêncio! — pediu, sem fôlego. — Eles vão nos ouvir.

Os uivos dos cães ficaram mais altos. Eu escutava o estrondo ritmado dos homens a cavalo, a gargalhada retumbante ecoando, sinistra, pela bruma. Era o rei com seus homens, voltando da caça.

Meus dedos tremeram, o calor queimando meus braços, o poder do Pesadelo ardendo em mim. Afastei a mão de Ravyn da minha boca a tapas e me levantei bruscamente, pronta para correr de volta para a bruma.

Porém, o capitão dos Corcéis agarrou minha perna e eu caí de novo na terra dura.

— Me largue! — gritei.

A força do Pesadelo flexionou meus músculos. Como Ravyn não me soltou, eu me contorci e chutei com vigor seu rosto e seu peito.

O som de vozes ecoava pela bruma, mais próximo do que antes.

— Basta! — sibilou Ravyn, com o nariz sangrando e o queixo vermelho. — Mais um barulho e nós dois morreremos.

Eu quase escutava o que diziam — os homens, os rosnados dos cães, os relinchos nervosos dos cavalos. Se gritasse para eles, certamente me ouviriam.

Quieta, sibilou o Pesadelo, se adiantando. *O rei não é amigo.*

Minhas veias ardiam, o cheiro de sal ainda no nariz. Minha manga tinha sido rasgada e meu cabelo, solto pela briga, caía da trança pelas costas. Virei a pata de corvo no bolso uma e outra vez.

Ravyn me observava, com o olhar fixo em meu braço. Olhei para baixo e prendi o fôlego, tentando cobrir a pele com os frangalhos da manga. Porém, já era tarde; ele vira minhas veias, escuras e retorcidas.

Quando ele tentou tocar meu braço, recuei.

— Não vou machucá-la — insistiu. — Você, por outro lado... — Ele secou o nariz ensanguentado na manga e fez uma careta. — Merda. — Apertou o nariz. — É a segunda vez que você me mete a porrada e foge.

Duvidei que eu fosse a primeira a bater no nariz adunco e proeminente do capitão. Era um alvo muito fácil. E eu não sentia remorso algum. Não via um rapaz bonito com olhos desvairados e nariz ensanguentado.

Via apenas um Corcel.

— Você usou uma Carta do Pesadelo em mim — sibilei. — Saia da minha cabeça.

Ravyn tirou a luz cor de vinho do bolso e estendeu a Carta até eu vê-la bem. O Pesadelo dele era idêntico ao do meu tio, o monstro igualmente temível. Ravyn me olhou, com as sobrancelhas franzidas, e bateu três vezes o indicador na Carta antes de guardá-la no bolso.

— Pronto. Não estou mais usando.

Ele era calmo demais, austero demais para ser decifrado. E eu não confiava em um homem cujos passos eu não podia prever. Ravyn voltou o foco para meu braço. Quando olhei para a manga rasgada, nós dois fitamos meu braço pálido exceto pelo rio de tinta que percorria minhas veias.

A magia da infecção, preta como a noite.

O Pesadelo fitou Ravyn Yew pelos meus olhos, e falou com a voz sagaz e desconfiada. *Que criatura é ele*, perguntou, *com essa máscara inflexível? Capitão? Bandoleiro? Ou fera ainda indescritível?*

Os ecos na bruma diminuíram, o rei e os homens se afastando aos poucos.

De início, o capitão não disse nada, seu olhar cinzento perdido na escuridão retorcida em meu braço. Esperei, imóvel. Quando Ravyn finalmente falou, foi com a voz controlada:

— Foi por isso que fugiu?

Ninguém falava da infecção. Ela vivia como o cão sombrio da morte, à espreita de Blunder, aguardando logo atrás das árvores. Temida. Atiçado pelos Clínicos e Corcéis, o rei Rowan alimentava o medo. Vizinhos se voltavam uns contra os outros ao menor sinal de febre. E, com tanta inquietação — com tanto medo —, sempre vinha o ódio.

Eu via nos olhos das pessoas, ouvia em suas vozes. O povo de Blunder odiava os infectados quase tanto quanto a infecção. O ódio os prendia na vigilância perpétua — de olhos cansados e ansiosos, boca entalhada por rugas tensas de apreensão.

Porém, no rosto de Ravyn Yew, que percorria a escuridão nas minhas veias com seu olhar cinzento, não havia medo algum, nem ressentimento. Apenas preocupação. Preocupação e fascínio.

Eu esperava algemas — ser arrastada pelo campo e jogada nas masmorras. Porém, sua quietude, parado ali ao meu lado, bastou para acalmar esses pensamentos, pelo menos por um momento.

Até o Pesadelo aguardava em silêncio.

— E então? — perguntei.

Ravyn ergueu o olhar, voltando ao meu rosto.

— O que acha que vai acontecer, srta. Spindle?

Na velocidade com que se fora, minha apreensão retornou. Tensionei os ombros.

— Não vou para as masmorras. Melhor me matar do que me levar para lá.

— Não vou matá-la — disse ele, se levantando. — Não vou nem prendê-la. Mas precisamos entrar.

Quando ele me ofereceu a mão, eu o ignorei. Mexi no pé de corvo no meu bolso e encarei o capitão dos Corcéis, temendo uma armadilha.

— O que você escutou? — perguntei, analisando seu rosto.

Ravyn alisou a camisa e espanou a terra dos joelhos.

— Escutei?

— Quando usou a Carta do Pesadelo. O que escutou na minha cabeça?

Ele me encarou. Talvez a pergunta fosse direta demais. Percebi, pela testa franzida, que ele não estava entendendo.

Era a resposta de que eu precisava. Ele não descobrira a criatura em minha mente.

— Nada — replicou ele. — Apenas um ruído fraco... batidas, ou cliques. Por que a pergunta?

A gargalhada do Pesadelo ecoou, cruel, enquanto as garras marcavam seu ritmo incessante. *Clique. Clique. Clique.*

— Minha cabeça a mim pertence — falei, fria. — Não dei permissão para você adentrá-la.

— Não tive tempo de perguntar — retrucou ele. — Você estava se jogando na frente do meu tio, de meia dúzia de Corcéis e de todos os cavaleiros do rei.

Ele andou pela bruma, no sentido norte. Como não fui atrás dele, ele se virou, com o olhar cinzento insondável.

— Eu já falei — gritei para ele. — Não vou para as masmorras.

— Nem eu, Elspeth Spindle.

Como não me mexi, ele cruzou os braços e falou com dureza:

— Você não corre perigo algum, lhe dou a minha palavra. Sua infecção não é de meu interesse. Quero apenas entender o dom que você possui, e não tenho intenção de discuti-lo a céu aberto.

Levantei devagar do chão, arqueando as costas como um gato, sem desviar o olhar do capitão.

— Vou poupar seu trabalho. Não tenho magia alguma.

Eu não diria que a curva em sua boca era um sorriso, mas talvez fosse o melhor que ele conseguia exibir depois de eu ter chutado seu rosto.

— Você é uma mentirosa decente — disse ele, se voltando para a bruma. — Vai se encaixar perfeitamente.

Então é uma fera ainda indescritível, murmurou o Pesadelo.

Cerrei a mandíbula, mal acreditando que eu, Elspeth Spindle, seguiria de bom grado o capitão dos Corcéis até o castelo do rei.

— Eu vou, desde que não andemos pelo jardim — falei, pensando em Ione. — Quero evitar as mulheres e suas Cartas da Providência.

— Podemos entrar pela ala leste — disse Ravyn e, como se tivesse acabado de me ouvir, virou o rosto. — Como você sabe que há Cartas da Providência no jardim?

CAPÍTULO SETE

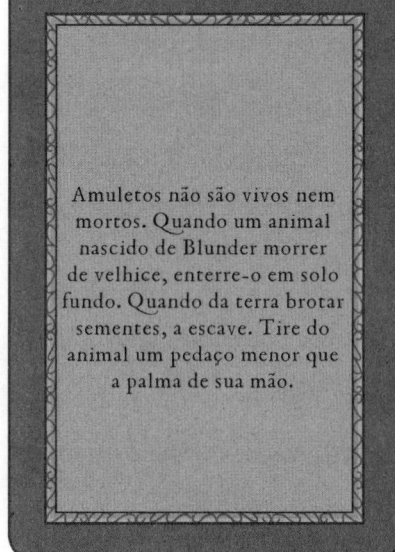

Amuletos não são vivos nem mortos. Quando um animal nascido de Blunder morrer de velhice, enterre-o em solo fundo. Quando da terra brotar sementes, a escave. Tire do animal um pedaço menor que a palma de sua mão.

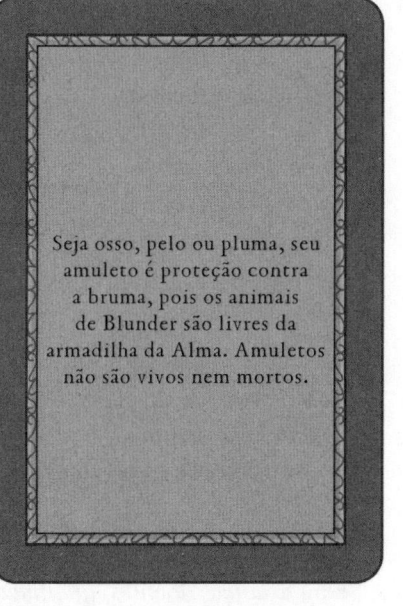

Seja osso, pelo ou pluma, seu amuleto é proteção contra a bruma, pois os animais de Blunder são livres da armadilha da Alma. Amuletos não são vivos nem mortos.

Encontramos uma antiga corda deixada por fazendeiros que nos conduziu de volta a Stone através da bruma. Minhas pernas tremiam com espasmos — prontas para fugir de novo ao menor sinal de perigo. Porém, o caminho do capitão era resoluto.

Erva daninha e grama alta cobriam o muro no lado leste de Stone. Minhas mãos tremeram quando chegamos a uma porta de madeira arredondada coberta de teias de aranha, e Ravyn pegou do cinto uma chavinha de latão. Ouvi o estalido da fechadura e, em um instante, ele escancarou a porta com força, deslocando a poeira e os cipós junto com a porta que apresentava um pouco de resistência.

Ravyn a manteve aberta para mim, com o olhar cinzento firme em meu rosto.

— Você primeiro — falou ele.

Hesitei, como um bicho temendo uma armadilha.

— Melhor não demorarmos — disse ele, fazendo um gesto para a porta. — Pode entrar.

Olhei para o corredor escuro adiante.

— Aonde isso leva?

O capitão dos Corcéis passou a mão na testa e a impaciência cortou sua voz grave:

— Srta. Spindle, não tem nada a temer comigo.

Estranho, vindo do homem que poderia ter perfurado seu coração na estrada.

Perdi o fôlego ao entrar nas sombras do corredor, com dificuldade para adaptar a visão ao escuro.

— Por aqui — disse Ravyn, fechando a porta e me conduzindo por voltas sinuosas, um labirinto de corredores altos e cômodos sem designação, até chegarmos a uma escada de pedra que descia no breu.

A voz do Pesadelo pinicou nos meus ouvidos. *No frio escuro, a pedra não tem idade. Onde há raiva nas sombras, não chega a claridade. No fim da escada, por corda, faca e oportunidade, levam crianças doentes, queimadas na cela da maldade.*

Senti um calafrio. As masmorras do rei e os rumores do que ocorria ali me assombravam havia muito tempo. Olhei para a escada, para as sombras compridas e retorcidas que me buscavam com seus dedos cruéis e disformes.

Não percebi que tinha parado de andar até Ravyn pigarrear, parando alguns passos à frente. Ele provavelmente viu o terror em meu rosto, porque, por um momento, a firmeza em seu olhar se suavizou. Ele olhou para a escada.

— Nunca a levarei para lá, srta. Spindle. Dou minha palavra.

Dito isso, ele se virou e não me deixou escolha além de segui-lo. Ele me conduziu por outro corredor e por uma longa galeria de retratos — reis Rowan do passado. Viramos à esquerda, adentrando uma passagem mal-iluminada, usada pelos criados.

De lá, tomamos um lance curto de escadas que nos levou a uma porta de madeira tão escura que não identifiquei sua origem. A única distinção eram dois cervos entalhados na madeira, logo abaixo do batente.

Ravyn procurou outra chave sob a capa, tão escura nas costas largas que roubava a luz ao nosso redor. Diferentemente da sombra enregelante das masmorras, eu sentia o calor irradiando dele. De repente, percebi como estávamos próximos — o formato de suas omoplatas, os calos dos dedos em busca da chave correta. A capa dele cheirava a bruma e cravo.

Era íntimo demais sentir o calor dele assim. Tentei recuar, mas não tinha para onde ir. Ravyn pegou mais uma chave — esta comprida, de ferro — e a encaixou na fechadura, destrancando a porta dos cervos. Quando me olhou, virando-se para trás, tive a impressão distinta de que ele sabia que eu o observava.

Ele empurrou a porta, e eu entrei.

Um instante depois, fui jogada contra a parede de pedra, com o clamor de cães ladrando aos meus ouvidos. Eles rosnaram para mim — dois cães de caça, com presas brancas e afiadas, arrancados da cama de feno ao ouvir o som de intrusos.

No escuro, o Pesadelo sibilou, mostrando as garras. Porém, antes de os cachorros atacarem, Ravyn os fez recuar, puxando-os pela coleira e dando comandos severos.

Os cães voltaram para seu lugar, sem desviar de mim o olhar desconfiado.

— Eles não são bravos — disse Ravyn. — Raramente latem como deviam, de tão preguiçosos. Não sei o que deu neles.

Eu me afastei da parede, devagar.

— Animais não gostam de mim — murmurei, com o coração a mil, enquanto observava o ambiente.

O cômodo parecia um porão abandonado. Não havia janelas nem luz natural. Uma pequena lareira na parede oposta iluminava o ambiente. Havia uma mesa velha e redonda diante do fogo, cercada por cadeiras díspares. Uma estante com livros antigos fora posicionada na parede sul, e seu conteúdo talvez fosse mais velho do que o lugar propriamente dito.

Então não estamos nas masmorras.

Não tenha tanta certeza, disse o Pesadelo. *Há diferentes tipos de jaula.*

Ignorei a ferocidade nas palavras dele e fui até a mesa, evitando os cães.

— E então? — perguntei.

O capitão passou a mão pelo cabelo escuro, os olhos semicerrados.

— Espere aqui. Volto em um instante.

Ele saiu correndo porta afora. Nem me dei ao trabalho de tentar escutar o estalo da fechadura, pois sabia que ele me trancaria ali. Fui até a estante, procurando alguma coisa — qualquer coisa — que pudesse usar como arma. Os cães me vigiavam, rosnando de irritação, mas não saíram da cama.

Agora, aguardemos.

O Pesadelo tamborilou com as garras, um som dissonante e feio. *Ele sabe que você foi infectada. E sabe, até certo ponto, que você tem consciência das Cartas da Providência no castelo.*

Eu me encolhi. Não tinha dito aquilo de propósito, na bruma, sozinha com o capitão dos Corcéis. Assim que eu mencionara as Cartas, Ravyn se interessara. Calei-me imediatamente, mas já era tarde demais.

Bati o pé no chão, em um ritmo ansioso e caótico.

O Pesadelo não se afetava pelo meu incômodo, e falou com a voz quase preguiçosa. *E se você simplesmente contasse para ele que enxerga as Cartas da Providência? Ou, melhor, que eu as enxergo.*

Parei de mexer em um dos exemplares empoeirados da estante. *Não seja idiota.*

Ele pode surpreendê-la.

Ele já me surpreendeu, falei, olhando para a porta e tentando ouvir passos. *Nem toda surpresa é boa.*

O Pesadelo riu, como se tivesse captado uma piada incompreensível para mim. *Lembre-se do que eu disse. Ele vai testar sua magia.* Ele tamborilou as garras. *Ou, mais precisamente, a* MINHA *magia.*

Abafei um grunhido com a manga do vestido e sentei em uma cadeira. O cômodo não tinha arma alguma. Se me visse em perigo, eu precisaria utilizar a ferramenta em minha cabeça.

Passos voltaram a soar na escada de pedra, seguidos pelo estalido da chave. Os cães ergueram as orelhas, e eu me preparei.

Três pessoas entraram no porão. Ravyn Yew, um desconhecido e uma moça. Considerando a mandíbula severa dela, o cabelo escuro e curto e o corpo esguio envolto em uma túnica de barra ornamentada em vez de um vestido, eu soube exatamente quem era.

Jespyr Yew, irmã caçula de Ravyn e a única mulher Corcel.

Eles se enfileiraram, desalinhados, na minha frente, todos com expressões cautelosas. O homem entre os irmãos Yew era mais velho e usava uma túnica simples e a barba desgrenhada. Eu o encarei, sem conseguir identificá-lo.

Até que notei o pequeno salgueiro bordado em linha branca no peito da túnica.

Eu me levantei em um salto.

— Você trouxe um Clínico?! — exclamei. — Por que não me atravessou com a adaga de uma vez?

— Calma — disse Ravyn, com a voz tranquila. — Queremos apenas fazer umas perguntas. Ele não vai delatá-la. Vai, Filick?

— Sou jurado à obediência ao capitão — disse o homem mais velho.

Ele deu uma piscadela discreta para Ravyn e se aproximou da mesa com cuidado, como se eu fosse um cavalo arisco e nervoso. Ele sentou-se na cadeira à minha direita.

— Eu me chamo Filick Willow. E você?

Olhei com ódio para Ravyn. Eu tinha conseguido evitar Clínicos a vida toda. Mas, desta vez, não tinha onde me esconder.

Eu me sentei novamente e me empertiguei, esbanjando uma confiança que não sentia.

— Elspeth Spindle — respondi friamente.

— Quantos anos você tem, Elspeth?

— Vinte.

Ele se aproximou, me observando.

— Que idade tinha quando pegou a infecção?

— Nove.

— Entendo. E que habilidade mágica a infecção lhe forneceu?

Tentei não me encolher enquanto considerava as opções. Se mentisse e dissesse que não tinha magia, era capaz de eles não me deixarem ir embora. Eu continuava sendo testemunha das atividades ilícitas do capitão dos Corcéis.

E o que, meu bem, ele procurava, vestido todo de preto, percorrendo a estrada?

Um lampejo faiscou em minha mente. Havia como mentir e contar a verdade ao mesmo tempo.

As melhores mentiras são assim: têm um toque de verdade.

Respirei fundo uma, duas vezes. Devagar, relaxei os músculos do rosto — a tensão na mandíbula, a testa franzida. Ao respirar pela terceira vez, minha expressão estava neutra.

— Minha magia me mostra Cartas da Providência — declarei.

Filick ergueu tanto as sobrancelhas que elas sumiram sob o cabelo. O queixo de Jespyr caiu. Ao lado dela, Ravyn se empertigou, o choque quebrando por um momento o controle pétreo de seu rosto.

Filick continuou a me encarar.

— Como assim, "mostra"?

Esse Clínico não é lá tão inteligente.

— Cada Carta tem uma cor, como uma assinatura mágica — expliquei. — A cor corresponde ao veludo na borda da Carta. O Cavalo Preto é preto. O Poço é azul. A Donzela é rosa, e assim por diante.

— E você enxerga essas cores? — perguntou Ravyn. — Mesmo através da bruma?

Eu soltei o ar.

— Sim.

Jespyr riu — uma gargalhada rápida e triunfante.

— Genial. É exatamente disso que precisamos para encontrar...

— Um instante — interrompeu Filick. — Se a srta. Spindle estiver contando a verdade e tiver vivido com essa magia por onze anos, certamente sentiu efeitos colaterais — disse ele, franzindo o cenho. — A magia da infecção é degenerativa. Nada vem de graça.

Mantive meu rosto inexpressivo.

— Estou perfeitamente ciente de que há custo na magia, Clínico — retruquei, abaixando a voz. — Mas ainda não descobri a extensão de minha dívida. Não tenho conhecimento de minha degeneração.

De repente, houve uma batida à porta. Três toques, seguidos por um quarto e um quinto após um intervalo. Ravyn foi até a porta. Não notei a luz vermelho-vivo entrando pela fechadura, nem antecipei a vivacidade do vermelho-rubi da Carta da Foice até ela aparecer ali.

O príncipe Renelm Rowan entrou no porão, ainda com as botas enlameadas da caça. Quando me fitou, seus olhos verdes cintilaram.

— E quem é essa daí?

— Elspeth Spindle — respondeu Jespyr.

— Filha de Erik — explicou Ravyn, dirigindo um olhar cheio de significado ao primo.

O príncipe me analisou. Ele me lembrava uma raposa, com seu cabelo arruivado desgrenhado e seus olhos cintilantes e perspicazes.

— Eu sou Renelm — disse, estreitando os olhos —, mas pode me chamar de Elm.

Eu sabia quem ele era. Sempre soubera. Renelm e o irmão mais velho, Hauth, eram príncipes dignos de contos de fadas — belos, espertos, solteiros. Contudo, na versão do conto de fadas do Pesadelo, eles não eram apenas os príncipes amados pelo reino.

Eram também os vilões.

Ele rosnou atrás de meus olhos, mostrando as garras ao observar Elm. *Rowan, fruto da sorveira, é vermelho, vermelho infindo. A terra no tronco escurece de tanto sangue fluindo. Nunca confie no homem da Carta escarlate.* A voz escorria dele, uma névoa venenosa preenchendo minha mente. *Só haverá paz quando calar o que no peito dos Rowan bate.*

Controlei um calafrio, forçando os músculos da face contra o frio enregelante causado em mim pelas palavras do Pesadelo. O Pesadelo nutria um ódio vingativo e infindável pelos Rowan, e eu sabia o motivo. O rei Rowan, como seus predecessores, usava a sabedoria antiga d'*O velho livro dos amieiros* para ensinar o medo — e não as maravilhas — da magia. Ele corrompia nosso texto antigo e o pervertia para transformá-lo em um meio de controlar Blunder — assim como a Foice.

A Carta vermelha. Havia apenas quatro em todo o reino, e os Rowan sempre estiveram em posse de todas. Com elas, possuíam o poder absoluto da persuasão. Três toques na Foice, e se faria o que um Rowan pedisse. Se Elm me mandasse pular de um penhasco em um pé só, eu o faria com prazer, não porque a Foice faria minhas pernas se mexerem — mas porque me faria *querer* pular.

Olhei com raiva para a luz vermelha e brilhante no bolso de Elm, sem saber se era a animosidade do Pesadelo fervilhando em mim ou a minha própria.

Elm era mais alto e robusto do que Ravyn. Quando me levantei, tive que erguer o queixo para encará-lo.

— É um prazer conhecê-lo, senhor — falei, tensionando a mandíbula. — Eu me chamo Elspeth Spindle.

Um sorriso tímido dançou no canto da boca de Elm.

— É Spindle mesmo? — perguntou ele. — Não Jayne Yarrow?

Olhei para Ravyn, meu estômago se revirando. Porém, o capitão de repente fixara o olhar nas botas, e notei um indício de rubor em seu pescoço e queixo.

Recuei um passo, a lembrança do segundo bandoleiro — dedos puxando com força meu capuz, as notas hostis em sua voz — me cercando, me apertando. Minha raiva cresceu, presa em um cômodo com homens desconhecidos e perigosos que tinham feito o possível para me ferir menos de três semanas antes.

Eu me larguei com força na cadeira e cruzei os braços. Mais um pouco de atrevimento e teria cuspido nos pés do príncipe.

— Que família você tem, hein — falei para Ravyn, fulminando-o com o olhar. — Um ataque de vocês dois foi mais do que suficiente. Mande o príncipe ir embora com sua Foice, senão eu não direi mais uma palavra sequer.

CAPÍTULO OITO

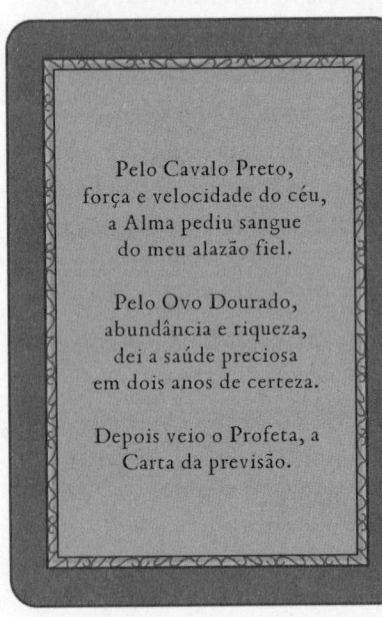

Pelo Cavalo Preto,
força e velocidade do céu,
a Alma pediu sangue
do meu alazão fiel.

Pelo Ovo Dourado,
abundância e riqueza,
dei a saúde preciosa
em dois anos de certeza.

Depois veio o Profeta, a
Carta da previsão.

Ela quis o meu medo,
então lhe dei aversão.

Quando pela Águia Branca
eu pedi valentia,
deixei cicatrizes nas mãos,
minha pele como garantia.

Então roguei pela Donzela,
por beleza rezei.
Ela pediu meu cabelo,
que com a faca tosei.

Pus a mão no bolso, tocando meu amuleto. Filick, Elm e Jespyr saíram do porão, um por um. Ravyn foi atrás deles, falando palavras que não distingui.

Talvez fossem deixá-lo me matar, afinal.

O Pesadelo se agitou em minha mente, atento à porta.

Sem janelas, eu não fazia ideia da hora. Eu me larguei ainda mais na cadeira, cansada. Momentos depois, Ravyn voltou. Desta vez, porém, seu bolso irradiava luz.

Eu me empertiguei, enrijecendo as costas e arregalando os olhos. Ele trazia Cartas da Providência consigo. O Pesadelo estava certo — ele ia me testar.

Ravyn sentou-se à mesa ao meu lado, o rosto coberto por uma máscara de austeridade. Pôs a mão no bolso com tanta rapidez que nem vi o movimento, e então largou uma Carta da Águia Branca na mesa. Esfreguei os olhos, mais cansada do que imaginava, porque, por um segundo, pareceu-me que a luz das Cartas no bolso de Ravyn tinha piscado.

A Águia Branca retratava uma ave pairando acima de uma plantação de trigo, com olhos alaranjados e garras pretas afiadas. *Coragem*, dizia de um lado. Do outro, com a imagem invertida, dizia *Medo*.

Olhei para a Carta e depois para Ravyn.

— O que você quer com isso?

— O que você vê? — perguntou ele. — Que cor?

Cruzei os braços.

— Não acabei de provar que via a Carta da Foice no bolso do seu primo?

— Muita gente sabe que Elm anda com a Foice — retrucou Ravyn. — Talvez tenha sido pura sorte.

— Eu não consideraria sorte nada do que aconteceu hoje, capitão.

Ali estava de novo — o tremor rápido no canto da boca de Ravyn, um indício de sorriso. Ele pigarreou e repetiu:

— Que cor?

— Branco.

Do outro bolso, sacou um pedaço de seda preta.

— Diga, srta. Spindle, enxerga as cores de olhos fechados? Meu coração acelerou.

— Sim.

— Que bom — disse ele, envolvendo os dedos com o pano. — Faria objeção a uma venda?

Hesitei. Ravyn aguardou, me observando com a expressão inescrutável. Quando assenti, ele se levantou, com a seda em mãos. Tamborilei os dedos na mesa, fechando os olhos devagar.

Apesar da aspereza dos dedos arranhando o tecido, o toque de Ravyn era suave. Ele ajeitou as mechas soltas do meu cabelo atrás da orelha e, em seguida, deu duas voltas com a venda ao redor dos meus olhos, amarrando atrás da minha cabeça.

Eu não via nada, pois o tecido era liso e opaco. Pisquei e respirei fundo, sabendo que nenhuma venda no mundo seria capaz de esconder a cor das Cartas da Providência do Pesadelo em minha mente.

Ouvi Ravyn voltar à cadeira.

— Posso continuar? — indagou ele.

Não era o cansaço — as cores vibrantes no bolso dele piscaram outra vez. Foi só quando Ravyn jogou a Carta seguinte na mesa que eu entendi a cor.

Preto.

Mesmo no escuro da venda, o preto era distinto. O preto dos meus olhos — o preto da magia.

— Cavalo Preto.

Escrito como um conto fragmentado de terror, *O velho livro dos amieiros* relatava o Baralho das Doze Cartas da Providência, a magia que possuía, como utilizá-la e as consequências de seu uso excessivo.

O Cavalo Preto transformava o portador da Carta num mestre em combate. O Ovo Dourado concedia grande riqueza. O Profeta oferecia vislumbres do futuro. A Águia Branca outorgava coragem. A Donzela dava enorme beleza. O Cálice transformava líquidos em soros da verdade. O Poço fornecia perspicácia para reconhecer inimigos. O Portão de Ferro ofertava serenidade plena, independentemente da dificuldade. A Foice conferia o poder de controlar os outros. O Espelho atribuía invisibilidade. O Pesadelo permitia falar com a mente alheia. Os Amieiros Gêmeos tinham o poder de comunhão com a antiga entidade de Blunder, a Alma do Bosque.

Porém, assim como toda lâmina tinha dois gumes, havia dois lados em toda Carta da Providência. A magia cobrava sua taxa. Se usado em excesso, o Cavalo Preto podia enfraquecer seu dono. O Ovo Dourado levava à ganância destruidora. A coragem da Águia Branca dava lugar ao medo. A visão do Profeta tornava o usuário incapaz de mudar o futuro. O soro da verdade do Cálice virava veneno. A beleza da Donzela endurecia o coração de quem a usava. O portador do Poço seria traído por um amigo. O Portão de Ferro roubava anos de vida. A Foice causava forte dor física. O Espelho erguia o véu entre os mundos, expondo um reino de fantasmas. O Pesadelo revelava os medos mais profundos.

E os Amieiros Gêmeos... Ninguém sabia o que aconteceria caso alguém a usasse demais. Não havia registro algum de seu uso.

Um momento depois, a escuridão do Cavalo Preto se foi, e outra Carta foi posta na mesa.

Rosa. Um rosa penetrante, cor de pétala.

Eu me remexi na cadeira.

— A Donzela. Vi algumas dessas flutuando nesse Equinócio.

— Viu?

Suspirei.

— Infelizmente.

— Você parece desaprovar.

Uma pontada de dor me atingiu, o rosto de Ione voltando à mente com nitidez.

— Não faz diferença o que eu acho.

A risada do Capitão tremeu em seu peito. O tom rosado da Donzela sumiu, substituído por um turquesa calmo, da cor do mar.

— O Cálice.

Ele puxou outra Carta. Uma luz cinza forte, nebulosa, flutuou no cômodo.

— O Profeta — falei.

A luz cinza do Profeta piscou por um momento.

— Diga, srta. Spindle, você própria tem alguma Carta?

Mordi o lábio.

— Não.

— Mas mora com seu tio. Ele certamente possui Cartas.

Eu me remexi.

— É o que você parecia pensar quando me emboscou na estrada.

Eu não sabia se Ravyn Yew sentia remorso. Havia certa calma treinada nele, e seu tom nunca se afastava muito do interesse moderado. Porém, ele mudou de assunto rápido.

— Quantas pessoas sabem de sua infecção?

Mordi a língua e levantei a venda, libertando meus olhos. Ravyn estava sentado na cadeira, me observando. Procurei hostilidade em sua expressão, mas encontrei apenas curiosidade e cautela.

— Como sei que você não vai prendê-los por me abrigar? — questionei.

— Acho que não tem como saber. Mas, como pode notar, eu não prendi nem você, uma moça com forte infecção mágica.

Diante do meu silêncio, ele inclinou a cabeça como uma ave e acrescentou:

— Estou apenas tentando entender a extensão de sua situação.

Rangi os dentes.

— Por quê? Por que não me prendeu?

— Porque você não fez nada de errado — respondeu ele, com uma pausa. — E porque sua habilidade é extremamente útil.

— Não fiz nada de errado? — retruquei, erguendo as sobrancelhas. — Eu violei a lei... gravemente.

Ravyn apenas balançou a cabeça.

— Nem todos compartilham dessa opinião.

— Seu tio compartilha, e só isso importa.

O capitão dos Corcéis me observou, momentaneamente abaixando o olhar cinzento para minha boca.

— Eu gostaria de continuar, srta. Spindle — disse ele, indicando a venda na minha testa. — Se me permite.

Voltei a cobrir os olhos e soltei um suspiro ruidoso. Luz dourada inundou o ambiente.

— O Ovo Dourado.

Quando veio o som da Carta seguinte batendo na mesa, eu pisquei no escuro, à espera.

— Pode ir — falei.

— Já pus a Carta na mesa — disse Ravyn, tranquilo.

— Não estou vendo Carta alguma.

— Não está vendo nenhuma cor?

O Pesadelo se agitou, fazendo cócegas em meus ouvidos com seu sussurro. *Não tem Carta. É um truque.*

— Não tem cor — insisti. — Não pode haver Carta.

— Eu garanto que há.

Arranquei a venda do rosto e uma exclamação suave escapou de minha boca quando vi a imagem de árvores antigas entrelaçadas no veludo verde-floresta. A Carta dos Amieiros Gêmeos.

O Pesadelo e eu percebemos a verdade ao mesmo tempo. Uma risada deixou minha garganta.

— Não há magia — falei. — Apenas papel e veludo. É falsificada.

Ravyn sorriu, uma sombra se mexendo juntamente ao seu nariz marcante.

— Tem certeza?

— Absoluta, capitão.

Quando ele guardou no bolso a Carta falsa, as outras piscaram e tremeluziram. Vislumbrei a luz vinho familiar em meio ao amontoado de cores e estreitei os olhos.

— Comenta-se muito por aí das duas Cartas do Pesadelo — falei secamente. — Mas ninguém parece saber que o rei já tem uma delas. Nem que seu capitão a usa com tamanha liberdade.

Ravyn não disse nada. Quando o silêncio entre nós ficou tenso demais, tamborilei os dedos na mesa.

— E então? Passei no seu teste?

O capitão se recostou na cadeira, sem desviar o olhar cinzento do meu rosto.

— Certamente me parece que você enxerga as Cartas da Providência. E que conseguiu esconder sua infecção de Clínicos e Corcéis, apesar de ser filha de um capitão — disse ele, e outra vez inclinou a cabeça. — Quem mais sabe da sua capacidade de enxergar as Cartas?

Eu me empertiguei.

— Ninguém.

Ravyn ergueu as sobrancelhas.

— Outra mentira, srta. Spindle?

— Não! — exclamei e me debrucei na mesa, fitando seu rosto. — Juro. Minha família pensa que eu apenas tive a febre.

Ravyn não disse nada, testando minha determinação com seu silêncio. Ele mantinha o queixo firme, como se esculpido em pedra.

Quanto mais ele fazia silêncio, mais minha raiva aumentava. *Qualquer que seja sua motivação*, falei para o Pesadelo, *ele ainda é um Corcel. Ainda é um brutamontes que caça crianças infectadas e manda as famílias delas para a cova. Um movimento errado, e ele certamente fará o mesmo comigo.*

Então se mostre indispensável, ronronou o Pesadelo, me provocando. *Vamos, faça uma oferta. Veja o que ele lhe dará em troca.*

Eu me levantei tão abruptamente que a cadeira caiu para trás.

Os cães ganiram no canto e Ravyn levou a mão ao cinto, com o olhar alerta.

— O que houve?

— Sei que você quer as Cartas da Providência — falei, as palavras escapando com pressa. — Sei também que não quer que o rei descubra. Senão, não teria precisado se disfarçar na floresta — continuei, firmando mais a voz. — Vou ajudá-lo a encontrar as Cartas. Não contarei para ninguém que o príncipe se faz às vezes de bandoleiro, e em troca você guardará meu segredo. Mas preciso de mais uma coisa.

Ravyn cruzou os braços, voltando a me analisar.

— A decisão relativa a como lidar com sua magia não depende apenas de mim, infelizmente.

Ergui o queixo. Mesmo sentado, calmo e reclinado, Ravyn Yew me assustava. Sem se incomodar com meu silêncio, o capitão perguntou:

— O que deseja, precisamente, srta. Spindle?

Meus dedos tremeram.

— Quero que deixe minha família em paz. Não os castigue por esconder minha infecção.

Ele assentiu devagar.

— Se for esse seu desejo.

— E não volte à casa do meu tio — acrescentei. — Ele não porta Carta alguma que você não tenha me mostrado hoje.

— Achei que não soubesse nada das Cartas do seu tio.

Eu pisquei.

— Não faria sentido contar para um homem que botou uma faca no meu peito como roubar minha própria família.

— Que coragem a sua — disse Ravyn, se mexendo na cadeira. — Mais alguma coisa?

Ele dará qualquer coisa pela sua magia, murmurou o Pesadelo. *Peça algo extravagante.*

Como um procedimento mágico para remover o parasita da minha cabeça? Mantive a expressão neutra e o olhar no capitão dos Corcéis.

— Uma última coisa.

— Diga.

Apoiei as mãos na mesa e me debrucei um pouco, sem desviar o olhar.

— Você precisa jurar, capitão, que em circunstância alguma usará essa Carta do Pesadelo contra mim outra vez.

CAPÍTULO NOVE

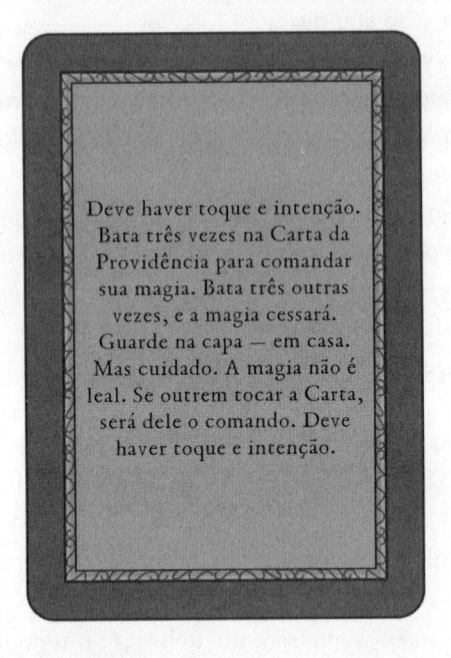

> Deve haver toque e intenção.
> Bata três vezes na Carta da
> Providência para comandar
> sua magia. Bata três outras
> vezes, e a magia cessará.
> Guarde na capa — em casa.
> Mas cuidado. A magia não é
> leal. Se outrem tocar a Carta,
> será dele o comando. Deve
> haver toque e intenção.

Ravyn me acompanhou até a escadaria principal.

Tinha escurecido, e era a noite do Equinócio. Em breve começaria o segundo banquete, seguido pelas festividades da corte — dança, jogos e todo tipo de farra alimentada pelo vinho do rei.

— Preciso conversar com os outros. Confio que você seja capaz de voltar sozinha aos seus aposentos — disse Ravyn, me dando as costas. Então, como se tivesse esquecido algo, se virou para mim, a voz menos tensa: — Nos vemos no jantar, srta. Spindle.

Ameaça ou promessa?, perguntou o Pesadelo.

Vi o capitão dos Corcéis voltar pelo corredor a passos apressados. *Ele não confia em mim.*

Você disse a ele que sua mente é território proibido. Se antes não achava que você estivesse escondendo algo, agora certamente acha.

Eu ESTOU escondendo algo, falei, mexendo na barra da manga rasgada do meu vestido ao subir a escada. *Você.*

O corredor estava movimentado. Criados levavam bandejas de vinho aos quartos e homens se aglomeravam na frente das portas, fumando e rindo. Passei longe deles e esbarrei na tapeçaria cinza do Profeta, sentindo um desejo tão repentino de voltar ao Paço Hawthorn — longe de tudo e de todos — que levei a mão à barriga.

Quando abri a porta de nossos aposentos, encontrei Nya na sala de estar.

— Céus! — gritou ela. A criada que estava ali tinha as mãos pálidas de tanto apertar seu corpete muito robusto. — Feche a porta. Quer que todo mundo veja minhas roupas de baixo?

Eu a ignorei, fui para o meu quarto e bati a porta, sentando-me na cama enquanto os resquícios da luz cinzenta se dissipavam no escuro. Eu tinha passado horas trancada naquele porão sob o castelo, perdendo a maior parte do dia com Ravyn Yew. O capitão dos Corcéis era um homem estranho. Eu esperava que alguém em sua posição fosse um pouco menos sereno, mais abrasivo — mais brutal.

Estava feliz de ter me enganado.

Porém, havia algo sombrio no silêncio de Ravyn; eu notava na expressão dele, no controle frio das feições. Ele, como eu, aprendera a deixar o rosto inexpressivo, a esconder os pensamentos sob uma máscara de controle e austeridade.

Então, como eu, ele tinha o que esconder.

Por que mais ele e o primo vagariam pela estrada da floresta na clandestinidade, se tinham a seu dispor o poder dos Corcéis? Se o Pesadelo estava certo sobre alguma coisa, era que, fosse lá por qual motivo, o capitão desejava minha magia.

Ele a achava intrigante.

O capitão dos Corcéis é sombrio e severo. Dos teixos dos Yew, vê com olho cinza sincero. Tem asas bem largas e o bico afiado. Se esconda ou será encontrada... e acabará de coração arrancado.

Dimia abriu a porta sem bater, com o cabelo ainda molhado do banho. Quando me viu, repuxou a boca em uma linha fina.

— Por onde você andou? Está um horror.

— No jardim.

— Estávamos todas no jardim — disse Nya, seguindo a gêmea até meu quarto, com a voz levemente arfante por causa do corpete. — Só você saiu com o vestido sujo e o cabelo embaraçado.

— Apressem-se — ordenou Nerium, do quarto ao lado. — Devemos descer antes de soar as oito.

Tirei um galho do meu cabelo.

— Vocês sabiam que Ione ganhou uma Carta da Donzela?

Minhas meias-irmãs se viraram bruscamente para mim.

— Como assim, ganhou? — perguntou Nya.

Dimia se jogou na cama, fazendo o colchão ranger.

— Quem deu para ela?

— Quanto custou?

— Ela está diferente?

Fui para o banheiro, tirando o vestido sujo.

— Sei apenas que ela estava com a Carta hoje, na caminhada pelo jardim. Ela contou para vocês?

Dimia fez beicinho.

— Ninguém nunca me conta nada.

Nya abriu a porta do banheiro, trazendo meu vestido verde-escuro. Ela ergueu a peça junto ao meu corpo e a examinou.

— É de confecção bastante fina — comentou ela. — Mas a cor é muito escura para o Equinócio. Foi presente de nosso pai?

— Não — respondi, esfregando a pele com a toalha molhada antes de pegar o vestido. — Do meu tio.

Ela ergueu as sobrancelhas.

— Ele é muito mais generoso do que eu imaginava, se mandou fazer vestidos novos para você e gastou metade da fortuna em uma Carta da Donzela. Quem diria que morar na floresta dá tanto dinheiro?

— Não dá — disse Nerium, entrando no quarto, sem nem se esforçar para fingir não ter escutado a conversa. — Então ele pegou o dinheiro emprestado. Ou trocou algo de grande valor.

A gargalhada do Pesadelo me sobressaltou.

— Aqui — disse Nya, me entregando um pente de dentes finos. — Use isto. Seu cabelo está pior que um ninho.

Havia um espelho alto de prata na sala comum. Depois de me vestir, fui até lá e pisquei para a mulher no reflexo, mal me reconhecendo com um vestido verde tão vibrante. Dimia parou ao meu lado, enchendo as bochechas de ar.

— Alyx Laburnum perguntou por você ontem.

Cobri o rosto com a mão.

— Você não disse nada, disse?

Nya fechou a cara, apertando os lábios.

— Não entendo por que você o esnoba — disse ela. — Ele é amável e compreensivo... é bom demais para você.

— Isso ele é mesmo — falei, sem um pingo de remorso.

Nerium apareceu atrás de nós, puxando as filhas e beliscando as bochechas delas até ficarem vermelhas.

— Soou a hora — anunciou ela, me olhando rapidamente de cima a baixo. — Confio que você não nos envergonhará esta noite, Elspeth.

Consegui pensar em várias coisas que poderiam envergonhar minha madrasta. Ser perseguida na bruma pelo capitão dos Corcéis, por exemplo.

E nocauteá-lo, acrescentou o Pesadelo.

Minha boca tremeu, mas eu não sorri.

Meu pai estava esperando no corredor com os outros homens, pronto para nos acompanhar, vestindo uma túnica carmim. Ele deu a mão para Nerium. As gêmeas os seguiram, de braços dados, me deixando para trás, uma sombra ao lado do vermelho-vivo dos Spindle.

Saímos pelo corredor a caminho do salão. Olhei ao redor em busca de Ione e de sua luz rosada, mas vi poucas Cartas. Cor emanava dos três Corcéis de sentinela, de um Ovo Dourado, de um Cálice e de uma Foice. Mas não havia Donzela nenhuma.

Quando o orador anunciou o nome Spindle, meu pai e Nerium avançaram primeiro, seguidos pelas minhas meias-irmãs, e, por último, por mim. A multidão se virou para nos olhar. O calor dominou meu rosto e cerrei os dedos que seguravam o vestido, determinada a não me sentir rejeitada como me pintavam.

O príncipe Elm Rowan estava ao pé da escadaria, o brilho vermelho de sua Foice iluminando o caminho.

O sorriso do príncipe não chegava aos olhos.

— Erik — disse ele, estendendo a mão —, lamento não tê-lo visto na caçada. Seja bem-vindo ao Equinócio.

— Alteza — cumprimentou meu pai, com uma mesura profunda. — Obrigado por nos receber.

— É sempre um prazer vê-lo, assim como suas filhas.

Dimia soltou uma risadinha e Nya deu uma cotovelada nela, as duas com os pescoços de cisne abaixados.

Elm piscou ao olhá-las, torcendo o nariz sardento, como se sentisse um fedor. Em seguida, olhou para mim.

— Esta deve ser a filha de sua primeira esposa.

Meu pai olhou para trás, como se só então tivesse se lembrado de mim.

— Elspeth não vem ao Equinócio há anos — disse ele, me chamando para a frente. — Elspeth, você se lembra do príncipe Renelm.

Fiz uma reverência. Quando Elm estendeu a mão para me cumprimentar, nossos dedos se encontraram, frios e insensíveis.

— Seja bem-vinda de volta a Stone, srta. Spindle — disse ele, seus olhos verdes astutos. — Posso acompanhá-la ao jantar?

Os Rowan não são confiáveis. Eles se agarram com desespero demais às Foices, com sede de poder... de controle, disse o Pesadelo, em meio ao falatório da multidão. *Cuidado.*

Eu me retesei, abaixando o olhar para a Carta vermelha no bolso de Elm. Porém, aceitei seu braço, o tecido nas nossas mangas deslizando. Ele era apenas dois anos mais velho que eu — tinha a idade de Ione. Seus olhos verdes se destacavam na pele marrom-clara e, quando seu cabelo grosso e despenteado refletia a luz, tomava a mesma cor das guirlandas de Equinócio penduradas acima dos arcos do salão, de tons outonais brilhantes.

Ele era inegavelmente belo. Porém, a luz vermelha da Foice projetava sombras estranhas em suas feições, o que me fez desviar o olhar, incomodada.

Deslizamos salão adentro, adiante da segunda família de meu pai, e o oceano de gente se abriu para nós. Velas e tochas tinham sido acesas e o salão brilhava, iluminando os tecidos finos das casas de Blunder, com as respectivas árvores bordadas no peito de vestidos e túnicas.

Procurei Ione e os Hawthorn, mas não os encontrei na turba tão densa quanto a bruma.

Um criado passou com uma bandeja de cálices transbordantes e Elm pegou dois, me entregando um com brusquidão, derramando um pouco de vinho no chão. Aceitei a bebida com as duas mãos, feliz por não precisar mais tocá-lo.

Ele tomou um gole demorado, fitando o salão com os olhos verdes.

— Você deve ser muito especial — disse ele, mal movendo os lábios, enquanto acenava para os membros da corte de seu pai que passavam por nós. — É raro que Ravyn aceite alguém em sua intimidade.

— Intimidade?

— Vocês passaram horas juntos — disse ele, um sorriso tenso repuxando sua boca. — Além do mais, ele está insistindo que você, ou que sua magia, tem alguma *utilidade*.

Encarei o segundo filho do rei, o nervosismo revirando meu estômago. Como ele vestia bem a máscara da cordialidade — do charme. Porém, eu ouvia desaprovação e dúvida em sua voz. Conseguia farejá-las nele como fumaça.

Recuei um passo, tão desconfiada do príncipe quanto ele de mim. Porém, antes que eu pudesse ir embora, um homem — alto, bonito e grande — se aproximou de nós, acompanhado pelo olhar da multidão.

— Meu irmão — cumprimentou o grão-príncipe Hauth Rowan, olhando de Elm para mim. — Quem é esta linda criatura?

Se minha estima pelo príncipe Elm era baixa, por Hauth então era abismal. O grão-príncipe era um brutamontes. Banhado pela luz vermelha da Carta da Foice, Hauth não hesitava em forçar outros a obedecerem-no, especialmente aqueles que descumpriam as leis de Blunder.

Eu tinha ouvido falar que ele gostava de executar criminosos com a Foice, obrigando-os a fazer coisas horríveis. O grão-príncipe frequentemente convocava uma multidão para a fronteira da cidade e, lá, com três toques na Carta da Foice, mandava o condenado, sem amuleto, morrer na bruma — perdido no sal e na fome devoradora da Alma do Bosque.

Senti um calafrio só de estar ao lado dele.

Hauth me olhava de cima. Ele era maior que o irmão, seus músculos proeminentes sob a túnica dourada. Tinha também a pele marrom-clara e olhos do mesmo verde dos Rowan, mas, enquanto o olhar de Elm era atento e astuto, o de Hauth era ousado, agressivo.

— Você é a filha mais velha de Erik?

— É um prazer conhecê-lo, senhor — falei, abaixando a cabeça.

— Não nos conhecemos?

Elm suspirou.

— Por isso a apresentação, meu irmão.

Hauth pegou minha mão e a beijou.

— Antes tarde do que nunca.

Elm fez um ruído de engasgo.

— Já basta — disse ele, me afastando do irmão antes que o grão-príncipe pudesse falar mais alguma coisa.

Senti o olhar de Hauth em minhas costas, mas não me virei para ele, com a pele ainda pinicando devido a seu toque.

— Preciso de outra bebida — resmungou Elm, me largando sozinha sem pensar duas vezes. — Não se afaste muito, Spindle.

Encontrei minha tia perto de uma bandeja de comida. Ela deu um pulo quando toquei seu ombro, mas logo me puxou para um abraço apertado. Quando me soltou, me olhou de cima a baixo, arregalando os olhos.

— Você está linda!

Olhei a multidão ao redor dela, reconhecendo a discussão característica dos meus primos mais novos enquanto eles corriam pelo salão, cuspindo farelos.

— Onde está Ione? — perguntei. — Nós... discutimos. Quero consertar as coisas.

As rugas na testa de minha tia se aprofundaram. Lágrimas brilharam em seus olhos e ela esfregou o nariz.

— Ione está com o pai e o rei. Ah, Elspeth — disse ela, levando a manga aos olhos. — Seu tio é um homem muito teimoso.

Senti meu estômago se revirar.

— O que o rei quer com ela?

Quando minha tia falou, a voz saiu hesitante:

— Seu tio deu a Carta do Pesadelo para o rei e firmou um acordo... sem me consultar.

O estrépito de prata caindo no chão ecoou ali perto. Meus primos passaram correndo, gargalhando de malícia.

— Pelo amor das árvores! — exclamou minha tia. — Não tenho um filho comportado sequer?

Ela se sacudiu e atravessou a multidão atrás dos filhos.

Olhei para seu rastro, meu estômago dando voltas.

Um sino tocou à cabeceira da mesa e o salão começou a se encher. Fiquei onde estava, de braços cruzados. Meu vestido me envolvia, justo, e por um momento fiquei imóvel, embalada pelo material macio, perdida em pensamentos.

De repente, alguém me cutucou no ombro.

— Você está belíssima, Elspeth.

Resmunguei, reconhecendo a voz. Alyx.

Quando me virei, ele estava ali, vestindo outra túnica amarela, com o sorriso largo e os olhos cheios de expectativa.

— Acabo de perguntar ao seu pai se você poderia sentar-se comigo e com minha família. Ele ofereceu consentimento — disse Alyx, e fez uma pausa. — Desde que você concorde, lógico.

Sei que ninguém vai perguntar o que eu quero, disse o Pesadelo, cheio de sarcasmo, *mas, caso você queira saber, a resposta é não. Não, eu* NÃO *concordo, de jeito nenhum.*

Não surpreende ninguém, resmunguei.

— Veja bem, Alyx, eu...

— Minha mãe quer muito conhecê-la. Eu falei tanto de você...

Não ouvi o restante. Olhei para trás de Alyx, encontrando alguém na multidão. Ravyn Yew estava a poucos passos de nós, conversando com outros dois Corcéis, de mãos cruzadas nas costas. Ele tinha trocado de túnica desde que eu o vira. O cinto de facas sumira, substituído pela bainha dourada de uma espada cerimonial. A túnica que usava era azul-escura com bordado dourado e, por mais que eu buscasse a cor vinho da Carta do Pesadelo, não havia luz emanando de seus bolsos. Ele não portava Carta alguma.

Tínhamos passado apenas uma hora separados. Mesmo assim, eu não conseguia conter a impressão de estar olhando para um homem diferente a cada vez que o via.

Atraído pelo meu olhar, Ravyn virou o rosto. Ele me encarou, olhou meu vestido por um momento e, em seguida, se voltou para Alyx. Pelo momento mais breve, pensei tê-lo visto curvar o canto da boca.

Alyx ainda estava falando quando Ravyn chegou.

— E eu... Ah, perdão, capitão Yew — disse Alyx, com uma reverência. — Não o vi.

Ravyn fez uma mesura em resposta.

— Está gostando do Equinócio, Laburnum?

— Muito. Acabei de convidar a srta. Spindle para jantar comigo e com minha família.

Ravyn voltou a me olhar. Ali estava outra vez — aquele sorrisinho praticamente invisível.

— E o que a *senhorita* está achando do Equinócio, srta. Spindle? — perguntou Ravyn.

— Estou aproveitando como posso — respondi, com a voz mais frágil do que gostaria. — Embora haja Corcéis demais para o meu gosto — acrescentei, por despeito.

Ravyn ergueu uma sobrancelha.

— Tem algo contra os Corcéis, srta. Spindle?

— Não todos. — Observei o rosto dele. Quando notei o hematoma na bochecha, causado pelo meu chute, um sorrisinho brotou na minha boca também. — Mas a maioria.

Alyx olhou de mim para Ravyn.

— Bem, então, devemos nos sentar, Elspeth, meus pais...

Encostei no braço de Alyx.

— Você foi um doce, Alyx, mas prometi aos Yew que me sentaria com eles esta noite. Não é, capitão?

Alyx parou em meio a um movimento, surpreso. Ravyn passou a mão pelo queixo, escondendo a expressão.

— De fato.

Alyx apertou minha mão, prendendo-a junto ao braço.

— Eu tive a permissão de seu pai, Elspeth.

— Mas não a minha — falei, dessa vez com mais determinação. — Agora, se me der licença...

Alyx começou a protestar, de lábios entreabertos e testa franzida. Porém, um olhar enregelante de Ravyn bastou para conter a ira do outro. Ele soltou minha mão, me olhou com uma emoção entre a raiva e a mágoa, e partiu depressa.

Ravyn o viu ir embora e cruzou os braços.

— Não foi o triunfo que ele esperava, coitado do Laburnum.

— Não diga isso — falei, massageando minha mão, com uma pontada de culpa. — Alyx é bonzinho até demais. Ele sofreu mais do que merece nas minhas mãos.

— É com os bonzinhos que se precisa tomar cuidado — disse Ravyn.

Ergui o olhar para ele.

— E você, capitão? É bonzinho até demais?

Ele me fitou, e algo que não consegui interpretar brilhou em seus olhos cinzentos.

— Não, srta. Spindle. Não há nada de bonzinho em mim.

O sino tocou outra vez, com maior intensidade. A multidão seguiu para as mesas à luz de velas no centro do salão, com pressa para tomar seus lugares. Eu me demorei, sem saber onde me sentar.

— Minha família está ali — disse Ravyn, indicando a mesa.

— Se foi sincera quanto a sentar-se comigo.

Olhei para ele e respondi com mais frieza do que pretendia:

— Suponho que eu não tenha muita opção.

Ele deu de ombros.

— Pode se sentar com Jespyr. É mais agradável conversar com ela. Ou, se preferir, Elm está bem ali.

— Prefiro me arriscar com Emory outra vez — retruquei. — Ou ele está indisposto?

Um tremor passou pelo rosto pronunciado de Ravyn. Um instante depois, sumiu, substituído pela austeridade fria de sempre.

— Meu irmão não estará presente esta noite — respondeu ele, me oferecendo o braço. — Vamos?

Em silêncio, ele me conduziu aos nossos lugares, nos instalando perto da cabeceira da mesa, onde ficamos de pé, como todos, à espera da chegada do rei Rowan. Minha mão esquentava na manga da túnica de Ravyn, e eu fiquei tensa, sem saber quando soltar.

Corcéis enfileirados ocupavam a parede à nossa frente, à sombra dos Cavalos Pretos.

— São tantos Corcéis — resmunguei.

— As coisas são assim na casa de meu tio, infelizmente.

— É sua casa também, não é?

— O dever exige que eu esteja aqui, com o rei — respondeu ele, sem mudar de expressão. — Mas não é meu lar. A casa de minha família fica no centro. Os Corcéis frequentemente treinam lá, como treinavam antigamente no Paço Spindle.

Franzi o cenho.

— No castelo no topo da colina?

— Exatamente.

O Castelo Yew era antigo e seu terreno, histórico. O portão de ferro esculpido e a hera escura residiam sob a sombra dos velhos teixos que o batizavam — altos e agourentos. Atrás dali havia uma coleção de estátuas, um labirinto de pedra e sebes, e a casa sinistra e altíssima. Eu tinha passado na frente do portão inúmeras vezes quando criança, com uma certeza profunda de que havia o que temer debaixo daquelas árvores.

Eu nunca tinha entrado.

O sino tocou pela terceira vez e nós nos viramos para a cabeceira. O farfalhar de vestidos e as conversas se aquietaram quando o orador se ergueu para fazer seus anúncios.

— Apresento Sua Alteza Real, o rei Quercus Rowan, governante de Blunder, mantenedor da lei e protetor das Cartas da Providência.

Fizemos reverências quando ele entrou. Eu me lembrava de pouco das feições do rei. Ao longo dos anos, o vislumbrara apenas brevemente. Contudo, era impossível ver o rei e não saber que ele era da realeza. Paramentado em vestes douradas com barra de pele volumosa e uma sorveira bordada no peito, o rei Rowan se erguia alto e ereto. O cabelo loiro — acinzentado pela idade — emoldurava seu rosto de ângulos afiados, e o nariz largo e torto porque tinha sido quebrado anos antes.

Ele não era um governante charmoso e delicado. Formidável — implacável — era uma descrição mais adequada, e, muito embora Blunder não visse guerra havia séculos, o rei Rowan tinha a aparência de um grande guerreiro postado diante do exército, e não de um rei na corte.

— Sua Segunda Realeza — continuou o orador —, Hauth Rowan, grão-príncipe, herdeiro de Blunder, Corcel e mantenedor da lei.

Fizemos uma segunda reverência. Embora fosse mais bonito que o pai, Hauth ainda era inegavelmente Rowan. Grande, forte e brutal. Luzes vermelha e preta emanavam do bolso no peito de sua túnica prateada.

Comecei a me sentar, mas Ravyn balançou a cabeça, indicando que eu esperasse.

— Nós nos reunimos neste Equinócio para reconhecer nosso grande reino — declarou o grão-príncipe. — Não foi uma colheita fácil. A Alma do Bosque continua a estrangular Blunder. Ainda assim, celebremos os triunfos que atingimos na família, na saúde, e, mais importante ainda, no comércio e no uso das Cartas da Providência.

O salão ecoou com aplausos.

— Muitos dentre vós compartilharam sua riqueza com minha família — continuou Hauth. — Eu vos agradeço. Mas, acima da riqueza, está o dever. Como grão-príncipe de Blunder, é meu dever participar do legado de meu pai, seguir seu caminho, e o caminho delineado para todos nós n'*O velho livro dos amieiros*.

O Pesadelo sibilou.

Hauth olhou de relance para o pai e o rei assentiu.

— Como os reis antes dele, foi missão de meu pai reunir as doze Cartas da Providência — prosseguiu Hauth, falando mais alto. — Com elas, dissiparemos a bruma e baniremos a Alma do Bosque, livrando Blunder da infecção mágica.

Ele fez uma pausa.

— É meu prazer declarar que, hoje, chegamos mais perto desse objetivo.

Hauth se virou para o lado e fez sinal para alguém que eu não conseguia ver.

De repente, duas luzes começaram a se digladiar por domínio. Uma era vinho e a outra, rosa, carregadas por uma mulher de beleza espetacular e cabelo loiro. Meu estômago despencou quando a voz de Hauth retumbou em meio ao burburinho.

— Hoje — declarou ele —, graças a sua generosa contribuição, meu pai nomeou Tyrn Hawthorn como cavaleiro. É nosso orgulho oferecer à filha dele um lugar em nossa família real.

Aplausos irromperam ao meu redor, entre vivas e taças tilintando, um clamor enorme.

Ao meu lado, Ravyn Yew expirou, como se o ar queimasse em seus pulmões. Do outro lado da mesa, Elm Rowan e Jespyr Yew estavam pálidos como fantasmas, paralisados pelo choque.

Hauth pegou a mão da bela mulher. Ela passou a luz vinho para ele, com um sorriso nos lábios carnudos. Hauth, encorajado pelo tumulto da multidão, ergueu a Carta da Providência com as bordas de veludo cor de vinho.

— Vos apresento a esquiva Carta da Providência do Pesadelo, e minha futura esposa, Ione Hawthorn.

CAPÍTULO DEZ

Por desconfiança,
precisei do Poço.
Ela pediu uma casa —
para fugir do alvoroço.

Para o Portão de Ferro,
recuperar meu bem teve custo.
Foi minha armadura,
o ouro que cobria meu busto.

Na Foice eu pedi poder,
e ela pediu meu apego.

Eu lhe entreguei meu sono —
ela tirou meu sossego.

Depois veio o Espelho,
invisibilidade só minha.
Ela quis velhos ossos, então
peguei os da Rainha.

Mas ainda faltava à coleção,
apesar de todo o meu zelo.
Então vendi meu espírito...
o troquei por Pesadelo.

Eu não conseguia parar de olhar. Via Ione com nitidez, apesar da luz forte que se projetava a seu redor, como um sopro de fumaça rosa. Ela havia batido três vezes na Carta da Donzela e acessado sua magia. Em contraponto à manhã no jardim, estava inegavelmente transformada — era a mulher mais linda que eu já vira.

Vê-la me encheu de pavor.

Lágrimas arderam nos meus olhos diante daquela nova beleza, tão absoluta que já estava começando a erodir a memória de como ela era antes — as feições gentis e delicadas do antigo rosto de minha prima. Seus lábios estavam mais carnudos e, quando sorriam, não revelavam mais um diastema entre os dentes. O cabelo, de um tom de puro ouro, estava mais comprido — mais brilhante — e fluía, ao mesmo tempo leve e pesado, pelas costas como uma cascata. Seus cílios estavam mais longos, e o nariz, delicadamente estreito. Os olhos castanho-claros cintilavam com uma vivacidade estranha e etérea. Quando ela olhou ao longo da mesa, eu me forcei a desviar o rosto.

Ainda era Ione, mas era também uma desconhecida.

Cadeiras se arrastaram no chão quando as famílias de Blunder se sentaram. Continuei de pé, desnorteada.

Com braços rígidos, Ravyn me puxou para a cadeira. Como continuei imóvel, ele passou a mão larga pelas minhas costas.

— Sente-se, por favor, srta. Spindle.

Quando serviram o primeiro prato, ainda em meio à conversa animada que tomava o ambiente, não toquei a comida. Apenas olhei para o garfo, enquanto os resquícios de minha vida anterior escapavam como areia escorrendo por entre os dedos.

— Seu tio tinha a outra Carta do Pesadelo? — cochichou Ravyn ao meu ouvido.

Lágrimas traiçoeiras escaparam de meus olhos.

— Tinha.

— E você escondeu isso?

Olhei para o capitão dos Corcéis, surpreendida por algo em sua voz. Sua pele marrom perdera o calor e, ao falar, eu o via tensionar a mandíbula, como se carregasse um enorme peso nos ombros.

Então minha ficha caiu.

— Você mentiu para mim — falei, enquanto o medo tomava conta do meu peito. — Por que o rei iria querer a Carta do Pesadelo de meu tio, se o capitão dele já possuía a outra?

Perdi o fôlego.

— A não ser que... ele não saiba.

— Shhh — advertiu Ravyn.

Ele olhou para o rei, à cabeceira da mesa. Então, como se eu tivesse arrancado dele as palavras, abaixou a voz:

— Eu não menti. Você apenas supôs que o rei sabia de minha Carta do Pesadelo.

O Pesadelo tamborilou as garras, a gargalhada se soltando dele como uma troca de pele. *Que extraordinário*, disse ele. *Maravilha absoluta.*

Cale a boca, me deixe pensar.

Não está óbvio? O capitão dos Corcéis é um traidor sorrateiro e desprezível.

Precisei me sentar em cima das mãos para conter o tremor.

Responda este enigma, disse o Pesadelo. *O que tem dois olhos para ver, duas orelhas para ouvir e uma língua para mentir?* Como não respondi, ele riu baixinho. *Um bandoleiro, menina querida.*

Mas Ravyn não agiu sozinho, retruquei, olhando para Elm do outro lado da mesa.

Ainda mais curioso, ronronou o Pesadelo. *Será que o jovem príncipe sabe que o primo esconde do rei uma Carta de tamanho valor? Ou está envolvido na intriga?*

Ravyn me observava, à espera. Quando finalmente falei, foi com a voz falhando:

— Conte-me o que está acontecendo. Não vou arriscar ser taxada de traidora além de portadora de magia.

O capitão apoiou o cotovelo na mesa e o queixo na mão. Ele falou por trás dos dedos, em um grunhido abafado:

— Vou contar o que você precisa saber. Mas não posso fazer isso sozinho. Temos um conselho.

Cuidado, disse o Pesadelo, tecendo as palavras como teia de aranha em meus ouvidos. *O teixo dos Yew é esperto, e suas raízes oculta. Ele se dobra e não quebra, e os segredos sepulta. Veja além dos galhos torcidos, cave a terra sedimentar. O que busca são as Cartas — ou é no trono sentar?*

Eu me virei para Ravyn, tomando coragem.

— Você precisa me contar tudo.

Ele ergueu uma sobrancelha, me olhando com irritação por cima do nariz comprido.

— Há coisas que preciso fazer...

— Quer minha magia? — questionei, interrompendo o capitão dos Corcéis. — Pois convoque seu conselho. Quero saber a verdade. Já.

Nós nos levantamos separadamente da mesa. Quando finalmente saí do salão e encontrei Ravyn no fim do corredor de serviço, ele mal disfarçava a impaciência.

— Alguém a viu?

— Acho que não — respondi, tensa. — Minha madrasta, talvez.

Precisei levantar a saia para me apressar, agradecida pelo sapateiro não me ter dado saltos. Ravyn andava a passos ágeis, entrando e saindo de cômodos que eu nunca tinha visto.

Um dos cômodos — muitos andares acima do salão — estava trancado.

Ravyn tirou uma chave do bolso. Quando a porta se abriu, ele entrou e me mandou segui-lo, apressado, com um gesto brusco da cabeça.

— Onde estamos?

Tateei pelo escuro, tropeçando em algo fino — um livro.

— Meus aposentos. Feche a porta.

O quarto estava escuro, exceto pela lareira quase apagada, que emanava um brilho âmbar na parede oposta. Ravyn atravessou o cômodo, praguejando. Um livro saiu voando por um chute dele, indo parar longe. O homem se ajoelhou ao lado do fogo, soprando para atiçá-lo até ser suficiente para acender uma única vela.

O cheiro de poeira com toques sutis de cravo e cedro encheu minhas narinas enquanto eu olhava ao redor. Não surpreendia termos tropeçado. Tinha livros espalhados por todo o chão, alguns empilhados, outros largados com a capa para cima, e páginas abertas como as asas de um pássaro morto. O mesmo valia para as roupas do capitão. Túnicas, gibões, capas —

todos amontoados no chão. Outras peças estavam penduradas no encosto de cadeiras e na cabeceira da cama larga, que tinha poucas cobertas.

Se fosse um quarto pequeno, a impressão seria confusa, com aqueles pertences largados em pilhas descuidadas, projetando sombras estranhas e monstruosas no assoalho de madeira. Porém, os aposentos do capitão eram espaçosos, e pareciam ainda maiores devido à falta de decoração e à pouca mobília: apenas uma cama, algumas cadeiras, um pequeno lavatório no canto, onde pusera um espelho velho precariamente apoiado, e um guarda-roupa.

Não era o que eu esperava de alguém tão severo. Ordem, asseio, disciplina — característicos de meu pai — eram as qualidades que eu atribuía ao capitão dos Corcéis. Ou Ravyn Yew estava no meio do processo de redecorar o quarto, ou, o que estava começando a se tornar mais aparente a cada instante...

Ele não era o homem que eu imaginava.

O tilintar de chaves me arrancou do devaneio. Do outro lado do quarto, a vela de Ravyn bruxuleava perto do guarda-roupa. Atrás dela brilhava outra luz, cor de vinho, de um tom tão escuro que era difícil de distinguir ali.

A segunda Carta do Pesadelo. A Carta de Ravyn.

Levei a mão ao trinco da porta.

— O que você está fazendo?

— Você queria que eu convocasse meu conselho, não queria? Esperava que eu fizesse isso na frente de toda a corte de meu tio?

Ouvi uma tranca se abrir. Ravyn abriu as portas do guarda-roupa, revelando mais luz cor de vinho. Ele pegou a Carta do Pesadelo e bateu nela três vezes. Prendi o fôlego e me encolhi. Nada aconteceu, e o silêncio era ensurdecedor.

— Como funciona? — soltei. — A Carta do Pesadelo?

— Funciona melhor quando eu me concentro.

— Certo, mas o que o impede de escutar todo mundo no castelo? Precisa de...

Ravyn me olhou com irritação.

— Concentração, srta. Spindle. Muita concentração. Então, por favor, peço encarecidamente que fique quieta.

Cerrei a mandíbula, rezando para Ravyn não quebrar sua promessa e invadir meus pensamentos.

Fique quieta, seja astuta. Só se lhe dirigir o foco ele estará na escuta.

Como você tem tanta certeza?, questionei.

A risada do Pesadelo retumbou no escuro. *Eu sei alguma coisa sobre as Cartas da Providência, minha querida.*

Duvido.

Ele não disse nada, um silêncio pesado. Até o silêncio dele parecia um jogo.

E, como a maioria dos jogos do Pesadelo, eu estava fadada a perder. *Você sabe mesmo das Cartas?*, indaguei.

A risada dele voltou, mais cruel. Derradeira.

Balancei a cabeça. *Inútil, como sempre. Agora, cale a boca, para ele não escutar todo o barulho na minha cabeça.*

É você quem está gritando, Elspeth.

Bufei. *Estou apenas tentando lidar com esse desastre absoluto sem alertar o capitão dos Corcéis para o fato de que tenho um* MONSTRO *de quinhentos anos morando na minha cabeça.*

Acho que "traidor do reino e da coroa", e não "capitão". Afinal, minha querida, apenas duas Cartas do Pesadelo foram forjadas. Os Rowan buscam uma delas há muito tempo, mas estava bem aqui — perfeitamente escondida no castelo do rei, debaixo de seu nariz.

Olhei de relance para Ravyn, tão imóvel que poderia ser parte da mobília do quarto escuro. *Não sabemos por que ele escondeu a Carta do Pesadelo do tio*, argumentei. *Pode ter motivos plausíveis.*

Motivos plausíveis fazem apenas sombra na forca. O bandoleiro sempre encontra o carrasco, de qualquer modo.

Ravyn deu mais três toques na Carta do Pesadelo e a guardou no bolso. Ele deu meia-volta e marchou até mim com tanta rapidez que me assustei.

— Falei com minha família. Vamos encontrá-los no porão.

Abri a boca e apertei o trinco da porta, me perguntando quantos parentes de Ravyn saberiam de sua dissimulação — de sua Carta do Pesadelo. Porém, antes que eu pudesse falar, o capitão me alcançou, agarrando minha mão e interrompendo o movimento do trinco entre meus dedos.

— O que você...

— Silêncio! — ordenou ele, encostando um único dedo na minha boca.

Fiquei paralisada, atenta ao som de passos.

— O temperamento dele anda terrível — disse uma voz masculina no corredor. — Violento, irregular.

— É esperado — disse outra voz, bem diante da porta de Ravyn. — Sem uma Foice, é difícil controlar o garoto.

Senti o peito de Ravyn subir quando ele prendeu o fôlego, traços nítidos de concentração tomando conta de seu rosto. Continuei paralisada, olhando para ele, que mantinha o dedo sobre a minha boca. O dedo era quente e áspero. Tentei impedir minha boca de se mexer, para aliviar o desconforto profundo que sentia por estar encurralada, tão próxima do capitão dos Corcéis. Tudo que consegui fazer, porém, foi prender a respiração.

E nem isso durou. Especialmente com meu coração acelerado. Inspirei ruidosamente, entreabrindo os lábios junto ao dedo de Ravyn, e ele olhou para minha boca. Ele abaixou o dedo, deslizando-o pelos meus lábios, e encontrou meu olhar por um instante fugaz antes de se voltar para a porta. Apesar do ambiente estar escuro demais para que eu tivesse certeza, jurei ter visto um rubor subir pelo seu pescoço.

Os homens no corredor ainda conversavam.

— Posso reforçar os sedativos. Porém, como o capitão dos Corcéis é muito protetor, temo não ter permissão para ministrá-los.

— Não incomode o capitão com notícias do irmão. Se Emory causar mais problemas, me procure. E, seja lá o que fizer — advertiu o outro —, não deixe o garoto tocá-lo. Vai apenas perturbá-lo.

As vozes ecoaram pelo corredor, diminuindo aos poucos. Em um instante, eles se foram, e meu coração era o único clamor remanescente.

Olhei para Ravyn, procurando em seu rosto respostas ainda inimagináveis. Emory. Estavam falando de Emory — de sua natureza inconstante, perigosa.

— Quem eram? — sussurrei.

— Clínicos — respondeu Ravyn, com rugas profundas na testa. — O primo de Filick.

— Orithe Willow? — perguntei.

— Você o conhece?

Um homem magro de olhos pálidos e leitosos me veio à mente.

— Ele foi à casa de meu tio, procurando sinal de infecção em minha família.

Ravyn ficou tenso.

— Ele nunca testou seu sangue?

— Não — respondi e soltei um leve ruído, como se dedos envolvessem meu pescoço e começassem a apertá-lo. — Minha tia me escondeu.

Ravyn olhou para mim e um pouco da tensão se esvaiu de seu rosto. Ele colocou brevemente a mão sobre a minha no trinco, o polegar quente e calejado roçando meus dedos. Era para ser um gesto de reconforto, um reconhecimento discreto do meu medo. E foi.

Porém, não justificava nós dois termos desviado o olhar logo em seguida.

Ravyn voltou ao guarda-roupa de mogno aberto do outro lado do quarto. Ouvi o farfalhar de tecido quando ele afastou as roupas, revelando o revestimento de madeira firme no fundo do armário.

Semicerrei os olhos, tentando forçar a vista. Tinha uma Carta no guarda-roupa, com certeza. Porém, eu não distinguia a luz ainda — apenas sabia que a cor era escura.

Ravyn bateu no painel de madeira mais de uma vez. Na quarta batida, ouvi um ruído oco. Com um grunhido, Ravyn arrancou algo que não distingui de trás de um compartimento escondido no armário.

Foi só quando ele retirou a Carta que compreendi a cor. Violeta, como uma ametista que eu vira um dia na rua do Mercado. Uma segunda Carta escondida, quase tão rara quanto o Pesadelo — e igualmente aterrorizante.

O Espelho.

O Pesadelo arranhou minha cabeça, como se tentasse forçar a grade da jaula. Senti um sorriso se abrir em seu rosto, o rabo abanando. *Ainda mais delicioso.*

De todas as Cartas da Providência registradas n'*O velho livro dos amieiros*, o Espelho era a que mais me apavorava quando criança. Recuei, me recostando na porta, temendo até a proximidade daquela Carta.

Tamanho medo, disse o Pesadelo. *Tamanho poder. Enxergar através do véu — que terrível prazer.*

Não há prazer nenhum em ser invisível, falei. *Nem em ver os mortos.*

Ele ficou quieto por um momento. *Há quem daria qualquer coisa para falar com pessoas amadas que se foram.*

Ravyn fechou o guarda-roupa e veio em direção à porta, parando apenas quando encontrou meu olhar.

— O que houve?

Olhei para a Carta do Espelho em sua mão.

— Você vai usar isto?

— É para você.

O ar escapou de minha boca entreaberta, e enfiei as mãos no fundo dos bolsos.

— Não posso — falei, rápido demais.

Ravyn ergueu a sobrancelha.

— Confie em mim, você precisa evitar Orithe.

A *chance é agora*, disse o Pesadelo, com a voz carregada de malícia. *Revele sua verdadeira magia. Fale logo. Diga por que você se recusa a tocar as Cartas da Providência.*

Isso não é brincadeira, falei. *Se eu contar que absorvo as Cartas que toco, ele vai querer saber do restante. Vai descobrir* VOCÊ. *E seria mesmo tão horrível assim?*

Eu o ignorei, e juntei coragem.

— Não tenho vontade nenhuma de usar Cartas da Providência — falei para Ravyn.

O capitão concentrou o olhar cinzento em meu rosto.

— Por quê, srta. Spindle?

— Nada de graça vem — respondi, fingindo firmeza. — Eu não me arrisco. Nem com as Cartas. Por favor, capitão. Não posso.

Depois de uma pausa severa, em que seu olhar se demorou em meu rosto, Ravyn pigarreou.

— Está bem. Mas não se incomodará se eu usar, certo?

A luz do corredor inundou o quarto escuro quando abri a porta. Eu me virei, esperando para seguir Ravyn, mas ele tinha desaparecido de repente.

Arregalei os olhos e soltei um gritinho.

Uma risada baixa soou do espaço que antes ocupava o capitão dos Corcéis.

— Como... Você ainda...

— Estou aqui — disse Ravyn, me fazendo dar um pulo.

Estiquei as mãos, sem esperar encontrar nada. Porém, meus dedos esbarraram na seda de sua túnica, tateando os músculos flexionados do abdômen de Ravyn.

Afastei a mão imediatamente.

— Certo. Hum, perdão.

— É melhor que eu não seja visto — explicou ele. — Eu deveria estar monitorando os convidados esta noite. Você ainda vê a Carta?

A luz violeta flutuava aparentemente por conta própria —
como uma fada de ametista ao vento.

— Vejo.

— Que bom. Agora, recolha seu queixo caído e venha comigo.

— Cartas da Providência — resmunguei, seguindo as luzes violeta e vinho por Stone.

Apenas três toques tinham sido necessários para a Carta do
Espelho funcionar. E embora minha habilidade de absorver as
Cartas da Providência fizesse meu estômago revirar de pavor à
proximidade de qualquer Carta, era inevitável ficar fascinada
pelo poder que elas continham.

Porém, eu não alimentava esse sentimento. Era melhor
largá-lo à inanição, sabendo que eu nunca mais tocaria uma
Carta da Providência na vida.

A voz do Pesadelo ecoou na minha mente. *Nada é seguro,
nem de graça vem*, murmurou ele. *Magia é amor, mas é ódio também. Cobra sua taxa. Se perde, se acha. Magia é amor, mas é...*

Pode parar?, interrompi. *Pelo menos por uma noite, uma sequer, podemos deixar quieto O velho livro dos amieiros?*

Porém, minha frustração apenas pareceu agradá-lo, e, nos
minutos seguintes, enquanto eu percorria o castelo atrás de
Ravyn Yew, andei ao som da gargalhada do Pesadelo.

Quando chegamos ao pé da escadaria principal, escutei o
clamor do salão. A luz violeta oscilou no ar e parou bruscamente.

Trombei em Ravyn, acertando o ombro dele com o rosto.

— O quê...

— Elspeth — chamou uma voz.

Eu conhecia aquela voz bem até demais — era a melodia
altiva e fria de Nerium.

Minhas entranhas se contorceram, e cada estalido de seus
sapatos no piso era uma pá de terra na minha cova.

— Nerium — falei, massageando meu nariz, e percebendo que via minha madrasta através do corpo invisível de Ravyn. — Está gostando do Equinócio?

— Bastante — respondeu Nerium, chegando tão perto que Ravyn precisou sair do caminho, sua Carta passando a brilhar ao meu lado. A voz de minha madrasta ficou assustadoramente suave. — Até eu ver você se levantar da mesa do rei com Ravyn Yew.

— Ele apenas me acompanhou...

— Me poupe — interrompeu ela, abaixando a voz quando Wayland Pine passou por ali com as três filhas. — Não me importa com quem você suje sua reputação, sua tola, desde que não seja com o capitão dos Corcéis. Já considerou o que aconteceria conosco se ele... — falou ela, olhando ao redor e estreitando os olhos azuis — descobrisse o que você é?

Respirei lentamente.

— E o que eu sou, Nerium?

Ela semicerrou ainda mais os olhos azul-gelo.

— A mesma coisa que sua mãe foi. Estranha, febril — sibilou ela, baixinho. — Infectada.

Eu nunca a ouvira dizer aquela palavra antes. Ela não ousara proferi-la até então, não na frente de meu pai. Porém, o vinho do rei lhe dera coragem, libertando o ódio que ela nutria por mim, sempre contido.

O desprezo dela me machucou, mas não me assustou. Na verdade, senti certo alívio pelo véu entre nós enfim ter caído. Porém, ela mencionara minha mãe. E não se safaria por isso. Permiti por tempo demais que ela confundisse meu silêncio com fraqueza.

— Não faz diferença o que minha mãe foi... nem o que eu sou. Sempre haverá quem ame pessoas como nós, Nerium.

— Como quem? Seu pai? — questionou ela, com uma risada sarcástica, feita para machucar. — Mas ele a mandou embora, querida. Seu pai mandou você embora. Como pode ter tanta certeza de que ele sequer gosta de você?

Mordi a bochecha, o sangue fervendo da nuca até o rosto.

— Ele mantém os cômodos como ela escolheu, Nerium. É por isso que se recusa a deixar você redecorar o Paço Spindle. Ele deixa tudo exatamente como era quando ela ainda estava viva. Ele encomenda buquês de íris para a sala de estar.

Cerrei a mandíbula, tentando conter as lágrimas de raiva.

— Não sei se ele gosta de mim ou não. Mas tenho certeza de que, muito depois de você e eu partirmos, quando a casa se tornar uma ruína, apenas duas coisas permanecerão no Paço Spindle: o evônimo no coração do pátio — falei, sem desviar o olhar —, e o mostajeiro-branco que meu pai plantou ao lado no dia da morte de minha mãe.

O olhar de Nerium se tornou enregelante, e ela torceu a boca, cerrando os punhos. Por um momento, achei que fosse me bater. Porém, ela não disse nada, apenas me ignorou.

Ela se virou e voltou às festividades com a rapidez com que saíra de lá. Eu a vi partir, e tentei não olhar para a luz violeta flutuando por perto.

— Você já conheceu minha madrasta, capitão? — sussurrei, quando o que restava de minha raiva foi destilado em uma única lágrima que caiu na minha bochecha. — Ela é uma mulher adorável.

O mesmo polegar calejado que roçara meus dedos no quarto de Ravyn capturou a lágrima em meu rosto — tirou-a dali. Então o momento acabou em um instante. A voz dele soprou perto de minha orelha.

— Venha.

Os corredores abaixo da escada eram mal iluminados. Apenas o brilho das Cartas de Ravyn me impedia de tropeçar. Eu não fazia ideia de como ele via no escuro; talvez tivesse se habituado ao caminho.

Reconheci o trajeto logo antes de chegarmos à porta dos cervos, o mesmo cômodo em que estivéramos horas antes. De repente, me sobressaltei, assustada pelo ressurgimento do capitão dos Corcéis bem ao meu lado.

— Você se portou bem — disse ele, me olhando. — Com sua madrasta.

Passei a mão no rosto.

— Ela e eu não nos damos bem.

— Ela sempre fala assim com você?

— Isso quando fala comigo. Embora eu imagine que ela teria escolhido as palavras com mais cautela se soubesse que não estávamos a sós.

Ravyn guardou a Carta do Espelho no bolso e a luz violeta se juntou ao vinho do Pesadelo.

— Devo avisar — disse ele, indicando a porta. — Lá dentro também não será agradável.

— Como assim?

— Você disse que queria saber tudo. É uma faca de dois gumes, srta. Spindle.

Ele bateu três vezes na porta, e mais uma quarta e quinta.

A porta se abriu e o rosnado distinto dos cães nos recebeu. Entrei atrás de Ravyn, com as mãos apertando a saia e o coração na garganta.

Eram cinco pessoas sentadas ao redor da mesa redonda: Jespyr Yew, Elm Rowan, Filick Willow, e outras duas a quem eu não fora apresentada, mas reconheci pela insígnia dos Yew nas roupas: Fenir e Morette Yew, os pais de Ravyn.

Uma única cadeira se situava no meio da sala, e a luz da lareira projetava nela sombras compridas e sinistras.

Ravyn fez um sinal, me oferecendo o lugar.

O Pesadelo se esgueirou pela minha mente, atento. *Que comece a investigação.*

CAPÍTULO ONZE

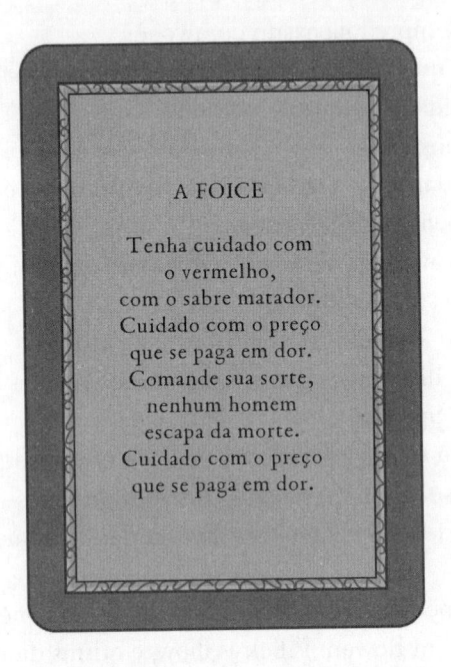

A FOICE

Tenha cuidado com
o vermelho,
com o sabre matador.
Cuidado com o preço
que se paga em dor.
Comande sua sorte,
nenhum homem
escapa da morte.
Cuidado com o preço
que se paga em dor.

Havia mais três Cartas da Providência na sala, além das de Ravyn. A Foice de Elm, um Cálice no bolso da túnica de Jespyr, e a luz cinzenta de um Profeta emanando de Morette Yew. Apertei a borda da cadeira, procurando suavidade em suas feições.

Porém, o que me recebeu foi silêncio e olhares contidos.

A porta se fechou com estrondo. Eu estava me acostumando ao ruído da tranca. Como ninguém falou, Ravyn pigarreou.

— Apresento Elspeth Spindle, primeira filha de Erik e sobrinha de Tyrn Hawthorn.

Alguns murmúrios ecoaram ao som do nome de meu tio. Depois de um momento, Ravyn se dirigiu a mim, com a expressão insondável.

— Apresento minha mãe e meu pai, Morette e Fenir Yew. Você já conhece o Clínico Willow, meu primo e minha irmã. A luz fraca dificultava enxergar as semelhanças entre Ravyn e os pais. Morette era irmã do rei e tinha os olhos verdes dos Rowan. Fenir, como Jespyr, tinha olhos muito castanhos, bem mais escuros do que o cinza enevoado de Ravyn e Emory. A única característica que eu via em comum era o nariz comprido e distinto no rosto severo de Fenir Yew, como o de Ravyn.

— Entendo, srta. Spindle — disse Fenir, com a voz grave —, que deseja saber a verdade sobre nós. Nosso motivo para buscar as Cartas da Providência.

Assenti, com o corpo tenso.

— Antes de revelarmos a verdade, devemos verificar se a senhorita é digna dela — continuou Fenir. — Está disposta a se submeter ao nosso fórum, para que este conselho teste sua confiabilidade?

Ravyn foi para trás de mim. Virei-me para olhá-lo e fiz cara feia para ele.

— Me submeter?

Ele cruzou os braços.

— Era isso o que você queria, não era? Nossa confiança?

— Eu queria respostas.

— E eu queria uma noite de esbórnia bêbada — disse Elm, da mesa, enquanto a Foice deslizava entre seus dedos compridos e finos. — Mas cá estou, de volta a este almoxarifado, pela segunda vez no dia. Então, se não for muito incômodo, srta. Spindle, vamos acabar logo com isso.

Ravyn lançou um olhar horrível para o primo e levou a mão à testa. Ele parecia cansado. Cansado e profundamente irritado.

— É assim que você terá respostas, srta. Spindle — disse Ravyn. — Nada de graça vem.

Nada de graça vem, murmurou o Pesadelo, concordando.

Suspirei. Queria mostrar frustração, mas minha voz falhou, revelando a inquietação no fundo do meu peito:

— Então está bem. Aceito me submeter a seu fórum.

Elm e Jespyr se levantaram e se aproximaram de mim. Ravyn se juntou a eles.

— É bastante simples, srta. Spindle — explicou Ravyn. — Cada um de nós apresentará uma Carta da Providência. Escolha uma delas, e seguiremos.

Elm, Jasper e Ravyn tiraram as Cartas do bolso: a Foice, o Cálice e o Pesadelo. Vermelho, turquesa ou vinho. Controle, soro da verdade ou a violação de minha mente. O Espelho continuava na capa de Ravyn.

Senti meu estômago se revirar.

— É para avaliar sua honestidade — explicou Jespyr.

Para impedir você de mentir, na verdade, disse o Pesadelo.

Diante de meu silêncio, Jespyr falou com mais gentileza:

— Infelizmente, é um teste pelo qual todos precisamos passar.

O Pesadelo ficou sentado nas sombras, sua mente se misturando à minha. *Escolha a Foice, menina. Confie em mim.*

Olhei de relance para Elm. Mesmo curvado, o príncipe era facilmente o mais alto dos três. O cabelo castanho-arruivado caía, bagunçado, sobre a testa. Quando percebeu que eu o observava, ele deu uma piscadela e torceu a boca em um sorriso astuto. Um desafio.

A raiva ferveu em meu sangue.

— A Foice — falei, cruzando os braços.

O príncipe sorriu ainda mais.

Jespyr deu de ombros, voltando à mesa com Filick e os pais. Elm continuou a revirar a Carta da Foice, girando-a entre o polegar e o indicador, e foi até a lareira, apoiando o cotovelo na cornija.

Ravyn não se sentou. Ele guardou a Carta do Pesadelo e andou até a parede à minha frente. Os cães o seguiram, bocejando, e se aninharam a seus pés. Eu via apenas metade do rosto do capitão, o restante escondido pelas sombras. Porém, não havia dúvidas de que ele olhava diretamente para mim. Dois olhos da cor de uma tempestade, focados em mim.

Meu coração acelerou.

Por fim, Elm deu três toques na Carta vermelha.

— Você já esteve sob o controle de uma Foice, Spindle?

— Não.

— É menos agressivo do que se imagina. Não posso obrigar você a me contar a verdade, como faria com o Cálice. Posso apenas afetar suas emoções, sua disposição a me contar tudo que necessito saber.

— Parece horrível.

O príncipe sorriu, mas não havia humor em seus olhos verdes.

— Há quem acredite que a Foice obrigue a mente se voltar contra si, a sentir emoções que não são suas. Mas a verdade é que a Carta não força nada. Você vai se sentir um pouco estranha, e seus olhos podem ficar vidrados. Mas, no fim, vai *querer* fazer tudo o que eu mandar. É um pouco menos assustador, não acha?

— Não estou assustada — falei entredentes.

Calor me inundou — uma leveza absoluta. Nada mais de medo, de tensão. De repente, a sala até pareceu menos escura. Os cães, enroscados aos pés de Ravyn, me pareceram um retrato adorável. Quando olhei para os outros, senti alegria, minha carranca se transformando em um sorriso, e rugas de humor marcaram meu rosto.

Meu bem, disse o Pesadelo. *Você não pode facilitar tanto as coisas para ele.*

Eu não tinha como me conter. Estava feliz — eufórica. Minha gargalhada preencheu a sala como a luz se espalhando pelo ambiente. Sequei lágrimas e cobri a boca com a mão, tentando segurar o riso que escapava de mim. Olhei para Ravyn, desejando um sinal qualquer daquele seu meio sorriso esquivo. Ele me observava das sombras, com a boca repuxada em uma linha reta, e fiquei ainda mais feliz por saber que ele olhava fixamente para mim. Eu me curvei, com as mãos na barriga, me livrando de uma vida inteira de tensão para gargalhar, sem me preocupar com nada.

De repente, minha alegria foi embora, substituída pelo desespero e pelo desejo repentino e violento de me machucar. Dei um tapa no meu próprio rosto. Com força. O Pesadelo sibilou, raiva ardendo em minha mente. Eu me voltei para Elm, de olhos arregalados. Porém, o desejo de me ferir crescia, cheio de fúria e avidez, saciado apenas quando me dei outro tapa. Gritei, com o rosto dolorido, abruptamente ciente de que não controlava minhas emoções, de que não tinha o poder de cessá-las.

À mesa, meu público se remexeu, desconfortável.

— Elm — advertiu Morette Yew.

— Preciso confirmar que ela está sob meu controle antes de começarmos — disse o príncipe, o lindo rosto tranquilo. — Senão, haverá falhas na influência.

Quando me dei um terceiro tapa, Ravyn se afastou da parede tão bruscamente que os cães saltaram, rosnando.

— Basta — disse ele friamente.

— Tudo bem, tudo bem — disse Elm, e me deu uma piscadela. — Desculpa. Eu precisava garantir a ancoragem.

Meu rosto estava adormecido e pegando fogo ao mesmo tempo.

— Não podia ter só me mandado girar pela sala? — sibilei.

— Qualquer pessoa faria isso, mas nem todo mundo está disposto a se estapear.

Eu deveria ter escolhido o Cálice. Jespyr, pelo menos, não é uma escrota violenta.

Calma, disse o Pesadelo. *Deixe ele acreditar que está no controle.*

Ele ESTÁ no controle.

Elm voltou a se apoiar na lareira e analisou as unhas, como se já estivesse entediado.

— É toda sua — disse ele para o tio.

Fenir Yew cruzou as mãos sobre a mesa.

— Que tal começar nos falando um pouco de si, srta. Spindle?

Tentei ignorar a dor no rosto. O impulso de me machucar tinha passado; no lugar dele, senti um desejo urgente de ser honesta. Olhei com irritação para Elm, e a Foice me levou a responder:

— Nasci há vinte anos no Paço Spindle, em Blunder, mas vivi lá apenas até os nove.

— Quando foi infectada e se mudou para o Paço Hawthorn?

Assenti.

— Seu pai era capitão dos Corcéis — disse Fenir, franzindo o cenho. — Por que ele não denunciou sua febre?

Eu já esperava por aquela pergunta.

— Ele achava que eu seria um perigo para sua segunda esposa e suas filhas, então me mandou embora — respondi, endurecendo a voz. — Mas não queria me ver morrer.

Elm continuou a cutucar as unhas.

— Quem diria que Erik Spindle tem coração? — comentou ele.

Fenir ignorou o sobrinho e perguntou:

— Por que ele a deixou com os Hawthorn?

— Minha mãe e minha tia eram muito próximas — respondi, com uma pausa. — Embora eu desconfie que a localização do Paço Hawthorn, em meio ao bosque, afastado de tudo, tenha agradado meu pai. Ele ofereceu dinheiro ao meu tio.

Jespyr se debruçou na mesa.

— Erik *pagou* para eles acolherem você? — questionou ela, a surpresa evidente em sua voz.

Soava lamentável, dito daquela forma. E eu tinha pouca paciência para lamentos.

— Ele pagou meu tio — retruquei. — Minha tia recusou qualquer valor.

— O velho Tyrn gosta mesmo de dinheiro — resmungou Elm.

Fenir me observou, pesando minhas palavras e atribuindo a elas valores que eu desconhecia.

— Você morou muitos anos com os Hawthorn. Deve saber como seu tio arranjou a Carta do Pesadelo.

Meu estômago se revirou.

— Não sei. Quero dizer... eu era criança. Lembro apenas que, quando ele voltou com a Carta, sua espada estava ensanguentada.

Fenir piscou.

— Criança? Há quanto tempo Tyrn tem a Carta?

Fiz uma careta.

— Onze anos.

Uma exclamação coletiva tomou a sala.

— Essa Carta vale uma fortuna! — disse Jespyr. — Por que Tyrn Hawthorn a esconderia por tanto tempo?

— Ele estava esperando pelo preço certo — disse Morette Yew, cujo cabelo escuro e comprido caía nos ombros. — E, agora, com a filha dele noiva de Hauth, a linhagem de Tyrn herdará o trono.

Senti meu estômago dar um solavanco. Que frio — que calculista. Percebi então que, embora tivesse passado a maior parte da vida em sua casa, eu mal conhecia meu tio.

Com a voz grave, Ravyn se pronunciou das sombras:

— Tenho algumas perguntas.

Elm se empertigou, perto da lareira. Esquecendo a expressão de tédio, seu rosto foi repuxado por um sorriso astuto. Ele alternava o olhar entre mim e o capitão dos Corcéis. O que quer que ele estivesse antevendo, parecia prometer diversão.

Ravyn saiu das sombras e parou à minha frente, com o olhar fixo no meu. Eu me esforcei para não me deixar intimidar.

— Você confia em nós, srta. Spindle? — indagou ele.

A influência da Foice se contorcia dentro de mim. Tudo que eu queria era responder com a mais absoluta verdade. Porém, o que Ravyn Yew e seu primo não sabiam era que eu tinha muita experiência com a guerra em minha própria mente. Onze anos de experiência.

Apertei a cadeira com mais força, suor se acumulando nas minhas mãos.

— Ainda não sei no que acreditar — respondi.

— E em Ravyn? — perguntou Elm, da lareira. — Você parece confiar nele.

Olhei para o capitão dos Corcéis, cujos olhos cinzentos estavam fixados em mim. Ele estava empertigado, as mãos cruzadas às costas, os pés afastados e paralelos aos ombros. Tinha a aparência perfeita de um soldado: estoico e severo. Porém, Ravyn Yew era mais do que um soldado. Era a sombra na estrada. O protetor de chaves e segredos, invisível exceto pelas luzes violeta e vinho. Um homem de muitas facetas.

Um traidor, disse o Pesadelo.

Um bandoleiro, repliquei.

Assim que meus olhos encontraram os dele — o lampejo cinza —, lembrei do momento junto à porta do quarto de Ravyn mais cedo, com o corpo dele assomando o meu, o dedo dele pressionando meus lábios.

Desviei o rosto rapidamente.

— Como confiaria nele? — questionei a Elm. — Acabei de conhecê-lo.

O sorriso de Elm não demonstrava nenhuma simpatia.

— Você acha ele bonito?

O príncipe estava brincando comigo, como um gato fazia com sua caça. Mordi o lábio, determinada a não responder, mas a influência da Foice — o desejo de responder — era insuportável.

Minha cabeça começou a latejar. Suor brotou na testa e na nuca. Quando falei, soei esganiçada:

— Sim. — Em seguida, por despeito, acrescentei: — Para um Corcel.

Elm caiu na gargalhada. Ravyn olhou para ele com irritação. Porém, não deixei de notar o canto repuxado da boca do capitão; o esquivo meio sorriso, erguido por um fio invisível.

— Conte-nos mais sobre sua magia — pediu Filick Willow, da mesa. — Ela se limita à capacidade de ver as cores das Cartas da Providência? Ou há outros dons?

Vá com calma, advertiu o Pesadelo. *Está sentindo a influência da Foice?*

Sim, eu estava. Raramente sentira um desejo tão vital quanto aquele que me implorava para contar ao conselho tudo o que quisessem saber a meu respeito. Eu me sentia aprisionada nas ruínas do abrigo de meus pensamentos, como se a Foice golpeasse um pilar e fizesse rachar o teto de pedra de minha mente.

Notando minha hesitação, Ravyn ergueu as sobrancelhas.

— Perdão, srta. Spindle, mas você não parece ter sido treinada em combate. Pode ter derrubado Elm por pura sorte — disse ele, com um sorrisinho sarcástico para o primo —, mas não teria conseguido fazer o mesmo comigo. Você tem alguma outra habilidade mágica?

Eu queria ser honesta. Ou, melhor, Elm Rowan e sua Foice queriam. Olhei para os outros, muitos dos quais tinham se inclinado nas cadeiras, com o olhar atento, aguardando minha resposta. Minhas mãos suavam frio. Uma palavra errada e perceberiam que não precisavam da minha magia... e sim do monstro na minha cabeça.

Socorro, implorei ao vazio de minha mente.

O Pesadelo deslizou por nossa escuridão compartilhada, agitando a correnteza da influência de Elm. *Será mais fácil comigo, querida. Afinal, a Foice não tem poder sobre mim.*

Pisquei, surpresa. *Como assim? Por que não me contou antes?*

Você não perguntou.

Magia. Senti a água salgada subindo pelas narinas. O Pesadelo se remexeu, soltando a corda que Elm Rowan atara em minha mente. A magia da Foice aliviou, e o desejo de ser honesta, maleável, obediente, se esvaiu, lavado por uma onda de sal.

Arquejei, como se emergisse do fundo do mar para respirar, com a mente repentinamente calma, quando os resquícios finais do controle da Foice se afastaram como ondulações nas águas até então calmas. Quando falei, minha voz soou férrea.

— Não. Não tenho outras habilidades mágicas. Apenas vejo as Cartas da Providência.

O capitão estreitou os olhos e inclinou a cabeça para o lado. Sustentei o olhar dele, forçando minhas feições a se manterem contidas. Se ele desconfiou que eu me livrara do controle da Foice, não o disse. Porém, não deixei de notar a dúvida repentina que surgiu em seu olhar.

— Quem a treinou para combate? — indagou ele.

— Ninguém — respondi. — Eu só aprendi a sobreviver.

— E nunca contou de sua magia para ninguém?

Olhei com irritação para ele.

— Como já falei, capitão, mais ninguém sabe. Nem meu pai, nem minha madrasta, nem minhas meias-irmãs... nem meu tio, minha tia ou meus primos — repliquei, e me voltei para os outros, irritada. — Eu evito o centro da cidade, os Corcéis e os Clínicos. Fico sempre na floresta, que, até recentemente — continuei, olhando com frieza para Ravyn —, era o lugar mais seguro para mim.

Cruzei os braços e acrescentei:

—Até hoje, minha vida foi cheia de cautela, e não de magia e riscos.

Um silêncio pesado tomou conta da sala, interrompido pela voz austera de Morette Yew.

— Prossigamos, então — declarou ela, espalmando as mãos sobre a mesa. —Alguém tem mais alguma pergunta para a srta. Spindle?

Ninguém se manifestou. Depois de uma pausa severa, Morette voltou a me encarar. Com a voz mais grave do que eu esperava, a austeridade e a determinação em suas palavras eram palpáveis.

— Jura que o que contarmos não sairá desta sala, Elspeth Spindle? Nos dá sua palavra?

Busquei nas sombras de minha mente, mas o Pesadelo não se pronunciou. Como os outros, ele aguardava minha resposta.

A Foice não me controlava mais. Eu estava livre para mentir. Mas não o fiz.

— Sim. Eu juro.

Ravyn se aproximou e se agachou ao meu lado, apoiando os braços nos joelhos dobrados. Se não estivesse inteiramente vestido de preto, severo como um corvo, eu o confundiria com um cavaleiro ajoelhado diante de uma donzela, tirado das páginas de um livro.

— Precisamos de sua ajuda para reunir o Baralho, srta. Spindle — disse ele.

De repente, voltei a ser uma menininha, sentada ao lado de Ione, enquanto minha tia lia para nós *O velho livro dos amieiros*. O ritmo sedoso do texto antigo me inundou, o poema da última página e o som da voz de minha mãe gravados em minha alma.

O que ela dissera mesmo certa vez? *As Cartas. A bruma. O sangue. Estão todos entrelaçados, em um equilíbrio delicado, como uma teia de aranha. Se unirem as doze Cartas da Providência e o sangue preto de sal, a infecção será curada. Blunder se verá livre da bruma.*

Encarei os rostos que me cercavam.

— O rei Rowan, como todos os reis Rowan antes dele, quer reunir o Baralho — falei, apertando a cadeira com tanta força que meus dedos latejaram. — Mas vocês não estão trabalhando com o rei. Se estivessem, já teriam dado esta Carta do Pesadelo para ele. Estão reunindo o Baralho por conta própria... — Olhei de repente para a mesa e perguntei: — Estão planejando uma revolta? Querem depor o rei?

A resposta de Fenir foi imediata e brusca:

— Nada disso. Uma rebelião destruiria Blunder.

Então por que não trabalhar com o rei para reunir o Baralho?, perguntou o Pesadelo, se enroscando em minha mente. *Eles estão escondendo alguma coisa.*

Esperei em meio ao silêncio sepulcral.

— Com o Baralho, o rei dissipará a bruma, recuperando Blunder do domínio da Alma do Bosque — explicou Fenir, e, com a expressão fechada, pegou a mão da esposa. — E também poderá curar a infecção.

Aguardei, minha respiração descompassada.

— Porém, como tanto ama lembrar *O velho livro dos amieiros* — disse Elm, da lareira, remexendo na Foice —, nada de graça vem. Agora que meu pai tem a Carta do Pesadelo, precisa apenas de duas coisas: a Carta dos Amieiros Gêmeos, que continua perdida, e sangue. Sangue infectado. — Ele olhou para as chamas, tenso, e concluiu: — E vai matar Emory pelo sangue.

O garoto estranho, de natureza errática e inquieta. Infectado.

Então Emory Yew não residia no castelo do rei por hospitalidade… Ele era prisioneiro.

E o conselho ia cometer lesa-majestade para salvá-lo.

Até o Pesadelo se calou, surpreso.

Desviei o olhar, envergonhada pelos pensamentos cruéis que tivera a respeito de Emory. O garoto estava doente, consumido pela magia. E o tio iria sacrificá-lo.

Poderia muito bem ser eu no lugar dele.

— Temos mais a contar — disse Fenir, interrompendo o silêncio lúgubre —, mas não aqui. Está tarde, e nos encontramos entre as paredes do rei. Caso aceite nos ajudar, nós a levaremos ao Castelo Yew.

Desta vez, Jespyr se pronunciou. Sua voz era rouca e cálida, como madeira crepitando no fogo:

— Precisamos apenas do Poço, do Portão de Ferro e dos Amieiros Gêmeos. Assim, nosso Baralho estará completo — disse ela, juntando as mãos. — Não será fácil encontrar os Amieiros Gêmeos, mas, com sua capacidade de enxergar as Cartas, temos uma vantagem que o rei não tem. Nos ajude a curar a infecção de Emory, Elspeth — pediu, me fitando. — Nos ajude, e cure sua própria infecção.

A súplica dela me abalou. Olhei para Ravyn para falar — ou discutir, não sabia bem. Porém, não encontrei palavras. De repente, agachado ao meu lado, ele me pareceu muito jovem. Só então lembrei que, apesar da seriedade de seu posto, o capitão dos Corcéis não era tão mais velho do que eu.

Mesmo assim, tinha meus receios em relação a me juntar a ele. Afinal, ele não se tornara capitão dos homens mais perigosos de Blunder por causa de um rostinho bonito.

— Que sangue infectado vocês usarão para unir o Baralho, se não for o de Emory? — indaguei, torcendo as mãos na saia.

— De alguém próximo do rei — respondeu Ravyn, com os ombros tensos. — Alguém que cometeu erros graves.

Suavizei minha expressão e mergulhei em pensamentos.

Se o Baralho for unido, eu serei mesmo curada?

Quem disse que você precisa de cura?

Estou falando sério!

A risada dele ecoou na escuridão cavernosa de minha mente. *O que sei só eu sei. São segredos profundos. Os escondo há tempo, e os esconderei deste mundo.*

Cerrei os olhos e suspirei. Assim como não conseguia conceber Blunder sem a bruma, não imaginava encontrar os Amieiros Gêmeos, uma Carta que estava perdida havia séculos. Pior ainda, a noção de sacrificar alguém, merecedor ou não, e derramar seu sangue infectado para unir o Baralho fazia meu estômago se revirar. Talvez fosse por isso que a última página d'*O velho livro dos amieiros* sempre tivesse me parecido um conto de fadas — estranho, sombrio. Impossível.

Senti no olhar deles, na apreensão compartilhada, no ar — tenso, mas esperançoso: eles estavam desesperados pela minha ajuda, pela minha magia.

Passei as mãos pelos meus braços, sabendo o que minhas mangas escondiam. Eu tinha sentido nas veias o momento em que pedira ajuda ao Pesadelo — o momento em que me libertara da influência da Foice. Estava sempre ali, como a criatura em minha mente, à espera.

A escuridão. Da cor da tinta. A magia.

Magia poderosa o suficiente para encontrar uma Carta perdida havia quinhentos anos.

— Eu aceito — declarei, com o coração martelando. — Pela cura, ajudarei vocês a encontrar os Amieiros Gêmeos.

CAPÍTULO DOZE

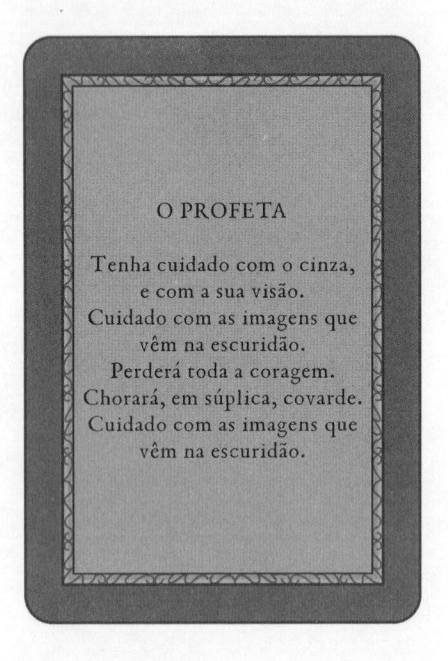

O PROFETA

Tenha cuidado com o cinza,
e com a sua visão.
Cuidado com as imagens que
vêm na escuridão.
Perderá toda a coragem.
Chorará, em súplica, covarde.
Cuidado com as imagens que
vêm na escuridão.

Esperei na frente do porão, na escadaria de pedra, com a cabeça apoiada nas mãos. Fazia apenas uma hora que eu tinha conhecido o conselho, mas naquele momento parecia ter sido há uma vida inteira. Acima de mim, ouvi o gongo marcar onze horas da noite. Tinha acabado o banquete — a celebração sairia do salão para que as pessoas pudessem dançar e beber.

Dentro do porão, discutiam meu futuro.

Remexi no amuleto. Do outro lado da porta, discernia entre as vozes o tom da sra. Yew. Alguém tossiu.

Cansada, esfreguei os olhos. *Por que você não me contou?*

O quê?

Que a Foice não funciona em você.

Um arranhado vil ecoou pela minha cabeça. O Pesadelo estava limpando os dentes. *Nenhuma Carta funciona em mim, querida.*

Fiquei boquiaberta. *Só esqueceu de mencionar isso, assim, por acaso? Por ONZE anos?*

Mas eu mencionei, sim, bobinha. Ele raspou os dentes com as garras. *Não posso, contudo, me responsabilizar por sua dificuldade de compreensão.*

Eu queria enfiar a mão nas sombras e dar um tapa naquela cara monstruosa. *Você sabe mesmo fazer uma garota se sentir especial.*

Ele riu. *Logo você vai entender. A verdade sempre vem à tona.*

Se eu não estivesse tão exausta, talvez tivesse discutido, insistido mais, ávida pelos segredos que ele protegia com tanto zelo. Ainda havia tanto que eu não sabia a respeito dele.

Porém, ele escolhera bem o momento para soltar aquela informação. Se eu quisesse saber mais, precisaria me esforçar.

E estava cansada demais para isso.

Risadas da comemoração do Equinócio vieram rolando pela escada. Eu bocejei, com os olhos pesados, e franzi o cenho para a porta. *Por que eles estão demorando tanto?*

A cauda do Pesadelo zuniu. *Descubra.*

E como eu vou fazer isso?

Melhor usar os métodos tradicionais.

Que métodos?

Encostar a orelha na porta, minha querida.

A madeira era grossa e as vozes, difíceis de distinguir. Fui devagar até a porta, rezando para os cães do outro lado não me denunciarem. Prendi o fôlego, pus a mão em concha ao redor da orelha e a encostei na fresta entre a madeira e o batente de pedra.

— Os Hawthorn precisarão de um motivo para deixá-la ir ao Castelo Yew — disse alguém. — E Erik, também.

— Não confio nela — disse outra voz. Elm. — Ela tem modos muito treinados, fala com cautela demais.

— Mas é óbvio — replicou Jespyr. — Ela não teria escapado por tanto tempo dos Corcéis e dos Clínicos se não tomasse cuidado.

— Era para ela estar aqui — disse outra voz. Filick. — Foi o que Morette viu. Elspeth vai nos ajudar a encontrar o Baralho. Então por que estamos discutindo isso?

— Tia Morette viu uma sombra na estrada da floresta — retrucou Elm. — Perdão, tia, não duvido da senhora nem de sua Carta do Profeta. Mas sua descrição foi vaga. Ravyn e eu poderíamos ter esbarrado em qualquer outra pessoa naquela noite.

Fenir se pronunciou:

— E, por acaso, encontraram uma mulher com a capacidade de enxergar as Cartas, quando nos faltam apenas três?

— O Profeta me mostrou uma silhueta de capuz com uma sombra — declarou a voz firme e severa de Morette Yew em meio ao clamor. — A sombra permaneceu mesmo quando a luz diminuiu. A silhueta caminhava no bosque e, atrás dela, vinham as Cartas da Providência, enfileiradas... seguidas por uma décima terceira, que nunca vi. Atrás da silhueta, vi meu Emory, vivo e saudável. Foi isso que eu vi. Foi por isso que pedi para vigiarem aquela estrada.

Eles passaram um bom tempo em silêncio. Meu coração martelava, aquela pecinha demorando a se encaixar no quebra-cabeça e formar uma imagem que eu ainda não compreendia.

Ravyn e Elm estavam à minha espera na floresta, mesmo que não soubessem. E eu... eu estava envolvida em uma profecia de tamanha magnitude que me conduzira aos Yew, uma das famílias mais antigas de Blunder... e às profundezas da traição à Coroa.

Mordi o lábio e pressionei ainda mais a orelha contra a porta, torcendo para escutar mais.

Fenir interrompeu o silêncio:

— Não temos para onde ir, senão para a frente. Levaremos Elspeth ao nosso lar e aprenderemos mais sobre sua magia.

Quando sairmos em busca das Cartas, ela nos acompanhará para recuperá-las.

Alguém bufou de desdém. Elm.

— Não temos tempo para fazer papel de guardião de uma garota acanhada.

— Acanhada? — Jespyr riu. — Não foi isso que você falou quando voltou mancando da estrada.

A voz de Ravyn retumbou pela sala:

— O que quer que ela seja, acanhada não é. Seria tolice subestimá-la.

— O Paço Spindle fica próximo — disse Filick. — Por que não deixá-la com a própria família?

— Não — disparou Ravyn.

— Se ela for conhecer nossos planos, precisa ser mantida perto de nós — disse Fenir. — Não podemos correr o risco dos Spindle, ou de mais ninguém, se meterem em nossos negócios.

— De novo, vem a questão: o que diremos à família dela? Vão precisar de um motivo para deixá-la conosco.

Seguiu-se um silêncio tenso. Foi difícil controlar a respiração. Ainda mais difícil era ficar de fora da sala, tal qual uma criancinha, enquanto discutiam minha vida.

— Tive uma ideia — disse Jespyr, com a voz lenta e gentil, como se quisesse acalmar um bicho arisco. — Mas você não vai gostar.

— Porque até agora foi tudo tão agradável.

— Não estava falando de *você*, Elm — disse Jespyr. — Estava me referindo a Ravyn.

Fiz tanta força contra aquela fenda na porta que minha cabeça começou a doer.

Ravyn respondeu com um grunhido:

— Que foi, Jes?

— Só não recuse de imediato.

— Jespyr…

Ela hesitou.

— E se dissermos a Erik Spindle e aos Hawthorn que convidamos Elspeth para se hospedar no Castelo Yew... para você fazer a corte a ela? Perdi o fôlego, minha exaustão sumindo de repente. Eu me sentia completamente desperta, com o coração acelerado, um rubor indesejado subindo a partir do pescoço.

Do outro lado da porta, Elm soltou uma gargalhada. Porém, não havia sinal de humor na voz de Ravyn:

— Não. De jeito nenhum.

— É uma ótima ideia! Vocês já foram vistos juntos hoje... Ninguém desconfiará do verdadeiro motivo para ela ter sido convidada a se hospedar conosco no Castelo Yew.

Diante do silêncio carregado que se seguiu, Jespyr suspirou e acrescentou:

— Você não precisa cortejá-la de verdade, apenas dar a impressão de que a está cortejando. É só, sei lá, sorrir para ela de vez em quando. Você ainda sabe sorrir, ou já esqueceu?

Todos começaram a falar ao mesmo tempo, as vozes misturadas em um zumbido caótico.

— Não precisamos elaborar demais — disse Fenir. — Haverá boatos, lógico. Ravyn nunca se dedicou a cortejar alguém adequadamente.

— Pelo amor das árvores! — resmungou Ravyn, a voz transbordando de irritação.

Já a voz de Morette era animada.

— Pode funcionar. Se alguém perguntar, posso dizer que convidei a srta. Spindle em nome de Ravyn. — Com um tom de repreensão, acrescentou: — Ele não precisa fingir iniciar a corte, se a ideia lhe é tão odiosa.

— Imagino que eu não tenha direito a opinar — disse Ravyn, suspirando ruidosamente.

— Não — replicou Jespyr, soando alegre até demais. — Direito nenhum.

Fenir pigarreou.

— Qual exatamente é sua objeção, Ravyn? Ela é inteligente, bonita.

Eu estava me perguntando a mesma coisa. A recusa intransigente do capitão em me cortejar — nem me cortejar, mas *fingir* — era como um soco no estômago, me deixando magoada e fervendo de raiva.

— Não me entendam mal, ela é linda. Mas eu... — Ravyn se calou. Então, como se as palavras amargassem na boca, acrescentou: — Se o ardil ajudar... — Ele suspirou. — Eu posso tentar. Mas duvido que serei convincente como pretendente.

Bufei.

— Não precisa puxar meu saco — resmunguei em meio ao ruído.

Como se eu fosse me dignar a cortejar alguém como ele. Já me bastava de dificuldades na vida; não precisava acrescentar à lista o trabalho de convencer Ravyn Yew a sorrir.

No escuro, ecoou uma voz maliciosa. *O que dizem mesmo, querida? Aquela história da dama e seus protestos demasiados?*

Sibilei para calá-lo. Porém, enquanto eu me convencia de que fingir a corte com Ravyn Yew era a última coisa que eu queria, do outro lado da porta se chegava à conclusão oposta.

— Então está decidido — decretou Morette com firmeza. — Ela ficará no Castelo Yew, sob justificativa de corte arranjada com Ravyn. Pedirei permissão ao pai dela e aos Hawthorn ainda hoje. Não vão negar a ela uma estadia mais longa se eu garantir que estarei presente para acompanhá-los.

Murmúrios de concordância ecoaram lá dentro.

— Devemos levá-la hoje mesmo.

Estava ficando fácil reconhecer o riso de desdém de Elm.

— Não é melhor o capitão ser visto nas festas com sua nova donzela?

Não consegui escutar a resposta de Ravyn, mas o som foi indiscutivelmente ameaçador.

— Vamos dedicar uma hora ao Equinócio, e depois voltaremos ao Castelo Yew — disse Fenir. — Pode informá-la, Ravyn?

Ouvi passos arrastados.

— Não se esqueça de sorrir! — exclamou Jespyr enquanto alguém destrancava a porta.

Recuei em um salto, desequilibrada, e caí de costas com um baque. Quando Ravyn Yew abriu a porta do porão, eu o encarei de minha pose estatelada no chão, com o rosto vermelho, cheia de culpa.

Ele ergueu uma sobrancelha, me fitando com irritação.

— Sua tia não lhe ensinou que não se deve escutar atrás das portas, srta. Spindle?

Levantei em um pulo, desafiadora, e espanei a parte de trás do vestido.

— Eu não estava escutando.

O Pesadelo riu. *Vamos ter que trabalhar mais nas suas mentiras.*

Ravyn fechou a porta.

— Quanto você escutou?

Subi no degrau, para ficarmos quase da mesma altura. Quase.

— O suficiente.

Ele me olhou de nariz empinado.

— E o plano é satisfatório?

A pontada no peito voltou, e eu estreitei os olhos.

— Se o ardil ajudar, eu posso tentar.

Ele não pareceu gostar de ouvir as próprias palavras usadas contra si. Ravyn me encarou com o olhar cinzento e severo, percorrendo meu rosto e se detendo momentaneamente na minha boca antes de desviá-lo.

— E Laburnum?

— O que tem ele?

Ravyn inclinou a cabeça.

— Ele está apaixonado por você.

Fiz uma careta e abanei as mãos, como se quisesse enxotar o que ele tinha dito.

— Não estamos comprometidos. Uma... — tentei falar, com dificuldade — *corte* não teria impacto algum. Não fiz nenhuma promessa a ele.

Ravyn não disse nada, me observando. Ele se abaixou até sentar e esfregou os olhos. Por um momento, parecia esgotado, completamente exausto. Era a primeira vez que eu cogitava que o dia de outra pessoa poderia ter sido tão difícil quanto o meu. Com os olhos vermelhos de tanto esfregá-los, Ravyn se virou para mim.

— Imagino que o efeito da Foice não seja agradável. Você está bem?

Dei um chutinho no piso de pedra.

— Seu primo é um completo...

— Babaca. Eu sei. Mas era a Foice ou o Cálice, considerando a proibição do Pesadelo.

Não deixei de notar a tensão em sua voz. Comprimi a boca enquanto o capitão dos Corcéis me observava. Como não ofereci explicação, ele continuou:

— Encontrar as Cartas será perigoso, srta. Spindle. Você sabe.

Tentei dar de ombros, mas era difícil esconder a apreensão se acumulando dentro de mim.

— Felizmente, já faz algum tempo que testamos este limite da ilegalidade. Sabemos como protegê-la.

— E se eu for pega? E se seu tio descobrir que fui infectada? Ele se levantou.

— Então estará na situação em que a encontrei hoje pela manhã. A diferença é que terá ganhado aliados consideráveis.

Olhei para o sobrinho do rei, em busca de algo que não encontrei: medo, apreensão, qualquer coisa equiparável à minha própria inquietação. Ravyn Yew estava plácido, imperturbável, intocado pelo risco horrendo que me impunha.

— E se eu quiser ir embora? — Minha voz falhou.

Ele sustentou meu olhar.

— Você não é prisioneira.

Há muitos tipos de jaula, disse o Pesadelo.

Tentei ignorá-lo.

— Estou livre para ir embora e voltar à casa de minha tia, se assim desejar?

— Lógico — respondeu Ravyn. — Mas achei que quisesse encontrar uma cura.

— Eu quero.

— Então nos ajude. Nos ajude, e a ajudaremos.

Procurei na escuridão, minha mente arranhada nos pelos grossos da coluna do Pesadelo. *Não sairei ilesa sem sua ajuda.*

Ele se virou, levantando as orelhas. *Está me dando carta branca?*

Cerrei a mandíbula. *Estou pedindo para me manter viva, Pesadelo. Ao menos pelo tempo necessário para eu finalmente me livrar de você.*

A gargalhada dele percorreu minha mente como um fantasma invadindo um corredor, ao mesmo tempo próximo e distante.

Encarei Ravyn. Por onze anos, a infecção fora uma coleira em meu pescoço. Eu tinha me encolhido sob aquela coleira, e a esperança de cura era inimaginável para mim.

Porém, ao encontrar os olhos cinzentos do capitão — um homem que, por lei, deveria me arrastar para as masmorras —, a coleira se afrouxou. Ele tinha aberto uma porta, tirado uma chave do cinto e destrancado uma parte de Blunder na qual eu não me permitira acreditar. Eu tinha voltado a ser criança, envolvida na leitura d'*O velho livro dos amieiros*. Havia magia no mundo. Magia terrível e maravilhosa. Magia com poder suficiente para desfazer mais magia. Uma cura para a infecção.

E um jeito de tirar o Pesadelo da minha cabeça.

— Quando vamos começar? — indaguei.

O capitão dos Corcéis subiu um degrau. Paramos frente a frente, de pés encostados, a sombra dele me devorando.

— Eu diria que já começamos.

Com isso, ele subiu a escada de dois em dois degraus, e as Cartas em seu bolso jogaram sua luz fantasmagórica nas paredes de pedra escura. Como não o segui, ele se virou e disse:

— Uma hora, srta. Spindle. Apenas para nos verem. Depois disso, podemos nos livrar deste castelo miserável.

A bebida e a dança tinham seguido para o jardim. O clamor de dezenas de famílias ecoava pelo terreno do castelo, cercado pela bruma que espreitava logo atrás das sebes.

Ravyn nos fez atravessar o salão e subir a escadaria principal outra vez.

— A festa é para lá — falei, indicando a porta larga e dourada que levava ao jardim.

— Quero que você veja a razão de estarmos fazendo tudo isso, srta. Spindle. De arriscarmos tudo pelas últimas três Cartas — disse ele, me olhando por cima do ombro. — Emory. Vamos visitá-lo.

O medo se misturou à curiosidade no meu peito. Era sombrio e cruel demais que o rei fosse sacrificar o próprio sobrinho, mesmo que o resultado pudesse transformar Blunder para sempre.

O governo de um rei é cheio de fardos, sussurrou o Pesadelo, estranhamente sério. *Decisões difíceis reverberam por séculos. Porém, devem ser tomadas.*

— Por que Emory? — perguntei. — Sei que a infecção é rara... mas certamente haveria mais alguém...

— É preciso derramar sangue — contrapôs Ravyn, com a voz distante. — Existiria alguma escolha fácil?

Já tínhamos passado do andar dos aposentos que eu compartilhava com a família de meu pai. Tão íngreme que meus joelhos doíam, Stone parecia uma escadaria comprida e infindável. Levantei a barra do vestido e tentei não ofegar, apenas para evitar outro olhar analítico de Ravyn Yew. Quando chegamos ao quarto andar, me segurei no corrimão, fingindo admirar uma tapeçaria do Ovo Dourado para inspirar várias lufadas de ar.

Ravyn, se notou minha falta de fôlego, teve a decência de não mencionar.

— Esta é a ala real. Emory é mantido com conforto. O máximo de conforto possível, em seu caso — disse ele e, como eu não respondi, abaixou a voz: — Mas ele está morrendo.

Ergui o olhar para ele de repente, esquecendo minha falta de ar. Ravyn continuou:

— É por isso que o rei escolheu o sangue de Emory para unir o Baralho. Ele acha que vai salvar meu irmão de uma degeneração demorada e dolorosa. Acha que seria misericórdia. Ele arrastou as botas no tapete sob nossos pés.

— Meu tio poderia tê-lo mandado para os Clínicos, matado-o de pronto ao saber da infecção. Mas não foi o que fez. Ele abriu uma exceção à regra, deixou Emory viver — falou ele, passando a mão na testa. — E eu retribuí com mentiras.

Senti uma vontade repentina de tocar seu braço, mas o gesto me pareceu íntimo demais.

— Você não precisaria mentir se o rei dispensasse os Clínicos e deixasse gente como Emory e eu viver em liberdade — repliquei.

— Já tentei argumentar de todas as formas, mas o rei se recusa a me ouvir. Emory foi exibido com a magia, e muita gente suspeita da infecção — disse ele, tensionando a mandíbula.

— Meu tio é leal à linhagem Rowan. Todos os infectados por magia devem morrer.

Rowan passou a mão no rosto e acrescentou:

— Por isso, não temos opção. Se quisermos salvar Emory, precisamos reunir o Baralho por conta própria, antes do Solstício de inverno.

— Por que o Solstício?

— A magia de Emory se intensifica na mudança de estação, e O velho livro dos amieiros declara que as Cartas devem ser reunidas no momento mais escuro do ano — explicou ele, respirando fundo. — Talvez Emory não sobreviva a mais uma virada de ano. Posso ser mentiroso e traidor, mas, pelo menos, posso garantir que não há nada que eu não faria para salvar meu irmão.

Andamos por um corredor bem iluminado. O tapete sob nossos pés era de lã grossa, com bordados ornamentados, tingida de carmim.

Dois guardas estavam a postos sob tochas, um de cada lado de uma porta alta e estreita. Estavam armados com espadas e uma corda longa e ameaçadora. Ao ver Ravyn, recuaram às sombras.

Ravyn os ignorou e abriu a porta. Pelo rangido, notei que era pesada — reforçada. Entrei no quarto atrás do capitão dos Corcéis e arregalei os olhos ao admirar o ambiente.

As velas no quarto não estavam acesas. Tinham sido apagadas pelo vento forte que entrava pela janela. Ravyn fechou-a enquanto eu caminhava até a mesa de carvalho redonda no meio do cômodo, espantada.

A lareira estava acesa, e o cheiro de vinho e do bolor das centenas de livros nas estantes de mogno enchia meu nariz. Do outro lado da mesa, encostada na parede, estava uma cama ampla e ainda mais livros.

Porém, apesar do calor e da mobília elegante, o quarto estava... sem vida. Vazio.

Emory Yew, prisioneiro do rei, tinha desaparecido.

CAPÍTULO TREZE

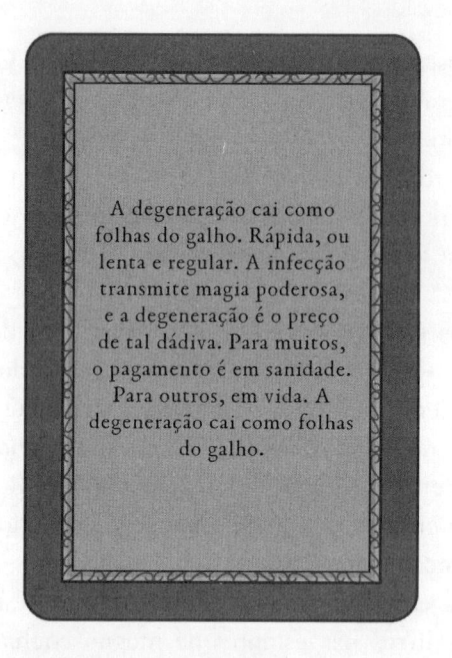

> A degeneração cai como folhas do galho. Rápida, ou lenta e regular. A infecção transmite magia poderosa, e a degeneração é o preço de tal dádiva. Para muitos, o pagamento é em sanidade. Para outros, em vida. A degeneração cai como folhas do galho.

Voltamos correndo pelas escadas sinuosas até a porta do jardim. Ravyn bateu três vezes na Carta do Pesadelo, tensionando a mandíbula.

— Meus pais e minha irmã vão procurar no castelo — disse ele, derrapando até parar logo antes da porta e do clamor lá fora.

— Pode esperar eles aqui, se quiser.

Tentei recuperar o fôlego, respirando com dificuldade.

— O que acontece se não o encontrarmos?

— Vamos encontrá-lo — disse Ravyn, determinado. — Quando Emory é esperto o bastante para enganar os guardas, ele perambula por aí. Mas prefiro que minha família o encontre, em vez de um Clínico ou um Corcel.

Olhei para o jardim e para a multidão densa.

— Outro par de olhos por aí vai cair bem. Vou com você.

A música entrava pela porta aberta. Os convidados do rei estavam ruidosos, o véu do decoro ainda mais diáfano, e as gargalhadas ecoavam pelos muros de pedra. Criados corriam de um lado para o outro para encher os cálices de vinho. Começou uma dança, as tochas jogando um brilho suave no jardim enquanto os casais balançavam ao ar úmido da noite.

Antes que Ravyn e eu pudéssemos nos misturar à festa, bem quando o gongo marcou a meia-noite, uma voz retumbante soou atrás de nós, ecoando pelo salão cavernoso.

Quando me virei, o salão se apagou, envolto em sombras. Três Corcéis, armados com Cavalos Pretos, marchavam pelo castelo até nós. Diante deles, banhado pela luz vermelha da Foice, forte e feroz, avançava a passos largos Sua Alteza Real, governante de Blunder, mantenedor da lei, protetor das Cartas da Providência.

O rei Quercus Rowan.

Ravyn guardou no bolso sua Carta do Pesadelo.

— Tio — cumprimentou ele, frio.

— Estão gostando da festa? — perguntou o rei, parando diante de nós.

— Muito.

— Você parece agitado — disse o rei, que, como os filhos, tinha olhos verdes e perspicazes. — O que houve?

— Nada, senhor — respondeu Ravyn, inexpressivo, como se o rosto fosse esculpido em pedra. — Estava acompanhando a srta. Spindle ao jardim.

Quando o rei olhou para mim, meus ouvidos foram tomados pelo som de meu coração.

— Srta. Spindle — disse ele. — Lógico. Filha de Erik. Não a tenho visto na corte.

Precisei de todas as forças que tinha para sorrir. O Pesadelo, provocado pelo meu medo, se agitou, mostrando as garras. Dei um passo para a frente e fiz uma reverência, com as pernas bambas.

— É raro que eu deixe a tranquilidade de casa, Vossa Majestade.

Senti o olhar do rei se demorar em meu rosto.

— Que pena — disse ele, e voltou a olhar para Ravyn. — Parece que já causou boa impressão.

Ravyn manteve-se imóvel como uma estátua, a mandíbula tensionada.

— Espero vê-la mais vezes, srta. Spindle — disse o rei.

Ele dirigiu um olhar significativo para Ravyn. Um momento depois, Ravyn e eu fomos envoltos por uma nuvem de escuridão, e o rei desapareceu no jardim com seus Corcéis.

Eu os vi partir, com o cuidado de não fazer contato visual com Ravyn.

— Temos que encontrar seu irmão antes que o rei descubra que ele escapou do quarto.

Outra vez, senti a hesitação de Ravyn Yew — seu desconforto quando o rei notou nossa proximidade. O que o incomodava era a mentira, ao fingir me cortejar?

Ou ele simplesmente não me suportava?

Embriagados de vinho e tontos de tanto dançar, os convidados do rei se moviam incontidos pelo jardim. Ravyn resmungou baixinho enquanto abríamos caminho na turba:

— Merda, como eu odeio o Equinócio!

A multidão ia avançando, esbarrando em nós. Vislumbrei duas Águias Brancas, as Cartas da coragem. Elas piscavam como neve ao vento, brancas e nítidas, na área menos movimentada do jardim, perto do pomar de sorveiras.

Quicando entre as luzes brancas estava um rapaz de cabelo escuro e movimentos erráticos, como se desligado do mundo que o cercava.

Emory.

— Ali! — exclamei, apontando. — Encontrei ele.

Ravyn abriu caminho à força em uma revoada de preto, me deixando para trás. Tentei acompanhá-lo, mas um grupo de homens bêbados me empurrou.

Um dos homens riu e deu um tapinha na minha cabeça, como se eu fosse um bicho em seu caminho. Quando afastei a mão dele, a multidão avançou de novo. Os homens voltaram a me empurrar, com força suficiente para me derrubar.

Desabei na trilha e perdi o ar com o impacto. Um momento depois, alguém esticou a mão e me segurou por baixo do braço. Fui afastar a nova mão com um tapa, mas fiquei paralisada ao reconhecer o homem que tinha me erguido.

Elm Rowan me olhava, suas íris verde-vivas fixas em mim. Quando fiquei de pé, ele jogou o braço ao meu redor, me protegendo do movimento.

— Tudo bem aí, Spindle?

— Dê o fora — falei, com o rosto ainda ardendo pelos tapas que eu me dera.

— Acho que você quis dizer "obrigada" — disse o príncipe, me puxando pela trilha em meio à multidão.

— Me solte.

Eu me debati, o Pesadelo sibilando.

— Para deixá-la ser pisoteada? — retrucou Elm. — Nossas aspirações terão acabado antes mesmo de começar.

A multidão veio de encontro a nós outra vez. Eu me encostei em Elm, cercada pelos gritos e risos dos bêbados.

— Pelas árvores malditas! — resmungou o príncipe, com os dedos brilhando em vermelho ao tirar a Foice do bolso e bater nela três vezes.

Por um breve momento, os olhos dele ficaram vidrados, e ele se perdeu — no fundo de si, consumido pela magia.

Eu o observei, com um nó de medo e fascínio no estômago.

Os olhos da multidão se voltaram para nós. As pessoas todas se mexeram, comandadas pela Carta vermelha, mulheres e homens oscilando como cinzas ao vento, abrindo caminho até vermos uma passagem distinta em meio à confusão. Só quando se abriu o espaço necessário até o pomar Elm bateu mais três vezes na Foice, libertando aquela gente de seu controle.

Caminhei, hesitante, pela trilha improvisada.

Ele tornou cinquenta pessoas maleáveis como papel.

O Pesadelo estalou a língua. *Mas não conseguiria controlar você, não é?*

A trilha divergia dali, sinuosa entre arbustos podados. Elm nos conduziu, pressionando a testa com a palma das mãos.

— E então? — perguntou ele, guardando a Foice no bolso da túnica.

— Ele está ali — falei.

Emory Yew e as luzes das Cartas da Águia Branca tinham voltado ao meu campo de visão.

A gargalhada de Emory atravessou o pomar. Ele balançava, sacolejando como um caniço de salgueiro entre dois homens com Águias Brancas. Os homens eram mais altos do que ele — mais velhos, maiores e muito mais perigosos. Eu não ouvia suas palavras, mas, pela postura — pela tensão dos homens —, notei que não estavam falando de amenidades com o sobrinho caçula do rei.

Um momento depois, Emory caiu no chão, sangue escorrendo do nariz devido ao soco que levou.

— Lá vamos nós de novo — disse Elm, apressando o passo.

Emory estava caído na grama, as palavras lhe escapando em arroubos de riso. Elm e eu ainda estávamos muito longe para discernir o que ele dizia, mas, o que quer que fosse, motivou um dos homens a erguê-lo pelo colarinho.

Antes que o homem pudesse socá-lo outra vez, ele foi arrastado para trás, com uma manga de túnica preta enroscada em seu pescoço.

Lá estava o capitão dos Corcéis.

A vegetação escura passava rápido pela minha visão periférica. A trilha dava voltas, e me levou a uma fileira de sebes com

Elm. Quando olhei por cima da sebe, vi Ravyn e o tom escuro de suas Cartas do Pesadelo e do Espelho em contraste com as Águias Brancas dos homens.

O segundo homem avançou.

— Aquele pivete me roubou!

Ravyn soltou o pescoço do primeiro homem.

— Ele é um garoto tolo — disse o capitão. — Vão embora. Agora.

— Só quando eu recuperar meu dinheiro!

Impulsionado pela coragem fornecida pela Águia Branca, o homem atacou Ravyn, o punho cerrado como uma clava. Ravyn se esquivou, serpenteando nas sombras. Ele se pôs entre Emory e os homens, empurrando o irmão para afastá-lo do tumulto.

Emory recuou até uma árvore próxima, com os lábios curvados em uma risada. Ele trepou em um galho baixo, os olhos arregalados e vidrados.

Empurrei a sebe para atravessá-la, mas Elm me fez parar, colocando a mão em meu ombro.

— Você não vai ajudá-lo? — questionei.

O príncipe se recostou na sebe e bocejou.

— O dia foi longo. Deixe Ravyn se divertir.

O Pesadelo assistiu à briga pelos meus olhos, abanando o rabo. Os homens se movimentavam em sincronia, tentando pegar Ravyn desprevenido. Mas o capitão apenas se virou e, com uma precisão feroz, derrubou um deles com um soco rápido no queixo.

O homem caiu esparramado debaixo da sorveira. Emory uivou de seu galho, sorrindo tanto que eu via seus dentes.

— Perdão pelas mãos leves — disse ele, largando moedas de ouro, uma a uma, no peito do homem. — Infelizmente, é de família.

Encarei o garoto, estupefata. Eu tinha pressentido aquilo na escada. Havia algo de estranho em Emory Yew. Finalmente, eu entendia do que se tratava. A infecção o estava consumindo, dilacerando sua sanidade.

Ele está degenerando, disse o Pesadelo. *Pouco a pouco. A magia cobra sua taxa.*

Girei a pata de corvo no bolso.

— Que habilidade mágica a infecção de Emory deu a ele?

Elm olhou para o primo mais novo.

— Ele consegue ler as pessoas, como se elas fossem um livro aberto. Precisa apenas de um toque.

Um calafrio subiu pela minha coluna. *Vejo um olhar amarelo cheio de ódio. Vejo trevas e sombras*, o rapaz me dissera. *E vejo seus dedos, compridos e pálidos, cobertos de sangue.*

Elm, sem perceber minha angústia, continuou:

— Mas a infecção custou caro. Nos últimos dois anos, ele foi enfraquecendo, e ficou cada vez mais volúvel e violento. Às vezes, esquece até da própria família. Parece piorar a cada Solstício e Equinócio.

Ravyn continuava a brigar com o segundo homem. Ele se defendeu de um soco, e retribuiu com um tapa com o dorso da mão. Elm os observava, estalando as articulações dos dedos.

— Emory me falou de você ontem. Disse que tinha uma mulher no castelo com olhos pretos e magia sombria — disse ele, com um sorriso que não chegava aos olhos. — Coitadinho, ficou todo animado. Nunca tinha conhecido outra pessoa infectada. Além do irmão, lógico.

Parecia que mil abelhas tinham inundado meus pulmões, e suas asas batiam em pânico tórrido. Tive dificuldade de respirar, o calor subindo do peito até apertar a garganta.

Ravyn Yew. Infectado.

Você sabia?, perguntei, arfando, para o Pesadelo.

Ele ronronou, e a satisfação pingava de sua voz como cera quente. *Tinha minhas suspeitas.*

E não pensou em me contar?

Você passou o dia inteiro olhando para esse homem. Certamente viu algo além de um rostinho bonito.

Elm me observava, notando o choque em meu rosto. Desta vez, seu sorriso foi genuíno.

— Ele não contou para você?

Pisquei, com a língua embolada.

— Ele... ele é...

— Infectado — completou Elm. — Sim. Terrivelmente. *Que criatura é ele, com essa máscara inflexível?*, repetiu o Pesadelo. *Capitão? Bandoleiro? Ou fera ainda indescritível?*

O Pesadelo e eu espreitamos por cima do arbusto, vendo o clímax da briga. Os dois oponentes de Ravyn estavam de pé, com as Águias Brancas iluminando o bolso. Emory gritava para eles do seu posto, na árvore. Quando o primeiro homem atacou, Ravyn aceitou o soco no estômago e o afastou com um tapa, como se fosse apenas um cão.

O segundo homem — o que tinha batido em Emory — investiu contra Ravyn também. O capitão revidou, pegando-o pelo cotovelo. Em um instante, o homem soltou um berro gutural e desabou, com o braço torcido em um ângulo nada natural atrás dele.

Vi o capitão dos Corcéis, solitário e vitorioso, se inclinar sobre os homens. Não ouvi as palavras que ele disse. Porém, não deixei de notar como os homens se encolheram, nenhum deles capaz — ou disposto — de se levantar.

Ravyn estendeu a mão aberta e aguardou.

O Pesadelo se empertigou, aguçando meus olhos. Vimos os dois homens, ensanguentados e feridos, depositarem as Cartas da Águia Branca na mão aberta de Ravyn.

Assim que as Cartas tocaram a pele do capitão, a cor branca desapareceu.

CAPÍTULO CATORZE

Pela última Providência,
queria tê-la por perto,
para atender meu chamado
quando o perigo era certo.

Mas ela guardou segredos,
como o tesouro de um dragão.
E não revelou nada
do custo da negociação.

Mas por muito eu sofri,
e por muito eu sangrei.
"Pela décima segunda Carta,
qualquer preço pagarei."

O sal queimou meu nariz e
seu desdém tomou o ar.
Despertei no meu quarto, e os
Amieiros Gêmeos estavam lá.

Então, meu reino querido,
minha Blunder, meu povo,
As Cartas são dadas a vocês,
compradas por meu estorvo.

Pois seu preço era final,
e cessou nosso compromisso.
As doze Cartas criei...

Mas não posso usar nem isso.

Meus pés começaram a se movimentar sem que eu percebesse, e confusão, raiva e pura perplexidade lutavam por primazia entre minha cabeça e meu peito. Quando me aproximei, Ravyn curvou a boca em um meio sorriso que desapareceu assim que ele viu minha expressão.

— O que houve?

— Eu sei o que você é — falei, apontando um dedo no rosto dele.

Ravyn se empertigou. Não discerni raiva ou medo em sua expressão, apenas silêncio sagaz. Ele deu um passo à frente, diminuindo o espaço entre nós. Quando falou, foi com a voz baixa:

— Sabe mesmo?

— Quem é esta moça bonita? — perguntou Emory, arrancando um galho da sorveira e tirando as folhas, uma por uma.

— Diria que é uma fada das árvores. Não... um rei! Não — falou, com um sorriso torto. — Uma vilã.

— Emory! — censurou Ravyn, olhando de relance para o irmão. — Você já se divertiu. Agora cale a boca.

— Eu disse que ela era bonita, não disse?

Emory girou o galho, distraído, entre os dedos. Um instante depois praguejou, pois acertou o próprio olho.

— Calma, calma — disse Elm, vindo de trás da sebe, com a Foice iluminada na mão. — Bebemos um pouco demais hoje, não foi, garoto?

Emory tentou enxotar o primo com o galho.

— Vá embora com essa sua Carta, Rrrrrenelm. Não sou um bebê que precisa ser ninado.

Quando Elm olhou para mim e para Ravyn — nós dois empertigados e tensos —, curvou os lábios em um sorriso culpado.

— Vocês têm coisas a discutir. Eu cuido do brutamontes.

— Brutamontes?! — exclamou Emory, voltando a trepar na sorveira. — Eu sou Emory Tydus Yew... filho de guerreiros... ancestral de homens importantes... precursor de tudo que está por...

Ele caiu da árvore com um baque, e a gargalhada de Elm ecoou pelo jardim.

— Venha comigo — chamou Ravyn, sem me olhar, tensionando a mandíbula.

Fui a passos pesados atrás dele na trilha, e as palavras saíram de mim de uma vez:

— Primeiro sua Carta do Pesadelo, e agora isso. Estou cansada dos seus segredos, *capitão*.

Ravyn não disse nada. O som do Equinócio, de gargalhadas e música, ficou mais alto. Porém, antes de voltarmos à festa, Ravyn desviou da trilha e entrou na sombra de um sicômoro.

Não tive escolha a não ser ir atrás dele.

— O que não consigo imaginar — falei, afastando os galhos até estarmos cara a cara — é como você viveu de modo tão público. Você é capitão da porra dos Corcéis. Achei que, dentre todas as pessoas, você seria a mais irrepreensível. — Pausei, as palavras calorosas demais. — Mas não é o caso, é? Você é infectado.

— Fale baixo — disse ele, se assomando sobre mim.

No fundo da minha mente, soavam alarmes. Eu tinha passado a maior parte da vida tomando cuidado para evitar a atenção, que dirá a fúria, de um Corcel. Porém, por mais barulhentos que fossem, os alarmes foram abafados por um ruído ainda mais forte...

De raiva.

— E então? — questionei, cerrando a mandíbula. — Você é infectado ou não?

Ravyn desviou o olhar. Ele ficou quieto por um tempo, a boca em uma linha fina sob a sombra do nariz. Finalmente respondeu:

— Sou.

— O rei sabe?

— Sabe — replicou ele, mudando o peso de um pé para o outro e cruzando os braços. — Você se surpreenderia com a companhia que meu tio frequenta.

— E você é... o quê? O bichinho de estimação mágico dele? Troca seu serviço por uma vida normal, enquanto o restante de nós, amaldiçoados por essa infecção, é forçado a andar de fininho a vida inteira, temendo a execução que espreita a cada esquina?

Ravyn vacilou, estreitando os olhos cinzentos.

Porém, eu não parei, com o sangue fervendo.

— No porão, a luz das suas Cartas piscava. Só agora eu entendi — falei, olhando para sua mão. — As Águias Brancas. Assim que você as tocou, a luz delas se apagou.

Fitei o rosto dele, enxergando-o de verdade pela primeira vez.

— Qual é sua habilidade mágica? — questionei.

Ravyn não respondeu com palavras. Em vez disso, estendeu a mão direita e, devagar, abriu o punho. Ali, aninhadas na palma de sua mão, sem luz nem cor, estavam as duas Águias Brancas.

Ele me olhou de relance. Em seguida, virou a mão e deixou as Cartas caírem.

Assim que as Águias Brancas deixaram o toque de Ravyn, a cor delas voltou. Incomodada, fiz uma careta diante da luz ofuscante. As Cartas planaram até o solo como dois faróis brancos. Pousaram entre nossos pés, com a cor e o brilho fortes como os de qualquer outra Carta da Providência.

Eu as encarei, com a respiração acelerada.

O Pesadelo entendeu antes de mim. Ele se arrastou até a frente de meus pensamentos, com o olhar fixo em Ravyn, como se ele também visse o capitão pela primeira vez. *Doze Cartas do Cavalo Preto, mas treze Corcéis*, murmurou ele. *Já viu ele portar um Cavalo Preto? Não, porque não pode usar.* Ele soltou uma gargalhada repentina, me assustando. *Não entendeu? Ele não pode usar as Cartas da Providência. Não todas, pelo menos.*

Olhei de repente para Ravyn, a luz branca das Cartas jogando sombras diferentes em seu rosto.

— Você não consegue usá-las?

O capitão estava imóvel como uma estátua.

— Não. Mas elas também não podem ser usadas contra mim. Essa é a minha habilidade mágica. Cartas como o Cálice, ou a Foice, não têm efeito em mim.

Meus pensamentos se reviraram como folhas em um vendaval.

— Mas eu vi as Cartas no seu bolso. Quando você me vendou, eu vi as luzes. E vi você usar o Espelho e o Pesadelo.

Ele se curvou, pegou as Águias Brancas do chão e as guardou no bolso.

— As Cartas perdem a magia quando tocam minha pele. As únicas que ainda consigo usar são o Espelho e o Pesadelo, e talvez os Amieiros Gêmeos.

Eu ainda não entendia.

— Por que apenas essas?

Frustração evidente brotou nas feições de Ravyn Yew. Ele abriu a boca para responder, mas o som de risadas perto do sicômoro o calou.

Eu me virei. Vi apenas fragmentos através dos galhos cheios de folhas. Cortesãos caminhavam pelo jardim, sem nos notar, falando em voz alta e desinibida enquanto passeavam.

Ravyn esperou eles passarem. Ele se aproximou e falou ao pé do meu ouvido:

— Não é hora nem lugar para tal discussão, srta. Spindle.

Tendo dito isso, ele passou por mim, saiu do abrigo da árvore e voltou à trilha.

O objetivo dele era me calar, talvez extinguir o assunto de sua infecção. Porém, havia dúvidas demais, muitas verdades escondidas. Cerrei os punhos e andei atrás dele até o meio do jardim, onde a comemoração continuava a toda.

Em desafio, eu o agarrei pela túnica e puxei. Ele parou abruptamente e se virou para mim como uma imensa ave de rapina. Mas antes que ele pudesse falar — desatar toda a frustração esculpida em seu rosto —, alguém me chamou.

— Elspeth!

Olhei para trás de Ravyn, reconhecendo a voz animada e esganiçada de Dimia. Ela estava entre um grupo de moças, a vários passos de nós. Quando encontrou meu olhar, acenou, derramando vinho do cálice. Ela levantou a barra da saia e veio saltitando até nós. Atrás dela, seguia Nya, relutante, com os olhos azuis, normalmente astutos e semicerrados, vidrados.

Ravyn revirou os olhos e soltou um xingamento baixinho.

— Me dê a mão.

Olhei rapidamente para o rosto dele. Um rosto que, naquele momento, eu queria dilacerar.

— Como é que é?

— Supostamente estamos fazendo a corte — rosnou ele, se aproximando, e me ofereceu a mão. — Já esqueceu?

Minhas meias-irmãs estavam nos alcançando. Não havia tempo para pensar. Uni minha mão à de Ravyn e senti a garganta apertar quando ele entrelaçou nossos dedos. A pele dele era áspera, os calos arranhando a pele macia dos meus dedos.

Nós nos viramos para minhas meias-irmãs.

— Nya, Dimia — cumprimentei-as, ofegante. — Estão se divertindo?

Elas estavam segurando copos já meio vazios, com as fitas do cabelo soltas e o rosto corado. Porém, mesmo estando bêbadas, as gêmeas não eram idiotas. Olharam rapidamente de mim e de Ravyn para nossas mãos entrelaçadas. Os olhos de Dimia se arregalaram e um gritinho esganiçado escapou de sua boca.

Nya não fez nada além de nos olhar, boquiaberta feito um peixe.

— Parece que você também está aproveitando o Equinócio, Elspeth — disse Dimia, dando uma cotovelada de provocação na irmã.

Nya piscou, olhando de mim para Ravyn.

— Mas... Vocês estão...

— Indo dançar, na verdade — disse Ravyn, interrompendo-a. — É um prazer vê-las — acrescentou ele, sem o menor prazer, me arrastando para longe das minhas meias-irmãs e para o meio da multidão.

A dança já tinha começado, os alaúdes e címbalos marcando um ritmo regular. Ravyn e eu entramos no círculo de dançarinos, ainda de mãos dadas. Não deixei de notar que alguns olhares nos acompanharam, murmúrios nos seguindo.

Cerrei a mandíbula, minha raiva retornando quando o capitão e eu formamos nosso par. Ele não queria dançar para apaziguar minhas irmãs, e certamente não tinha interesse algum em se divertir na frivolidade do Equinócio.

O único motivo para me dar a mão e se mostrar em minha companhia diante de metade de Blunder era me impedir de fazer mais perguntas.

Cochichos ecoavam ao nosso redor, um ritmo de ruídos que competia com os instrumentos.

— Isso é mesmo necessário? — perguntei, enquanto girávamos de acordo com a música, meu vestido movimentando no quadril ao nos virarmos em meio-círculos, primeiro para um lado e depois para o outro. Ravyn me fitou. Senti sua mão apertar minha lombar.

— Confie em mim — disse ele. — Fingir é metade do trabalho.

Encontrei o olhar dele.

— Mas eu não confio em você, capitão. Como confiaria em um homem que não foi honesto comigo?

A dança diminuiu o ritmo, se aproximando dos últimos compassos. Ravyn subiu a mão pela minha coluna, mais devagar do que deveria. Quando aproximou o rosto do meu, roçou minha orelha com o queixo.

— Eu diria que admitir lesa-majestade é de uma honestidade excepcional para um só dia, srta. Spindle — sussurrou ele.

A música acabou em uma animação triunfante, seguida pelo estrondo dos aplausos bêbados. Ravyn afastou a mão de minhas costas. Quando nossos dedos se soltaram, ele passou a mão, tensa, na testa e no cabelo preto. Seu olhar cinza percorreu minha face corada, minha testa franzida, meus lábios crispados.

Mas ele não disse nada.

O ar era sufocante, atiçado pela multidão e pelo silêncio de Ravyn Yew. Franzi as sobrancelhas e o encarei com irritação uma última vez, antes de voltar ao castelo a passos largos.

Encontrei Emory e Elm sentados próximos do salão, certamente a caminho dos aposentos de Emory. Tinham parado para beber.

Quando Elm me viu, abriu um sorriso e ergueu o cálice, fingindo brindar.

— Ao cavalheiro e à dama do baile. Parece que fizeram as pazes.

Ignorei o olhar dele e esfreguei a nuca, tentando apagar o rubor que se instalara em minha pele. Encarei Emory, que tinha escorregado da cadeira. Quando o rapaz me viu, arregalou os olhos cinzentos.

— O Pesadelo — disse ele, citando *O velho livro dos amieiros* e balançando o dedo como se regesse uma orquestra invisível. — Tenha cuidado com a sombra, e com o pavor que leva. Cuidado com a voz que chega na treva.

— Já basta, Emory — resmungou Elm.

Quando Emory abriu ainda mais seu sorriso, um arrepio percorreu minha coluna. De repente, tive certeza de que, ao tocar minha mão na escada, Emory Yew e sua estranha magia sombria tinham mesmo visto todos os meus segredos.

— Os sons clamam e afligem, no corredor da caligem. Cuidado com a voz que chega na treva.

Antes que eu pudesse dizer alguma coisa, antes mesmo de eu estremecer, Emory sacolejou, curvando as costas, e tossiu sangue no piso de pedra.

Que pena, disse o Pesadelo. *Estava começando a gostar dele.*

PARTE II

A

Bruma

CAPÍTULO QUINZE

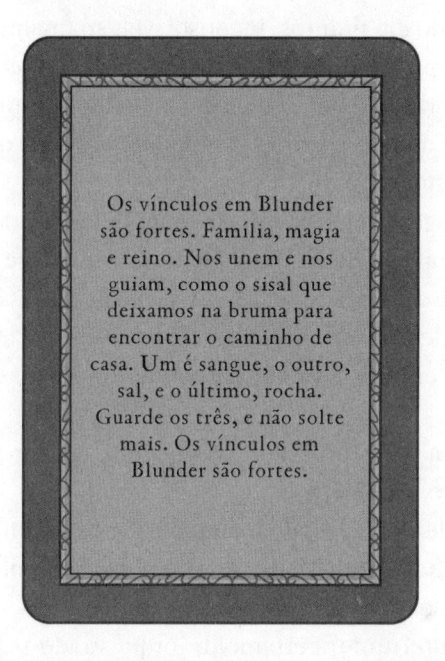

> Os vínculos em Blunder
> são fortes. Família, magia
> e reino. Nos unem e nos
> guiam, como o sisal que
> deixamos na bruma para
> encontrar o caminho de
> casa. Um é sangue, o outro,
> sal, e o último, rocha.
> Guarde os três, e não solte
> mais. Os vínculos em
> Blunder são fortes.

Os cavalos só desaceleraram a um ritmo mais tranquilo a quase dois quilômetros de Stone, logo após a primeira colina. Foi só então que o eco fantasmagórico do Equinócio desapareceu sob o clamor da carruagem dos Yew.

Não foi uma despedida fácil. Minha tia me abraçou com força, cheia de lágrimas, apesar de minha promessa de que logo nos reencontraríamos. Meu tio a afastou, murmurando que era um milagre os Yew sequer saberem de minha existência, e ainda mais desejarem facilitar minha corte com seu filho mais velho. Eles foram buscar Ione, mas não fiquei para me despedir dela. Não poderia mentir para minha prima, nem sobre os Yew, nem sobre o gosto horrendo que seu noivado com Hauth Rowan deixava em minha boca.

E não suportaria encarar sua nova aparência sob a luz da Carta da Donzela, tão diferente da Ione que tinha crescido comigo.

Os Yew não se saíram melhor. Emory tinha cuspido mais sangue e caído em prantos, inconsolável, ao finalmente lembrar por que não poderia nos acompanhar. Elm se ofereceu para ficar e reconfortá-lo, pois a Foice era a melhor ferramenta em seu arsenal para ajudar o garoto a repousar, algo de que precisava desesperadamente.

Segui viagem sentada em silêncio, pela estrada esburacada que ia de Stone à cidade, naquele momento entre a meia-noite e a aurora. Eu estava esgotada — exausta e solitária, impossibilitada de descansar entre os sacolejos da carruagem. Então procurei no escuro, tateando atrás do Pesadelo, em busca de algo familiar.

Lá estava ele, enroscado como um gato em um canto da minha mente, em silêncio.

Diante de mim, Jespyr apoiou a cabeça no ombro da mãe e fechou os olhos. Fenir estava do seu outro lado, olhando para o breu pela janela.

Tive o infortúnio, certamente orquestrado pela irmã dele, de dividir o banco com Ravyn. Mantivemos um silêncio frio, o mais afastados possível. Não olhei para ele; não o fazia desde que saíramos do jardim do rei.

Contudo, isso não ajudou a apagar a dor que eu sentia, indesejada e inexplicável, pelo capitão dos Corcéis e seus segredos guardados a sete chaves. Também não apagou a lembrança de seus dedos entrelaçados aos meus, do ar tépido do jardim preso em meu peito quando ele me puxou para mais perto.

Soltei um suspiro ruidoso para expulsar o tremor inoportuno que eu sentia. Morette me encarou, confundindo minha inquietude com preocupação.

— Nossa casa é antiga e estranha — disse ela, com a voz calorosa —, mas o Castelo Yew é seguro. Você ficará confortável.

Ninguém mais falou pelo resto do caminho. Quando as rodas atingiram os paralelepípedos, eu já estava me beliscando para não dormir.

A carruagem parou bruscamente.

Olhei para a escuridão. Uma grade de ferro cercava o castelo no topo da colina. Atrás da grade, um jardim de esculturas com um labirinto de sebes ficava à sombra dos teixos antigos e assustadoramente altos.

Fenir pegou do cinto uma chave-mestra e destrancou o portão, abrindo a grade por tempo suficiente apenas para a carruagem entrar.

Anjos e gárgulas me encaravam do jardim de esculturas. Senti um calafrio, me lembrando de minha tia, que frequentemente dizia que o Castelo Yew era assombrado.

Descemos da carruagem. Quando chegamos à porta alta e fortificada, Fenir bateu três vezes na madeira antiga de carvalho.

O mordomo nos recebeu, escancarando a porta e nos chamando para entrar.

— Esperava os senhores mais cedo — disse ele, sombras dançando pelo seu rosto no castelo mal-iluminado.

— Tivemos complicações com Emory — explicou Morette, austera.

O mordomo se virou para mim. Era um homem gordo, no máximo da minha altura, com grossas sobrancelhas grisalhas acima dos olhos grande e atentos. Quando sorriu, seu bigode estremeceu.

— Seja bem-vinda ao Castelo Yew, milady. Eu me chamo Jon Thistle.

Tentei retribuir o sorriso, mas o que saiu foi um bocejo.

— Elspeth, prazer.

— A senhorita deve estar exausta — disse Thistle. — Permita-me que eu a leve a seus aposentos.

A porta do castelo foi fechada com um estrondo.

— Eu a acompanho — disse Ravyn.

Ele pegou um castiçal e acendeu o pavio das velas, esperando um momento para o fogo pegar, enquanto as sombras bruxuleavam em suas feições: a testa, o nariz e o queixo destacados pela luz fraca. Os olhos estreitos e frios.

Ravyn atravessou o salão, passou pela lareira adormecida e seguiu até a escadaria comprida e sinuosa, mais uma vez me deixando sem opção além de segui-lo.

Caminhei a passos pesados, fulminando as costas dele com o olhar. Queria gritar, acabar com aquela pose dele. Porém, não encontrava palavras. O dia as tinha roubado e a noite, as enterrado. A exaustão era minha rainha e eu, sua súdita.

Ravyn me guiou por um corredor escuro com lamparinas oscilantes e retratos estranhos e perturbadores, até chegarmos à última porta de uma longa fileira. O Pesadelo farejou o ar, estalando a língua, enquanto eu observava os arredores. Ele abriu bem as pupilas, aliviando a escuridão do castelo.

Paramos no meio de um corredor comprido cheio de quartos. Ravyn abriu uma porta e as dobradiças rangeram para nos acolher. Entrei no cômodo, onde o luar acinzentado adentrava pela janela. Eu me virei para fechar a porta, mas o capitão ainda estava ali, com o cenho franzido.

— Precisa de alguma coisa? — perguntei, com a voz afiada.

Ele esfregou o queixo e balançou a cabeça.

— Não foi minha intenção ser insensível, srta. Spindle — falou ele, com certa brusquidão. — Tive que fingir por tanto tempo, esconder tão profundamente certas partes de mim, da minha magia, que não sei mais falar delas.

Ele encontrou meu olhar, buscando algo que eu não tinha ideia do que era, e perguntou:

— Você me entende?

Sim, eu entendia. Melhor do que a maioria das pessoas. Afinal, eu não tinha escondido de Ravyn minha habilidade de absorver as Cartas da Providência desde o princípio? Não tinha mentido para a família dele, dito que eu enxergava as Cartas da Providência, sendo que, na verdade, quem fazia aquilo por mim era o monstro de quinhentos anos que vivia na minha cabeça? Eu carregava minhas próprias mentiras, guardava meus próprios segredos. Segredos sombrios e perigosos.

Talvez fosse por isso que Ravyn Yew me enfurecia tão profundamente. Era mais fácil odiá-lo por seus segredos e desonestidade do que admitir que eu me odiava pelos mesmos motivos. Porém, não podia dizer isso para ele. Mal conseguia admiti-lo para mim.

Avancei um passo, forçando Ravyn a sair do quarto, e fingi uma civilidade que não sentia.

— Sua casa parece muito reservada, aqui no limite da cidade, tão perto do bosque. Longe dos bisbilhoteiros.

De cenho franzido, Ravyn analisou minha expressão, como se eu fosse um livro escrito em uma língua que ele não compreendia.

— E...?

Era bom vê-lo se esforçar tanto para me entender. Ele tinha ferido meu orgulho, e meu orgulho clamava por sangue.

— Alivia o fardo de fingir a corte... que, pelo que eu entendi, é abominável para você — falei, com um sorriso forçado.

— Aqui, longe dos boatos, não precisamos fingir ser nada que não somos.

Ravyn não desviou o olhar. Se minhas palavras o tinham magoado, suas feições inflexíveis não o revelaram. Ele aproximou o rosto do meu.

— E o que somos, srta. Spindle?

A intensidade de seu olhar me fez recuar um passo.

— Nada — respondi. — Não é isso que você queria? — acrescentei, por despeito.

Algo ardeu nos olhos cinzentos de Ravyn. Não era raiva, mas tinha a mesma intensidade. Por um momento, o sentimento se apoderou de sua expressão até então neutra. Ele flexionou os dedos ao redor do castiçal, com os ombros rígidos, o corpo tenso — e inteiramente voltado para mim.

Contudo, ele não disse nada — não ofereceu explicação nem negação. Seu silêncio era afiado e me cortava por dentro, causando uma ardência amarga. Na tentativa de machucá-lo, era eu quem tinha acabado ferida.

— Foi o que imaginei — concluí secamente, e bati a porta na cara do capitão dos Corcéis.

O sonho era um fantasma e, quando despertei, ele fugiu, desaparecendo no ar frio que se instalara no quarto durante a noite. Eu me enrolei nas cobertas e tentei voltar a dormir, mas não havia paz à qual retornar, então fiquei ali deitada, inquieta, enregelada e preocupada, com medo do que o dia traria. Amedrontada, porém tomada pela expectativa.

Eu tinha dormido usando o vestido do Equinócio. Quando me sentei, meus braços estavam marcados pelo tecido que apertava a pele.

O quarto estava escuro, de cortinas fechadas. Porém, sentia que já tinha passado muito do amanhecer. Sentada, olhei ao redor, com a vista ainda embaçada de sono.

— Me dá uma ajudinha? — pedi em voz alta.

Ele demorou para responder. *Não consegue se virar sozinha?*

— E negar a você o prazer de se gabar da minha inutilidade?

O Pesadelo riu. Então, como se apertasse um interruptor na minha cabeça, minhas pupilas se abriram como as de um gato, revelando o formato do cômodo, os contornos da mobília, os mínimos sinais de luz escapando por debaixo das cortinas.

Eu não tinha dado muita atenção ao quarto à noite, quando desabara na cama e me resignara ao sono logo depois de bater a porta na cara de Ravyn Yew. O cômodo era pequeno, mas ornamentado, com móveis elegantes. A estrutura da cama era entalhada com desenhos delicados em espiral. A cadeira no canto era estofada com um tecido de brocado verde e dourado.

Uma águia tinha sido esculpida na cornija de mogno da lareira, com o bico aberto e as garras curvadas. As cortinas eram de um tom escuro de carmim, e o tapete fora tecido em uma paisagem elaborada, representando um cavaleiro de armadura dourada montado em um cavalo preto.

Olhei para o tapete, ainda sonolenta, fitando o homem a cavalo. Eu não via seu rosto, pois o visor do elmo estava abaixado, mas o que me hipnotizava era a armadura.

Mesmo tecida em lã, era brilhante, dourada e linda.

Uma batida à porta me tirou do devaneio. Antes que eu pudesse responder, a porta foi empurrada, e botas pesadas vieram até mim.

— Elspeth... Ah, merda, perdão... Achei que você já tivesse acordado.

Era Jespyr.

Pigarreei.

— Estou acordada.

Ela hesitou.

— E ficou sentada aí? No escuro?

Não exatamente.

— Eu estava me levantando agora.

Jespyr avançou pelo cômodo, arrastando algo. Quando abriu as cortinas, deixando a luz cinzenta da manhã inundar o quarto, largou o objeto pesado ao pé da cama.

Era meu baú, contendo todas as roupas que eu tinha levado para o Equinócio.

— Obrigada — falei, fazendo uma careta diante da luz forte da manhã, e passei as pernas para o lado, me sentando na beira da cama. — Jespyr, quem é este? — perguntei, indicando o tapete.

Ela olhou para o homem de armadura.

— Supostamente, é o Rei Pastor. Temos vários retratos dele no castelo, colecionados por inúmeras gerações da nossa família.

Franzi o cenho, analisando a lã. Ver aquele homem de armadura dourada era como um sonho esquecido, um reflexo na água, turvo demais para distinguir a imagem.

O Pesadelo andava em círculos em minha mente, se resguardando em um silêncio profundo e resoluto.

—Trouxe outra coisa para você — disse Jespyr, sem comentar que eu ainda estava usando a roupa da véspera. — Chegou hoje cedo — explicou ela, tirando do bolso da túnica um envelope.

Pela caligrafia apressada, a tinta salpicada no pergaminho, reconheci a letra imediatamente.

A carta era de minha tia.

Rasguei o envelope, sentindo uma saudade repentina e dolorosa.

> *Minha querida Elspeth,*
>
> *Fico feliz, apesar de um pouco surpresa, por você ter feito amizade com Ravyn Yew. Ele parece um homem estranho e severo. Porém, todos os Yew são bem-quistos, e a mãe dele, Morette, é uma boa mulher. Rogo que você se sinta em casa na companhia deles, e que seja uma mudança calorosa e bem-vinda.*
>
> *Com você no Castelo Yew e Ione e seu tio ainda na corte do rei, o Paço Hawthorn ficará muito solitário. Sinto o desejo de poder voltar no tempo — queria que não tivéssemos ido ao Equinócio, para que as coisas continuassem as mesmas. Mas são apenas os delírios de uma senhora, acostumada a seus hábitos. Se alguém merece mudar de cenário, Elspeth, é você.*
>
> *Cuide-se, meu amor. E, por favor, escute esta senhora: tome cuidado no Castelo Yew. Há magia antiga aí.*

Ela assinou com um lema comum de Blunder.

Tenha cuidado. Tenha atenção. Tenha reverência.

Opal

Remexi na borda irregular do pergaminho, com um aperto no peito.

Ela está preocupada.

Todos temos nossos lamentos, bocejou o Pesadelo.

Foi bom eu ter vindo para cá, falei. *Foi a decisão certa. Ajudá-los a encontrar as Cartas... ajudar Emory, me ajudar, depois de tantos anos escondida entre os Hawthorn... Foi a decisão certa.*

Está tentando me convencer ou se convencer?

A cama se mexeu quando Jespyr se largou na beirada.

— É má notícia?

Balancei a cabeça.

— É uma carta de minha tia. Ela deve ter escrito assim que saímos de Stone.

— Ela controla você assim, é?

Balancei a cabeça outra vez.

— Não passo muito tempo longe dela. Ela se preocupa.

Então, depois de uma pausa, acrescentei:

— Está tudo mudando. Ione está noiva de um príncipe. Eu estou aqui, conspirando com sua família. — Torci o nariz.

— Estou preocupada com Ione, com minha tia, com ser pega. Com tudo.

Respingos dourados reluziam ao brilho da manhã nos olhos castanhos de Jespyr, suas íris parecendo em chamas, tão diferentes do luar prateado que iluminava os olhos cinzentos de Ravyn e Emory. Seu cabelo escuro era ondulado, com alguns cachos emoldurando o rosto. Ela o usava mais curto do que ditava a moda, preso na altura da nuca por uma tira de couro. A túnica verde-escura com barrado branco ficava folgada em seu porte esguio.

Quando ela sorriu para mim, relaxada, não tive como conter um sorriso em resposta.

— Eu também me preocupo — disse ela, se recostando. — Me preocupo com Emory. Me preocupo com Elm, com Ravyn e comigo, temendo que o rei, Hauth ou os outros Corcéis descubram nossas vidas duplas. Que sejamos pegos. Vivo preocupada.

— Como você aguenta tudo isso?

Ela deu de ombros, apoiando uma bota suja no joelho.

— Digo a mim mesma que sou mais forte do que minhas dúvidas, e que sou boa. Mesmo que nem sempre me sinta assim.

Ela abriu a boca para dizer outra coisa, mas pareceu se conter. Arregalou os olhos e me encarou fixamente.

Eu me agitei.

— Jespyr?

— Perdão — disse ela, piscando. — A luz aqui está me enganando. Por um momento, seus olhos ficaram quase amarelos.

Precisei da prática acumulada ao longo de anos para manter a expressão firme. Pisquei, um riso nervoso subindo pela minha garganta.

— Que esquisito.

Jespyr não pareceu notar meu desconforto.

— Mas eu já ia esquecendo meu propósito. Vim buscá-la!

— Ah, é?

— Sylvia Pine e as filhas vão voltar cedo do Equinócio. Minha mãe conversou ontem com Sylvia e as convidou para tomar o chá aqui, no caminho de volta de Stone — explicou ela, se levantando a passos leves, animados. — Você e eu nos juntaremos a elas.

Pelas árvores!, resmungou o Pesadelo, arranhando a escuridão. *Agora precisamos brincar de casinha com os lambe-botas de Blunder? Você disse que seria perigoso se misturar a esses tolos, mas não falou da tortura.*

Fiz uma careta.

— Você é íntima das Pine?

— De jeito nenhum — respondeu Jespyr, afastando um cacho dos olhos. — Sylvia é uma mulher detestável. As filhas são mais toleráveis, se encontrarmos algum assunto digno de ser discutido.

Ela fez um gesto para indicar o próprio corpo: a túnica e a calça justa, as botas enlameadas.

— Mas não tenho muito em comum com elas — acrescentou.

— Não vejo como eu poderia ajudar. Não sou, hum, muito de conversa.

O Pesadelo riu.

— Ah! Mas desta vez teremos do que falar — disse Jespyr, e riu da minha expressão confusa. — Vivo esquecendo que você não faz a menor ideia do que está acontecendo.

Cruzei os braços.

— E isso é culpa de quem?

Ela abriu um sorrisinho sarcástico.

— Verdade. Desculpe-me — disse ela, pigarreando. — Minha mãe convidou Sylvia Pine porque acreditamos na probabilidade de o marido dela, Wayland, ter uma Carta do Portão de Ferro. Sylvia pode até ser uma megera avarenta, mas as filhas dela, de coração tão simples, são maravilhosas tagarelas.

Arqueei uma sobrancelha.

— E se elas nos contarem onde o pai guarda a Carta?

Jespyr abriu seu sorriso contagiante.

— Então estaremos um pouco mais perto de roubá-la.

CAPÍTULO DEZESSEIS

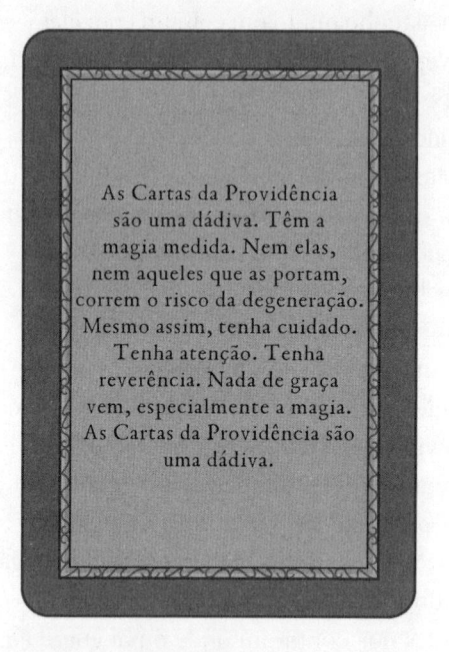

As Cartas da Providência
são uma dádiva. Têm a
magia medida. Nem elas,
nem aqueles que as portam,
correm o risco da degeneração.
Mesmo assim, tenha cuidado.
Tenha atenção. Tenha
reverência. Nada de graça
vem, especialmente a magia.
As Cartas da Providência são
uma dádiva.

Morette, Jespyr e eu aguardamos na sala de estar, estrategicamente sentadas com intervalos de uma cadeira entre cada uma de nós, ao redor de uma mesa oval ampla. Eu me arrumei com um vestido cinza-escuro e um xale branco que minha tia tricotara, com um pilriteiro, a árvore símbolo dos Hawthorn, bordado no meio. Envolvi o pescoço e o peito com o xale, me deleitando com o calor, necessitada de conforto.

Diante de mim, Jespyr puxou o frufru do colarinho, incomodada. Como um vestido estava fora de cogitação, a mãe insistira que ela usasse algo mais formal do que as roupas de costume, que Morette, de nariz empinado, descrevera como "lãs inadequadas até para um estribeiro".

Morette arregalou os olhos ao se virar para a filha.

— Você está bebendo?

Jespyr escondeu o cantil debaixo da mesa.

— Não.

— Não é nem meio-dia!

— Finja que é remédio — replicou Jespyr, jogando as mãos para o alto quando recebeu um olhar gélido e mortal da mãe.

— Não espere que eu vá tolerar Sylvia Pine sem uma gotinha de álcool sequer.

— Não vamos nem precisar aguentá-la, se ela pensar que minha filha é beberrona.

Jespyr jogou o cantil para mim. Eu peguei o pequeno frasco de couro, cujo conteúdo balançava, e senti o cheiro de vinho.

— Tome um gole — aconselhou Jespyr. — Confie em mim, vai ajudar.

Dei uma olhada no cantil, enquanto Morette me encarava, do outro lado da mesa.

Vá logo, disse o Pesadelo. *Qualquer coisa para diminuir meu sofrimento.*

Cale a boca, seu rabugento.

Abri a tampa e levei o cantil à boca. O vinho era quente, saboroso e forte demais para aquele horário, mas a queimação ainda assim foi agradável.

— Mais alguém vem se juntar a nós?

Jespyr me encarou.

— Quem mais viria? — perguntou ela, dando um sorriso malicioso. — Ravyn, por exemplo?

Joguei o cantil de volta para ela com força. Jespyr o pegou no ar com uma só mão, escondendo muito mal seu sorriso.

— Ele voltou para Stone hoje cedo. O capitão não tem descanso.

O som de rodas de carruagem retumbou lá fora. Nós três viramos para a porta da sala. Ouvimos cascos batendo com estrépito na pedra. As rodas pararam e os cavalos relincharam, logo abafados pelo falatório esganiçado, diversas vozes competindo por atenção.

Tinham chegado as mulheres Pine.

— Lembrem-se — disse Morette, em voz baixa. — A chave é a discrição. Não deixem óbvio o interesse no Portão de Ferro, apenas as façam *falar*.

O mordomo abriu a porta da sala com um baque tão agressivo que o jogo de chá de prata vibrou. Jon Thistle não era um homem delicado.

— É a sra. Sylvia Pine com as filhas, milady.

— Obrigada, Jon — disse Morette.

Ela ergueu as sobrancelhas. Um aceno, um sorriso e um gesto suave para a mesa. Tinha começado a atuação.

— Por favor, Sylvia, sente-se — convidou ela. — Farrah, Gerta, Maylene, fiquem à vontade, por favor.

Fomos cercadas pelas mulheres Pine. Fiquei sentada entre a sra. Pine e a filha do meio, Gerta. Jespyr, entre a mais velha, Farrah, e a caçula, Maylene, que não devia ser mais velha do que as minhas meias-irmãs.

No breve momento em que as cadeiras pararam de arranhar o chão, e antes de alguém falar, o silêncio na sala tornou--se tão pesado que senti que ia sufocar. Olhei em desespero para Jespyr, mas ela — a temível Jespyr Yew, única mulher entre os Corcéis de Blunder — parecia tão incomodada quanto eu, roendo as unhas, com o olhar de um bichinho acuado.

Jon nos contornava, servindo o chá. Embora o homem tivesse a aparência rústica, ele não derramou uma gota sequer. Morette pigarreou.

— Como foi o Equinócio das senhoras?

A sra. Pine abriu a boca crispada para responder, mas sua voz foi engolida pela das filhas, que falavam umas por cima das outras que nem gatos miando, todas se gabando de histórias do Equinócio, uma melhor do que a outra.

Fui encurralada por Gerta, que se inclinou para perto de mim e me contou os mínimos detalhes de seus três vestidos do Equinócio. Eu não teria me incomodado tanto — há assuntos piores do que roupas para discutir — se o Pesadelo não estivesse rangendo os dentes sem parar.

Maldição, gemeu ele. *Pergunte logo onde está essa maldita Carta do Portão de Ferro e acabe com isso de uma vez.*

E atrair um mundo de suspeitas para cima de nós após o roubo? Não é só porque elas falam demais que são idiotas.

É exatamente isso que são.

Apoiei o rosto na mão, tentando manter a expressão calma — neutra.

— Falando de lindos vestidos — disse Gerta, tomando um gole demorado de chá —, sua prima Ione estava um espetáculo quando anunciaram o noivado.

Ela franziu o cenho, e o cabelo loiro, da cor do trigo, caiu nos olhos. Ela afastou as mechas e continuou:

— Não me lembrava de ela ser tão bela assim... e a vi na corte ano passado mesmo.

Meu estômago afundou. Eu já não estava muito disposta a conversar, muito menos sobre Ione.

Foi por isso que pediram minha ajuda? Para usar minha relação com Ione para incentivar a conversa sobre as Cartas? Olhei de relance para Morette. *Parece um pouco insensível.*

Talvez seja de família.

Eu me voltei para Gerta e peguei minha xícara, mantendo a voz tranquila.

— Ione tirou a sorte grande. Ela ganhou uma Donzela como presente de noivado.

A expressão de Gerta floresceu, seus olhos arregalados e um sorriso maravilhado, tão doce diante de uma fofoca que foi como se eu tivesse dado a ela as chaves da cidade.

— Ela tem uma Carta da Donzela?

— Tem, sim — respondi, e peguei a travessa de pão doce no centro da mesa, apesar do nó no meu estômago me impedir de comer uma mordida sequer. — Foi parte do acordo feito pelo meu tio. Ele deu ao rei sua Carta do Pesadelo. O resto, vocês viram no Equinócio.

Gerta assentiu e olhou ao redor.

— E você, Elspeth? Também se saiu muito bem... foi convidada para se hospedar em um castelo no qual a maioria de nós nunca nem entrou — comentou ela, tomando um gole de chá.

— Seu pai fez o mesmo, e ofereceu uma Carta como dote para o capitão dos Corcéis?

Engasguei com o chá. Do outro lado da mesa, Jespyr me olhou de relance. Um calor subiu, indesejado, até minha face.

— Não estou noiva de ninguém — disse, por fim. — Muito menos de Ravyn Yew.

Gerta abriu um sorriso malicioso.

— Lógico que não.

O falatório zumbia ao redor da mesa, mas tentei ignorar os outros sons. O Pesadelo arranhava minha mente preguiçosamente. *Continue*, falou ele, com a voz suntuosa.

Respirei fundo.

— Por outro lado — contei para Gerta —, meu pai recebeu uma Carta como dote de minha mãe. Imagino que, um dia, seja minha também.

Sorri, torcendo para dar uma impressão acolhedora, e não ansiosa.

— O seu pai tem Cartas para os seus dotes? — perguntei.

Gerta deu uma mordida no pão e cobriu a boca com a mão para falar.

— Em teoria — respondeu ela, revirando os olhos. — Mas desconfio que papai seja apegado demais a elas para entregá-las a alguém. Ele as carrega para todo lado, aonde quer que vá... parece uma criança com seus brinquedos favoritos.

Meu coração acelerou. A expressão de Gerta ainda era suave, seu tom, casual, e seu olhar, tranquilo. Não dava nem sinal de estar ciente de que tinha revelado demais. Olhei, tensa, para Jespyr. Ela me dirigiu seu olhar castanho, uma sobrancelha erguida. Estávamos quase lá.

— Não o culpo — comentei, formando ondulações no chá de tanto que minhas mãos tremiam, e abaixei a xícara. — As Cartas dele são muito raras?

— Não para tamanho escarcéu — respondeu Gerta, desanimada. — Apenas um Profeta.

Ela tomou um gole de chá. Eu prendia o fôlego.

— Além de um Portão de Ferro — acrescentou ela. — Que pena, não é? Eu adoraria uma Donzela, como a de Ione.

Eu sorri. Desta vez, não foi fingimento.

— Que pena.

Acenamos para a carruagem das Pine enquanto ela atravessava o jardim de esculturas, e paramos o movimento apenas quando o veículo desapareceu nas sombras do entardecer, projetadas pelos teixos que se assomavam sobre a trilha.

— Venham — disse Morette, cuja boca severa fora curvada por um sorriso. — Fenir vai querer saber imediatamente.

O Castelo Yew era escuro, antigo, suntuoso e estranhamente delicado. Os tetos eram abobadados e tão altos que eu precisava esticar o pescoço para enxergá-los. Havia tapeçarias por todos os lados, algumas retratando donzelas, paisagens e criaturas silvestres, e outras, Cartas da Providência.

E havia aquelas do cavaleiro de armadura dourada, sempre de visor fechado, igual àquele do tapete do quarto onde eu estava hospedada.

Senti cheiro de couro, madeira e cravo, cálido e antigo. Contive o impulso de andar na ponta dos pés, estranhando tanto meu eco nas paredes do castelo que me parecia um espectro escondido atrás das tapeçarias, à espreita nos corredores compridos. A vigília do Pesadelo foi atiçada pela pedra estranha e antiga. Eu sentia o tremular de sua consciência — de sua curiosidade. Segui Morette e Jespyr, subindo uma segunda escadaria sinuosa. Passei a mão pela parede, senti o cheiro da madeira de cerejeira do corrimão e observei a luz fraca do dia brilhar em centenas de partículas de pó. A escada levou a uma sacada repleta de livros e a uma entrada larga. Entreabertas, as portas duplas, de madeira gravada com desenhos que não compreendi, pareciam extremamente pesadas. Morette nem bateu, apenas as empurrou. A luz do entardecer inundava a sala ampla, vinda de uma fileira de janelas arqueadas. Estantes iam do chão ao teto, cheias de velas, plantas — vivas ou secas — e livros, revestindo as quatro paredes. Um biombo, pintado com a insígnia do teixo, me impedia de ver a maior parte da cama.

Fenir Yew estava sentado à mesa comprida de castanheira, debruçado sobre pergaminhos espalhados. Quando ergueu o rosto e nos viu, arregalou os olhos castanhos.

— E então?

Jespyr foi saltitando até a mesa. Ela pegou uma cadeira, girou-a sobre uma perna só até ficar de costas para a mesa, e se largou, sentada, com os braços cruzados no encosto.

— Wayland Pine tem um Portão de Ferro. No bolso. Agora mesmo.

Fenir olhou rapidamente para Morette.

— É verdade?

Ela confirmou.

— Ele ainda está em Stone, aproveitando o Equinócio. Está planejando voltar para casa amanhã.

Era estranho ver Fenir Yew sorrir. Eu não teria adivinhado que um rosto tão severo era capaz de tal expressão. Porém, combinava com ele. Por um momento, vi Emory em suas feições.

— Teremos que informar Ravyn e Elm imediatamente.

— Eles devem agir antes de Pine sair de Stone?

Fenir balançou a cabeça.

— Eles podem ser pegos. É melhor aproveitar um momento ao ar livre, quando puderem se disfarçar melhor — falou ele, se virando para a filha. — Você precisa avisá-los.

Jespyr esfregou a testa.

— O capitão não tem descanso, e parece que a irmã dele também não.

Ela se levantou da cadeira com um suspiro. Ao passar por mim, colocou a mão no meu ombro e falou:

— Bom trabalho hoje. Descanse. Você vai precisar.

Ela saiu do cômodo e eu a observei, com uma pergunta agitando minha mente. Sentei na cadeira que ela abandonara, me aproximando da mesa.

— Os homens cujas Cartas vocês roubam — falei para Fenir —, homens como Pine... Vocês os machucam?

Fenir ergueu as sobrancelhas.

— Nos vê como brutamontes, srta. Spindle?

Ergui as sobrancelhas em resposta.

— Dois dos seus filhos são Corcéis, não são?

Morette pigarreou.

— É aí que você entra, srta. Spindle. Com sua visão aguçada, poderemos localizar e recuperar as Cartas o mais rápido possível. Tendemos a evitar violência.

Eu me ajeitei na cadeira, e a adaga de marfim de Ravyn me voltou à memória em um lampejo.

— O mordomo virá nos encontrar em um momento — disse Fenir, andando até uma estante mais afastada, de onde tirou um livro antigo e empoeirado. — Enquanto aguardamos, gostaria que visse algo, srta. Spindle.

A capa de couro do exemplar era bordada com dois amieiros, altos e sinuosos, um ao lado do outro em simetria perfeita. Uma árvore era bordada em linha preta, e a outra — acinzentada pelo tempo —, em branco. Era mais antigo do que o exemplar de minha tia, com a encadernação mais gasta. Reconheci o livro imediatamente. Fenir pousou o exemplar na mesa.

— Já estudou O velho livro dos amieiros, srta. Spindle?

Eu quis rir. Se ele pedisse, eu teria recitado o livro inteiro, de cabo a rabo.

— Um pouco.

Fenir abriu a capa e tossiu, virando as folhas de pergaminho antigo. Ao chegar na última página, leu em voz alta:

As doze se atraem quando se estende o escuro —
Quando encurtam os dias e o poder da Alma é puro.

Convocam o Baralho, e o Baralho as leva.
Se nos juntarem, elas dizem, afastaremos a treva.

Na árvore que batiza o Rei, com sangue preto de sal,
as doze, se juntas, curarão todo o mal.

Iluminarão a bruma do mar à montanha.
Recomeços — novos fins...

Mas não é gratuita a barganha.

— As Cartas, a bruma, o sangue — murmurei.

Morette se juntou a nós, à mesa.

— Os reis de Blunder há muito tentam fazer o que o Rei Pastor instruiu, mas nenhum deles conseguiu reunir o Baralho das Doze. Nenhum encontrou os Amieiros Gêmeos.

Tamborilei os dedos na mesa.

— O rei Rowan sabe onde encontrar a última Carta?

— Não — respondeu Fenir. — Ele consulta os melhores cartógrafos do reino, que se reúnem ao redor de um mapa antigo de Blunder. Ao longo dos anos, o mapa foi pintado em todos os lugares que os homens do rei buscaram. Porém, nada da Carta dos Amieiros Gêmeos. Não há registro de seu comércio nem histórico de uso. Os únicos dois documentos que se referem a ela são *O velho livro dos amieiros* e a história de Brutus Rowan, o primeiro rei Rowan.

O Pesadelo chiou, rangendo os dentes, ao ouvir o nome. Precisei de todas as minhas forças para não reagir.

— E o que Brutus diz dos Amieiros Gêmeos? — perguntei.

— O mesmo que todos dizem — respondeu Morette. — Que um dia o Rei Pastor entrou com a Carta na bruma e saiu sem ela.

Franzi o cenho.

— O Rei Pastor certamente tem sua própria história... seus próprios documentos.

Com a voz grave, Fenir respondeu:

— A maior parte do que sabemos do Rei Pastor, aceitamos da mitologia. A história dele foi destruída, e nenhum de seus filhos sobreviveu para assumir o trono. Foi Brutus Rowan, o capitão de sua guarda, que se tornou o rei seguinte de Blunder.

O Pesadelo abanou o rabo, agitando as sombras de minha mente.

Eu hesitei.

— E se encontrarmos os Amieiros Gêmeos — comecei, olhando para os Yew. — Que sangue pretendem usar para unir o Baralho?

Fenir se debruçou na mesa.

— Você talvez o conheça. É o líder dos Clínicos do rei.

O homem alto e estreito de olhos pálidos assustadores.

— Orithe Willow?! — exclamei. — Ele é infectado?

Fenir pegou *O velho livro dos amieiros* e o guardou com delicadeza na estante.

— Assim como a senhorita, Orithe foi infectado quando criança. Mas o rei o manteve vivo por um motivo. A magia de

Orithe permite que ele perceba a infecção nos outros. Certamente já viu o aparato que ele usa na mão.

Eu tinha visto, sim. Era uma garra de metal, com espinhos compridos e horrendos que saíam de cada dedo pálido. Senti o sangue se esvair do meu rosto.

— Orithe usa aquilo, aquele apetrecho, para ver a infecção dos outros?

A voz de Fenir continuava séria ao responder:

— Ele alega enxergar a infecção no sangue. — Ele franziu a testa em rugas profundas. — Ele caça e tira sangue de todos que desconfia terem pegado a febre. É por isso que o rei o nomeou como líder dos Clínicos.

Pressionei os dedos nas têmporas para aliviar a tontura.

— Poupar o sangue de Emory, e derramar o de Orithe... — murmurei.

Um homem responsável pela morte de dezenas de crianças infectadas. Dois coelhos...

Uma cajadada só, completou o Pesadelo.

O mordomo abriu a porta. Jon Thistle me olhou, acenou com a cabeça e pôs na mesa, diante de Fenir, uma bolsa de couro repleta de cores brilhantes.

A luz preencheu o ambiente quando Fenir abriu a bolsa.

— Nossa coleção, srta. Spindle — disse ele.

Semicerrei os olhos, analisando as Cartas.

— Não estão todas aqui.

— Não — confirmou Morette. — Os Corcéis andam sempre com os Cavalos Pretos. E Elm, como já deve ter notado, hesita em ir a qualquer lugar sem sua Foice. O Espelho e o Pesadelo normalmente ficam com Ravyn.

Avaliei as cores, pisquei, e olhei outra vez.

Cinza, o Profeta.

Rosa, a Donzela.

Turquesa, o Cálice.

Amarelo, o Ovo Dourado.

Branco, a Águia Branca.

— Faltam três Cartas — disse Fenir. — O Poço, o Portão de Ferro e os Amieiros Gêmeos.

Olhei para a pilha, a união estranha e bela de cores lembrando um vitral.

— Vocês têm planos para encontrar o Poço?

— Pode ser difícil recuperar o Poço — disse Jon Thistle, cofiando a barba. — Considerando a natureza da Carta, os homens ávidos por possui-la são muito desconfiados.

Os Yew fizeram silêncio, de testa franzida.

Mordi o lábio, tamborilando as unhas na mesa. O Pesadelo deslizou pela minha cabeça, esperando que eu falasse. Como eu não disse nada, sua voz preencheu minha mente, como o vapor de uma chaleira. *Vá logo. Conte para eles.*

Voltei a olhar a miríade de cores emanando das Cartas da Providência. As Cartas. A bruma. O sangue.

Ergui o olhar para os Yew.

— Eu sei de alguém que tem uma Carta do Poço — falei. — Ele mora aqui na vizinhança.

CAPÍTULO DEZESSETE

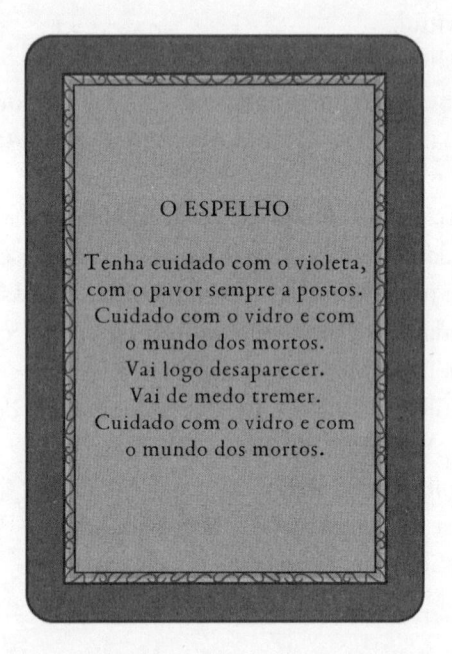

O ESPELHO

Tenha cuidado com o violeta,
com o pavor sempre a postos.
Cuidado com o vidro e com
o mundo dos mortos.
Vai logo desaparecer.
Vai de medo tremer.
Cuidado com o vidro e com
o mundo dos mortos.

Ravyn voltou ao Castelo Yew na manhã seguinte.

Escutei o estrépito de cascos, fechei com um baque o livro que estava lendo e saí de fininho da biblioteca, deixando uma nuvem de pó para trás. Fui circulando pelas passagens e pelos corredores secundários do castelo até encontrar uma pequena porta de madeira que levava diretamente ao jardim silvestre.

Eu me escondi atrás de um velho salgueiro, suspirei profundamente e subi no galho mais baixo, com os dedos e o rosto ardendo por causa da geada da manhã.

O Pesadelo murmurou suas palavras suntuosas. *O capitão dos Corcéis é sombrio e severo. Montados nos teixos, seu olhar cinza é sincero. Tenha cuidado com sua magia e com o seu futuro. Entre os Yew e os Rowan, o afeto é duro.*

Quieto, falei, estapeando o galho acima da minha cabeça, que pingava orvalho na minha testa. *Não quero falar disso.*

Mas não precisava falar. Desde a noite em que eu fora atacada na estrada, o limite entre falar e pensar tinha começado a ficar menos nítido. Quanto mais eu pedia por ajuda, mais potente se tornava a presença do Pesadelo em minha cabeça. Eu entendia as emoções dele, os interesses e repulsas, sem que precisássemos dizer nada, às vezes com tanta intensidade que achava ser tudo meu. Sentia sua vigília, seu foco. Via com mais nitidez — escutava melhor — com os sentidos dele.

Porém, não conhecia seus pensamentos plenamente. Ainda havia segredos entre nós.

As rolas-carpideiras arrulhavam, em meio aos sons vívidos da aurora no jardim. Arranquei juncos finos do salgueiro e os trancei em uma coroa simples, que pus na cabeça. Com o amuleto em mãos, desci do galho e adentrei a bruma, em busca de flores de cenoura-brava no jardim.

Até onde eu sabia, não havia jardineiros no Castelo Yew. Por mais organizado que mantivesse o castelo em si, Jon Thistle não estendia seus cuidados para além do jardim de esculturas. O terreno era bravio, e eu gostava daquilo. Diferente das sebes podadas e das flores arrumadas de Stone, a mistura eclética de ervas, mato e brotos do Castelo Yew dava a impressão de que poderia se erguer e invadir o castelo de assalto — eram plantas bravas, fortes e livres.

A trilha de paralelepípedos fora coberta pela vegetação. Escorreguei no musgo das pedras, me aprofundando no matagal em busca das flores.

Porém, era a época errada para brotos. A alma silvestre do jardim logo iria se cansar e se retrair, conforme o frio iminente do inverno se aproximava. Precisei me embrenhar no espinheiro para encontrar o que procurava, pois apenas as plantas mais protegidas ainda estavam dispostas a compartilhar comigo suas flores. Ajoelhada, notei um aglomerado de phloxes roxas e colhi várias flores, que acrescentei à minha coroa trançada.

De repente, uma dor aguda ardeu em minha mão. Eu me virei, sem notar que tinha me apoiado em um roseiral, cujas flores tinham sido comidas por animais famintos. Restava apenas uma flor. Vermelha como sangue, tão fresca que o perfume era quase palpável, a rosa se destacava, solitária entre os espinhos, à espera.

Mas não a colhi. Já sofrera vezes demais tentando mexer em rosas sem luvas ou tesouras. Ainda assim, passei um dedo pelo caule, testando sua força, com os espinhos afiados encostando em minha pele.

— Esses espinhos são cruéis — comentou uma voz grave e familiar.

Eu me virei, com o coração na boca.

Ravyn estava próximo de mim, e suas botas, capa e cabelo estavam úmidos pela chuva matinal. Em seu bolso brilhavam tons conhecidos de vinho e violeta, mais coloridos do que qualquer flor naquele jardim. No cinto se via o punho de marfim da adaga e, quando ele a desembainhou, tensionei os músculos, com a lembrança ainda vívida da ponta da lâmina encostada em meu peito.

Porém, a lâmina não me tocou. Andando até meu lado, Ravyn pegou a base da rosa, ergueu-a do emaranhado de espinhos e a soltou com um único corte. Por um momento, ele a segurou sem dizer nada, o silêncio entre nós pesado o suficiente para abafar até os cantos mais entusiasmados dos pássaros.

Quando ele finalmente falou, foi com a voz rouca, como se não a usasse havia muito tempo:

— Você está bem?

Minha voz falhou, ainda abalada por sua chegada repentina.

— Estou.

— Minha família tem atendido suas necessidades?

— Não morri de fome, se é isso que você quer saber — respondi, revirando meu amuleto entre os dedos. — Eles têm sido gentis. Fico até com vergonha quando penso que tinha medo de passar na frente de seu portão quando era criança. — Olhei para o jardim. — É muito bonito.

— Por que você tinha medo?

Dei de ombros.

— Minha tia dizia que o castelo era assombrado.

O canto da boca de Ravyn se ergueu.

— Eu não esqueceria o aviso dela tão rápido.

Ele percorreu meu rosto com o olhar, notando a coroa de flores na minha cabeça. Nenhum de nós falou, um dia de separação sendo suficiente para nos tornar desconhecidos outra vez. Se é que já tínhamos deixado de sê-lo.

Ele avançou um passo, estendendo a rosa vermelho-sangue para mim.

— Posso?

Olhei da rosa para ele. Pelo amor das árvores, aquele rosto... Austeridade e beleza. Uma estátua imperfeita e estonteante.

— Achei que não fôssemos fingir — murmurei.

Ele arrancou os espinhos da rosa com a adaga.

— É apenas uma flor. Flores não fingem — disse ele, e voltou a estendê-la, pedindo permissão. — Posso?

Desta vez, eu assenti. Ele se aproximou e pôs a rosa na minha cabeça, trançando o caule na coroa de salgueiro com os dedos fortes e ágeis. Quando se afastou, roçou a mão no cabelo caído em minha face.

Fiquei parada, sentindo o cheiro da lã molhada de sua capa — fumaça e cravo.

— Como você sabia que eu estava aqui?

— Você não estava no quarto — respondeu ele, e fez um gesto para o jardim. — Se eu fosse evitar alguém, também viria para cá.

Abri a boca, mas nada saiu. Não adiantava mentir.

Ele abriu um sorrisinho.

— Quer uma visita guiada?

Olhei ao redor, para o jardim coberto pela bruma.

— Não sabia que o jardim era planejado.

— Muito pelo contrário — disse Ravyn. — Por isso, é a parte mais interessante de toda a propriedade. Mas não diga isso para Thistle, ele ficaria muito ofendido.

O canto da minha boca tremeu.

— Você não precisa disso — disse Ravyn, ao me ver guardar a pata de corvo no bolso. — Não precisa há onze anos.

Eu o encarei.

— Mas a bruma... A Alma do Bosque...

— Não afeta pessoas como nós.

— Mas o livro diz...

— Você e eu já portamos magia estranha. Somos exatamente aquilo sobre o que o livro adverte, srta. Spindle — disse ele, sorrindo, e fez um gesto indicando a parte mais afastada do jardim. — Não precisamos temer um pouco de sal no ar.

Ravyn não sabia o nome das plantas nem das flores. Das árvores sabia, lógico. Eu o seguia, afastada, escutando sua voz enquanto admirava o jardim. Ervas grudavam na barra da minha saia e galhos puxavam meu cabelo enquanto avançávamos pelo matagal, a vegetação desacostumada a receber visitantes, uma trilha quase escondida.

— Aonde isso leva? — perguntei, desembaraçando o cabelo de um galho baixo.

— Às ruínas — respondeu Ravyn. — Do castelo original. O que sobrou.

O interesse do Pesadelo, aguçado pela informação, impulsionou meus passos, e eu segui o capitão dos Corcéis por uma área de mata bastante cerrada até uma pradaria. Arregalei os olhos ao admirar a paisagem — a grama molhada de orvalho, as árvores enormes e o cemitério de pedras: os últimos resquícios de um castelo desmoronado, aninhado na bruma.

As pedras se erguiam no prado em uma harmonia estranha. Caminhei na ponta dos pés entre os pilares de calcário destruídos, com medo de que até mesmo meus passos pudessem fazer tudo desabar.

— Não sabia que tinha outro castelo aqui — murmurei.

Ravyn assentiu.

— É antigo... mais antigo do que Stone. Ninguém sabe exatamente quando foi construído, nem quando o fogo o devastou.

Ele apontou para o leste, para trás das ruínas, onde um portão enferrujado se erguia em meio à bruma.

— Resta apenas um cômodo — disse ele.

O Pesadelo se arrastou pela minha mente e inspirou fundo o sal forte do ar. Eu me recostei em um dos pilares, mas me afastei bruscamente em um segundo, com medo de derrubá-lo com meu peso.

Ravyn me observava.

— Está tudo bem — falou ele. — Eles estão aqui há séculos. Não vão cair.

O calcário era áspero sob minha pele. Passei a mão pelo pilar, observando as ruínas com os olhos arregalados.

— O que é aquilo ali? — perguntei, indicando uma câmara de rocha debaixo da sombra de um teixo alto e antigo.

— O último cômodo remanescente.

A câmara de rocha — envolta em musgo e videiras — se erguia, alta, no limite da bruma. Tinha aparência estranha, solitária nas ruínas, sem marcas além de uma janela escura situada na parede mais ao sul.

A cauda do Pesadelo fustigava minha mente, o cômodo fixo em nossa visão compartilhada. *Entre*, disse ele.

Entrar onde? Olhei para a estrutura coberta por hera. *Ali?*

Sim.

Por quê?

Eu quero ver.

Não tem porta. Apenas...

Uma janela. A voz dele inundou meus ouvidos, ao mesmo tempo próxima e distante, suntuosa. *Ela nunca precisou de mais.*

Quem?

A Alma do Bosque.

Senti um arrepio subir pela coluna. *Você já esteve aqui?* Ele riu, mas não havia alegria no som. Era uma gargalhada vazia, sinistra — como cair em um poço. Como ser devorada pelas sombras. Roubou algo de mim, me deixando apavorada com aquele lugar — aquele cômodo sem portas — no qual ele desejava tão desesperadamente que eu entrasse.

Meus músculos se tensionaram, cada parte do meu corpo suplicando para eu obedecê-lo e entrar naquela câmara. Cerrei a mandíbula e dei as costas à janela escura no limite das árvores, recusando o pedido do Pesadelo.

Um silvo monstruoso ecoou pela minha mente.

Ravyn ainda falava, sem perceber meu embate.

— Os boatos são principalmente lendas — disse ele, e tirou do bolso a Carta violeta, que girou distraidamente. — Se este lugar for mesmo assombrado, e fantasmas o habitarem, eles não têm intenção alguma de se revelar. Pelo menos não para mim.

Eu o observei, me forçando a desviar o foco do Pesadelo e da câmara, e foquei na Carta do Espelho na mão de Ravyn.

— Qual é a sensação — indaguei, olhando para o veludo cor de ametista bordado na Carta — de ser invisível?

Ravyn continuou girando o Espelho entre os dedos, virando a Carta com tanta rapidez que ficou embaçada.

Exibido, resmungou o Pesadelo.

O ar ao nosso redor se mexeu, e de repente Ravyn foi absorvido pela paisagem, pelo nada. Desapareceu.

— É frio — disse a voz dele —, mas não insuportável.

— Você enxerga algum… espírito?

— Ainda não — respondeu ele, os passos invisíveis marcando um rastro distinto na grama. — Eu teria que passar mais tempo invisível. Tento não usá-la tanto.

A luz violeta se aproximou. Eu me virei, observando o brilho. Um momento depois, Ravyn ressurgiu, perto de mim, com um sorriso malicioso.

— Você é a única que não consigo pegar de surpresa — disse ele.

Meu coração acelerou ao ver sua boca severa curvada em um sorriso. Eu me afastei, perambulando pelo prado descuidado, com a cabeça cheia de dúvidas.

— E a Carta do Pesadelo? — indaguei. — Você a usa com mais frequência.

Ele não negou.

— E os efeitos nocivos? — perguntei, hesitante.

Eu nunca tinha conversado com alguém que usasse uma Carta do Pesadelo. E, embora tivesse certeza de que o monstro em minha mente fosse muito mais do que a Carta que eu absorvera, ainda havia muito que eu não sabia.

— Você vê uma criatura? Escuta uma voz?

Ravyn demorou a responder.

— Todo usuário de Cartas sofre efeitos colaterais diferentes.

— Suas respostas são muito vagas, capitão.

Ele dirigiu a mim seu olhar cinzento.

— Quando uso a Carta do Pesadelo por muito tempo, não vejo criatura alguma. Mas escuto uma voz. A resposta é satisfatória, srta. Spindle?

Nem de longe.

— O que a voz diz?

— É difícil explicar — respondeu ele, passando a mão pelo queixo. — Na maior parte do tempo, ele não diz nada. Porém, quando fala... é como se soubesse tudo que já pensei, que já temi. Ele me provoca, me diz que vou fracassar, que meu esforço é inútil.

Ele encontrou meu olhar.

— Mas é apenas uma voz, e não é de criatura alguma — concluiu ele.

— Como você sabe?

— Porque quem fala na minha cabeça, revelando meus piores medos, não é uma voz desconhecida — replicou ele, baixinho. — É a minha voz.

Ravyn tinha voltado ao Castelo Yew para roubar a Carta do Portão de Ferro. Ou, melhor, para me buscar, de modo que eu indicasse a Carta para ele e seus colegas... Eu não sabia como chamá-los. Ladrões. Traidores. Bandoleiros. Depois de Jespyr transmitir as informações que tínhamos ouvido no chá com as mulheres da família Pine, Ravyn e Elm começaram a mapear o projeto de viagem de Wayland Pine. Ele e alguns outros convidados viajariam em caravana de Stone até suas respectivas propriedades, das quais a Casa Pine era a última. Interceptaríamos a carruagem de Pine na estrada da floresta. Se partíssemos do Castelo Yew logo após o meio-dia, teríamos tempo suficiente para chegar à Floresta Sombria antes do anoitecer. Lá, na beira da estrada, escondidos em meio às árvores, aguardaríamos por Wayland Pine.

E roubaríamos seu Portão de Ferro.

Ravyn e eu deixamos as ruínas através da bruma, passando pelos mesmos espinheiros famintos pelo meu cabelo. Tropecei na saia e só não caí porque consegui me segurar em um buxo. Ofegante, com o vestido molhado e a barra enlameada, saí do matagal a passos pesados como um animal, cansada e arisca.

Ravyn, que teve o bom senso de não rir, ficou aguardando enquanto eu arrancava os espinhos do cabelo.

— Diga, srta. Spindle — indagou ele, me observando —, já usou alguma faca?

Soltei uma imprecação quando um espinho vingativo arrancou um pouco do meu cabelo.

— Servem as tesouras de jardinagem?

Desta vez, ele riu.

— Não.

Demos a volta no castelo. Criados passaram por nós, com reverências profundas para Ravyn. Escutei o estrépito de cascos na pedra e o uivo de cães ao longe, deixando para trás o silêncio suave do castelo quando saímos da bruma em direção ao aglomerado de anexos no lado oeste da propriedade.

— Seu pai disse que não haveria violência. Espera-se que eu lute, capitão?

— Não — respondeu ele, olhando para trás. — Mas imagino que, ainda assim, você queira ter algo para se proteger.

O caminho nos levou ao pátio, a área de chão de terra situada entre três anexos. À esquerda ficava o arsenal e à direita, o estábulo. O lugar se encaixava sob as sombras do castelo, pois ainda não dera meio-dia.

Entramos no arsenal, onde espadas, facas, aljavas e flechas lotavam as paredes, as estantes equipadas com toda ferramenta e arma que um guerreiro pudesse empunhar. Gibões, armaduras e cotas de malha enchiam engradados no chão, e no centro do depósito havia uma tábua comprida de carvalho, apoiada em dois barris. Ao redor da tábua se encontravam quatro homens e uma mulher em roupas de couro escuro, de pé. Quando a porta se abriu, eles se viraram para mim, com o olhar cheio de expectativas.

Eu os observei, a respiração acelerada e entrecortada. Jespyr e o príncipe Renelm estavam juntos, ela equipada com um arco e aljava de flechas de pluma de ganso, e ele, com o brilho vermelho de sempre. Ao lado deles, dois homens que eu não reconhecia, diante de uma pedra de amolar, ergueram o rosto e me avaliaram com olhar agitado.

O último do grupo era Jon Thistle, que me cumprimentou com um sorriso largo.

— É um prazer vê-la, milady. Seja bem-vinda a nossa bela coleção de ladrões.

Escutei Ravyn fechar a porta atrás de nós, deixando apenas as tochas e a lareira iluminarem o arsenal. Recuei um passo, analisando o ambiente uma segunda vez.

— Estes são Wik Ivy e seu irmão, Petyr — disse Ravyn, ao pé do meu ouvido. — Thistle você já conhece, e, obviamente, minha irmã e meu primo.

Diante de meu silêncio, o capitão dos Corcéis sorriu.

— Ah, srta. Spindle...Você certamente já encontrou uma quadrilha de bandoleiros.

CAPÍTULO DEZOITO

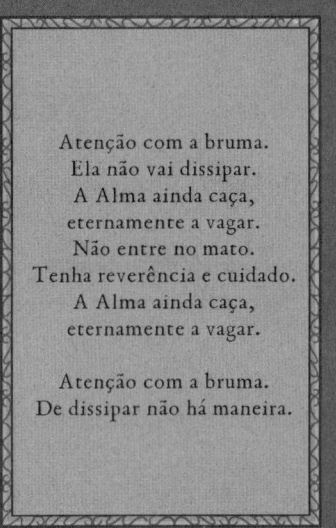

Atenção com a bruma.
Ela não vai dissipar.
A Alma ainda caça,
eternamente a vagar.
Não entre no mato.
Tenha reverência e cuidado.
A Alma ainda caça,
eternamente a vagar.

Atenção com a bruma.
De dissipar não há maneira.

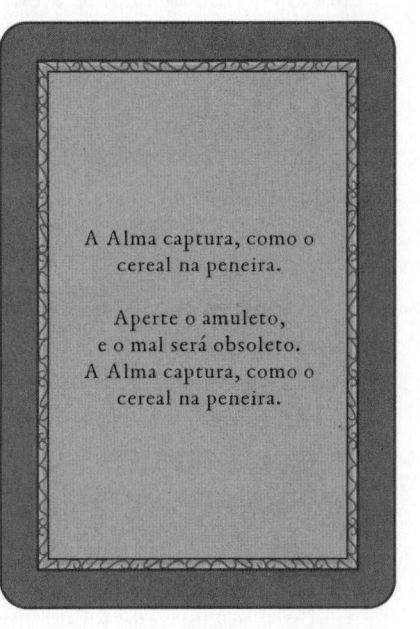

A Alma captura, como o
cereal na peneira.

Aperte o amuleto,
e o mal será obsoleto.
A Alma captura, como o
cereal na peneira.

Estávamos há pouco tempo no arsenal quando Thistle, gentil como era, deixou muito evidente que eu não serviria de nada usando vestido.

Elm riu, me olhando dos pés à cabeça e parando na coroa de flores no meu cabelo.

— Mas ela se esforçou tanto para se arrumar hoje.

Jespyr deu uma cotovelada no primo.

— Cale a boca. Já temos trabalho demais sem seus disparates.

Chegaram dois criados, trazendo um embrulho: túnica, gibão, capa, calça justa e botas. Lã, linho e couro, tudo preto. Um a um, os outros foram saindo do depósito, me deixando a sós com Ravyn.

Franzi o cenho, olhando para meu vestido cinza, a barra enlameada pela caminhada no jardim.

— Não percebi que tinha me vestido inadequadamente — falei, de repente constrangida por minha aparência.

— Não podemos usar os brasões da família, não é? — comentou Ravyn, tirando com cuidado a coroa de flores do meu cabelo. — Vou mandar levarem suas roupas para seus aposentos. Nos encontre quando estiver pronta.

Se ele me olhou ao sair pela porta do arsenal, eu não soube. Estava me esforçando para não olhar para ele.

Cinco minutos depois, me recostei na porta, criando coragem para abri-la.

O Pesadelo bufou. *Pelo amor das árvores... É só uma calça, Elspeth.*

Eu me sentia exposta, nua, sem a saia de lã. Fiz uma trança comprida e apertada no cabelo, que descia pelas costas como uma corda.

A moça Yew usa túnica e calça. Por que você não usaria?

Jespyr é muito mais temível que eu. Olhei para minhas pernas. *Eu pareço um estribeiro ridículo.*

Sua aparência é — e talvez sempre tenha sido — completamente irrelevante.

Resmunguei, querendo que ele fosse embora. Porém, era verdade. O importante não era eu. O importante eram as Cartas, a bruma e o sangue. Que diferença faria se eu usasse roupas curiosamente semelhantes às de um garoto da idade de Emory? Se eu iria me misturar a bandoleiros, precisava combinar com eles.

Após um último suspiro trêmulo, empurrei a porta e saí.

Eles esperavam por mim, agrupados na entrada do pátio. Quando me viram, um dos irmãos Ivy assobiou, mas foi calado pela cotovelada de Jespyr.

Eu não sabia nem para onde olhar.

— E então? — perguntei, avançando, com as mãos apertando as mangas da roupa. — Estou mais adequada à tarefa?

Não deixei de notar o olhar de Ravyn, me fitando dos pés à cabeça.

— Muito mais — respondeu ele, com um rubor subindo devagar pelo pescoço até as faces, e me entregou um par de luvas de costura fina. — Vai precisar disto aqui.

Olhei as peças.

— Luvas de montaria?

— Achou que iríamos andando? — indagou Elm.

— Vamos a cavalo até a Floresta Sombria — explicou Jespyr.

— O restante do caminho fazemos a pé, escondidos na bruma. Quando a carruagem de Pine passar, vamos interceptá-la. Você nos dirá onde encontrar o Portão de Ferro, e tudo acabará em menos de cinco minutos.

Observei o grupo. Para uma quadrilha que não planejava partir para a violência, estavam curiosamente bem armados.

— E depois?

— Depois voltamos — replicou Elm. — E você pode nos contar da Carta do Poço na casa de seu pai.

Ravyn, Elm e eu ficamos no estábulo enquanto os outros iam buscar os últimos mantimentos.

— Vamos precisar de um cavalo para você — disse Ravyn, buscando uma égua marrom em uma das baias.

Como eu empalideci e recuei, ele ergueu as sobrancelhas.

— Não me diga que você nunca andou a cavalo?

O muxoxo de desdém de Elm encheu o estábulo.

— Pelo amor das árvores! O que você fez esses anos todos no meio do mato?

Franzi o cenho e olhei de relance para ele.

— Os animais não gostam muito de mim.

O príncipe sentou-se em um banco.

— Se isso não indicar alguma coisa... — resmungou ele.

Ravyn ignorou o primo e estendeu as rédeas para mim.

— Cavalos são ariscos. Você precisa ficar calma... confiante. Quando ela se sentir segura, vai confiar em você — disse ele, e, como não peguei as rédeas, se encostou no cavalo. — Quer ajuda?

Parecia um desafio. E eu queria muito recusar — ver sua expressão impressionada quando eu tomasse as rédeas e montasse naquele animal sem ele. Mas não podia. Eu não entendia nada de cavalos.

— Se não for incômodo, capitão.

Sua expressão pétrea se suavizou, repuxando o canto da boca. Ele tinha vencido. Então, pegou minha mão e me puxou para perto.

— Ponha a mão aqui — instruiu ele, sustentando meu olhar enquanto tirava minha luva, e apoiou minha mão espalmada no lombo do cavalo, logo abaixo da sela. — Sinta a respiração dela, a energia.

A égua arregalou os olhos e inflou as narinas enquanto minha mão percorria seu tronco. Passei os dedos pelo dorso largo e pela crina áspera no pescoço. *Calma*, pensei. *Calma, está tudo bem.*

Isso não vai funcionar, ronronou o Pesadelo. *Ela sabe que você não está sozinha. Sabe que não está segura.*

A égua se agitou e deu um passo para longe, levantando a cabeça e abanando a cauda.

— Calma, garota — disse Ravyn, com tapinhas carinhosos e firmes nela.

Quando a égua se tranquilizou, ele voltou a me olhar.

— Quer que eu a ajude a subir?

Pelas árvores! Eu estava cansada de dar aquela satisfação a ele.

— Pode ser — repliquei.

No fim, a vitória foi minha. Quando Ravyn se aproximou, hesitou e o rubor de antes voltou ao seu rosto. Nossos olhares se encontraram por um momento. Então, como se para provar algo para si, ele me tocou. Com as mãos grandes e firmes, encontrou a curva da minha cintura e se demorou por um momento no quadril. Eram quentes, aquelas mãos. E eu me peguei imaginando qual seria a sensação daquelas palmas calejadas na minha pele nua.

Ele inspirou bruscamente, me levantando com facilidade para me posicionar na sela. Por um momento, apenas fiquei sentada, sem saber o que fazer com as pernas. Parecia grosseiro passar uma perna para o outro lado e montar assim, mas o instinto me dizia que, se eu não o fizesse, sofreria ainda mais com a ridicularização cruel de Elm, que continuava no banco, com o rosto principesco desenhado em uma expressão entre humor e desdém.

No momento em que passei a perna para o outro lado, flexionando as coxas ao redor da sela, senti que tinha cometido um erro gravíssimo. O cheiro de feno e suor emanava da égua, e sua pele se retesou sob meu toque. Fiquei sentada na sela como uma estátua, me agarrando desesperadamente à crina da égua.

— Onde eu me seguro?

— Experimente as rédeas — sugeriu Elm.

Ravyn encostou no meu tornozelo.

— Respire fundo, srta. Spindle. Ela está nervosa porque você também está.

— Ou porque não sabe o que você é — comentou Elm.

Confie em mim, ela sabe exatamente o que você é, disse o Pesadelo, rindo. *Veja só.*

O sibilar dele irradiou por mim — um ruído animal que invadiu meus músculos, um chamado invisível para o cavalo debaixo de mim.

A égua empinou, tomada por um pânico repentino que a fez sair relinchando do estábulo.

Eu não me lembrei de nada da queda. Apenas da terrível dor.

Quando recobrei a consciência, o cavalo tinha sumido, e a gargalhada baixa e suave do Pesadelo ecoava pela minha mente. Ravyn e Elm estavam ajoelhados ao meu lado, me fitando com os olhos arregalados.

— Pelas árvores! — exclamou Ravyn, passando a mão pela minha nuca para sustentar minha coluna. — Está me escutando?

Tentei me sentar, mas fui tomada por uma tontura. Arfei, inspirando demorada e doloridamente, o ar voltando de uma só vez aos meus pulmões.

— Eu... avisei... — falei, chiando. — Animais... não gostam... de mim.

Ravyn e Elm se entreolharam, um sorrisinho malicioso surgindo nos lábios do príncipe.

— Bem... foi inesperado.

Tossi, tomando impulso para me sentar.

— Você poderia ao menos fingir que não ficou tão satisfeito — retruquei.

Ravyn deslizou a mão da minha nuca para meu ombro.

— Quebrou alguma coisa?

Apenas meu orgulho, reclamei na escuridão da minha mente. *Que ideia foi essa?*

Só um pouquinho de diversão.

Eu poderia ter morrido!

Não seja tão dramática, disse o Pesadelo. *As pessoas caem de cavalos todos os dias.*

Isso não torna a experiência menos desagradável.

Pelo menos agora você percebeu onde está se metendo, e quem — ou, melhor, o quê — realmente é.

— Srta. Spindle?

Voltei a atenção para Ravyn.

— Não quebrei nada.

— Ela está bem — gritou Elm, enquanto passos vinham correndo até nós.

Jespyr e Thistle pararam, derrapando.

— Vai ficar toda roxa, não se engane — disse Thistle.

Corei, vermelha até a raiz do cabelo.

— Todo mundo viu?

— Não — respondeu Elm. — Só os criados, o flecheiro, os pajens, o ferreiro...

— Basta — grunhiu Ravyn. — Temos que ir.

— Não podemos ir assim — argumentou Jespyr, apontando para mim. — Ela vai levar um tombo e morrer.

Elm bocejou.

— Vai ficar tudo bem. É só amarrar ela no bicho, e está resolvido.

Meu estômago se revirou.

— *Me amarrar?*

— Ninguém vai amarrá-la — disse Thistle. — Que tal uma carruagem?

Elm balançou a cabeça.

— Vão nos escutar de longe.

Então eles começaram a debater que tipo de transporte deveríamos usar. Eu não falei nada, mantendo o olhar firme enquanto passava os dedos pelas minhas costelas, fazendo uma careta.

Eu ia ficar toda roxa mesmo.

— Ainda acho melhor usar uma carruagem — insistiu Jespyr. — Se pararmos no bosque, a dois quilômetros da estrada, não vão nos ouvir.

— E se decidirem nos perseguir? — retrucou Elm. — Que eu saiba, você não é mais rápida do que um cavalo de guerra, prima.

Jespyr tirou a Carta do Cavalo Preto do bolso.

— Quer apostar?

— Calem a boca você dois — ralhou Ravyn. — Peguem seus amuletos e sigam para seus cavalos. Thistle, busque os Ivy. Partiremos em cinco minutos.

Eles saíram, arrastando os pés, Jespyr e Elm ainda se entreolhando com irritação.

Ravyn se virou para mim e perguntou em voz baixa:

— Você está bem? Mesmo?

Tossi, fazendo uma careta.

— Vou sobreviver.

— Posso?

Lá ia ele de novo, pedindo permissão para me tocar. Eu aquiesci e, quando ele subiu e desceu a mão pelas minhas costelas, quase me esqueci da dor, de tanto medo que eu estava de ele sentir meus batimentos acelerados.

— Vai ficar tudo bem — declarou, afastando a mão quase rápido demais. — Sinto muito, srta. Spindle. Temos que ir a cavalo, não há outra opção. É melhor você ir com nosso cavaleiro mais experiente, para que ele controle o incômodo do animal.

Olhei-o, desconfiada.

— E me diga, por favor, quem seria esse cavaleiro?

O estilo de montaria de Elm era o mesmo de seu comportamento geral: impiedoso e abrasivo.

Quando adentramos a Floresta Sombria, eu estava tão exausta e destruída que poderia ter caído muitas outras vezes do cavalo. Desmontamos e o príncipe arfou, chiando.

— Pelas árvores! — exclamou ele, tossindo. — Que tal apertar um pouco mais? Parecia que eu estava de espartilho!

— Todo mundo bem? — indagou Jespyr, mais adiante.

— Às mil maravilhas! — respondeu Elm, cerrando a mandíbula. — Melhor cavalgada da minha vida.

— Não falei com você.

— E com quem mais estaria falando?

Ravyn desmontou em um farfalhar de preto.

— Essa implicância não impressiona ninguém — disse ele ao primo. — Peguem os amuletos. Melhor ficarmos quietos daqui em diante.

A Floresta Sombria era um emaranhado de choupos-brancos e espinheiros. Os cavalos ficaram nervosos por ter de desviar da estrada, mas foram persuadidos com açúcar, e assim entramos, apreensivos, na bruma.

Era estranho não precisar da minha pata de corvo. Para os outros, a necessidade do amuleto era mais urgente. Senti o cheiro de sal. A Alma do Bosque pairava na bruma, invisível, à espreita, contida apenas por nossa magia e nossos amuletos.

Os irmãos Ivy portavam penas de falcão idênticas. Jespyr brincava com um pequeno fêmur. Thistle revirava um canino de cachorro pendurado em um fio de couro. Elm envolvia os dedos em uma trança apertada de crina de cavalo.

Segui atrás de Ravyn, cujas luzes vinho e violeta avançavam na bruma com determinação. Logo atrás, vinha Jespyr, portando um Cavalo Preto. Thistle e os Ivy não tinham Cartas. Elm — que deixara a chamativa Foice para trás, portando um Cavalo Preto — ia na retaguarda.

Thistle distribuiu pão e queijo para todos nós, que comemos enquanto caminhávamos, como os viajantes nos livros antigos de minha tia. No crepúsculo, os grilos estridularam, despertando as corujas e outras criaturas noturnas.

A bruma ficou mais carregada, tão densa que engoliu a fraca luz do dia, nos jogando na escuridão.

Pedra ou espinheiro, colina ou declive, não fazia diferença — Ravyn avançava a passos firmes. As botas dele eram silenciosas e o ritmo, inabalável. Ele parou uma única vez, erguendo a mão para deter o grupo e estreitando os olhos em meio à bruma.

Escorreguei nas folhas apodrecidas dos choupos, a visão do Pesadelo minha única salvação em meio ao nevoeiro e à escuridão.

— Como você sabe por onde devemos seguir?

Ravyn deu de ombros.

— Experiência.

Mais adiante veio o farfalhar distante de folhas. Um instante depois, uma corça e seu filhote cruzaram nosso caminho. Ravyn os observou, com os ombros relaxados e a expressão tranquila. Apenas quando eles se foram, ele fez sinal para prosseguirmos.

A temperatura no bosque baixou. Estremeci e esfreguei meu nariz, que ardia, em meio à umidade.

— O cheiro de sal está forte — comentei.

— É a Alma do Bosque — replicou Ravyn.

Minha tia me contara muitas histórias sobre a Alma do Bosque. Dissera que a Alma podia assumir a forma de animais, mas nunca uma réplica precisa. Havia sempre algo de *diferente* nos animais que ela fingia ser: ossos compridos demais, dentes afiados demais.

Olhos sábios demais.

Olhei rapidamente pela bruma, mas a corça e seu filhote tinham sumido.

— Será que — sussurrei às costas de Ravyn —, se conseguirmos reunir o Baralho e dissipar a bruma, a Alma continuará em Blunder?

O capitão refletiu.

— O *velho livro* diz que a magia oscila, como uma maré de águas salgadas. Acredito que a Alma seja a lua que comanda as marés. Ela nos puxa, mas também nos liberta. Não é boa nem ruim. É a magia... o equilíbrio. Eterna.

O Pesadelo sussurrou, com as garras afiadas à mostra. *Mas a Alma foi esquecida, por mais que rogasse. Os Rowan as apagaram, como à minha face. Mas ela tem seu próprio tempo, e eu prolongo a contagem. A próxima onda da maré vai engolir a margem.*

Senti um calafrio, que nada tinha a ver com a temperatura.

— Então, não — continuou Ravyn —, não acho que a Alma do Bosque vá desaparecer com a bruma. Mas talvez ela não seja mais perigosa. Talvez possa repousar.

Alguns momentos depois, ele parou.

— Amarrem os cavalos aqui — instruiu. — Estou vendo a estrada, a vinte passos daqui.

Eu me afastei, abrindo espaço para os cavalos. Quando Ravyn veio ao meu encontro, tinha uma faca na mão.

— Não é uma tesoura de jardinagem — disse ele, me oferecendo a faca e sorrindo diante da minha hesitação. — Você não vai precisar usá-la. Mas o disfarce funciona melhor com uma arma.

Prendi a faca no meu cinto.

— E agora? — perguntei, um leve tremor em minha voz.

— Agora esperamos.

A apreensão se acumulava como terra jogada em uma cova. Uma hora depois, eu estava me esforçando para ficar parada. Os outros andavam em silêncio, espalhados pela bruma, entre árvores, pedras e arbustos. Apenas Ravyn se mantinha imóvel, com o olhar fixo na estrada à frente.

Quando um galho estalou sob meu pé, o capitão se mexeu apenas para me dirigir um olhar irritado.

— Perdão — sussurrei.

Ravyn tirou do bolso um tecido escuro e sedoso — o pano que tinha usado para me vendar no Equinócio.

Mordi o lábio.

— Para que serve isso?

Ravyn tirou outro pano do bolso e o amarrou no rosto, logo abaixo dos olhos, escondendo boa parte da cara.

Era uma máscara.

A lembrança daquela noite na estrada, dos homens mascarados — da violência e do medo —, me voltou tão vividamente que recuei, tropeçando em um espinheiro.

Ravyn pareceu entender porque, um momento depois, tirou a máscara.

— Perdão — sussurrou ele, vindo até mim. — Srta. Spindle?

Passei a mão no rosto, evitando seu olhar.

— Nunca imaginei que me vestiria de bandoleira — consegui dizer. — Muito menos na companhia dos homens que me atacaram.

Ravyn prendeu a respiração.

— Se eu soubesse quem você era...

— Teria feito o quê? Sido um pouco mais simpático? — questionei, irritada. — Eu estava sozinha na estrada. Vocês dois foram horríveis.

Ele não negou. Após um momento demorado e incômodo, suspirou.

— Voltei para a estrada, sozinho, na noite seguinte. Passei três dias na beira da floresta, na esperança de vislumbrá-la, de falar com você — revelou ele, olhando para o horizonte. — A Carta do Profeta deixa lapsos em nossa compreensão. Minha mãe previu onde você estaria, e sua conexão com as Cartas. Mas o resto era conjectura. Não fazíamos ideia de onde estávamos nos metendo. Se eu soubesse que você portava magia...

Ele hesitou outra vez, franzindo o cenho.

— Somos tão poucos, srta. Spindle. Você é mais especial do que imagina. E me dói pensar que eu poderia tê-la ferido. Eu... peço perdão — completou ele. — Pelo amor das árvores... perdão.

Escutei o vento soprar pelo bosque, o embalo se misturando à voz de Ravyn Yew. Ele parecia diferente vestido de bandoleiro — transformado. Nada da postura austera e controlada que exibia como capitão dos Corcéis. Ali, no bosque, era apenas um homem de capa preta em busca de redenção.

Estendi a mão para ele.

— Está perdoado. Mas sob uma condição.

Ele deu um sorriso discreto.

— Que seria...?

Quando nossas mãos se tocaram, o rubor tomou conta do meu rosto.

— Me chame de Elspeth. Afinal, estamos prestes a cometer lesa-majestade juntos.

O meio sorriso esquivo, embora cauteloso, tomou conta do rosto de Ravyn. Quando ele apertou minha mão, sua pele calejada arranhou minha palma.

Um assobio agudo percorreu as árvores, ecoado por outro, e por um terceiro.

O sinal.

Ravyn estacou, com a mão ainda junto da minha, enquanto o ruído de cavaleiros retumbava ao longe.

— Melhor colocar essa máscara, Elspeth — disse ele. — Chegou a hora.

CAPÍTULO DEZENOVE

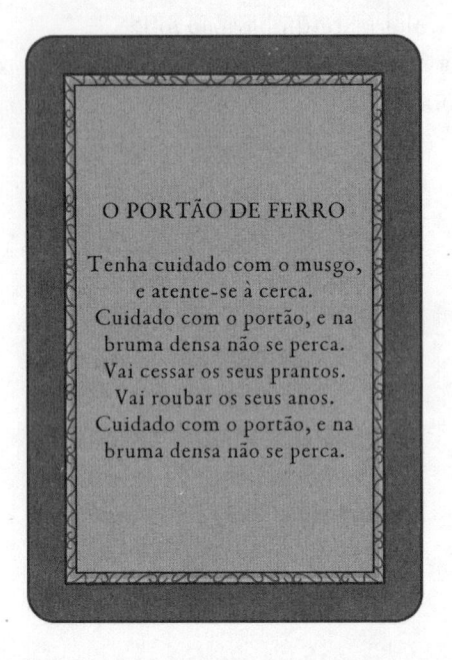

O PORTÃO DE FERRO

Tenha cuidado com o musgo,
e atente-se à cerca.
Cuidado com o portão, e na
bruma densa não se perca.
Vai cessar os seus prantos.
Vai roubar os seus anos.
Cuidado com o portão, e na
bruma densa não se perca.

Foi preciso apenas um instante para perceber que havia algo de errado. O tumulto foi barulhento demais; o som dos cavalos, excessivo. Se eu não soubesse que eles vinham, talvez confundisse o clamor com um trovão.

Espreitei pela bruma e vi duas carruagens fazerem a curva, suas lamparinas projetando sombras fantasmagóricas na estrada. As chamas se mesclavam a outra luz, um verde-musgo escuro, vinda da primeira carruagem. Uma luz que apenas eu enxergava.

O Portão de Ferro.

Antes que eu pudesse apontar a Carta para Ravyn, o clamor aumentou e mais quatro luzes surgiram. Estas luzes, contudo, não eram chamas bruxuleantes, nem tinham a claridade do Portão de Ferro. Eram escuras, tão profundas que senti vertigem.

Quatro Cavalos Pretos, seus portadores montados em alazões, cercando a carruagem. E, dentre eles, um feixe vermelho intenso.

Uma Carta da Foice. Hauth Rowan.

Puxei a manga de Ravyn, com o Pesadelo se agitando em minha mente.

— O grão-príncipe está aqui, com um Cavalo Preto e uma Foice. Você não falou que íamos lutar contra Corcéis!

Ravyn flexionou o maxilar. Pela maneira como seus olhos estavam arregalados e os ombros tensos, percebi que ele estava tão surpreso quanto eu. Em um piscar de olhos, tirou do bolso a Carta do Pesadelo e bateu nela três vezes para se comunicar com os outros. Ele franziu as sobrancelhas, firmemente unidas. Os cavalos na estrada relincharam, levantando as orelhas.

Ravyn se virou para mim.

— Viu o Portão de Ferro?

Pisquei, boquiaberta.

— Você ainda está pensando em atacar?!

Ravyn olhou de mim para a estrada.

— Precisamos dessa Carta.

— Mas os Corcéis...

A voz de Ravyn soava firme, porém, quando ele me encarou, vi em sua expressão um desespero que não tinha notado até então.

— Nós daremos um jeito nos Corcéis. Se atacarmos Hauth, ele não terá concentração suficiente para usar a Foice. Quanto mais rápido recuperarmos o Portão de Ferro, mais rápido estaremos fora de perigo. Ainda quer nos ajudar, Elspeth?

O Pesadelo não disse nada. Entretanto, eu o sentia no fundo da minha mente, à espera.

Respirei fundo, sentindo um aperto no peito.

— O Portão de Ferro está na primeira carruagem.

Além dali, os cavaleiros se aproximavam, fazendo cada vez mais barulho. Mesmo em meio à bruma, eu enxergava a poeira erguida por seu fervor, os cavalos reluzindo de suor. Corvos se agitavam, fugindo e grasnando, incomodados com o estrondo. Ravyn pôs a mão no bolso outra vez e pegou a Carta do Espelho.

— Tem certeza de que não quer usar?

Recusei veementemente.

— Você que sabe — disse ele, batendo três vezes na Carta até desaparecer. — Nós dois seremos os últimos — alertou, sua voz ecoando onde antes ele estivera. — Me leve ao Portão de Ferro. Quando chegarmos lá, volte correndo para cá e se esconda na bruma. Entendeu?

Não tive tempo de responder. Sem aviso, uma saraivada de flechas de pluma de ganso amarradas a cordas voou para o outro lado da estrada, bloqueando a passagem logo à frente das carruagens. Os Cavalos Pretos de Jespyr e Elm brilhavam ao longe, sombrios e ameaçadores, enquanto eles e os Ivy continuavam a disparar flechas, obstruindo a estrada e forçando as carruagens e os Corcéis a pararem, derrapando no chão de terra.

Os cavalos relincharam. Um empinou, derrubando seu cavaleiro, que desabou no solo. Eu não enxergava Ravyn, mas o sentia ao meu lado. Um momento depois, ele pegou minha mão, e então corremos a toda velocidade através das árvores, em direção ao alvoroço.

Minha respiração vinha em arquejos apressados e desesperados. Tudo que consegui ver foi a estrada à frente — logo além das árvores — e os homens espalhados ali, a luz verde-musgo no meio deles.

— Armas em punho! — gritou um dos Corcéis.

— Estamos sob ataque! — berrou outro.

Mas eles não tiveram tempo de se reagrupar — tinham chegado os bandoleiros.

O clangor de aço contra aço me abalou, o choque das espadas soando alto aos meus ouvidos. Ravyn me puxou para a estrada, sem nunca soltar minha mão. A nossa frente, homens desciam aos borbotões das carruagens, e Corcéis caíam dos cavalos, de armas em punho.

Vi Elm mais à frente. Um momento depois, os Ivy entraram na luta, enfrentados por Hauth e dois outros homens. Eles colidiram, espadas e punhos brandidos com uma força mortal. Ravyn me puxou, adentrando ainda mais a algazarra, e eu logo os perdi de vista.

A luz verde do Portão de Ferro não estava mais na primeira carruagem. Naquele momento, pairava pela estrada, guardada na capa de Wayland Pine. A luz rodopiou, Wayland perambulando pelo tumulto e se postando entre os Corcéis e outro soldado.

— Está na capa de Pine! — gritei para Ravyn. — Do lado direito.

Ravyn apertou minha mão, me puxando para baixo quando flechas cortaram o ar.

— Vá — disse ele, e seu toque cálido me abandonou. — Vá logo!

Não esperei que ele repetisse.

Dei meia-volta e corri — corri com todas as forças que tinha. Alvoroçada, tropecei e me esquivei por pouco da investida violenta da espada de um Corcel.

Levante-se, rosnou o Pesadelo, tão desperto que eu sentia suas garras na minha cabeça. *Levante-se, Elspeth!*

O Corcel se virou, sua espada ocupada com Jon Thistle. Dei impulso para me levantar do chão, a poucos passos das árvores e da bruma. Corri e olhei por cima do ombro, para ter um último vislumbre do brilho do Portão de Ferro...

E trombei com meu pai.

Ele parecia mais alto, com o evônimo vermelho-sangue bordado na capa safira. Empunhava uma adaga e, na outra mão, brandia a espada de meu avô com enorme força, envolvido em uma luta violenta com Elm. Deu pouca atenção a mim, retribuindo o esbarrão com uma cotovelada no meu rosto que me arremessou no chão.

Senti gosto de sangue e pisquei, zonza. Foi só então que notei o desenho familiar esculpido na porta da segunda carruagem. Um evônimo.

Você só mordeu a língua, gritou o Pesadelo, mais alto do que o estardalhaço. *Levante-se.*

O clangor de armas se aproximou, como se soasse logo acima de mim. Sem ousar me erguer, engatinhei pelo chão, a poeira levantada pela confusão entrando em meus olhos marejados. Quando cheguei à beira da estrada, me joguei em uma pilha de folhas sob um choupo-branco alto.

Limpei a sujeira dos olhos e me voltei para o conflito na estrada, em busca de meu pai. Ele estava de pé, ainda em combate com Elm. Só que, no momento, a espada de Elm fora derrubada. O medo tomou conta de mim enquanto eu via o príncipe lutar, encurralado entre a carruagem e a arma ameaçadora de meu pai. Ele se esquivou de três investidas, todo o seu foco empreendido em evitar o próximo golpe de meu pai.

Ele vai se machucar, falei, o pânico apertando minha garganta.

Ele não é problema seu!

Eu me abaixei novamente, tateando o chão atrás de algo — qualquer coisa. Fechei os dedos ao redor de uma pedra pesada e fria. Quando me levantei, Elm estava caído no chão.

Meu pai se erguia acima dele, com a espada em punho, prestes a dar o golpe final.

Voltei à estrada e fechei os olhos, me voltando para a escuridão na minha mente. Quando falei, a voz do Pesadelo se mesclou à minha, em dissonância alta e determinada.

— *Não. Erre. A. Mira.*

A pedra acertou a parte de trás da cabeça de meu pai, fazendo-o cambalear e impedindo-o de golpear o príncipe. Elm, em movimentos ágeis, escapou da briga, desaparecendo sob a sombra de seu Cavalo Preto.

Meu pai se virou para mim bruscamente, com uma violência que eu nunca notara em seu olhar.

E agora?, sibilou o Pesadelo.

Recuei, repentinamente paralisada de medo. Puxei a faca do cinto e a ergui, trêmula. *Socorro*, gritei para o Pesadelo, minhas pernas bambas.

Meu pai fechou a cara, posicionando a própria adaga logo acima da cabeça, a mão levemente inclinada para trás.

— Esses bandoleiros de merda — resmungou ele, se preparando para lançar sua arma.

Em mim.

E eu sabia que ele não erraria. Eu tinha chegado até ali só para ser morta pelo homem que, onze anos antes, arriscara tudo para salvar minha vida.

Socorro. Socorro. Socorro. ME AJUDE!, gritei, fechando os olhos, o som cruel da lâmina afiada zunindo em meus ouvidos e me fazendo estremecer.

O sal invadia minhas narinas, meu corpo tomado por um frio enregelante. Arfei, desesperada pelo ar cujo gosto não sentia. A dor subiu rasgando meus braços — a magia sombria da infecção e o poder do Pesadelo se espalhando pelas minhas veias. Quando abri os olhos, vi o mundo pela visão do Pesadelo, colorido e vívido. Meu pai aguardava, temível, com uma ligeira surpresa marcada na carranca fechada...

... e sua adaga empunhada pela minha mão.

O Pesadelo se movia mais rápido do que nunca — meus olhos, meus braços e minha cabeça dançando com determinação violenta. Em poucos passos ágeis, acabei com a distância entre mim e meu pai. Antes que ele pudesse erguer a espada, afundei o pé em seu diafragma, derrubando-o.

Ele se estatelou no chão. Eu me ergui diante dele, com um sorriso cruel retorcendo a boca, e coloquei a ponta da adaga na jugular dele.

— Tenha cuidado com o azul — falei, minha voz misturada ao tom suntuoso do Pesadelo —, e não se esqueça da rocha. Cuidado com a sombra que da água desabrocha. À espreita, o oponente. Os lobos chegam pela frente. Cuidado com a sombra que da água desabrocha.

O medo estilhaçou a austeridade de meu pai. Ele me encarou, com os olhos azuis arregalados. Quando viu meus olhos acima da máscara, eu soube que não me reconheceu.

Ele nunca tinha me visto de olhos amarelos.

Antes que ele — de queixo caído e face pálida como um fantasma — pudesse falar qualquer coisa, um cavalo assustado passou correndo e me derrubou.

Deixei cair a adaga e bati a cabeça na pedra, o mundo girando de repente e ficando de cabeça para baixo.

Mãos me alcançaram. Tentei afastá-las, mas não consegui. Estava zonza, um calor alucinante emanando pelo meu corpo, minhas veias em chamas.

Em um piscar de olhos, fui erguida do chão e posta de pé.

O rosto dela estava escondido pela máscara, mas reconheci seus olhos, sua voz. Quando Jespyr me ofereceu a mão, eu aceitei, o escarcéu ao nosso redor soando como tambores de guerra.

Jespyr e eu mergulhamos na bruma.

Eu me perdi imediatamente. Ainda assim, saí correndo. A respiração de Jespyr vinha em sopros regulares, e ela poderia ter continuado...

Se não fosse por um Corcel, que surgiu em meio à bruma e a derrubou com tudo no chão.

Ela desabou com um baque, me fazendo cair também. Abafei um grito, o Pesadelo inundando meus pensamentos. *Silêncio, garota. Eles vão escutá-la.*

Jespyr se ergueu em um instante, se colocando a minha frente para me proteger e encarando o Corcel. Quando ele atacou, ela revidou, um Cavalo Preto contra outro. As espadas colidiram, um ribombar penetrante que ecoava pela bruma. O cotovelo de Jespyr colidiu com o queixo do Corcel, e ele cambaleou, recuando e atacando furiosamente.

A lâmina da espada dele rasgou a túnica preta de Jespyr, cortando seu ombro.

Ela sibilou, mas não vacilou. Girando com tanta velocidade que mal consegui acompanhar, Jespyr foi parar ao lado do Corcel, se esquivando do segundo golpe da espada. Ele praguejou, puxando do cinto uma adaga assustadoramente curva.

Antes que a lâmina encontrasse o alvo, porém, Jespyr acertou a lateral da cabeça do Corcel com o punho de sua espada. Ele cambaleou por um momento, com os olhos arregalados e vidrados, antes de desabar aos meus pés, inconsciente.

Eu o olhei.

— Ele está...?

Jespyr se ajoelhou, com o ferimento no ombro ensanguentado. Ela pressionou dois dedos no pescoço do Corcel, logo abaixo da mandíbula.

— Desacordado — murmurou ela, erguendo o olhar para mim. — Tudo bem?

Senti que tinha sido esculpida em madeira — rígida, lascada.

— Tudo certo — repliquei, cerrando a mandíbula. — E os outros, onde estão?

— Não sei — respondeu ela, enfiando a mão no bolso do peitoral. — Eu me perdi.

Sua expressão foi ficando cada vez mais tensa — a mão, mais urgente. Ela virou os bolsos e a capa do avesso, à procura de algo.

— Merda — murmurou.

— O que foi?

— Não está aqui! — exclamou ela. — Meu amuleto! Acho que deixei cair quando ele trombou comigo.

Um galho estalou atrás de nós.

— O que foi isso? — questionou Jespyr, arregalando os olhos.

— Não podemos nos demorar — consegui dizer, olhando ao redor. — Os outros Corcéis devem estar por perto.

Jespyr apenas balançou a cabeça, seus olhos cheios de medo.

— Eu... eu...

Ela engasgou, como se estivesse se afogando.

— Está sentindo? — perguntou ela. — Esse cheiro de sal? Encarei-a, perdendo o fôlego.

— Jespyr?!

Com os dedos trêmulos, ela esfregou os olhos.

— Eu... eu... e... não... estou enxergando — disse ela, suas pálpebras tremulando desesperadamente. — Não, não, não! — exclamou, parecendo sufocar.

O que está acontecendo com ela?, perguntei, um calafrio subindo pela minha coluna.

Você não sabe? Não sentiu o cheiro?

Sal adentrou minhas narinas. Magia. Magia sombria, indomável. A Alma do Bosque, vindo equilibrar a balança.

Vindo se apossar de Jespyr.

Mergulhei os dedos no meu gibão, com as mãos trêmulas. Porém, meus bolsos estavam vazios. Tinha deixado o amuleto cuidadosamente guardado entre as dobras do meu vestido, no Castelo Yew.

Uma raposa uivou ao longe, nos sobressaltando.

— Jespyr, temos que sair da bruma.

— Não — soltou ela. — A estrada... p-perigosa.

Ela se virou na direção oeste, atraída por algo que eu não escutava.

— Temos que adentrar o bosque — disse ela.

— Não — repliquei. — Você está confusa. Temos que...

Mas ela não me escutava mais. Estava em transe, os olhos castanhos enevoados. Em um piscar de olhos, ela saiu em disparada, mergulhando entre as árvores, engolida pela bruma.

Exausta, fui atrás dela, meu coração batendo tão forte que sacudia meu corpo. Estiquei as mãos, tateando o ar pelo caminho mergulhado na escuridão, sem enxergar um palmo sequer à minha frente; estava tão esgotada pelo poder do Pesadelo que não ousei pedir sua ajuda novamente. Os galhos das árvores puxavam meu cabelo, e a terra sob meus pés era um emaranhado de raízes, cada passo uma armadilha.

Mais adiante, o ganido de um animal rasgou o ar. O Pesadelo gargalhou, sua voz se espalhando pela minha mente. *A Alma não tem perdão nem misericórdia a ceder. Nos chama pelo nome, sem família, rival ou amizade sequer. Ela cuida da bruma como um pastor de sua manada...*

O animal berrou de novo, mas, desta vez, discerni uma palavra em meio ao seu uivo.

— Socorro!

Não era um animal. Era Jespyr.

E leva ao grande repouso final os que caem em sua emboscada.

Os gritos dela ecoavam pela bruma, horrendos e cheios de pavor. Corri em direção ao som e encontrei Jespyr emaranhada em vinhas sob um velho choupo-branco, o tornozelo torcido e preso às raízes.

O olhar dela estava desfocado, perdido ao longe.

— As garras da terra me trazem de volta ao lar — disse ela, rindo e rangendo os dentes. — Não tema, Elspeth. As raízes e os animais do bosque servem à Alma, assim como você e eu.

Meu estômago se revirou quando olhei para o tornozelo da garota, torcido em um ângulo absurdo. Peguei a faca para soltá-la das vinhas.

— Jespyr — chamei. — Seu irmão tem um amuleto?

Ela não pareceu me ouvir.

— Eu velo... velo nas sombras, e nunca na luz.

— Jespyr!

Ela piscou, afundando as mãos na terra que a cercava.

— Sim — conseguiu responder ela. — Ravyn... amuleto. Corra.

Disparei pela mata, com os olhos arregalados, desesperada para vislumbrar as luzes vinho e violeta que indicariam o capitão dos Corcéis.

Porém, imediatamente me perdi, engolfada pela bruma.

Busquei qualquer sinal de cor na penumbra, esticando os braços para me proteger dos espinhos ferozes que arranhavam meu rosto e puxavam meu cabelo. Animais fugiam quando eu passava, e eu apertei o passo, certa de que algo terrível aconteceria com Jespyr se eu não encontrasse um amuleto.

Desci um barranco aos tropeços, galhos rasgando o tecido que ainda cobria meu rosto.

Cadê ele?, gritei. *Para que lado eu vou?*

Espere, advertiu o Pesadelo. *Escute.*

Agucei a audição. De início, ouvi apenas meus próprios batimentos cardíacos. Até que... passos. Algo — ou alguém — vinha em minha direção.

Espreitei de trás de um buxo, procurando algum sinal de luz colorida. Outro berro animalesco atravessou o bosque, e eu abafei um grito. Queria responder, mas o Pesadelo me ordenou silêncio, então fiquei quieta, à espera.

Mais passos soaram, galhos se partindo. Do outro lado do buxo, vi Cavalos Pretos e uma Foice, difíceis de discernir na escuridão. Vinham do outro lado do barranco, devagar, desconfiados, de espadas em punho. Três Corcéis se aproximavam de um quarto Cavalo Preto, caído no chão.

Perdida, eu tinha voltado para o lugar de onde fugira.

Não se mexa, disse o Pesadelo.

Minhas mãos tremiam. Com uma delas, cobri a boca, e com a outra, apertei o punho da faca que Ravyn me dera. Eles não me veriam atrás do buxo, pois a bruma era muito densa ali. Porém, estavam próximos o suficiente para me ouvir.

Prendi o fôlego.

Os homens resgataram o Corcel caído, um de cada lado dele para apoiá-lo nos ombros. Um deles soltou um xingamento quando uma corujinha-do-mato disparou pelo meio das árvores, e os outros partiram atrás dele. Por mais determinados que fossem, não pretendiam ficar muito tempo afastados da estrada. Apenas um deles hesitou, observando a bruma, próximo do meu esconderijo.

O rosto dele era iluminado pelas luzes preta e vermelha ameaçadoras de suas Cartas. O grão-príncipe de Blunder, noivo de Ione.

Hauth Rowan.

Ele se aproximou, os ouvidos atentos.

— Quem está aí?

Ele era o caçador e eu, a caça. Uma lágrima escorreu pelo meu rosto. Quando olhei para trás, porém, o grão-príncipe tinha sumido.

Pisquei, confusa. Ele não tinha usado uma Carta do Espelho — eu teria visto a cor violeta. Após um momento de silêncio tenso, saí de trás do buxo. Minhas mãos estavam tremendo, e o arbusto também se sacudiu.

Hauth Rowan, assim como os outros Corcéis, tinha desaparecido.

Soltei um suspiro trêmulo e me virei para o barranco. Se conseguisse chegar aos nossos cavalos, teria como encontrar o restante do bando. E, mais importante ainda, teria como encontrar Ravyn e seu amuleto.

O tempo de Jespyr estava acabando.

Porém, antes que eu pudesse dar um passo sequer, algo se mexeu atrás de mim, um vulto escuro e sobrenaturalmente rápido. Eu me virei, com um arrepio na coluna.

Ele surgiu da bruma em alta velocidade e me pegou pelo pulso. Tentei fugir, mas ele me girou, e as cores sinistras do Cavalo Preto e da Foice atingiram meus olhos.

— Quem é você? — questionou Hauth, me sacudindo.

Ele torceu meu braço. Senti um estalo estranho, nada natural, e de repente meu pulso estava tomado por uma agonia lancinante. Gritei, a dor visceral se espalhando pelo meu braço.

O silvo do Pesadelo se transformou em rugido. Ele inundou minha mente com uma fúria maléfica e repentina. *Príncipe dos brutos*, rosnou ele.

Hauth sacudiu meu braço, forçando a vista, como se tentasse enxergar através da minha máscara.

— Quem é você? O que está fazendo aqui?

Sequer tive tempo de responder. De repente, ataquei o grão-príncipe, minha mão borrada pela bruma. O som de tecido rasgando tomou o ar. Arregalei os olhos ao ver minha mão suja de sangue.

Sangue que não era meu.

Os gritos de Hauth ecoaram pelo bosque.

— Quem é você? — berrou ele outra vez, recuando, a pele de seu ombro até o queixo dilacerada.

Não respondi. Apenas corri bosque adentro, o sangue do grão-príncipe escorrendo pelos meus dedos.

O que você fez?, gritei, temendo olhar para trás.

A voz do Pesadelo era abrasadora. *Rowan, fruto da sorveira, é vermelho, vermelho infindo. A terra no tronco escurece de tanto sangue fluindo. Mas o príncipe é um homem, e como homem sangrou. Veio atrás da menina...*

E o monstro encontrou.

Os berros de Hauth ecoavam pelo bosque, guturais como os de uma raposa. Disparei entre as árvores, com os músculos tensionados, desesperada para fugir. Não sabia se seguia para o norte ou para o sul, apenas que precisava me distanciar o máximo possível do grão-príncipe.

Lágrimas faziam arder meus olhos, e meu pulso, em chamas e inchado, latejava de dor. Quando ouvi folhas farfalharem atrás de mim, virei bruscamente para a direita, destruindo um arbusto de dafne. As ervas se embrenharam nas minhas pernas e eu levei um tombo.

Gemi de dor, minha visão embaçando.

Levante-se, ordenou o Pesadelo. *Levante-se, Elspeth.*

Rolei para o lado, escutando com atenção. Passos soavam através bruma, mas, desta vez, quando ergui o rosto, vi sinais de cor ao longe: vinho, violeta e verde-musgo. O Pesadelo, o Espelho e o Portão de Ferro.

Ravyn.

Ele devia ter me ouvido, porque, quando atravessei a bruma, ele tinha sumido — desaparecido pelos três toques no Espelho. Trombei com ele, meus pulmões se enchendo de alívio. Escutei seu suspiro e, de repente, o véu da magia se ergueu. O capitão dos Corcéis reapareceu a minha frente.

— Elspeth — disse ele, arregalando os olhos ao me olhar com mais atenção. — O quê...

— Shhh — sibilei, puxando-o para trás de uma árvore e cobrindo sua boca com a mão. — O grão-príncipe veio atrás de mim.

Ravyn prendeu o fôlego, puxando uma adaga do cinto. Afastei os dedos de sua boca, deslizando-os pelo seu rosto; mas, antes de soltá-lo inteiramente, ele pegou minha mão e entrelaçou nossos dedos. Uma corujinha-do-mato piou ali por perto e eu me sobressaltei, com o rosto molhado de lágrimas que sequer notara.

Ravyn me observava, escutando atentamente. Em meio ao silêncio, olhei para trás da árvore, em busca de qualquer sinal das luzes preta e vermelha de Hauth.

Não vi nada. O grão-príncipe tinha ido embora — voltado à estrada para lamber suas feridas.

— Não vejo mais as Cartas dele — sussurrei.

Ravyn embainhou a faca.

— Pine e seu grupo fugiram de carruagem assim que batemos em retirada. A segunda carruagem os seguiu, mas os Corcéis continuaram por aqui, então nos espalhamos. Duvido que eles adentrem a bruma tão profundamente.

— Vi eles voltarem para a estrada.

— Hauth viu você?

Assenti.

— Acho que ele quebrou meu pulso.

Os olhos do capitão cintilaram. Ele tentou pegar meu braço machucado, mas recuei.

— Não temos tempo. Jespyr... perdeu o amuleto.

Finquei as botas no chão, puxando-o para longe da árvore.

— Temos que voltar — insisti. — Agora.

Encontramos Jon Thistle e avançamos pelo bosque, atentos a qualquer movimento. Porém, eu não via as luzes preta e vermelha em lugar nenhum. Estava com medo de não reconhecer o caminho, mas era fácil seguir os rastros da minha fuga frenética de Hauth, e, dali, encontramos o barranco que nos levou a Jespyr. Ela não tinha se afastado muito, pois o tornozelo não a sustentava. Ravyn se ajoelhou junto à irmã e tirou do bolso um amuleto embrulhado em um pedaço de pano. Pôs o objeto entre os dedos rígidos de Jespyr e encostou a testa na dela, sussurrando algo que não compreendi.

Eu os observava, meu coração acelerado. Depois de algum tempo, a vida voltou aos olhos vidrados de Jespyr, e ela parou de tremer e tentar se arrastar para as profundezas da bruma.

Com uma careta, ela sentou-se.

— Que raios aconteceu?

— Você deixou cair seu amuleto — respondeu Ravyn, afastando os cabelos dela dos olhos. — Machucou o tornozelo. Mas está tudo bem, Jes. Você já está segura.

Suspirei, o alívio se mesclando à dor lancinante. Atrás de nós, as árvores farfalharam, e o som de discussão ecoou pelo bosque. Os Ivy tinham voltado.

— Tudo bem aí, garotos? — perguntou Thistle.

Os xingamentos de Petyr encheram o ar.

— O maldito Royce Linden quebrou meu nariz.

— É culpa sua por não ter acertado a cabeça dele — gritou Wik.

— O capitão disse para não matar ninguém, né?

— Alguém viu seu rosto? — questionou Thistle. — Reconheceu vocês?

— Lógico que não.

— Tem certeza?

— Caramba, Jon, e eu lá não pareço ter certeza?

Ouvimos o som de passos no chão coberto de folhas. Alguém vinha correndo até nós, uma sombra escura em meio às árvores.

Peguei o braço de Thistle para adverti-lo, mas, antes que conseguisse falar, alguém de cabelo arruivado surgiu do escuro.

Elm.

— Ei! — gritou Petyr. — Demorou, hein?

O príncipe não estava de bom humor.

— Diz o idiota que achou que ia conseguir enfrentar um Corcel sem um Cavalo Preto. Você estaria largado sangrando na sarjeta se eu não tivesse me metido para salvar sua pele, seu idiota.

Ele dirigiu os olhos verdes para Ravyn e depois para Jespyr, ainda sentada no chão da floresta, e perguntou:

— O que houve?

— Ela perdeu o amuleto — respondeu Thistle. — Mas é forte que nem sal. Logo vai ficar bem.

Elm voltou a olhar para Ravyn.

— É bom que você tenha conseguido aquela maldita Carta.

— Ele conseguiu — disse Wik, rindo. — Olha essa cara de metido.

— Então mostre — pediu Petyr.

Ravyn tirou do bolso a luz verde, que se apagou enquanto ele girava a Carta entre os dedos, com o canto da boca erguido em arrogância diabólica. Algo se apertou no fundo do meu peito ao vê-lo se gabar.

O grupo passou o Portão de Ferro de mão em mão, a tensão indo embora, suspiros de alívio subindo como fumaça. Devolveram a Carta para Ravyn, que a guardou no bolso, a luz verde, livre de seu toque, voltando a cintilar.

A aflição aliviou aos poucos, risadas atravessando nosso cantinho do bosque. Recuei alguns passos, percebendo, de repente, como meu corpo estava dolorido. Encontrei um tronco caído e me larguei nele com um baque desajeitado.

Elm se aproximou, seu olhar fixo em mim.

— Ainda está viva, afinal?

Assenti, e então outra onda de dor se espalhou pelo meu pulso. Minha pele estava queimando, inchada e irritada.

— Ele a reconheceu? — perguntou Elm.

— Quem? — quis saber Ravyn, que nos observava.

— O pai dela.

As sobrancelhas de Thistle desapareceram debaixo da franja de tão arqueadas.

— Erik Spindle estava lá?

— Na segunda carruagem — respondeu Elm, limpando o sangue do nariz. — O filho da mãe me pegou de surpresa. Quase me arrebentou.

— O que aconteceu? — perguntou Jespyr, com uma careta, enquanto se levantava, apoiada em Petyr.

— Ainda estou inteiro, né? — devolveu Elm, e olhou para mim, as sobrancelhas franzidas. — Ela entrou na briga.

Os outros se calaram, voltando os olhares para mim. Segurei meu braço machucado e, com o rosto abaixado, soltei um suspiro demorado, exausta.

— Ele não me reconheceu.

— Tem certeza? Porque, se tiver reconhecido, estamos completamente fo...

— Acha mesmo que ele tentaria matar a própria filha?

Ravyn se aproximou e se ajoelhou ao meu lado. Ele pegou meu braço ferido e usou a máscara de pano para fazer uma atadura improvisada, protegendo a área até ela estar imobilizada. Cerrei a mandíbula, mas não desviei o olhar, algumas lágrimas rolando pelo meu rosto.

Elm nos observava.

— Quem fez isso? — perguntou ele.

A voz de Ravyn soou fria:

— Hauth — respondeu, amarrando a atadura e me encarando. — Você não contou como fugiu dele.

Fiquei tensa, a gargalhada cruel do Pesadelo ressoando na minha mente. Quando falei, as notas mais graves da minha voz eram vacilantes:

— Talvez tenha sido ele quem fugiu de mim.

CAPÍTULO VINTE

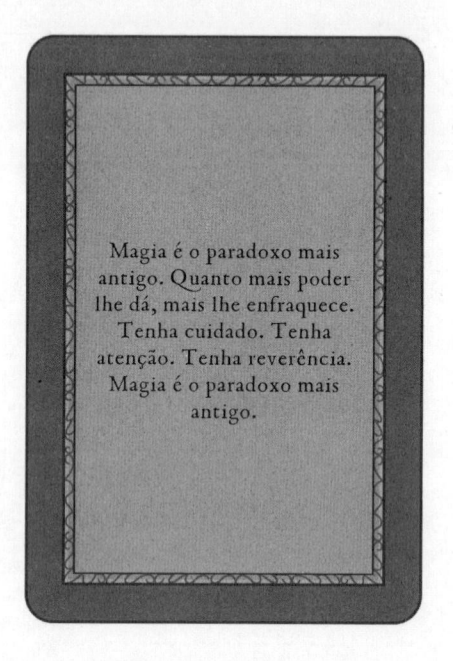

Magia é o paradoxo mais antigo. Quanto mais poder lhe dá, mais lhe enfraquece. Tenha cuidado. Tenha atenção. Tenha reverência. Magia é o paradoxo mais antigo.

Os outros foram cavalgando à frente, impulsionados pelo triunfo. Apenas Elm se demorava, aguardando junto ao cavalo.

Cerrei a mandíbula, temendo outra viagem sacolejante com o príncipe, com meu pulso rígido e dolorido. Antes de eu me aproximar, porém, Ravyn entrou na minha frente.

— Vou poupar você da carona — disse ele para Elm. — Pode ir com os outros.

Elm ergueu uma sobrancelha, olhando de Ravyn para mim.

— Tem certeza?

— Absoluta.

— Que bom — disse Elm. — Já estou dolorido o suficiente sem braços esmagando minhas costelas.

O príncipe montou o cavalo e seguiu caminho sem olhar para trás, desaparecendo atrás da sombra do Cavalo Preto.

Eu me recostei em uma árvore oca.

— O que tinha no embrulho? — perguntei.

— Que embrulho?

— O amuleto que você deu para Jespyr.

Ravyn prendeu a sela no cavalo.

— Uma cabeça de víbora. Deixo embrulhada para não me machucar com as presas.

Ergui as sobrancelhas.

— Achei que você não usasse amuleto.

— Eu uso — disse ele, com um sorriso fugaz. — Só não é pelo mesmo motivo das outras pessoas.

Com um calafrio, desviei o olhar.

— Imagino que a peçonha ofereça uma morte mais tranquila do que a tortura nas masmorras do rei — falei. — Agora só faltam duas Cartas. Você deve estar feliz.

— Estou — concordou Ravyn, ajustando a sela no palafrém preto. — Embora tenha sido mais difícil de conseguir do que eu imaginava.

— De roubar — corrigi. — Mais difícil de roubar.

Ele se virou e se apoiou no cavalo.

— Pode chamar do que quiser. Nunca teríamos conseguido enfrentar esses Corcéis se não soubéssemos exatamente onde Pine guardava o Portão de Ferro — disse ele, com a voz mais suave. — Não teríamos conseguido sem você.

Fiz uma reverência, zombeteira.

— Arrisco minha vida por sua gratidão, capitão.

Ravyn expirou, entre um suspiro e algo indistinguível. Porém, não disse nada, fingindo que eu não acabara de zombar do agradecimento dele. Em vez disso, cruzou os braços, uma sombra projetada no rosto pelo nariz distinto.

— Você me assustou.

— Como assim?

— Quando saiu correndo de trás das árvores... achei que não fosse você — respondeu Ravyn, e hesitou, me observando.

— É difícil de explicar.

— Tente.

Ele deu de ombros.

— Você vai achar estranho.

— Tarde demais para isso, não?

Ele ergueu o canto da boca.

— É que, às vezes, quando eu a olho, sinto que a conheço... que a entendo. E outras vezes... — disse ele, franzindo o cenho.

— Seus olhos brilham em um tom estranho de amarelo. Sinto em você uma quietude que não reconheço. Uma escuridão.

Como permaneci em silêncio, estática, o capitão continuou a falar com suavidade, enquanto acariciava o cavalo:

— A verdade é que há escuridão em todos nós. Não precisamos d'*O velho livro dos amieiros* para saber disso. Você e eu portamos a infecção e, com ela, uma magia estranha e fantástica. Mas há sempre um custo. Nada de graça vem.

Cavalgamos em silêncio, em um ritmo lento. Acabei cochilando, apesar da dor no pulso, pois o sono me envolvia em seus braços. Acima da estrada, o luar cintilante atravessava a bruma. A floresta transbordava de ruídos que ecoavam ao nosso redor, corujas, grilos e gatos-do-mato que não se detinham por nossa invasão.

Ravyn e eu não conversamos — nem sobre magia, nem sobre meus olhos amarelos e estranhos, nem sobre meu pai ou Hauth. Mergulhados no silêncio e na calmaria, me senti em paz, e me apoiei nas costas largas de Ravyn, cansada demais para me manter ereta, mal discernindo seus batimentos cardíacos tranquilos através do gibão.

Mergulhei em pensamentos, buscando o Pesadelo, que, desde o caos no bosque, ficara quieto. Era estranho ele ficar tão silencioso quando eu estava com Ravyn. Parecia até que ele tinha ido embora de vez.

Parecia.

Eu o sentia ali, na escuridão da minha mente. Quando o cutuquei, ele se remexeu, mas não disse nada, mostrando as garras como um gato ao se espreguiçar, antes de mergulhar ainda mais fundo nas sombras.

Dormi até o estrépito conhecido dos paralelepípedos chegar aos meus ouvidos. A lua não estava mais alta no céu, e, sim, repousando atrás da torre leste. Eu me empertiguei, sobressaltada, uma leve garoa umedecendo meus cílios.

Tínhamos chegado ao Castelo Yew.

— Que horas são?

— Pouco antes do amanhecer — respondeu Ravyn, e sua voz reverberou no peito.

Ravyn nos conduziu pelos portões do castelo. Ele desceu do cavalo e tirou da sela uma chave-mestra. Escutei o estalido da fechadura e bocejei, desejando apenas a cama confortável que me aguardava e uma noite de sono demorada e sem sonhos.

Ele guiou o cavalo até a porta. Quando escorreguei da sela, ele me pegou pela cintura e me pôs no chão de paralelepípedos, seus dedos logo acima da curva do meu quadril. Mesmo quando firmei os pés no chão, ele manteve as mãos ali.

Ergui o olhar para ele, desesperada por uma boa noite de sono, mas completamente desperta.

— Nos dias que se seguirão, haverá outros olhares sobre nós além dos da minha família — sussurrou ele, rouco. — Você ainda deseja fingir?

Ele não falou a outra palavra: *cortejar*. Meu estômago se revirou, tomado por um frenesi. Eu sabia o que queria dizer, mas algo em meu peito, pequeno e delicado, resistiu ao "sim" na ponta da minha língua.

— Você quer? — indaguei.

Senti certa hesitação em seu silêncio, ele também perdido nas coisas não ditas.

— De tudo que eu finjo — declarou ele, seu polegar desenhando pequenos círculos na minha cintura —, cortejar você é o mais fácil.

Sua esquiva me enfurecia. Porém, assim que veio, a fúria se foi, deixando para trás apenas rastros. Quando me desvencilhei dele, meu corpo parecia em chamas.

Fui até a porta do castelo.

— Que honra.

Ele hesitou por um instante.

— Qual é sua resposta? — indagou.

Eu me virei. Era bom, provocá-lo assim. Melhor do que deveria ser.

— É irritante, não é, capitão? Só receber meias respostas?

— Ravyn — corrigiu ele, percorrendo meu rosto com o olhar, relanceando minha boca. — Para sermos convincentes, você deveria me chamar de Ravyn.

Um sorriso repuxou meus lábios.

— Então boa noite, Ravyn.

Aos poucos, um sorriso de satisfação surgiu no rosto dele.

— Interpretarei isso como um sim, Elspeth.

Caminhei pelo castelo escuro até meus aposentos e esperei por Filick, meus olhos quase fechando de sono. Quando me sentei na cama, algo macio cedeu ao meu toque. A coroa de flores que eu trançara pela manhã tinha sido deixada em cima do travesseiro. Quando a virei, uma pétala de rosa caiu na minha mão, vermelha como sangue.

Eu estava de pé, no cômodo antigo recoberto de cipó. O velho teto de madeira tinha apodrecido, revelando raios de luz sob uma copa laranja e amarela. Pássaros piavam, farfalhando alegremente. Desta vez, não era verão. O ar tinha esfriado, e o dia de outono era fresco e límpido.

Sentado na pedra escura no meio do cômodo, se encontrava o mesmo cavaleiro que eu vira no último sonho. A armadura dourada, que perdera o brilho havia muito tempo, refletia só um pouco da luz outonal. Em seu quadril, vi a mesma espada antiga, com galhos estranhos e retorcidos esculpidos no punho. Imerso em pensamentos, ele não me viu.

Esperei que ele erguesse o rosto, mais uma vez arrastando os pés no piso coberto por folhas.

Quando finalmente me viu, ele arregalou os olhos.

— Elspeth Spindle — disse ele, seus olhos prendendo minha atenção, tão estranhos e amarelos. — Me liberte.

O cômodo irrompeu em chamas.

Despertei sobressaltada, arfando. Olhei ao redor, mas o fogo sumira. Eu estava sozinha, no quarto de hóspedes do Castelo Yew, a salvo — nenhuma labareda lambendo meu rosto. A luz clara da manhã atravessava a janela, e eu pisquei, sem saber por quantas horas tinha dormido.

Filick Willow tinha enfaixado meu pulso à noite. Porém, quando me levantei da cama, uma dor ardente tomou meu braço, me fazendo sibilar. Meu pulso esquerdo estava tão dolorido sob as ataduras que eu era incapaz de usar aquela mão. Então levei dez minutos para tirar as roupas da véspera, cujo tecido preto estava empoeirado e esfarrapado.

A criada tinha deixado uma bacia de água na minha mesa de cabeceira. Eu me arrastei até lá, o corpo inteiro doendo. Ao analisar meu estado no pequeno espelho, fiz uma careta. Minhas costas estavam cobertas de manchas roxas feias, devido à queda do cavalo. Um hematoma escuro tinha brotado abaixo do olho, devido ao golpe do meu pai. Eu o toquei e estremeci, pois a pele estava irritada e dolorida.

Até meus olhos estavam inchados. Eu os esfreguei, tentando trazer um pouco de vida de volta ao meu rosto. Porém, quando afastei as mãos e me olhei no espelho, meu coração quase saiu pela boca. Recuei em um pulo, sem ar, um grito preso na garganta.

Uma criatura — nem homem, nem animal, com os pelos arrepiados nas orelhas altas e pontudas — me fitava de volta, com olhos amarelos e arregalados.

Quando voltei a olhar, porém, ele tinha sumido. O rosto no espelho voltara a ser meu. Contudo, as feições estavam contorcidas de medo e meus olhos escuros, arregalados de pavor, estavam marejados.

Minha tia um dia dissera que meus estranhos olhos cor de carvão eram especiais, até mesmo belos — janelas escuras para as profundezas da alma. Quando voltei a encarar o espelho, o reflexo de meus olhos pretos piscando com aquele amarelo-vivo e estranho, me questionei: de quem era a alma?

Minha? Ou do Pesadelo?

Desci a escada aos tropeços, com os músculos das pernas doloridos pela longa viagem a cavalo. No percurso, encarava apenas meus pés, tomando cuidado para não ver meu reflexo em nenhuma das armaduras decorativas do castelo. Mal notei o som de passos na escada até que Ravyn, como sempre de preto, chamou meu nome no patamar de cima.

A voz dele me fez parar de repente, e eu o aguardei. Quando ele me alcançou, analisou meu rosto com seu olhar cinzento.

— Não está tão mal, então? — perguntou ele, olhando para o hematoma na minha bochecha. — E seu pulso?

— Inchado.

— Posso? — indagou ele.

Assenti, e suas mãos envolveram a minha, quentes. Quando Ravyn olhou para meu pulso machucado, uma mecha de cabelo preto caiu de trás de sua orelha, cobrindo sua testa. Resisti à vontade de ajeitá-la. Cuidadoso, ele soltou as ataduras com que Filick enfaixara meu punho. Fiz uma careta quando ele puxou o curativo, minha pele quente e inchada, manchada de hematomas roxos.

Ravyn passou os dedos na articulação lesionada. Depois, refez a atadura.

— Não é tão horrível quanto parece — disse ele —, mas você não se assusta com facilidade, não é, srta. Spindle?

— Elspeth — corrigi.

Ele franziu o nariz, erguendo o canto da boca. Senti um aperto no peito ao vê-lo sorrir.

— Existem, sim, coisas que me assustam — falei. — O rei. Clínicos. Corcéis.

Ravyn inclinou a cabeça.

— Todos os Corcéis?

— Não sei se você ainda pode ser considerado um Corcel.

— E o que mais seria?

Dei um sorrisinho.

— Um bandoleiro.

O sorriso dele aumentou. Antes que ele respondesse, porém, a porta da sala de estar se abriu, no fim da escadaria. De lá saiu Morette Yew e, atrás dela, a mulher mais linda que eu já vira. Ao me ver, ela abriu a boca.

— Aí está você, prima! — exclamou Ione, olhando de mim para Ravyn. — Finalmente você acordou.

Nós nos sentamos diante da lareira na sala de estar. Ravyn e a mãe se instalaram em cadeiras de espaldar alto. Na frente deles, Ione e eu compartilhávamos um banco comprido e forrado. Eu observava Ione discretamente, perdida no brilho etéreo de sua pele, seu cabelo e seus olhos, sem saber se estava encantada ou horrorizada com sua nova aparência.

Porém, não havia nenhuma luz rosa. Ela havia sugado aquela beleza da Carta da Donzela, mas, por algum motivo que eu não conseguia compreender, não carregava a Carta consigo, um risco terrível que quase ninguém corria.

A magia das Cartas da Providência não era limitada por distância — era possível bater três vezes em uma Carta e deixá-la em qualquer lugar. Porém, sem a Donzela ao alcance, Ione não poderia dispor de sua magia à vontade. Nem se libertar dos efeitos negativos quando inevitavelmente se manifestassem.

Quanto à Donzela, o efeito negativo me parecia uma traição absoluta à Ione Hawthorn que eu sempre conhecera.

Insensibilidade.

Quando notou que eu a observava, Ione franziu o cenho.

— O que houve, Bess? Tem certeza de que ainda me reconhece?

Eu quase não a reconhecia. Até a voz tinha mudado.

— Você está... linda.

— O noivado me cai bem — disse ela, o olhar se demorando no hematoma em meu rosto. — Que pena que sua nova vida não tenha lhe causado o mesmo efeito.

Aí está, disse o Pesadelo, tão de repente que me sobressaltei. *Uma pitada de beleza, uma ponta de humor e um pequeno toque de frieza implacável.*

— A srta. Hawthorn está fazendo a viagem de volta para casa, e teve a gentileza de nos visitar — disse Morette, com a voz calorosa, acolhedora.

Como o restante dos Yew, eu estava começando a perceber quando ela fingia.

Ela estava tão surpresa quanto eu por ver Ione no Castelo Yew.

Ione sorriu, os dentes diferentes, realinhados pela Donzela.

— E que gentileza a sua, por me permitir esta invasão. Não entro no Castelo Yew desde minha infância.

Apesar da saudade que apertava meu peito, eu sentia que algo vital mudara entre nós, nossa discussão em Stone e a magia da Carta da Donzela nos transformando em desconhecidas.

Porém, Ione não mencionou nossa briga. Ela falou de Stone, do fim do Equinócio, da corte e do rei. Falou dos preparativos para o casamento, mas bem pouco de Hauth, e não disse o que a levara até ali.

À nossa frente, Morette cumpria bem seu papel de anfitriã, respondendo às inflexões de Ione com acenos e murmúrios de concordância. Seu filho, por outro lado, parecia estar em uma sessão de tortura. Ravyn ficou largado na cadeira, ouvindo Ione falar, com a boca retesada em uma linha fina e o olhar vazio. Ele apoiou o queixo na mão retesada, o cabelo escuro caindo na testa. Parecia um menino petulante, obrigado a ser educado, todo de preto, resmungão.

Ele decerto sentiu que eu o estava observando, porque, quando ergueu o rosto para mim, seus olhos cintilaram, o meio sorriso esquivo repuxando sua boca.

A noite anterior voltou à minha memória. As batidas do coração de Ravyn preenchendo meus ouvidos quando me apoiei em suas costas, seu calor me envolvendo. O toque de suas mãos na minha cintura.

Houve uma pausa na conversa, em que todos se viraram para mim. Eu pisquei, distraída.

— Perdão... o que foi?

— Perguntei o que aconteceu — replicou Ione, com a voz estranhamente serena, e olhou para minha atadura. — Com seu braço.

— Caí de um cavalo — respondi, um pouco rápido demais.

Ione levou a mão à boca, como se para esconder uma risada. Porém, não ouvi riso algum.

— Lógico que caiu — disse ela, enrolando uma mecha de cabelo loiro. — Espero que não andem exaurindo você demais, Bess — continuou ela, arqueando uma sobrancelha perfeita ao olhar para Ravyn. — Os homens de Blunder podem ser muito obtusos em relação às mulheres.

Ravyn, com compostura demais para demonstrar desconforto, enfiou as mãos nos bolsos e encarou Ione.

—A senhorita saberia melhor do que ninguém, srta. Hawthorn. Meu primo Hauth é um bronco de renome, afinal.

Como se convocado, outro Rowan — também bronco, mesmo que a sua maneira — surgiu, de passagem pelo cômodo. Quando viu Ravyn, Elm parou.

— E então? — indagou ele. — Eles chegaram, *capitão*. Espero que tenha tido tempo de se livrar da cara de sono...

— Renelm — interrompeu Morette, com um olhar ameaçador. — Temos visita.

Elm se virou, finalmente notando Ione. Ele encarou minha prima, primeiro arregalando os olhos verdes e, depois, os estreitando. Seus lábios formavam uma linha tensa.

— O que veio fazer aqui, Hawthorn?

Eu me virei para minha prima, esperando vergonha, um rubor no rosto. Era como a antiga Ione reagiria a uma pergunta tão brusca de um príncipe. Mas aquela Ione era diferente. A Donzela a reconstruíra. E não era uma mudança apenas superficial. Ela encarou Elm, retribuindo sua ira, em desafio. De algum modo, a atitude a tornava ainda mais bela.

— Vim falar com seu irmão — respondeu ela secamente. — Que eu saiba, ele e os Corcéis vêm treinar aqui hoje.

Olhei de relance para Ravyn, mas ele continuava quieto, o olhar cinzento insondável.

— Achei que tivesse vindo me visitar, Ione — falei, me esforçando para manter uma expressão tranquila.

Hauth Rowan — o homem que tentara arrancar meu braço — estava ali. Naquele momento.

Ela deu de ombros, cruzando as mãos no colo.

— Dois coelhos numa cajadada. Além do mais, não entro no Castelo Yew desde menina... na época em que eu tinha certeza de que era assombrado.

Elm me olhou de soslaio.

— E quem disse que não é?

CAPÍTULO VINTE E UM

Não se mede um homem apenas pela magia. Seus escrúpulos devem ir além da infecção, além das Cartas da Providência. Como ele domina a magia determina seu caráter. Ele cumpre nossas palavras? Ele empunha o selo com lealdade? Ou seu coração é bravio como as profundezas do bosque — repleto de sombras e espinhos?

Não se mede um homem apenas pela magia.

Ione me deu o braço e saímos para a luz do meio-dia, andando atrás de Ravyn e Elm a caminho do pátio.

— Você soube? — perguntou ela. — Um grupo de bandoleiros atacou Hauth ontem, na estrada.

Tentei não me encolher.

— Como eu saberia, Ione?

— Supus que seu novo pretendente tivesse contado.

Ali estava novamente: o sarcasmo em sua voz doce e suave.

— O que houve, Ione?

Ela mordeu a bochecha, sem me encarar.

— Nada. Só fiquei surpresa quando meu pai contou que Morette Yew tinha arranjado um encontro entre você e o filho dela, e que você fora convidada para fazer a corte a ele aqui — replicou ela, e uma risada grave vibrou em seu peito. — Quase não acreditei.

— Não pode ter sido maior do que minha surpresa ao saber que você estava noiva de Hauth Rowan.

— Somos dois azarões — disse Ione, a luz do dia iluminando as maçãs do rosto dela. — Cuidado, Elspeth. Não se deixe levar por um rostinho bonito. Há muito que você não sabe do mundo. Dos homens poderosos. Eu me preocupo com você. De verdade.

Porém, ela não soava preocupada. Soava fria.

Soltei o braço dela.

— Não precisa se preocupar. Eu sei me cuidar.

A escuridão se erguia ao longe. Passamos pelo portão largo que levava ao pátio. Ali, aguardavam dez soldados, de túnicas sem insígnia, escurecendo o céu com seus Cavalos Pretos.

Corcéis.

Minha prima encostou o dedo nos lábios.

— Falando de homens poderosos, Hauth ficou furioso pelos bandoleiros terem escapado ontem.

Um sorriso que eu não reconhecia surgiu em seu rosto. Era quase malicioso.

— Ele sofreu ferimentos terríveis nas mãos dos ladrões, sabia? — acrescentou ela.

Olhei para o grão-príncipe.

— Que horror.

Hauth Rowan estava entre os outros Corcéis, com a Foice e o Cavalo Preto no bolso. Quatro ferimentos vermelhos desciam pelo seu pescoço, sumindo logo abaixo do colarinho da túnica. Pelas marcas distintas, parecia que ele tinha sido arranhado por um gato gigante.

Porém, não fora um gato. Nem de longe.

Encarei o pescoço do grão-príncipe. *Eu... eu fiz mesmo isso?*

A risada do Pesadelo ecoou pela minha mente, um eco fantasmagórico nas sombras. *Se precisa perguntar, não está pronta para saber.*

Ravyn e Elm aguardavam na beira do pátio, e logo Ione e eu os alcançamos. Ravyn não disse nada, mantendo o olhar fixo nos Corcéis. Porém, abaixou a mão e roçou os dedos nos meus, em resposta à minha pergunta silenciosa.

— Eu os convoquei — disse ele.

Olhei para ele.

— Ah, é?

— Treinamos aqui quando não estamos em Stone, e está nítido que precisamos treinar. Parece que quatro dos meus homens, incluindo o grão-príncipe, desafiaram minhas ordens e, em vez de voltar à cidade, prolongaram a estadia na corte. Eles sofreram uma emboscada na Floresta Sombria — disse ele, curvando os lábios. — Hauth está bastante... perturbado.

— Deveria estar mesmo — disse Elm, limpando a terra sob as unhas. — Parece que alguma coisa arrancou um naco dele ontem, na floresta.

Hauth atravessou o pátio, vindo até nós. Veio acompanhado de Royce Linden, um Corcel grande e musculoso, de cabelo castanho bem curto e rosto severo. Eu já os vira juntos várias vezes, igualmente implacáveis, suas vozes altas e rudes.

O olhar de Hauth ia de Ravyn para Elm.

— Cadê a Jespyr?

Ravyn inclinou a cabeça, imperturbável como uma rocha.

— Está doente, de cama — respondeu ele. — Dei o dia de folga para ela.

— Faça ela levantar — exigiu Hauth. — Precisamos de todos aqui.

Ravyn não se mexeu.

— Estamos bem assim.

Ione observava, logo atrás de mim, atraída pela tensão entre seu futuro marido e o capitão dos Corcéis. Quando ela se virou para Hauth, pensei vislumbrar algo em seus olhos estreitos e castanho-claros — algo além da frieza.

Algo que se assemelhava muito a ódio.

Um momento depois, a expressão se fora, e seus olhos tomaram a forma de luas minguantes, eclipsados por cílios volumosos e escuros.

Hauth mal a fitou, dirigindo o olhar para mim.

— Querido — disse Ione, sua voz como uma melodia. — Você se lembra de minha prima, Elspeth. Ela está se hospedando com os Yew.

Meu coração martelava nos ouvidos. Escondi o pulso machucado na capa e coloquei no rosto uma expressão vaga e recatada. Na véspera, eu tinha usado máscara. Porém, havia astúcia nos olhos verdes do príncipe: mordazes, violentos e inteligentes.

Quando Hauth falou, foi com a voz distante e fria — muito diferente do charme do Equinócio.

— Nos conhecemos em Stone — disse ele, olhando de relance para Ravyn. — Ouvi falar que é ela o motivo pelo qual você tem estado tão inacessível ultimamente.

A compostura de Ravyn nem se abalou.

— Não devo satisfação a você, primo.

Os músculos se tensionaram atrás dos machucados de Hauth.

— Soube o que aconteceu?

— Que quatro Corcéis e um punhado de homens não deram conta de uma maldita quadrilha de bandoleiros? — questionou Elm, com uma piscadela. — Eu não espalharia tanto essa história, meu irmão. Não é muito digno de um príncipe.

— Foi uma emboscada — disse Hauth bruscamente. — Wayland Pine e Erik Spindle estavam partindo de Stone, e encontramos os bandoleiros a caminho da cidade. Os ladrões estavam interessados neles. Três homens foram feridos, e o Portão de Ferro de Pine, roubado.

Ele passou a mão pelos cortes no rosto.

— Foi um deles que fez isso comigo — acrescentou ele.

O rosto de Hauth estava coberto de barba por fazer, pois a pele estava sensível demais para barbear. Analisei os ferimentos, e a lembrança dele agarrando meu braço, do meu grito, da fúria do Pesadelo lampejando em minha memória.

Ele tinha apertado meu pulso, tinha ouvido meu grito. Era estranho não contar que fora atacado por uma mulher.

A gargalhada do Pesadelo foi como um fósforo riscado no escuro, e quase me fez pular. *Orgulho,* disse ele. *Orgulho de um homem tolo.*

Ravyn e Elm encararam o machucado de Hauth.

— Conseguiu dar uma boa olhada em quem fez isso? — perguntou Elm.

— Peguei ele no bosque. O restante tinha ido embora, mas o idiota estava perdido — disse Hauth, estufando o peito. — Quebrei o pulso dele.

O ar esquentou nos meus pulmões, o ódio do Pesadelo se mesclando ao meu.

Ao meu lado, Ravyn e Elm estavam imóveis. Apenas Ione se mexeu. Ela virou minimamente o rosto, desviando os olhos castanho-claros do noivo e deixando o olhar recair sobre a manga da minha capa, na altura da minha fratura.

Não fiz nada. Sequer respirei.

— Você o deteve? — indagou Ravyn, sua voz gélida.

— Não — replicou Hauth. — Ele devia estar escondendo lâminas nas luvas, porque, em um piscar de olhos, rasgou meu rosto.

Elm brincava com a Carta da Foice, virando-a entre os dedos.

— Estou surpreso de você ter deixado alguém dominá-lo. E ainda por cima estragar esse seu rostinho bonito.

Ione cobriu a boca, mas não antes de eu notar o sinal de um sorriso dançando em seus lábios. Elm também percebeu, e sorriu ainda mais.

O pescoço de Hauth ficou vermelho. Ele empertigou os ombros e espreguiçou os braços.

— Vou me divertir depois, quando os capturarmos e enforcarmos em praça pública. O bandoleiro encontra o carrasco. E se encontrar em pedacinhos, melhor ainda.

Os Corcéis murmuraram em concordância. Ravyn os observou, com a expressão insondável, exceto pela mandíbula um pouco tensionada. Pela primeira vez, considerei que Ravyn Yew não apenas não gostava de fingir respeitar as leis do rei, na posição de capitão dos Corcéis.

Ele odiava.

— Vamos começar o treinamento — anunciou Ravyn, adentrando o pátio e passando por Hauth. — Que tal demonstrarmos como derrotar um bandoleiro, primo? A não ser que você tema que eu deixe mais marcas neste rostinho bonito.

Hauth hesitou.

— Linden pode demonstrar.

Linden inflou as narinas.

— Não vou lutar com ele — declarou ele, antes de abaixar a voz. — Infectado miserável.

Elm cerrou o punho ao redor da Foice.

— O que você disse?

O outro recuou, abaixando o olhar para a Carta vermelha na mão de Elm.

— Nada.

Elm bufou, então cruzou os braços e se virou para o irmão.

— Não está com medo de lutar com ele, está?

Mais uma vez com o orgulho ferido, Hauth cerrou a mandíbula e dirigiu a Elm um olhar mortal, e então foi pisando forte até Ravyn.

Os Corcéis cercaram o capitão e o grão-príncipe. Fiquei entre Elm e Ione, com o pulso ardendo e os músculos tensos. Alguns criados do castelo se reuniram ali, atraídos pelos homens do rei e pela promessa de violência.

— Lembrem-se — declarou Ravyn para os Corcéis —, um bandoleiro não considera a lei. Ele, ou ela, pode até mesmo portar a infecção. Cuidado nunca é demais. — Ele me deu uma olhada rápida para além do ombro do primo. — Bandoleiros podem ser muito mais formidáveis do que a máscara indica.

— Comecem logo a brigar — gritou Elm.

O Cavalo Preto de Hauth escureceu o pátio. Ele deu três toques na Carta e a guardou no bolso; a Foice continuou intocada. Ravyn deu um sorrisinho esperto.

— Concentrem-se nas mãos — continuou ele. — Um bandoleiro pode encostar uma faca no seu pescoço, mas, com a outra mão, certamente estará batendo sua carteira.

Ele deu um tapa na mão de Hauth e Elm riu baixinho. Antes que Hauth conseguisse se esquivar, Ravyn acertou outro tapa em seu rosto, abrindo uma das feridas.

— Usem bem o Cavalo Preto — instruiu Hauth aos Corcéis, limpando com a manga da túnica o sangue do machucado. — Velocidade e precisão são suas habilidades mais importantes.

O grão-príncipe se movimentava com uma velocidade irreal, disparando pelo pátio, e acertou socos no abdômen de Ravyn.

— Achei que a maioria das Cartas da Providência não pudesse ser usada contra Ravyn — sussurrei para Elm.

— Hauth ainda pode usar o Cavalo Preto para intensificar a própria velocidade — replicou Elm, baixinho. — Mas está vendo que ele nem tocou a Foice? É porque sabe que não vai funcionar com Ravyn.

— Bandoleiros, como lobos, são mais perigosos em bando — explicou Ravyn para os Corcéis. — Se forem separados, não são nada além de cães raivosos que perambulam pela estrada.

Ele fechou os olhos e, desta vez, quando Hauth se moveu, Ravyn esticou a mão e puxou a capa do primo, derrubando o grão-príncipe na terra fria.

Hauth rolou para o lado antes de a bota de Ravyn colidir com seu ombro. Em um momento estava de pé, a boca retorcida em um esgar.

— Como ele era? — perguntou Ravyn, bloqueando um soco brutal. — O homem que arrebentou sua cara?

— Como vou saber? — retrucou Hauth, se defendendo do tapa de Ravyn. — Ele estava de máscara.

— Anonimato — declarou Ravyn para os Corcéis, acertando a orelha de Hauth. — Essa é a maior vantagem do bandoleiro. Se tirar isso dele, já o derrotou.

— Ou dela — sussurrou Ione, tão baixo que pensei ter imaginado.

Hauth tirou uma adaga do cinto. Ravyn semicerrou os olhos e flexionou os joelhos, se movendo em círculos amplos, de acordo com os passos do grão-príncipe. Ele se deslocava em passos leves, como se andasse sobre brasas, e, quando Hauth atacou com a adaga, Ravyn se esquivou.

Eles se mexiam pelo pátio em uma torrente de passos, esquivas e ataques controlados.

— Parem de brincadeira — gritou Elm. — Queremos pancadaria.

Hauth cuspiu sangue e levou um tombo ao tentar acertar as pernas de Ravyn. Ao meu lado, Ione e Elm não disfarçavam os sorrisos ao ver o capitão dos Corcéis fazer o grão-príncipe interpretar o papel de ridículo.

Quando Hauth deu outro soco em vão, soltou um xingamento, com as veias do pescoço à mostra.

— Você quebrou um pulso — disse Ravyn ao primo —, devia ao menos conseguir tirar sangue de mim.

Hauth arremessou a adaga no ar, acertando o gibão de Ravyn bem ao lado do colarinho. Eu me sobressaltei, procurando sinal de sangue na túnica de Ravyn. Porém, o capitão dos Corcéis girou, causando um estrondo ao chutar a costela de Hauth, derrubando o herdeiro do trono.

Em seguida, Ravyn pisou, com toda a força, na mão do grão--príncipe.

Um estalo perturbador ecoou pelo pátio, seguido pelo grito horrendo de Hauth. Eu me encolhi e desviei o olhar. Elm arregalou os olhos, se esticando para a frente, para ver melhor. O Pesadelo soltou um silvo de satisfação.

Ione apenas riu.

Três Corcéis precisaram arrancar Ravyn de cima do grão--príncipe.

— Me soltem — bradou Ravyn, saindo do pátio aos empurrões, o controle costumeiro dando lugar à raiva. — O treinamento acabou.

Vi os Corcéis escoltarem o grão-príncipe para fora do pátio. Hauth soltava uma torrente de palavrões, segurando a mão ensanguentada, enquanto ele e os Corcéis adentravam o castelo sob uma nuvem escura.

— Ele vai sobreviver — disse Ione friamente.

Ela deu meia-volta e saiu desfilando do pátio, o cabelo loiro e comprido refletindo a luz fraca.

Meu coração só desacelerou quando o pátio retomou o silêncio. Restávamos apenas Elm e eu.

— O que aconteceu?

O príncipe deu de ombros, seus olhos verdes ainda voltados para a silhueta distante de Ione.

— Hauth quebrou seu pulso, e Ravyn esmagou a mão dele. Equilíbrio.

Procurei por Ione, mas ouvi o ribombar grave da voz de Hauth vindo do quarto onde ela estava hospedada e dei meia-volta rapidamente. O olhar que ela dera para o meu pulso no pátio me abalara. E, embora ela não tivesse como saber o que acontecera no bosque na véspera, a desconfiança não me abandonava. Tinha muita coisa que eu não entendia naquela nova versão de Ione.

Era assustador desconfiar da pessoa que, menos de duas semanas antes, eu conhecia melhor do que todo mundo.

Ravyn, Jespyr e Elm jantaram com os outros Corcéis. Apenas Fenir, Morette e eu nos sentamos à mesa comprida de jantar, que lembrava uma árvore torta. Quando decidiram se recolher mais cedo, não fiz objeções.

Caminhei pelo corredor comprido que levava ao meu quarto, murmurando uma das melodias do Pesadelo. *As Cartas. A bruma. O sangue*, disse ele no escuro. *Você está se aproximando. Já sentiu cheiro de sal?*

Passos soaram à frente, acompanhados de vozes baixas. Eu teria entrado no quarto, com medo de ser pega espiando, se não tivesse ouvido uma das vozes dizer meu sobrenome.

As palavras de Elm eram em parte cochichadas, em parte sibiladas.

— Não fazemos ideia do que aconteceu no bosque. Spindle... as habilidades dela...

— São incríveis. Ela salvou sua vida. Ela merece uma folga da sua hostilidade, não acha?

— Não estou dizendo que não sou grato por viver outro dia no fio da navalha, Ravyn. Só que devemos tomar cuidado. Hauth parece ter sido atacado por um bicho, não por uma mulher. Há muito que não sabemos dela — disse Elm, e fez uma pausa. — Sua Carta do Pesadelo poderia ajudar.

Senti um calafrio.

— Não. Não vou fazer isso — replicou Ravyn rispidamente.

— Você não hesita em usar a Carta com o restante de nós. Por que não nela?

— Vocês consentiram. Ela, não.

— E você não acha que talvez seja por ela estar escondendo alguma coisa?

— Ela passou a maior parte da vida escondendo coisas — retrucou Ravyn. — Você não entende?

— Não tanto quanto você, pelo visto.

— Como assim?

— Nada — respondeu Elm. — Mas não podemos nos dar ao luxo de falhar, não nesta reta final. Quebrar a mão de Hauth, por mais divertido que tenha sido para mim, foi imprudente.

Ravyn ficou em silêncio por um momento.

— Eu sei.

— Você não deve baixar a guarda, Ravyn. Especialmente com ela.

— Entendido — disse o capitão, sua voz grave e gélida. — Boa noite, primo.

Então soaram passos. Eu me atrapalhei com o trinco, fazendo barulho demais. Mal tinha entrado no quarto e fechado a porta quando soaram três batidas na madeira.

O Pesadelo suspirou. *Você não se ajuda, querida.*

— Quem é? — perguntei, esganiçada e ofegante.

— Ravyn.

Quando abri a porta, o nó no meu estômago se apertou diante do capitão dos Corcéis, de uma beleza impressionante em sua túnica verde-escura. Ele se recostou no batente, tamborilando os dedos calejados em um ritmo constante na madeira antiga. Ele me observava, inclinando a cabeça como uma ave de rapina curiosa.

— Achei que ainda estaria jantando.

— Não estávamos com muito apetite. Acabei de voltar.

— Sim, eu escutei.

Ele não perguntou se eu ouvira a conversa; sem dúvidas já sabia. Suspirou profundamente.

— Perdão por hoje — disse ele. — Certamente não foi fácil ver Hauth de novo, depois do ocorrido de ontem.

As garras do Pesadelo estalaram na minha mente.

— Não foi por sua causa — começou Ravyn — que quebrei a mão dele. Quero dizer, foi, *sim*, por sua causa… mas foi mais do que isso.

— Ah, é?

— Meu primo e eu temos uma relação especialmente hostil.

Bufei, soltando uma risadinha.

— Já reparei.

— Hauth odeia a infecção. Mais do que a maioria das pessoas. E ele odeia que o pai tenha me nomeado capitão — disse Ravyn, mordendo o lábio e se empertigando. — Foi ele quem contou da minha infecção ao rei. Dez anos depois, fez o mesmo quando Emory pegou a febre.

Eu quase sentia a tensão em seus ombros. Queria me aproximar e pegar sua mão — dizer que eu entendia, talvez melhor do que qualquer outra pessoa. Porém, não fiz nada disso.

— Mas não foi por isso que vim vê-la — declarou Ravyn.

— Não?

— Tem uma coisa que eu queria mostrar a você ontem, mas não tive tempo. Porém, se estiver cansada, isso pode esperar.

Eu estava exausta. Contudo, algo se agitou em meu peito — algo incompreensível, que, se ignorado, me consumiria a noite toda. Eu me apoiei no outro lado do batente, arqueando as sobrancelhas.

— O que é?

Ravyn levantou os cantos da boca.

— Você vai ver.

CAPÍTULO VINTE E DOIS

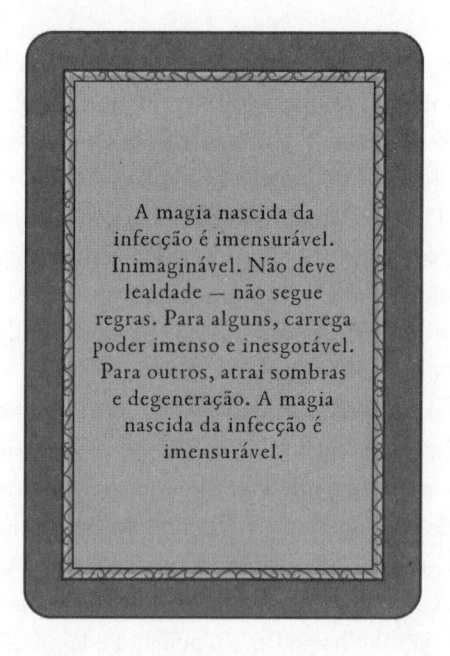

A magia nascida da infecção é imensurável. Inimaginável. Não deve lealdade — não segue regras. Para alguns, carrega poder imenso e inesgotável. Para outros, atrai sombras e degeneração. A magia nascida da infecção é imensurável.

Não descemos pela escadaria principal, e, sim, pela passagem sinuosa dos criados, a passos apressados até chegarmos à portinha de madeira que levava ao jardim. Lá fora, a lua cheia projetava sombras fantasmagóricas na bruma, e o jardim lembrava espectros ao balançar à brisa de outono.

Segui Ravyn pela mesma trilha que percorremos no dia anterior, a passos cautelosos. Quando uma corujinha-do-mato piou, dei um pulo e me aproximei de Ravyn, que nos conduzia pelos espinheiros e pela trilha envolta em sombras.

As ruínas do castelo antigo eram ainda mais estranhas à noite, aninhadas na bruma, absorvendo o luar.

No limite do cemitério de pedras estava aquela câmara, com sua janela escura e ameaçadora.

A visão aguçada do Pesadelo aliviou a escuridão que nos cercava. *Entre*, murmurou ele.

— Vamos entrar ali? — sussurrei para Ravyn, que passava do teixo alto a passos firmes.

— Sim.

A câmara não tinha porta, apenas aquela janela. Ravyn pulou-a em um movimento gracioso, treinado, como se já o tivesse feito centenas de vezes. Em um piscar de olhos, estava lá dentro. Ele se debruçou no parapeito e me ofereceu a mão.

Hesitei. Havia algo de mágico lá dentro — eu pressentia, e a lufada de ar, cheio de sal, repentina em minhas narinas era distinta. Desperto das profundezas da minha cabeça, o Pesadelo deu um salto tão abrupto que quase me desequilibrei.

Entre, insistiu ele.

Peguei a mão de Ravyn e ele me ajudou a pular o parapeito de pedra. Meus pés alcançaram o chão e tudo ficou perfeitamente preto, até meus olhos se ajustarem à escuridão.

O cômodo era quadrado, a luz do luar entrando pelo teto de madeira apodrecido — fraturado. Eu enxergava a sombra dos galhos mais altos, o teixo nos observando pelas brechas no telhado.

No meio da sala, havia uma placa alta e larga de pedra. Perdi o fôlego quando olhei ao redor com mais atenção.

Reconheci aquele lugar: a hera cobrindo as paredes... o teto de madeira apodrecido... a pedra no centro.

Faltava apenas o cavaleiro de armadura sentado ali.

É este lugar, arfei. *A sala dos meus sonhos.*

Sim!, exclamou o Pesadelo, sua voz oscilando como um fantasma ao vento.

Que lugar é este? Quem era o homem sentado na pedra?

Um lugar antigo — um homem equivocado. Os dois movidos a raiva — os dois em sal sepultados.

Ravyn e eu nos aproximamos da pedra no centro da câmara.

— Quando eu era criança — explicou Ravyn —, gostava de brincar aqui.

Senti um calafrio.

— É um lugar bastante assustador para brincar, não acha?

Ele encontrou meu olhar.

— Talvez.

Revirei minha mente, exigindo alguma explicação — o motivo para ele ter me mostrado aquele lugar em sonho. Porém, o Pesadelo ficou em silêncio, à espreita.

— Por que estamos aqui? — perguntei.

Ravyn tirou a mão da capa.

— Vou mostrar.

Ele apoiou a mão, com a palma para cima, no meio da placa de pedra, o luar dançando em sua pele. Não vi a pequena faca de prata, puxada de seu cinto em um movimento fluido e repentino. Não vi quase nada. Ele foi muito ágil.

Antes que eu piscasse, Ravyn tinha coberto a mão de sangue.

— O que você está fazendo?! — exclamei.

Ele guardou a faca, e um corte tinha aberto a pele abaixo do polegar. Sangue escorria pelas linhas de sua palma, pingando na pedra.

— Não se preocupe — replicou ele, com a voz surpreendentemente tranquila para alguém que tinha acabado de se ferir. — Veja.

Perdi o fôlego quando Ravyn virou a palma para a pedra, e o mundo e o Pesadelo em minha mente se imobilizaram de repente. Então, das profundezas da rocha — brilhantes e esplêndidos — emanaram vários raios de luz inconfundíveis.

Cartas da Providência, escondidas nas profundezas da rocha antiga, reveladas pelo sangue.

Pelo sangue de Ravyn. Sangue infectado.

Sangue mágico.

O centro da pedra, antes escuro e impenetrável, tornou-se límpido como água. Eu enxergava através da rocha, como se olhasse por uma porta. Lá no fundo, estavam as Cartas da Providência, empilhadas, escondidas, aguardando.

Eu estava sem palavras.

— Como... como você...?

Ravyn sorriu, esticando a mão para pegar a pilha de Cartas da Providência.

As cores sumiram, apagadas pelo toque de Ravyn. Fascinada, eu o vi dispô-las em cima da rocha, a cor e o brilho retornando, uma a uma, conforme ele as soltava.

Profeta, Donzela, Cálice, Ovo Dourado, Águia Branca e o recém-adquirido Portão de Ferro.

— Sua coleção — falei, perdida nas cores resplandecentes.

— Seu pai me mostrou.

— É aqui que as escondemos — disse Ravyn, dando um tapinha na pedra.

— Como você descobriu este esconderijo?

Ele deu de ombros.

— Brincando, quando era criança. Cortei o ombro na janela e entrei aos tropeços, com a mão ensanguentada. Quando encostei na pedra... bem, você viu.

— Mas por que está aqui? — perguntei, em meio ao cheiro de sal que perdurava no ambiente. — Que lugar é esse?

— Não sei. É antigo... tão antigo quanto as ruínas.

Ele tirou do bolso as luzes vinho e violeta — o Pesadelo e o Espelho.

— Encontrei estas Cartas dentro da rocha — explicou ele.

Cutuquei minha mente, o Pesadelo. Quando ele falou, suas palavras escorriam como chuva. *Uma oferenda, negociada em sangue. A Alma negocia assim — sempre em sangue. Então o Rei Pastor construiu esta câmara para ela, no limite do bosque; este altar. E, aqui, eles negociaram.*

Como você sabe tudo isso?

Ele não respondeu.

Passei a mão na pedra, a superfície fria e áspera sob minha pele.

Ravyn secou o sangue na manga da túnica.

— Outros já tentaram abrir a rocha, mas não tiveram sucesso. Se algo acontecer comigo, você é a única aqui capaz de abri-la. Apenas sangue infectado vai revelar seu interior.

Ergui o olhar para ele.

— Algo vai acontecer com você?

O sorriso dele não trazia nenhum entusiasmo.

— Espero que não.

Ele recolheu as Cartas, as cores sumindo ao seu toque. Quando ele ia pegar a Águia Branca, eu o puxei pela manga da túnica. Olhei para as Cartas em sua mão — todas apagadas, exceto pelo Pesadelo e pelo Espelho.

— Por que você só consegue usar essas duas?

Ravyn de início não falou, olhando atentamente para meu rosto. Talvez, como outras coisas entre nós, ele quisesse manter aquele segredo guardado. Porém, sustentei seu olhar, aguardando, estimulada pela quietude ao nosso redor.

— Eu tinha treze anos, mais do que a maioria das crianças, quando peguei a febre — disse ele, quebrando o silêncio. — Mas não vi sinal de magia, nenhuma nova habilidade. Eu evitava os Clínicos. Achei que tivesse escapado das consequências da infecção. Porém… um ano depois, estava treinando para me tornar Corcel — contou ele, seu tom se tornando mais sombrio — quando me ofereceram um Cavalo Preto e a Carta não me obedeceu. Eu não conseguia fazê-la funcionar, por mais que tentasse.

Ele hesitou.

— Hauth contou para Orithe Willow, que me cortou com sua garra e confirmou minha infecção ao rei — concluiu ele.

Eu nunca tinha ouvido ele falar tanto de uma só vez. Sua voz tinha a profundeza de águas sombrias, suave e inabalável. Me embalava. Percorri com o olhar o rosto do capitão dos Corcéis, perdida em seu passado — voraz pela sua história.

Ravyn continuou:

— Mas, assim como seu mascotezinho, Orithe, o rei viu valor na minha infecção. Sem o Cavalo Preto, eu me tornei um soldado melhor do que os outros Corcéis. O Cálice não funcionava a meu favor, mas também não funcionava contra mim. Ninguém me via com a Carta do Poço. A Foice não me controlava.

Ele fez uma pausa.

— Foi por isso que ele me nomeou capitão.

Ele passou a mão pelo cabelo.

— Todo ano, perco a capacidade de usar outra Carta. Restam apenas o Espelho, o Pesadelo e, suponho, os Amieiros Gêmeos — prosseguiu ele, dando de ombros diante dos meus olhos arregalados. — A magia cobra sua taxa. Se não juntarmos o Baralho e curarmos minha infecção, não poderei usar Carta da Providência alguma.

Ele se voltou para mim, com o rosto mergulhado nas sombras, e encontrou meu olhar.

— Raramente falo disso. E quando falo, é apenas com Elm.

Franzi o cenho, as palavras vindo devagar:

— Mas ele... ele é...

— Um Rowan.

— Não tem medo de ele contar para o pai?

Ravyn sorriu.

— Se você o conhecesse, saberia que é impossível que isso aconteça. Elm é leal... até demais.

Pensei em Ione. Ou, com uma pontada no peito, em quem Ione costumava ser.

— E ele é leal a você, e não ao pai e ao irmão? — indaguei.

Ravyn hesitou.

— Elm era uma criança inteligente. Odiava treinar, e preferia os livros. O rei se incomodava com sua placidez, e o considerava fraco, então deixou sua criação aos cuidados da rainha. Quando ela faleceu, Elm foi... maltratado em Stone — disse ele, lutando com as palavras. — Hauth o infernizava. Então, um dia, eu simplesmente... trouxe-o para casa. Desde então, meus pais se tornaram pais dele e meus irmãos, os irmãos dele. Ele é desconfiado, ressabiado, mas preferiria morrer a nos trair.

Havia algo de novo, feroz e vulnerável, no capitão dos Corcéis. Talvez, como eu, o sal no ar o tivesse tensionado — despertado. Sua austeridade imperturbável dera lugar a uma determinação resoluta.

Ravyn se voltou para as Cartas sobre a pedra. Ele as empilhou, as cores sumindo assim que tocavam sua pele. Então esticou o braço para dentro da rocha e as guardou. Quando afastou a mão, as cores voltaram.

Ele tirou a faca do cinto e a aproximou da mão.

— Espere — pedi, segurando o braço dele. — Deixe que eu faça.

Ele franziu as sobrancelhas.

— Não, Elspeth.

— É sério — insisti, erguendo o queixo quando ele não cedeu. — Caso eu tenha que fazer isso no futuro, vou precisar saber como funciona.

Ravyn não relaxou o aperto ao redor da adaga. Ele não disse nada, e notei uma batalha por trás de seus olhos cinzentos. Não dava nenhum sinal de que me entregaria a faca.

— Está bem — falei, dando as costas a ele.

Ele pegou meu braço, o que não estava machucado, e me puxou de volta. Levou minha mão à altura do peito. Acima dela, segurou a faca como um arco de violino, mantendo o fio cruel a um sopro da minha palma.

— Não precisa de muito sangue — disse ele, grunhindo. — Só um pouquinho. Uma oferenda.

Uma troca, sussurrou o Pesadelo. *Nada de graça vem.*

A pele de Ravyn era áspera, como a capa de um livro esquecido havia muito tempo. Porém, era quente. Respirei fundo e esperei a dor do corte, sem desviar os olhos dos dele.

Ele deslizou a faca pela base da minha palma. Arfei, vendo um rastro de gotas vermelhas escaparem do corte quase invisível. Ele beliscou minha pele, puxando mais sangue à superfície.

— Só um cortezinho — murmurou ele. — Nada profundo. Não precisa deixar cicatrizes nessas mãos lindas. Se houve dor, mal a senti. Outra coisa se agitava em mim. Não era bem dor; era *agonia*.

Ravyn levou minha mão à pedra e a pressionou contra a rocha antiga e áspera. Quando puxou minha mão de volta, restavam gotas de sangue. Em um piscar de olhos, as Cartas desapareceram, seladas pela pedra, e o cômodo voltou à escuridão. Desapareceu também meu sangue, minha troca, entregue à estranha magia da rocha.

— Nada de graça vem — sussurrei.

Ravyn levou minha mão para perto dele, algumas gotas vermelhas ainda manchando-a. Ele encostou dois dedos calejados no corte, estancando o sangramento. Um fio de cabelo caiu em sua testa enquanto ele olhava para minha palma.

Afastei o cabelo do rosto dele com a outra mão, passando os dedos trêmulos em sua testa.

Ravyn ergueu o rosto, olhando demoradamente para minha boca antes de seguir para meus olhos. Deslizou os dedos até meu pulso, em um trajeto lânguido.

— Sinto sua pulsação. Seu coração está batendo rápido — disse ele.

De repente, agradeci pela proteção da noite — da câmara cheia de sombras. Se fosse dia, o rubor em meu rosto seria evidente.

Eu me sentia amarrada, presa ao capitão dos Corcéis por um fio invisível. Tinha muita consciência de nossa proximidade — do calor de seu corpo esguio, da curva dos meus seios acima do decote enquanto eu respirava rápido e com dificuldade, do toque de sua mão calejada na minha.

— Não sei por quê — repliquei.

Ele deu um sorrisinho quase imperceptível.

— Não?

Fiquei parada, esperando por algo que não tinha coragem de nomear. Com a outra mão, Ravyn acariciou meu rosto, o polegar perigosamente próximo da minha boca.

O ar ficou preso no meu peito, e eu entreabri os lábios, a expectativa mesclada a uma leveza incompreensível. Ravyn soltou um suspiro ruidoso — roçou o polegar em meu lábio inferior, repuxando-o.

Quando ele aproximou o rosto, fechei os olhos, a boca dele a centímetros da minha.

— Está fingindo, Elspeth? — indagou ele, sua voz falhando, e encostou o nariz no meu. — Porque se estiver... — continuou ele, seu hálito quente acariciando meu rosto. — Você finge muito bem.

As palavras dele provocaram algo em mim. O mesmo chamado de antes — a mesma agonia. Eu queria que ele tocasse de novo meus lábios, queria sentir sua pele áspera. Meu corpo gritava, um apelo impaciente e irracional por toque.

Pelo toque dele.

— Não melhor do que você, capitão.

Ravyn arfou, abaixando as pálpebras. Encostou minha mão com firmeza no próprio tórax, cobrindo a insígnia dos Yew, logo acima do peito. O coração dele batia rápido, como se ele tivesse acabado de correr por quilômetros. Quando ergui o rosto, ele me observava, com o olhar mais suave do que antes.

— Parece fingimento? — indagou, com a boca bem próxima da minha, ao ponto de seus lábios roçarem nos meus.

Era... singelo. Honesto. Algo que eu nunca havia experimentado. Tinha precisado de Ravyn Yew, capitão dos Corcéis, supostamente meu inimigo natural, para perceber o que eu desejava de verdade, no âmago do meu ser.

Parar de fingir.

Nossas bocas finalmente se encaixaram, ali, em meio ao sal. Ravyn grunhiu contra os meus lábios, e eu o apertei contra mim, querendo — necessitando — sentir seu corpo no meu.

Ele desceu a mão do meu queixo para minha nuca, enroscando os dedos no meu cabelo. Nossas línguas se tocaram, quentes e desconhecidas, de início hesitantes, e então ávidas.

Ele me arrancou de minha mente, infestada pelo Pesadelo, e me trouxe de volta a *mim*. Aprofundamos o beijo, e eu toquei o rosto de Ravyn, afundando os dedos na barba por fazer em seu queixo. Não queria ir devagar. Estava exausta de fingir que não desejava aquilo.

A tensão dos músculos dele me indicava que ele sentia o mesmo. Ravyn passou o braço pelas minhas costas, me apertando. Então roçou os lábios na minha bochecha, mordiscando minha orelha antes descer para o pescoço. Calafrios percorriam meu corpo inteiro. Ele enredou os dedos no meu cabelo, puxando-o um pouquinho para que eu inclinasse a cabeça para trás, expondo meu pescoço. Depositou um beijo em meu maxilar, seguindo para o queixo e depois descendo.

Se ficasse de olhos fechados, eu poderia me entregar inteiramente ao toque de Ravyn. Porém, os entreabri e, ao fazê-lo, algo atrás de Ravyn atraiu minha atenção. Uma sombra se mexia no cômodo escuro. Quando segui seu movimento, meu olhar retornou à pedra no meio da sala — a rocha que, poucos minutos antes, Ravyn abrira e eu fechara, com sangue.

Porém, empoleirado ali, com a armadura dourada reluzindo com um brilho fraco, se encontrava o homem dos meus sonhos.

Ele me observava enquanto eu estava ali, de pé, com o capitão dos Corcéis. Ao falar, reconheci sua voz sedosa:

— Elspeth Spindle — disse ele, seus olhos prendendo minha atenção, tão estranhos e amarelos. — Me liberte.

Eu me desvencilhei bruscamente de Ravyn, tentando conter um grito. Quando olhei para o centro do cômodo de novo, o cavaleiro desaparecera. Restava apenas o cheiro de sal, que nos cercava, invisível.

Ravyn arregalou os olhos, assustado. O cabelo preto estava desgrenhado, e ele abaixou as mãos — mãos que, um momento antes, estiveram enroscadas no meu cabelo, no meu corpo. Mesmo no escuro, eu notava o rubor subindo pelo seu pescoço. Ele abriu a boca para falar, mas eu já estava lhe dando as costas, com medo de passar mais um segundo que fosse naquela câmara estranha e cheia de magia.

— Perdão — falei, seguindo para a janela. — Preciso ir embora.

— Elspeth — chamou ele.

Porém eu não me virei, e felizmente ele não me seguiu. Corri para o prado, me afastando do cheiro de sal, da magia. Minha respiração estava entrecortada, e só parei de correr ao chegar à portinha de madeira no castelo.

O que está acontecendo comigo?, gritei, com os punhos cerrados. *Estou enlouquecendo?*

O Pesadelo serpenteou pelos meus pensamentos, como uma cobra deslizando pela grama. *Sei o que sei*, murmurou ele.

Gritei em meio à escuridão da minha mente. *Basta, Pesadelo! Me conte a verdade. Quem é aquele homem? Por que não paro de vê-lo?*

Ele é um vestígio do passado, assombrando a câmara que construiu para a Alma do Bosque, uma mera lembrança do homem que um dia foi. A voz dele se tornou mais dura. *Do homem que um dia fui.*

Bati com força a porta do meu quarto e me joguei lá dentro. Tropecei no tapete e praguejei, chutando a lã antiga.

Meu olhar estacou. Ali estava ele, bordado no tapete do quarto, de armadura dourada e montado no cavalo preto. O cavaleiro da câmara nas ruínas. Só então, ao observar a lã, notei algo distante, bordado no verde na beirada do tapete, aninhado no limite do bosque, próximo às árvores.

Um cômodo sem porta, apenas uma janela sombria.

Minha infância voltou a mim com um baque. Eu me vi, quando pequena, debruçada sobre o exemplar d'*O velho livro dos amieiros* de minha tia, vidrada na página da Carta do Pesadelo.

Tão certa estava de que a criatura em minha mente era a Carta em si — idêntica ao monstro na ilustração — que falhei em compreender o que estava escrito meras páginas antes.

Mas ainda faltava à coleção, apesar de todo meu zelo.
Então vendi meu espírito, o troquei por Pesadelo.

Levei a mão à boca, meus dedos trêmulos. Minha voz soou vazia.

— Então quer dizer que eu absorvi seu espírito quando toquei a Carta do Pesadelo. Portanto, você é... o Rei Pastor.

Um rosnado, um escárnio — imponente, irascível. A voz dele exclamou, mais alta do que jamais estivera, como se ele estivesse mais próximo — mais forte. *Finalmente, minha querida Elspeth, nós nos entendemos.*

CAPÍTULO VINTE E TRÊS

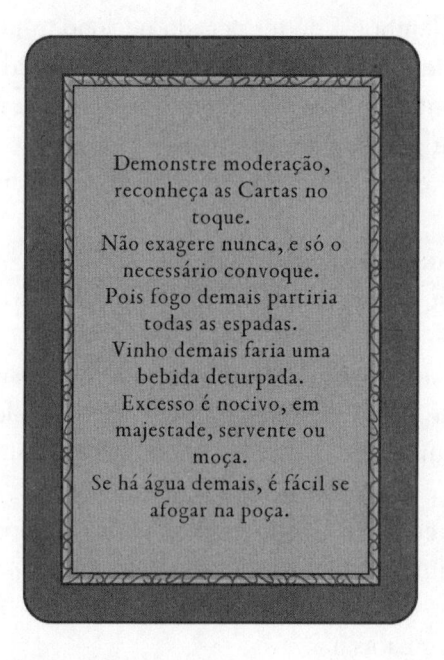

Demonstre moderação,
reconheça as Cartas no
toque.
Não exagere nunca, e só o
necessário convoque.
Pois fogo demais partiria
todas as espadas.
Vinho demais faria uma
bebida deturpada.
Excesso é nocivo, em
majestade, servente ou
moça.
Se há água demais, é fácil se
afogar na poça.

— **Srta. Spindle? Srta. Spindle?**

Acordei em um sobressalto, com o pulso rígido e dolorido, e calafrios violentos percorrendo minha coluna.

Rolas-carpideiras piavam acima de mim. Eu me sentei, atordoada, e me espantei ao ver o céu frio da manhã — nada do teto e das paredes do quarto. Minha pele doía, tomada por arrepios. Eu estava de camisola, suja e molhada pela grama debaixo de mim. Olhei ao redor, reconhecendo os teixos altos e a folhagem descuidada e emaranhada que crescia, selvagem, ao meu redor.

Ao longe se erguia a câmara de pedra da qual eu saíra horas antes, envolta em bruma.

Filick Willow me encarava, com o capuz úmido devido ao orvalho, e os olhos arregalados.

— Está tudo bem, srta. Spindle? — perguntou ele.

Eu me levantei, tremendo de frio. Ainda desconfiada de Clínicos — mesmo daquele, subornado pelo capitão dos Corcéis —, eu recuei.

Não me lembrava de ter pegado no sono, muito menos da caminhada de volta à mata. Cutucando a escuridão da minha mente, encontrei o Pesadelo enroscado, quieto e tranquilo, ignorando meu pedido por explicações.

— Eu... eu devo ter tido uma crise de sonambulismo — falei.

Filick tirou a capa e me ofereceu.

— Venha, vou preparar um chá. Você está fria igual a um defunto.

Só parei de tremer depois de dez minutos diante da lareira de Filick. Ele pediu chá, que eu bebi em três goles, mal reparando no líquido que queimava minha língua. Filick se sentou ao meu lado e desenfaixou meu pulso inchado.

— Acontece com frequência? — perguntou ele, quando eu já parecia minimamente melhor. — Você andar por aí enquanto dorme?

Balancei a cabeça.

— Não.

— Você já esteve naquelas ruínas?

— Sim — respondi, com um calafrio. — O que é aquele cômodo? Que contém a rocha mágica?

Filick tomou um gole de chá.

— Ravyn mostrou, foi?

A memória da noite anterior inundou meus sentidos. Eu me virei para o fogo, um rubor subindo pela minha nuca.

Se o Clínico notou, não mencionou.

— Não sei dizer ao certo — falou ele. — O Castelo Yew é antiguíssimo e repleto de artefatos. Há magia antiga e estranha naquela câmara. Caminho por lá durante a manhã com frequência.

Eu o olhei com uma boa dose de suspeita.

— O senhor parece dar muito valor à magia antiga — comentei. — Para um Clínico.

Filick sorriu enquanto buscava ataduras limpas na prateleira.

— Nós, da família Willow, somos Clínicos há séculos. Muito tempo atrás, sabíamos que a bruma era cheia de sal, de magia. Mas não a temíamos. Venerávamos a Alma do Bosque e as dádivas que ela ofertava. Aqueles que sofriam da febre e da degeneração que se seguia eram tratados, e não caçados.

— E o que mudou? — perguntei.

Ele enfaixou meu pulso.

— Não há registros remanescentes. Mas há histórias... sequências de eventos — disse ele, enquanto refazia o curativo com a destreza de quem era muito habituado a lesões. — Em detrimento próprio, a Alma do Bosque forneceu ao Rei Pastor tamanha magia que ele criou as Cartas da Providência. Ele compartilhou as Cartas com o reino, e o povo parou de ir ao bosque para pedir dádivas mágicas à Alma. Em vez disso, cobiçavam as Cartas, gananciosos por magia que não era degenerativa.

Assenti. Minha tia me contara aquela história.

— Então a Alma espalhou a bruma, para atrair as pessoas de volta. À força.

— Precisamente — disse Filick, franzindo o cenho. — Quando a bruma isolou Blunder do restante do mundo, o Rei Pastor foi negociar com a Alma. Quando voltou, ele escreveu *O velho livro dos amieiros*, para que o povo de Blunder se protegesse com amuletos. Mas todo acordo tem seu preço.

— Os Amieiros Gêmeos.

— Os Amieiros Gêmeos — confirmou Filick, balançando a cabeça. — Mau negócio.

— Por que diz isso?

— A Alma é astuta, não é "família, rival, ou amizade sequer" — respondeu Filick, se recostando na cadeira. — É necessário o Baralho inteiro para dissipar a bruma, certo? Então por que um rei, que desejava salvar o reino da bruma, entregaria os Amieiros Gêmeos, uma Carta única?

Tive um momento de iluminação.

— A Alma o enganou — sussurrei, me lembrando do que minha tia contara anos antes. — Ele soube que precisava da Carta para dissipar a bruma apenas após tê-la concedido.

Filick concordou.

— É uma teoria comum entre aqueles que gostam de olhar para o passado. E, dando o devido crédito ao Rei Pastor, o acordo não foi completamente em vão. Recebemos *O velho livro dos amieiros*, e aprendemos a tomar cuidado com a magia, a andar na bruma com amuletos — disse ele, tomando um gole demorado de chá. — Quer saber o que mudou, srta. Spindle? Brutus Rowan, o primeiro rei Rowan. Foi isso que mudou. Ele pegou *O velho livro dos amieiros* e o transformou em doutrina, distorcendo as palavras até usá-las como arma contra qualquer infectado.

Estava tão perto... prestes a saber — entender — algo que, por anos, vivera nos recantos sombrios da minha mente, obscuro, mas sempre presente. Eu me debrucei, curiosa.

— Por que Brutus Rowan odiava a infecção?

Filick tamborilou o dedo na xícara.

— Talvez temesse a magia antiga, magia que ele não conseguia controlar — respondeu ele, com o cenho franzido, o olhar distante. — Ou, talvez, em um reino cuja única constante é o equilíbrio, ele simplesmente quisesse manipular a balança. Ele roubou o trono de um rei infectado. E agora sua linhagem se dedica a matar qualquer um com magia suficiente para recuperar o lugar.

Um calafrio percorreu meu corpo.

— Foi isso que aconteceu? Rowan usurpou o trono do Rei Pastor?

Filick voltou a me olhar, desanuviando a expressão.

— Lógico que é apenas uma teoria, srta. Spindle. Uma história.

Mas não era. Não para mim.

— O que aconteceu com o Rei Pastor?

— Ele morreu. Como, não sei.

Escuridão inundou meus olhos. Por um momento, perdi a visão, e o som da gargalhada do Pesadelo, vazia e cruel, se sobrepôs a tudo o mais.

Um momento depois, aquilo se foi, e voltei a enxergar. Filick devia ter percebido meu incômodo, porque, ao dar um tapinha na minha mão, sobre a nova atadura, falou suavemente:

— É fácil se perder no passado em um castelo estranho e antigo desses. Não se preocupe, srta. Spindle. Um mal cometido quinhentos anos atrás não tem mais importância hoje. Você e Ravyn encontrarão a Carta dos Amieiros Gêmeos e unirão o Baralho. Disso, tenho certeza.

Ele estava tentando me tranquilizar. E, embora eu tivesse certeza de que Filick Willow era um dos homens mais inteligentes de Blunder, em um aspecto ele estava terrivelmente equivocado. O que acontecera quinhentos anos antes tinha importância. Muito mais do que ele imaginava.

Levantei da cadeira.

— Obrigada. Perdão por atrapalhar sua caminhada.

— Não foi nada — replicou ele, me acompanhando até a porta.

Eu poderia voltar para meus aposentos — correr pelo castelo, a barra da camisola ainda encharcada de orvalho. Porém, me demorei na porta do Clínico.

— Há algo que eu ainda não compreendo — falei.

— O quê?

— A degeneração. — Procurei as palavras para continuar. — A de Ravyn não permite que ele use algumas Cartas. A de Emory está matando-o devagar, em corpo e mente — falei, hesitando. — Mas eu... eu não entendo qual é a minha.

O rosto envelhecido de Filick se franziu inteiro.

— Toda infecção é única, srta. Spindle. A degeneração de Emory é geral, enquanto a de Ravyn parece não ter impacto algum em sua saúde. O que é garantido para os irmãos Yew pode ser um mero sopro de verdade para você — disse ele, balançando a cabeça. — Gostaria de reconfortá-la melhor, mas simplesmente não sei como funciona.

Sem palavras, respondi ao Clínico com um simples aceno de cabeça e saí pelo corredor.

Esperei até virar uma esquina antes de bradar na escuridão da minha mente: *Sonambulismo? Jura?*

Ele se espreguiçou devagar. *O que tem?*

Você não pode fazer isso — nem aqui, nem em lugar nenhum, mas, especialmente, não aqui!

Quem disse que eu fiz alguma coisa?

Não me faça de boba, Pesadelo! Minha voz soou afiada como uma faca. *Ou é melhor que eu o chame de Rei Pastor?*

Ele deslizou pelas sombras, sua voz ecoando na minha cabeça, como se fossem muitas vozes, e não apenas a dele. *Me chame como preferir, Elspeth. Não muda nada.*

Cerrei a mandíbula, irritada — onze anos de seus jogos, de seus segredos, fervilhando em mim. Eu sentia apenas fúria, o desejo tão violento de bani-lo da minha mente que eu teria socado a parede se não fosse de pedra. *Se foi sua alma que absorvi quando toquei a Carta do Pesadelo de meu tio,* falei, *então absorvi um rei. Mas você... você não é rei coisa nenhuma. Você é um monstro.*

Ele riu de mim outra vez. *Sou ambos.* Fez-se uma pausa. *Não se lembra da história, Elspeth? Da nossa história?*

Meu estômago se revirou. A história. Sussurros, próximos e distantes, quando eu pegava no sono. A canção de ninar perturbadora da donzela, do rei.

Do monstro.

Eu me apoiei na parede, com as pernas repentinamente bambas, e pressionei a testa com a palma da mão. Porém, o gesto apenas tornou a escuridão atrás dos meus olhos mais esmagadora. *Por quê, agora, eu vejo suas memórias?*

Não precisa que eu nem que aquele Clínico diga o motivo. Você tem sua própria teoria.

Balancei a cabeça. *E então?*, questionei. *É verdade?*

Me diga você.

Estou PERGUNTANDO.

Mas você já sabe. No fundo, sempre soube.

Voltei a sentir frio, um calafrio profundo e indesejado emanando do meu peito. *Você está ficando mais forte*, sussurrei, minha voz quase inaudível em meio ao ruído e ao escuro. *É por isso que vejo suas memórias. Posso não estar enfraquecendo como Emory, mas estou... desaparecendo.* Um nó se formou na minha garganta. *Essa é a minha degeneração, não é?*

Ele não disse nada, suas presas afiadas estalando enquanto abria e fechava a mandíbula. *Clique. Clique. Clique.*

Esse é o meu pagamento, falei, tomada por uma clareza avassaladora. *Sempre que peço sua ajuda, você fica mais forte. E eu... estou perdendo o controle.*

Eu expliquei, menina, disse ele. *Nada é seguro, nem de graça vem. Magia sempre cobra sua taxa.*

Sim, mas eu não percebi que isso significava que você estava roubando o controle do meu corpo... da minha mente!

Não estou ROUBANDO *nada, Elspeth Spindle.* Ele silvou, revelando as garras, de repente feroz. *Não* ROUBO *nada. Apenas recebo aquilo que me dão voluntariamente.* Ele se recolheu às sombras, com pressa de se afastar de mim. *Lembre-se disso quando finalmente tiver coragem de admitir. No fim das contas, eu não tomei nada que você não tenha me dado.*

Não fiquei triste de senti-lo partir. Estava com frio de novo, assustada e vazia.

Porém, o vazio logo deu lugar a uma raiva abrasadora. Eu não sucumbiria a minha própria aniquilação, vítima da degeneração ou do Pesadelo. Eu me libertaria — me curaria — e retomaria a vida que perdera onze anos antes.

Havia apenas duas Cartas da Providência no caminho.

Andei depressa pelo corredor, seguindo para o meu quarto, mas parei ao ouvir o clamor lá embaixo.

Dezenas de vozes se mesclavam em dissonância ruidosa no salão do Castelo Yew. Escutei o tinido de aço — armaduras, espadas e cotas de malha. Os Corcéis andavam lá embaixo, os Cavalos Pretos emanando seu brilho ameaçador de dentro das capas. Alguns comiam, outros examinavam as armas. Hauth Rowan estava de pé em meio ao movimento, as costas largas cobertas por uma capa preta. Ele falava com os outros com sua rudeza de sempre, a postura caracteristicamente dominante.

Dei um sorrisinho ao ver sua mão esquerda, ferida, toda enfaixada.

— Gostou do que viu?

Dei um pulo tão violento que quase caí.

Elm me encarava, com um sorrisinho satisfeito.

— Perdão — disse ele. — Achei que tivesse me ouvido chegar.

— Não ouvi.

Fiz uma careta quando o príncipe me olhou de cima a baixo. Ainda estava embrulhada na capa de Filick Willow, com a barra da camisola ensopada de orvalho.

— Eu me perdi — menti.

— Ainda não conhece o castelo?

— Mais ou menos.

O príncipe revirou os olhos e apontou para trás de nós.

— Aquele corredor vai levá-la de volta pela cozinha e ao salão de hóspedes. Seu quarto deve ser por ali. Ou é melhor eu chamar Ravyn para acompanhá-la? Tenho certeza de que seria um prazer…

— Não — interrompi rapidamente. — Eu me viro sozinha.

— Corra — disse Elm, descendo a escada. — Vamos sair daqui a pouco.

— Aonde vamos? — perguntei.

Ele já estava se afastando.

— *Elm* — sibilei. — O que está acontecendo?

— Dia da Feira — respondeu ele, sem parar de andar. —
Use suas cores. Isto é, se seu pai um dia condescendeu em lhe
dar alguma.

CAPÍTULO VINTE E QUATRO

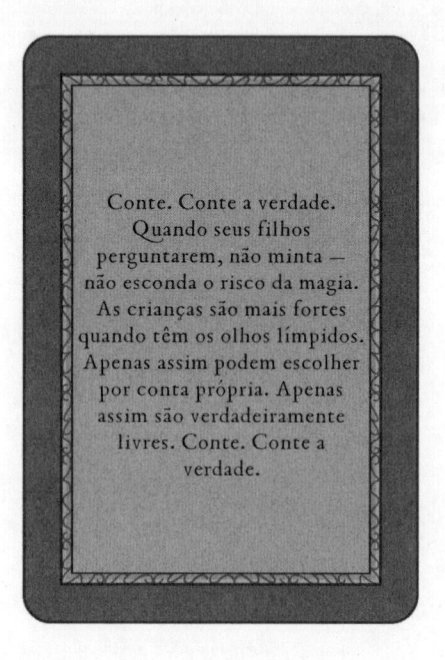

Conte. Conte a verdade. Quando seus filhos perguntarem, não minta — não esconda o risco da magia. As crianças são mais fortes quando têm os olhos límpidos. Apenas assim podem escolher por conta própria. Apenas assim são verdadeiramente livres. Conte. Conte a verdade.

Encarei meu reflexo no espelho embaçado, tentando me lembrar do rosto de minha mãe. O vestido dela era comprido, de artesania complexa, em um tom escuro de carmim — como o sangue. No peito estava bordado um emaranhado de galhos dourados, que se trançava até formar um evônimo comprido e delicado, a árvore de nossa família.

Eu tinha herdado o vestido, assim como alguns outros badulaques, após a morte dela. Tinha levado a roupa para o Equinócio, mas ido embora muito cedo para ter a oportunidade de usá-la. O estilo era mais antiquado, mas eu não me incomodava com as mangas amplas e volumosas. Elas esconderiam melhor meu braço dolorido e enfaixado.

Quando a criada pegou meu pente de madeira, eu a interrompi e apontei a coroa de flores na mesa de cabeceira.

— A rosa já basta — falei, prendendo o cabelo em uma trança comprida e simples e acrescentando a rosa logo acima da nuca.

Por costume, guardei o amuleto no bolso da saia. Sorri para o espelho, procurando pela energia que não tinha.

A mulher no reflexo retribuiu meu sorriso, com olhos amarelos brilhantes e felinos.

Jespyr esperava embaixo da escada, com o pé machucado enfiado em uma bota preta e grossa. Ela usava a túnica preta de Corcel, com os olhos cobertos por uma máscara de feltro ornamentada da mesma cor — uma tradição do Dia da Feira. Quando me olhou, ela ergueu as sobrancelhas.

— Você está linda — disse, me oferecendo o braço. — Nunca a vi usar a cor da sua casa.

Como sempre, o sorriso de Jespyr era contagiante.

— Eu não trouxe máscara — falei. — Quase nunca vou ao Dia da Feira.

— Thistle arranja uma para você. Vamos?

Saímos pela porta antiga para o sol da manhã. Minha máscara era verde-escura, exceto pelos detalhes dourados pintados ao redor dos olhos. Uma fita de seda a amarrava atrás da cabeça, cobrindo das sobrancelhas até logo abaixo das maçãs do meu rosto.

Vi Ione mais adiante, usando máscara cor de creme, com um vestido dourado com a barra branca dos Hawthorn. Fenir e Morette Yew estavam juntos, em tons de verde combinando, com teixos bordados e ornamentados nas costas das capas. Hauth, que não usava máscara — exibindo o rosto principesco —, tinha trocado a capa preta de Corcel por uma túnica vívida, com galhos dourados de várias árvores proeminentes trançados em uma estampa estranha e intrincada no peito, sob a sombra da insígnia dos Rowan.

Ele e Ione estavam com Elm e Ravyn, que, de máscaras iguais, continuavam arrumados com o preto dos Corcéis. Eles pararam de falar quando Jespyr e eu nos aproximamos, virando o olhar para mim. Rubor subiu pelo meu peito, percorrendo o pescoço até chegar às bochechas. Como ninguém falou, Jespyr bufou.

— Eles nitidamente nunca viram uma mulher.

Tentei não olhar para Ravyn, pois a lembrança da noite anterior me envolvia, o toque de sua mão no meu cabelo — de sua boca na minha — ainda presente como uma sombra na minha pele. Senti seu olhar me percorrer. Quando finalmente ergui o rosto, notei o fim de um sorriso passando por sua boca, seu olhar se demorando na rosa presa em meu cabelo.

Antes que Ravyn pudesse me cumprimentar, Hauth entrou na frente dele.

A voz do grão-príncipe soou tranquila — lá estava seu charme de novo.

— Srta. Spindle — disse ele, me oferecendo a mão ilesa.

Eu a aceitei, hesitante, e fiz uma mesura.

— Alteza.

— Peço perdão pelos meus modos grosseiros. Ontem foi um dia difícil.

O grão-príncipe não soltou minha mão, mantendo o olhar atento em meu rosto.

— Você é muito bela, mesmo sob a máscara — disse ele, me puxando para mais perto. — Eu me pergunto — continuou, com um olhar significativo para Ravyn, atrás dele — o que vê em meu primo.

Eu notava, pelo tom malicioso na voz de Hauth, que eu o interessava pouco — era apenas um brinquedo que ele poderia roubar do primo. Contudo, voltei o olhar para o capitão dos Corcéis. Notei a sombra da barba e a flexão do músculo no maxilar. Os contornos destacados no desenho de seu nariz distinto. O cabelo, nem curto nem comprido, emoldurando a testa severa. Os olhos cinzentos — em contraste com a máscara preta — tão contundentes que me cortavam.

Era alguma daquelas coisas — e, ao mesmo tempo, nenhuma delas. Outra coisa me atraía ao capitão dos Corcéis. Algo que, envolvida em nosso jogo de fingimento, eu não percebera. Algo antigo — nascido do sal. Ele e eu éramos iguais. Dotados de magia antiga e terrível. Urdidos em segredo, escondidos em meias-verdades. Éramos a escuridão de Blunder, a lembrança de que a magia — bravia e incontida — prevalecia, por mais desesperadamente que os Rowan tentassem esmagá-la. Éramos aquilo que temiam.

Éramos o equilíbrio.

Porém, eu não podia dizer aquilo diante de Hauth Rowan. Em vez disso, abri um raro sorriso sincero para Ravyn.

— Ele é muito... alto.

Os olhos de Ravyn brilharam. Ele notou meu sorriso e o retribuiu, avançando. Quando encarou o grão-príncipe, vi Hauth se empertigar, de coluna ereta e queixo erguido.

Não adiantou. Ravyn era mais alto do que ele. E, pela curva condescendente de sua boca, não era o único aspecto em que Ravyn se sentia superior ao primo. Ele me ofereceu a mão e eu aceitei, agradecida por me livrar do toque de Hauth.

— Se já estiver cansado de se pavonear — disse Ravyn ao primo, entrelaçando os dedos nos meus —, o Dia da Feira nos aguarda. Melhor calçar uma luva nessa mão machucada antes que os súditos a vejam, príncipe.

Hauth inflou as narinas. Sem querer ceder, ele pegou minha outra mão — justamente o punho machucado.

— Vai reservar uma volta na praça para mim, não vai, srta. Spindle?

Tão aguda que vi estrelas, a dor irradiou pelo meu braço inteiro. Precisei de todas as minhas forças para não gritar. Apesar da atadura estar escondida pela manga, não havia como disfarçar a tensão no meu rosto.

A expressão de Hauth foi de bravura a surpresa, abaixando para minha manga os olhos verdes e arregalados.

— Tem algo de errado com seu braço, srta. Spindle?

Ao meu lado, Ravyn ficou paralisado. Antes que pudesse falar, porém, houve um movimento na minha visão periférica, um borrão dourado, cabelo loiro e comprido refletindo a luz.

Ione.

— Cuidado, meu bem — disse ela, interferindo e forçando Hauth a soltar meu braço.

Com a voz mais aguda do que de costume, tão doce que chegava a ser melosa, falou:

— Elspeth e eu fomos cavalgar ontem pela manhã. Ela caiu do cavalo, coitadinha.

Ela voltou os olhos castanho-claros para mim, aguçados e tensos — o oposto da doçura na voz —, e acrescentou:

— Não foi, Bess?

Por um momento, jurei ter vislumbrado a antiga Ione, aquela que me protegia dos olhares frios de minha madrasta. A escudeira Ione Hawthorn, minha eterna protetora. Assenti, com o pulso ainda latejando.

— Foi isso.

O olhar de Hauth foi de mim para Ione. Quando se virou para a noiva, uma frieza tomou seus olhos verdes.

Não tive tempo de decifrar o que havia ali, nem o motivo de Ione estar mentindo para me ajudar. Elm e Jespyr se meteram entre nós. Jespyr deu o braço a Ravyn, e Elm fez o mesmo comigo, nos afastando de Hauth e Ione.

— Sabe o que dizem — comentou Elm —, não se deve misturar cavalo e bebida. Agora, se já acabou o papo-furado, vamos lá. É praticamente meio-dia e, falando em bebida, estou atrasado na minha cota diária.

Ele me puxou pelo jardim de esculturas, seguindo para o portão. Senti Hauth e Ione me observando, mas não me virei. Não podia permitir que vissem o medo em meu olhar. Ravyn me olhou de relance, mas a irmã o mantinha andando à nossa frente, conversando com o rosto próximo ao dele.

— Será que Hauth reconheceu minha lesão? — cochichei para Elm.

Elm passou a mão pelo cabelo desgrenhado, me conduzindo pelo portão que levava à rua de paralelepípedos.

— Meu irmão não é tão esperto quanto você imagina — respondeu ele. — Pelo amor das árvores, Spindle, tire essa apreensão toda da cara.

Eu não estava convencida. Algo em Hauth Rowan me perturbava profundamente. Assim como no bosque, eu não conseguia deixar de sentir que ele estava me caçando. A cada olhar, a cada toque, me buscava para o abate.

A rua se inclinou, ficando mais movimentada conforme nos aproximávamos da rua do Mercado. Estávamos perto do Paço Spindle. Vi a bandeira vermelha na porta. Havia um guarda que eu não conhecia de sentinela.

Desacelerei o passo, uma ideia tomando forma. Quando tentei me afastar da multidão e seguir para lá, contudo, Elm me deteve.

— Continue a andar — disse ele.

— Eu ia apenas...

— Eu sei o que você ia fazer — interrompeu ele, irritado. — Não é a hora.

— Por que não? — questionei, me desvencilhando dele. — Meu pai não estará em casa. Podemos procurar a Carta do Poço.

Elm olhou para a rua, mas Ravyn e Jespyr estavam longe demais. Ele grunhiu e resmungou baixinho:

— Não me larguem com essa otária.

Puxei a manga da roupa dele, forçando-o a me olhar.

— É uma boa ideia.

Ele me olhou como se eu fosse um inseto que ele queria esmagar.

— E o que você acha? Que Erik largou a Carta do Poço na mesa, só para a gente pegar? Não é a hora — insistiu ele.

— Você é um príncipe, pode fazer o que quiser! Tem uma das Cartas mais fortes do Baralho — falei, cruzando os braços.

— Ou tem medo demais de agir sem a ajuda de Ravyn?

Os olhos de Elm brilharam, as sobrancelhas retorcidas de desdém, e notei que tinha atingido um ponto sensível.

— Não mais do que você, Spindle — retrucou ele, com a voz perigosamente grave.

— Estou tentando movimentar as coisas, em vez de perder tempo com ostentação.

— É a *ostentação* que mantém as aparências de sermos iguais a todo mundo — disse o príncipe, apertando meu braço para me conduzir para longe da casa de meu pai. — Vamos.

O Pesadelo era um gato enjaulado atrás das grades da minha cabeça — agitado, desperto e atento. Quando entramos na rua do Mercado, a coluna comprida e sinuosa de Blunder, onde Cartas da Providência emanavam cores de alguns bolsos, ele arranhou minha mente, a voz suntuosa e tensa nos meus ouvidos.

Cuidado. Há mais do que Corcéis aqui a serviço do rei.

Eu não enxergava Ravyn dali. Quando Jespyr nos alcançou, com o sorriso alegre intacto, Elm revirou os olhos e resmungou que precisava beber. Eu o vi desaparecer na turba com sua luz vermelha, feliz por ele partir.

As famílias de Blunder nos cercavam, vestindo as cores de cada linhagem, algumas roupas velhas e puídas, outras recém-saídas do alfaiate. Entravam e saíam de barracas e balcões de comerciantes, as vozes culminando em uma nuvem de barulho que ecoava nos paralelepípedos e tijolos de todos os lados.

Uma dupla de meninas de vestidos lilás passou por mim, rindo e devorando fatias de pão doce de limão. Senti uma dor no peito ao lembrar que, antes da infecção, Ione e eu andávamos por aquelas ruas no Dia da Feira. Corríamos entre as barracas dos comerciantes e nos sentávamos perto do chafariz com maçãs crocantes de outono, Ione vestindo o branco dos Hawthorn, e eu, o vermelho-escuro dos Spindle.

Parecia outra vida.

Ao meu lado, Jespyr pagou cinco cobres por um par de luvas de camurça.

— Eu amo o Dia da Feira — disse ela. — Faz o povo sair um pouco da rotina, se divertir. A vida não é só composta por espadas e roubo de Cartas, sabia?

Olhei de volta para a rua, onde ainda via a bandeira carmim no portão do Paço Spindle. Queria dizer para ela que estava perdendo tempo, que o Pesadelo na minha cabeça ganhava mais força a cada instante. Mas não disse nada.

Dei as costas a Jespyr e perambulei pelas ruas de paralelepípedo. O clamor da multidão me engoliu — a cor e o ruído. Deixei que me jogassem de um lado para o outro, sem direção, o vestido de minha mãe como uma vela em um mar sem correnteza.

Ninguém me incomodou. Continuei andando, me perguntando como seria se o Pesadelo dominasse completamente minha cabeça. Será que doeria, ou seria suave, como adentrar o bosque sem ser notada — desaparecer na bruma? Talvez eu deixasse meu vestido para trás, como despedida do mundo, e me esgueirasse como um fantasma entre as árvores, absorvida pela escuridão e pelo musgo.

Senti um toque no ombro e, quando me virei, ali estava Ravyn, com a cabeça inclinada para o lado, como de costume.

— Achei que estivesse sozinha — falei.

— Aqui? — perguntou ele, indicando a turba ao nosso redor.

Como não respondi, o capitão se aproximou, seus ombros largos me protegendo do movimento da multidão. Meu peito se apertou, confinado pelo vestido, com o desejo de tocá-lo, tão forte quanto na noite anterior.

Quando ele me ofereceu a mão, eu aceitei. Ele flexionou os dedos ao redor dos meus e, quando o olhei, havia em seu rosto uma tensão que eu não vira antes — cansaço e determinação. Como ele era lindo, por trás da máscara de pedra lisa. Eu me vi refletida em sua expressão, o mundo brutal da infecção entalhado em nossos rostos — o medo, o isolamento. Vi o mundo através de seus olhos cinza — senti o peso de suas responsabilidades e traições como se fossem pedras costuradas no forro de meu vestido.

Eu me encostei nele.

— Quero ajudar.

Os dedos dele encontraram meu rosto, o polegar apertando meu queixo.

— Você está ajudando, Elspeth. Mais do que imagina.

— Não aqui, desfilando assim — falei, indicando a multidão. — Eu me senti menos fantasiada de bandoleira do que com as cores de minha família.

— É mais fácil ser bandoleiro. Cartas, a infecção… não importam. A família, o dever, tudo é ocultado pela máscara preta. As coisas são mais simples.

Suspirei.

— Mas nada é simples para gente como nós, não é?

O olhar de Ravyn passou à rosa no meu cabelo. Ele não disse nada, o silêncio repuxando entre nós como um fio invisível, dolorido e tensionado.

Em minha mente, a voz do Pesadelo era tímida. *Você está perdendo tempo, querida,* disse ele, deslizando pelos meus ouvidos. *Conte a ele o que sente. Se não disser em voz alta, é mesmo verdade?*

Eu me encolhi. Ravyn me observava, com o olhar fixo em meu rosto. Tentei me esquivar, mas o dedo no meu queixo não permitiu.

— O que houve? — perguntou ele.

A culpa tomou conta de mim. Por mais que eu desejasse parar de fingir, ainda havia muitos segredos. Meus e do Pesadelo. E eu não fazia ideia de como incluir Ravyn naquilo.

— Ontem... — comecei. — Quando eu fugi...

Ele respirou fundo.

— Talvez tenha sido uma boa ideia fugir.

A rejeição doeu. Tentei me desvencilhar.

— Ah, é?

Ravyn continuou me segurando. Ele desceu o olhar para minha boca, e vincos marcaram sua testa.

— Quando minha irmã sugeriu que eu a cortejasse, no Equinócio, eu resisti.

Franzi a testa.

— Com bastante ênfase, se não me falha a memória.

Ele acariciou meu queixo.

— Eu resisti, Elspeth, porque já estava imaginando quando poderia encostar o dedo em sua boca outra vez, como fizera no meu quarto — disse ele, respirando fundo e se aproximando para falar ao pé do meu ouvido. — E isso nem se compara com a sordidez que imaginei depois de discutirmos no jardim.

Soltei um suspiro ruidoso, o calor retorcendo o fundo de meu ventre.

— Eu resisti — continuou Ravyn — porque não paro de pensar em você, desde aquela primeira noite na estrada. E percebi, no Equinócio, que, quanto mais me permitisse me aproximar de você, menos gostaria de ser capitão do rei... menos gostaria de fingir. E parar de fingir é perigoso para mim, para minha família.

Ele encostou os lábios em minha orelha e prosseguiu em um sussurro grave e áspero:

— Não é seguro se aproximar demais de mim. Sou mentiroso, Elspeth. Sou um traidor. E, um dia, virá o acerto de contas.

Ele recuou, os olhos cinza semicerrados de tensão.

— O bandoleiro encontra o carrasco — falou. — Sempre.

A voz dele me espantou. Demoliu a pedra que eu sempre enxergava ao redor dele — a máscara do capitão dos Corcéis, severo e intocável, desmoronou. Era ele, se abrindo para mim, me mostrando o verdadeiro Ravyn Yew.

Um homem que tinha tanto medo do futuro quanto eu.

Fiquei na ponta dos pés e encostei a testa na dele, minha voz tão baixa que mal mexia a boca.

— Então minta, Ravyn. Traia. Vire de cabeça para baixo o reino que desejaria matar a mim, a você, a Emory. O rei o mantém por perto para controlá-lo. Mas apenas você pode resistir à Foice dele.

Eu me afastei um pouco para olhá-lo nos olhos.

— Não são eles quem acertarão as contas, Ravyn — falei.

— É você. Somos nós.

O peito dele subia e descia, o olhar fixo no meu. Por um momento, achei que ele pudesse estar com raiva, por minhas palavras serem diretas demais, acaloradas demais. Ainda estava aprendendo a decifrar as emoções por trás de seus olhos resguardados.

Porém, ele me envolveu com os braços e me puxou junto ao peito, em um abraço tão apertado que ofuscou inteiramente o Dia da Feira. Ele me segurou, com o rosto encostado no topo da minha cabeça, o coração reverberando no meu ouvido. Inspirei fundo seu cheiro de couro, fumaça e cedro, me aninhando em seu abraço como um coelho em sua toca quente e segura.

Desde a infância eu não me encaixava assim no abraço de alguém. E, mesmo então, ninguém nunca me apertara assim — como se precisasse me abraçar tanto quanto eu precisava ser abraçada. Como se não houvesse nada de mais importante do que nosso enlace.

Como se tivéssemos todo o tempo do mundo.

Uma voz familiar me arrancou do conforto.

— Ali está ela! — exclamou, alta e animada demais. — Com o capitão, como eu falei.

Ravyn suspirou contra o meu cabelo. Quando me soltou, estavam os quatro diante de nós, de olhos arregalados, curiosidade, choque e incredulidade em suas íris azul-gelo. Meu pai, minha madrasta e minhas meias-irmãs.

Meu pai, antigo capitão dos Corcéis, apertou a mão de seu substituto, as palmas dos dois cheias de calos devido aos anos empunhando espadas. Ele e Ravyn eram mais altos do que eu, Nerium e minhas meias-irmãs por mais de uma cabeça, os ombros largos. Quando soltaram as mãos, meu pai olhou para mim.

Ele piscou, rugas fundas marcando a testa franzida. Eu me encolhi sob seu olhar, os pensamentos distorcidos pelo nosso embate na estrada — a força do Pesadelo, o medo nos olhos do meu pai. Porém, quando reuni coragem suficiente para encontrar seu olhar, notei que não era para mim que meu pai olhava.

Era para o vestido de minha mãe.

Os ombros dele caíram por um momento. Ele flexionou os músculos da mandíbula, como se apertasse os dentes. Os olhos azuis cintilantes se turvaram. Finalmente, ele encontrou meu olhar.

— Olá, Elspeth. Você está igualzinha à sua mãe com este vestido.

Nerium me dirigiu um olhar gélido, mas rapidamente se corrigiu, abrindo um sorriso reticente, ao notar que o capitão dos Corcéis a fuzilava com o olhar. Eu me remexi ao lado de Ravyn, encostando os dedos nos dele.

Minhas meias-irmãs se entreolharam, se comunicando em uma língua silenciosa que apenas elas entendiam. Não deixei de notar como olhavam para Ravyn, com os olhos arregalados e os lábios rosados entreabertos.

Dimia se virou para mim, puxando Nya junto. Quando as gêmeas me abraçaram, implorando por uma volta na praça, não consegui pensar em uma desculpa. Olhei de relance para

Ravyn, mas as gêmeas andavam rápido, com vozes tão semelhantes que entravam em harmonia.

Elas me arrastaram pela rua do Mercado, a multidão passando por nós como um rebanho de ovelhas coloridas. Senti raiva sem saber exatamente o porquê, me preparando para as perguntas que eu sabia que viriam. Embora fossem jovens, guiadas principalmente por impulsos, eu mantinha boa distância de minhas meias-irmãs.

Elas ainda eram filhas de Nerium.

Dimia parou perto do chafariz.

— Elspeth — disse ela, com a voz rápida e alta. — Você está cortejando Ravyn Yew.

Desviei o olhar.

— E daí?

Nya piscou. Ela não era suave como Dimia. Cruzou os braços magros e falou, com palavras bruscas:

— Ele é capitão dos Corcéis. Pode mandar os soldados para nossa porta em instantes, se descobrir que você contraiu a febre quando criança.

Ela soava exatamente como a mãe. Olhei com frieza e irritação para Nya.

— Ele não vai fazer isso.

— E por que não faria?

Uma luz vermelha conhecida dançava na minha visão periférica.

Dimia cutucou as unhas, com os olhos cintilando e a voz sonhadora.

— Talvez seja porque ele gosta dela demais para prendê-la — disse ela, levando a mão ao peito. — Que romântico.

Que insuportável, resmungou o Pesadelo.

A luz vermelha ia ficando mais forte.

— Nem toda história é um conto de fadas, Dimia — repliquei.

Nya estreitou os olhos.

— Então explique por que ele a abraçou.

Mas eu já estava escapulindo. Quando minhas meias-irmãs gritaram por mim, eu apenas acenei, correndo atrás do homem alto de roupa preta, com a luz vermelha emanando do bolso. Alcancei Elm em vários passos largos. Quando puxei o braço dele, ele deu um pulo, derramando metade do cálice de vinho na rua.

O príncipe me encarou com os olhos verdes arregalados, e eu quase sorri.

— Me faz um favor? — pedi, olhando por cima do ombro.

— Vai precisar da sua Carta.

Um momento depois, Nya e Dimia estavam gargalhando sem parar, de olhos azuis arregalados enquanto soltavam risadas longas e melódicas.

— Que dia lindo! — exclamou Nya, com um sorriso tão largo que dava para ver todos os dentes.

— Vamos atrás do vendedor de vinho — sugeriu Dimia, alegre, e acenou com um gesto amplo para mim e para Elm antes de sair da praça com a irmã gêmea, saltitando, as fitas vermelhas das máscaras esvoaçando à luz do meio-dia.

Ri ao vê-las partir.

— Que bobinhas.

Corcéis passaram por nós e cumprimentaram Elm antes de se dispersar pela praça. O príncipe bateu na Carta da Foice, libertando minhas meias-irmãs da compulsão, e bebeu o que restava do vinho.

— Seu clã é incrivelmente irritante.

— Família não se escolhe, não é?

Ele riu baixinho, pegando um novo cálice na bancada mais próxima de um comerciante.

— Infelizmente, não.

Não insisti — não perguntei o que tinha levado o filho mais novo do rei à ilegalidade e à lesa-majestade, o que o fizera trair o próprio pai. O temperamento do príncipe era inconstante de um modo que me deixava nervosa, e achei que ele não reagiria bem à invasão de privacidade.

— Quer vinho? — ofereceu ele, pegando um segundo cálice.

— Ainda está cedo, não acha?

— E você pretende aguentar o Dia da Feira sóbria? — perguntou ele, olhando de um lado para o outro das barracas, abaixando a voz. — Não está vendo nenhuma... sabe... Carta do Cálice, está?

Olhei ao redor, em busca da cor turquesa típica.

— Não. Por quê?

— Cautela nunca é demais — respondeu ele, tomando um gole demorado. — Esses tempos, a última coisa de que preciso é do elixir da verdade.

O vinho era mais doce do que eu imaginava. Tomei um gole lento, de olho no movimento da multidão.

— E agora, o que acontece?

— Algumas famílias ganharão alguma bagatela de um dos comerciantes de meu pai. Meu irmão e alguns cavaleiros farão um discurso enfadonho sobre o comércio das Cartas e o declínio no crime, e talvez façam Ravyn e os Corcéis desfilarem para completar o espetáculo. O de sempre.

Tamborilei os dedos no cálice.

— Poderíamos estar na casa de meu pai, fazendo algo realmente útil.

— Hauth e os Corcéis notariam nossa ausência. Além do mais — disse Elm, com outro longo gole —, você parece estar se divertindo horrores ao rever suas irmãs.

Revirei os olhos.

— Meias-irmãs.

— O que elas queriam?

— Nada — respondi, e fiz uma pausa. — Acham que Ravyn vai descobrir o que sou e me prender.

Elm sorriu, com os lábios encostados no cálice.

— Ele pode até não prendê-la — disse ele —, mas vai acabar descobrindo o que você é. A verdade sempre vem à tona.

Algo em sua voz me espantou.

— Como assim?

Elm se virou para mim, estreitando os olhos verdes.

— Para Ravyn, é diferente. Ele não desconfia da sua infecção, da sua magia. Ao vê-la, sente que a conhece, e quer ajudá-la. Você faz ele lembrar por que fez tudo que já fez, e por que deve continuar a fazê-lo.

O príncipe tomou goles curtos e determinados do cálice, saboreando o vinho.

— Mas quando olho pra você, Spindle, vejo outra coisa — continuou ele. — Vejo uma pessoa dissimulada, resguardada. Alguém que não foi honesta conosco.

Ao notar que a cor se esvaía rapidamente do meu rosto, ele apenas sorriu.

— Uma mulher que passou a maior parte da vida escondida na casa do tio, em reclusão discreta, consegue vencer um combate contra soldados treinados? Consegue pegar espadas no ar e dilacerar meu irmão sem a ajuda de um Cavalo Preto?

Ele afastou o cabelo da minha testa, ajeitando-o atrás da orelha.

— E seus olhos — adicionou Elm. — Pretos como tinta. Porém, na luz certa, vejo amarelo neles. O mesmo amarelo que vi há duas noites, no bosque, quando você derrubou seu pai.

Senti que tinha engolido a língua.

Na escuridão da minha mente, o Pesadelo deslizou, arranhando as garras no osso. *Me solte.*

De jeito nenhum.

Ele já viu meus olhos. Por que não me deixa falar com ele?

Os olhos são meus, retruquei. *Meus, não seus! Deveriam ser pretos, e não amarelos.*

Deveriam?, ronronou ele. *Você mesma já disse. Estou ficando mais forte.*

Como fiquei em silêncio, o Pesadelo envolveu minha mente em trevas. *O que é seu é meu, entre a sombra caída. Pediu meu auxílio — e lhe foi concedido. Enxergo com seus olhos, escuto com seu ouvido. Não há mais retorno — é o pagamento, querida.* Fiquei enjoada, o vinho se transformando em bile no meu estômago. *O que eu digo para ele?*

— Elspeth?

Conte a verdade.

Não posso.

— Elspeth.

Eu me desvencilhei da voz em minha cabeça e larguei o cálice em uma bancada, me forçando a esconder as mãos trêmulas nas mangas do vestido.

Elm me encarava fixamente, um pouco da leveza sumindo de seu rosto.

— Ainda está aí? — perguntou ele.

Não tive tempo de responder. Mal tive um momento para me preparar antes de ser empurrada por três Corcéis que abriam caminho à força até o centro da praça, com as armas em punho.

— Passagem! — gritou um deles, a voz reverberando pela multidão. — Deem passagem!

Elm os alcançou em um momento, todo sinal da bebedeira desaparecendo da voz.

— Que raios está acontecendo? — questionou ele.

— É uma criança infectada, senhor — respondeu um Corcel, sem fôlego. — O menino foi recolhido pelo Clínico Orithe, e os pais dele, detidos. O grão-príncipe Hauth quer usá-los de exemplo.

De repente, a praça foi tomada pela cor sombria dos Cavalos Pretos. Mais cinco Corcéis avançaram, carregando um homem e uma mulher ensanguentados. A multidão se abriu para deixá-los passar.

Gritos ecoavam, e eu fui empurrada, com o restante dos pedestres, para o limite da praça. Hauth Rowan e os Corcéis estavam ocupados, amarrando as mãos dos prisioneiros. Fez-se silêncio na multidão, toda a alegria e camaradagem evaporando, substituída pela calada enjoativa. Abracei meu corpo, me recolhendo aos meus pensamentos, em busca de coragem.

Porém, senti apenas a escuridão.

CAPÍTULO VINTE E CINCO

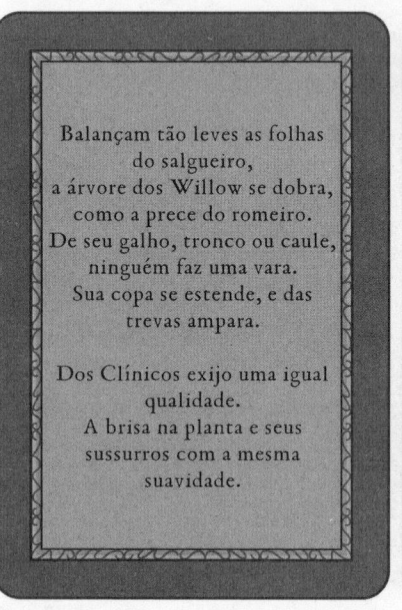

Balançam tão leves as folhas
do salgueiro,
a árvore dos Willow se dobra,
como a prece do romeiro.
De seu galho, tronco ou caule,
ninguém faz uma vara.
Sua copa se estende, e das
trevas ampara.

Dos Clínicos exijo uma igual
qualidade.
A brisa na planta e seus
sussurros com a mesma
suavidade.

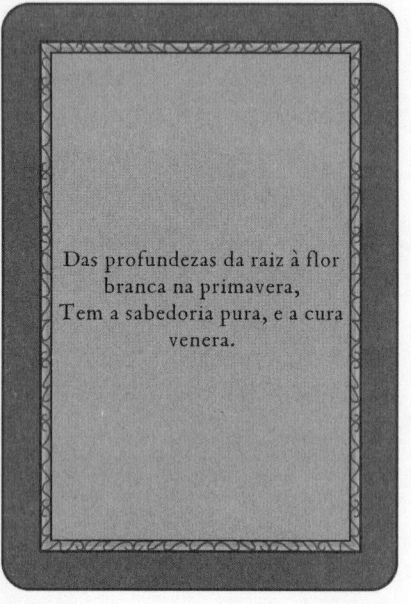

Das profundezas da raiz à flor
branca na primavera,
Tem a sabedoria pura, e a cura
venera.

Quando veio a primeira chibatada, um grito disparou pela multidão. O homem, despido da túnica, gemia, enquanto o sangue escorria das suas costas e formava uma poça nas pedras a seus pés. A mulher, amarrada separada dele, observava assim como todos nós, com os olhos arregalados e marejados.

Sufocante como a fumaça, o véu da morte cobriu a praça. Espalhou-se pela gente, se insinuando pelo meu nariz até invadir minha garganta e me engasgar. Lágrimas fizeram arder meus olhos e, quando o Corcel estalou o chicote outra vez, o som me atravessou, tão visceral que eu me dobrei.

Elm segurou meu cotovelo e não se mexeu, como se esculpido em pedra. Foi apenas quando Hauth se dirigiu ao povo que ele moveu o rosto, estreitando os olhos verdes e repuxando a boca em uma linha tensa ao ver o irmão.

As luzes vermelha e preta das Cartas de Hauth o cercavam como uma nuvem venenosa.

— Este homem e esta mulher traíram sua confiança, Blunder. Outra chibatada. A mulher chorava em silêncio, a derrota marcando sua testa.

— Não relataram a infecção — continuou Hauth. — Esconderam seu filho, e deixaram a infecção supurar, colocando em risco Blunder inteira.

Mais uma chibatada, e dei um pulo quando um uivo longo e desamparado ecoou pela praça.

— E agora eles pagam o preço mais alto.

Estiquei o pescoço, procurando pela multidão.

— Cadê a criança? — sussurrei, com a voz falhando.

Elm balançou a cabeça. Seus olhos verdes estavam frios.

Ao meu redor, os cidadãos de Blunder estavam paralisados. Estavam de rosto tenso, pálido. Alguns tinham lágrimas nos olhos. Outros mal pareciam piscar. Alguns franziam a testa, contorciam a expressão. Não havia gritos de triunfo — nenhum apoio para o grão-príncipe e os Corcéis. O povo não assumiria aquela violência.

Mas tinha medo demais para interrompê-la.

Quando o Corcel com a chibata recuou, Hauth se postou diante dos prisioneiros, tirando do bolso a Foice.

Ele bateu na Carta três vezes.

— Me deem seus amuletos — ordenou ele.

Os prisioneiros reviraram as roupas, com o olhar desfocado e sem brilho. Hauth esperou com a mão estendida, como um fiscal aguardando as moedas do imposto. A mulher tirou do vestido um pé de coelho. O homem, de mãos ensanguentadas, pegou uma pluma de coruja.

Eles entregaram os objetos a Hauth, que os esmagou sob a bota.

— A infecção é uma praga — gritou ele, suas palavras cortando o silêncio cavernoso. — É um veneno que vaza da bruma, criado pela Alma do Bosque. Aqueles que não a denunciam cometem o crime de lesa-majestade.

Ele se virou para os prisioneiros e declarou:

— Pela autoridade do rei, eu, Hauth Rowan, grão-príncipe de Blunder, os condeno à morte.

Os gritos bruscos e repentinos dos Corcéis atingiram meus ouvidos, causando dor após aquele silêncio terrível.

— Vamos! — exclamaram eles, cercando a multidão. — Aos portões!

Empurrados para todos os lados, Elm e eu fomos carregados pela maré, corpos esmagados ao nosso redor. O príncipe ia agarrado a mim, apertando com força meu braço enquanto éramos jogados em todas as direções. Escutei os gemidos dos prisioneiros atrás de nós, mas não me virei, forçada a avançar pelos Corcéis a cavalo e pelo movimento do povo.

Saímos da praça em uma horda, seguindo para a rua do Mercado. Olhei de um lado para o outro, procurando por Ravyn ou Jespyr, mas a multidão era vasta demais, e a cada minuto se juntava mais gente.

A sombra dos Cavalos Pretos nos cercava.

Os Corcéis nos conduziram até a fronteira da cidade. Atravessamos os portões altos e fortificados, e seguimos por mais cinquenta passos. Não havia nada ali além da estrada e de um descampado aberto. Hauth parou diante do campo, acompanhado por Linden, outros dois Corcéis e os prisioneiros ensanguentados.

Atrás deles, a pouca distância, se assomava a bruma, à espera.

A multidão parou abruptamente. Fui esmagada entre vários outros. Escutei o estrondo das vozes dos Corcéis, o relincho dos cavalos.

— Deem passagem!

Metade de Blunder se espalhou pela estrada. Tínhamos uma aparência grotesca, vestindo nossas cores familiares, roupas vívidas demais — *vivas* demais — para o que estávamos prestes a testemunhar. Fui apertada ainda mais contra Elm quando a multidão se abriu, dando passagem para os Corcéis, Hauth e os prisioneiros.

Uma carruagem passou pelo portão, com cavalos relinchando, e parou abruptamente junto a Hauth e o casal detido. Dela desceram dois homens de roupas brancas e, entre eles, um garoto de no máximo doze anos.

Rangi os dentes, algo transbordando dentro de mim, o sibilar do Pesadelo borbulhando na minha mente.

Como os pais, o menino estava amarrado pelos pulsos. Eu esperava lágrimas — gritos de desespero —, mas ele estava quieto, de ombros erguidos, mãos fechadas em punho. O colarinho da camisa estava rasgado e o cabelo, grudado de suor. O que quer que tivesse ocorrido, ele tinha lutado.

Eu me estiquei para falar com Elm.

— O que vão fazer com ele?

Você não sabe?, sussurrou o Pesadelo.

A voz de Elm não tinha vida:

— Ele será forçado a ver os pais desaparecerem na bruma. Em seguida, será levado a Stone. Se meu pai considerar sua magia inútil...

Pisquei, contendo lágrimas de raiva.

— Ele será assassinado.

Elm não respondeu. Estava olhando a carruagem. Eu me virei a tempo de ver um terceiro Clínico descer para a estrada. Ele era mais alto do que os outros, de porte mais esguio — e olhos sobrenaturalmente pálidos.

Orithe Willow, líder dos Clínicos do rei.

Elm se sobressaltou ao meu lado.

— Hauth não deveria estar fazendo isso, não na frente de todos — falou ele, olhando ao redor. — Caramba, cadê o Ravyn?

Mais adiante, os Clínicos e o menino se juntaram a Hauth. Orithe arregaçou a manga branca por vários centímetros, revelando um apetrecho que lembrava uma garra, com espinhos compridos e furiosos se esticando de cada dedo pálido — uma ferramenta com um único propósito.

Sangue.

Quando o Clínico flexionou os dedos, os espinhos de metal soltaram um estalido incômodo, um ressoar assombroso que atravessou a multidão. O menino tentou se aproximar dos pais, mas Orithe estendeu um espinho em direção ao seu pescoço, forçando-o a ficar imóvel.

Uma única gota de sangue pingou do pescoço do menino. Não foi uma ferida fatal, mas o bastante para Orithe Willow condená-lo à morte.

A voz de Orithe retumbou no silêncio.

— Esta criança porta a infecção. Sua magia é proibida... perigosa. Que sua morte, e a morte daqueles que o esconderam, sirva de alerta! — exclamou ele, arregalando os olhos pálidos.

— Não há como esconder a infecção. Seja hoje, amanhã, ou em anos, descobriremos toda febre, toda degeneração, toda magia proibida.

Hauth ergueu a Foice acima da cabeça.

— A magia das Cartas é a única magia verdadeira. Todo o resto é doença — declarou ele, e deu três tapas na Carta, se voltando para os prisioneiros. — Nós, de Blunder, entregamos à bruma aqueles que violaram nossas leis.

Um sorriso cruel contorceu sua boca e ele acrescentou:

— Tenha cuidado. Tenha atenção. Tenha reverência.

Os prisioneiros se viraram para a bruma, com movimentos travados, pernas trêmulas. Por um segundo, parecia que não sairiam da estrada.

Porém, não havia como lutar contra a Carta vermelha.

A mulher avançou com um grito de gelar o sangue, dando passos lentos e rígidos até o descampado. O marido a seguiu, olhando para trás e gritando para o filho algo que não consegui distinguir.

Eles arrastavam os pés pela grama morta. Em um minuto, seriam inteiramente engolidos pela bruma.

O sibilar do Pesadelo, o ritmo de suas garras, trepidava em meus ouvidos, esvaziando meu medo até restar apenas fúria. *Quando as sombras se estenderem e nosso nome for pó, o que amamos e odiamos enferrujará sem dó. Tudo esquecerão, exceto a simples cobrança...*

O que fizemos quando levaram as crianças?

Meu coração acelerou, meu rosto ardendo de lágrimas.

— Precisamos fazer alguma coisa, Elm.

Os olhos verdes do príncipe estavam fixos nos prisioneiros, que iam se aproximando da bruma. Senti um tremor no braço dele, os músculos da mandíbula rígidos.

— Não podemos correr o risco de Orithe ver você.

— Eu sei me virar — falei, e olhei para meu vestido vermelho marcado pelo evônimo. — Me dê sua capa.

O príncipe se enrijeceu.

— Por quê?

Puxei a manga dele até a capa cair de seus ombros.

— Troque de máscara comigo.

O príncipe praguejou baixinho e tirou a capa. Quando eu a vesti, meu vestido vermelho desapareceu sob as fivelas, a lã tão densa que engolia a luz. O mesmo valia para a máscara dele. Com os dedos trêmulos, amarrei-a atrás da cabeça.

Elm se virou, mais uma vez procurando na multidão. Eu sabia quem ele buscava. Porém, não havia tempo. Segurei o braço dele, buscando seus olhos verdes.

— Você não precisa de Ravyn — falei, com a voz baixa e urgente. — Aquele menino é inocente, como Emory. Você é o usuário de magia mais forte que já vi. Você tem uma Foice — insisti, endurecendo a voz. — Precisa fazer alguma coisa.

Hauth e os Corcéis se viraram para a bruma, observando os prisioneiros e conversando em voz baixa. Hauth esticou a cabeça para soltar uma gargalhada seca e horrenda.

O som da risada do irmão fez algo explodir em Elm. Ele estreitou os olhos verdes, furioso. Tirou do bolso a Carta vermelha e murmurou algo que não compreendi — prece ou maldição. Um arquejo audível se espalhou pela multidão. Os Clínicos se viraram para a bruma, arregalando os olhos; os Corcéis se empertigaram. A gargalhada de Hauth Rowan morreu.

Os prisioneiros tinham parado de andar. Ficaram parados, congelados em meio a um passo, como se esculpidos em pedra, presos no meio de uma batalha entre príncipes — Rowan contra Rowan.

Foice contra Foice.

Elm se afastou de mim.

— Seja discreta — falou, mantendo o olhar fixo à frente. — Não faça nenhuma besteira.

Ele girou a Foice entre os dedos e atravessou a multidão como um ator na hora do bis — como se Blunder toda fosse seu palco.

Quando Hauth viu o irmão, o verde em seus olhos foi ofuscado por vermelho. Uma veia em seu pescoço latejava, a mão ilesa cerrada em um punho.

— O quê...

Elm estalou a língua nos dentes.

— Você foi longe demais, meu irmão. Até para você, isso é ir longe demais.

Os Clínicos recuaram, dando espaço para Elm. Eu me acotovelei pela multidão, o Pesadelo impulsionando meus passos. Procurei manter o olhar no menino, ainda parado na ponta da garra brutal de Orithe.

Vermelho contra vermelho, os príncipes se enfrentaram diante de todo reino. Elm era mais alto do que o irmão por uma cabeça, esguio e esperto, sua postura desinteressada em contraste gritante com a de Hauth, que espumava de raiva.

— Eu tenho o direito de condenar criminosos — ladrou Hauth. — Recolha sua Foice. *Já.*

Elm abriu um sorriso para o irmão. Um desafio.

— Acho que isso não vai acontecer.

Linden, ao lado de Hauth, levou a mão ao punho da espada. Ele atacou Elm. Porém, antes que o acertasse, Elm dirigiu a ele seus olhos verdes, cheios de um foco preciso. Esticou a mão entre si e Linden, com os dedos espalmados, e murmurou palavras que não escutei.

Linden parou no meio do passo e, com um grito de congelar os ossos, desabou aos pés de Elm. O príncipe olhou para ele de cima, dando um sorrisinho, com uma gota de sangue escorrendo do nariz.

A Foice estava cobrando seu preço.

O Pesadelo riu, sem dó. *Tenha cuidado com o vermelho, com o sabre matador. Cuidado com o preço que se paga em dor. Comande sua sorte, nenhum homem escapa da morte. Cuidado com o preço que se paga em dor.*

Hauth olhou com raiva para Linden e depois para os prisioneiros. Eles ainda estavam paralisados, a meros passos da bruma. Eu me esgueirei para mais perto dos Clínicos — do menino. Não tinha plano nenhum, apenas o ritmo do sangue nos ouvidos enquanto o clique das garras do Pesadelo me impulsionava.

Hauth abriu a boca, o corpo inteiro voltado para a violência. Antes que pudesse falar, contudo, uma onda percorreu a multidão, a maré de cores atravessada por duas silhuetas, ambas vestidas inteiramente de preto, com as mãos no cabo da espada.

Ravyn e Jespyr Yew.

Foi a distração de que Hauth precisava. Ele deu uma cotovelada forte no rosto do irmão, derrubando-o e interrompendo sua concentração.

Um grito foi arrancado dos pais do menino, cujos pés voltaram a se mexer, dirigindo-os à bruma. O menino se debateu contra os Clínicos de novo, um grito desesperado escapando dele. Levei a mão à boca, com os olhos ardendo, ao ver o pai do menino sumir de vista, consumido pela manta cinzenta, e a mãe também desaparecer junto um momento depois.

As vozes deles permaneciam, gritos sem palavras cada vez mais frenéticos enquanto o sal no ar perturbava sua mente. Alguém berrava ordens — Ravyn. Corcéis desceram dos cavalos, a maior parte deles se juntando a Ravyn e Jespyr, enquanto alguns se mantinham fiéis a Hauth. Escutei o tinido de aço, mas não me virei para ver. Meu olhar estava no menino preso entre os homens de vestes brancas. Eu estava perto — tão perto que via o suor pingando de sua testa, se misturando às lágrimas. Senti um empurrão forte. A multidão irrompeu em pandemônio. Sem a obrigação de testemunhar o que acontecia, homens e mulheres se puseram a para todos os lados, desesperados para fugir dos Corcéis e de suas brigas. Uma mulher trombou comigo, em colisão com meu pulso machucado. Vi estrelas, a dor ardente. Porém, minhas pernas continuavam a avançar. Corri, gritando pelo monstro de quem precisava tão desesperadamente.

Me ajude!

Minhas veias arderam. O Pesadelo deu um salto, envolvendo minha mente em sombras. Meus passos se apressaram, meus olhos fixos em Orithe Willow, que se virou, como se convocado.

Entramos em colisão em velocidade máxima. Ele era maior do que eu — mais largo, mais pesado. Porém, não era mais forte do que o Pesadelo. Bateu a cabeça no chão com um baque, de olhos arregalados e queixo caído. Ele tentou me atacar com sua garra grotesca, mas os dedos de aço não me encontraram — eu já estava escapando.

Outra mão me puxou por trás: um segundo Clínico. Dei uma cotovelada em seu diafragma, e ele caiu na grama com uma tosse violenta, derrubando também o menino. O terceiro Clínico não se aproximou, de olhos arregalados e mãos trêmulas. Ele deu meia-volta e saiu correndo, se misturando à balbúrdia tórrida e generalizada.

O menino estava caído na beira da estrada. Ele tentou se levantar, mas, antes de encontrar equilíbrio, um lampejo de metal brilhou no ar.

A criança gritou quando a garra de Orithe Willow pegou-a pela barra da túnica, prendendo-a. Não me lembro de saltar. Escuridão enevoava meus olhos e, no instante seguinte, eu estava por cima de Orithe, acertando o queixo do Clínico com um golpe de calcanhar, arremessando-o no chão.

A túnica do menino se rasgou, libertando-o. Ele deu alguns passos, tropeçando. Quando ergueu o olhar para mim, empertigou a coluna.

— Venha comigo — arfei, estendendo a mão para ele.

O menino estreitou os olhos, fazendo esforço para enxergar meu rosto por trás da máscara. Um momento depois, olhou por cima do meu ombro. Quando fiz o mesmo, vi o terceiro Clínico. Ele tinha voltado com um Corcel, cujo Cavalo Preto era uma nuvem de sombras, que vinha com o olhar fixo em mim.

Linden.

— Merda — falei, bem quando o menino pegou minha mão.

Não olhei para trás — nem procurando Orithe, nem Ravyn. Não tinha tempo. Antes que Linden nos alcançasse, o menino e eu mergulhamos na bruma.

O calor subia e descia pelos meus braços, a presença do Pesadelo me cercando inteiramente, como uma segunda pele. Inspirei fundo e tossi com o ar carregado de sal. Revirei freneticamente os bolsos da saia, encontrando o amuleto de que não precisaria mais, e dobrei a velocidade do passo.

Linden adentrou a bruma atrás de nós, o ar denso distorcendo o som de sua chegada, passos ao mesmo tempo distantes e próximos.

Corremos por um prado, a grama molhando a barra do meu vestido. Quando a terra se inclinou, eu tropecei, mas não caí, mais rápida e firme do que jamais estivera. Atrás de mim, o menino arfava, recorrendo a cada gota de sua força para acompanhar meu ritmo.

O sal no ar grudava em mim, ardendo nos olhos. Minha visão estava borrada. Quando esfreguei os olhos para me livrar das lágrimas, o mundo ao meu redor desapareceu. O céu de repente estava preto, a luz sufocada no vazio. Eu não estava mais no prado entre a cidade e o bosque, mas em outro lugar. Um lugar repleto de sombras compridas e relampejantes, uma luz laranja estranha refletida em minha armadura de ouro.

Olhei ao redor. Labaredas lambiam o céu atrás de mim, os muros de um castelo enorme engolido pelo inferno. O menino ainda vinha em meu encalço, mas, desta vez, não estava só. Mais crianças corriam conosco, os rostos apavorados iluminados pelo fogo. Palavras se formavam na minha língua, mas eu não as verbalizava. Reconhecia apenas um medo profundo e debilitante e o impulso de continuar — de salvar as crianças do incêndio e do perigo que nos aguardava se não fugíssemos. Foi então que notei, aguardando no limite das chamas, repousando sob a sombra de um teixo antigo.

Uma câmara na fronteira do prado, com sua única janela sombria, preta e infinita, me atraindo para lá.

— Moça!

Tropecei na barra do vestido e caí na grama. Tossi, engasgada com o ar. Quando ergui o rosto, o céu tinha voltado ao cinza, escondido atrás da copa das árvores. Tinha desaparecido a câmara, o fogo, a fumaça. Restava apenas o menino, que me fitava com os olhos arregalados.

— Escutei eles, moça.

Arranhei a mente, procurando o Pesadelo. Ele tinha fechado a boca e levantado as orelhas pontudas, à escuta. *Ali*, disse ele. *Escutou?*

Escutei gritos — a voz de um homem e de uma mulher, nas profundezas da bruma. Eles não estavam sozinhos. Passos pesados soavam de onde tínhamos vindo, assim como o estalido do metal, a escuridão sinistra de uma Carta do Cavalo Preto. *Ele está chegando*, advertiu o Pesadelo. *Você não pode fugir correndo. Não com o menino.*

Eu me levantei, apressada, e pus o amuleto na mão do garoto.

— Leve este amuleto para seus pais. Eles vão precisar compartilhá-lo, mas deve servir para despertarem.

O menino piscou, olhando a pata de corvo.

— Mas você vai ficar sem nada.

— Não preciso de amuleto. A Alma não faz mal a gente como nós.

Conferi se minha máscara estava bem presa, escutando os passos de Linden se aproximarem.

— Vá — falei, soltando o menino.

Os passos dele lembravam asas de um pássaro quando ele fugiu pela mata. Não o vi partir. Estava de costas curvadas, orelhas atentas ao som do Corcel. O chiado do Pesadelo subiu pela minha coluna, me atordoando, fazendo o mundo ao meu redor se desfocar.

Linden saiu da bruma, com a espada apontada diretamente para meu coração.

Eu me esquivei. Quando ergui as costas, curvei os dedos e estreitei os olhos. Minhas pernas avançaram em um salto, e com passos resolutos acabei com a distância que me separava do soldado do rei. Vi o medo nos olhos dele, a confusão e o pânico. Mas não dei importância. Estava perdida na magia, a ira do Pesadelo me envolvendo.

Bati no queixo dele e depois nas costelas. Ele desabou, tentando me atacar com a espada. Porém, era como tentar cortar um fantasma. O Pesadelo se movia como um relâmpago, contorcendo meu corpo. Meu pé colidiu com o ombro do Corcel, prendendo-o no chão e derrubando sua espada.

Eu me debrucei sobre ele, com a mão a postos, como uma garra. Sal queimava meu nariz e meus braços ardiam. Por um momento, minha mente ficou enevoada. Esqueci onde estava, por que viera. Via apenas a escuridão. Berros de congelar os ossos me trouxeram de volta. *Pare!*, gritei, mas já era tarde. Linden estava caído no chão, com as mãos no pescoço, sangue jorrando entre os dedos.

Recuei em um sobressalto, tomada por uma raiva amarga. Meus pensamentos se debatiam contra a ira do Pesadelo, confusão e pavor infiltrando minha cabeça. *O que você fez?*, berrei.

O Pesadelo não respondeu. Não precisava.

Um grito ficou preso na minha garganta. Saí correndo da mata, a passos instáveis, a sombra escura do Cavalo Preto do Corcel diminuindo conforme eu me jogava através da bruma.

Só vi o segundo Corcel quando esbarrei nele.

Gritei e empurrei o peito vestido na túnica preta, mas ele segurou meus braços. Disse meu nome, mas eu mal o escutei, com a cabeça carregada pela correnteza, a presença do Pesadelo tão forte que me entorpecia.

O Corcel me puxou para um abraço. Quando ergui o rosto, vi olhos cinzentos atrás da máscara.

O peito de Ravyn Yew arfava junto ao meu. Quando ele falou, foi com a voz ofegante:

— Elspeth... Elspeth, está me ouvindo?

Arquejei, minha respiração vindo em ondas rápidas e violentas. Lágrimas escorriam pelo meu rosto, o sal nos olhos e a magia nas veias me queimando.

— Respire — disse Ravyn, tocando meu rosto. — Você está segura. Respire.

Pisquei, as chamas da ira do Pesadelo ainda lambendo minha mente. Minha voz falhou, minha respiração superficial e irregular.

— O menino... o Corcel... minha magia. Eu... eu não sei o que aconteceu.

Ravyn se encostou em mim, apoiando a testa na minha, respirando contra o meu rosto.

— Seus olhos estão amarelos.

Fechei os olhos com força. *Vá embora, por favor*, implorei ao Pesadelo, sabendo muito bem que ele não tinha para onde ir.

Escutei o eco de sua risada, seus passos lentos — suas garras dolorosas —, enquanto perambulava pelos meus pensamentos a caminho da escuridão.

Suspirei, e Ravyn me tocou. Porém, assim que seus dedos encontraram os meus, o capitão recuou, com o olhar fixo em minhas mãos.

Quando olhei para baixo, minhas mãos estavam retorcidas, como garras. Meus dedos, compridos e pálidos, estavam cobertos de sangue.

CAPÍTULO VINTE E SEIS

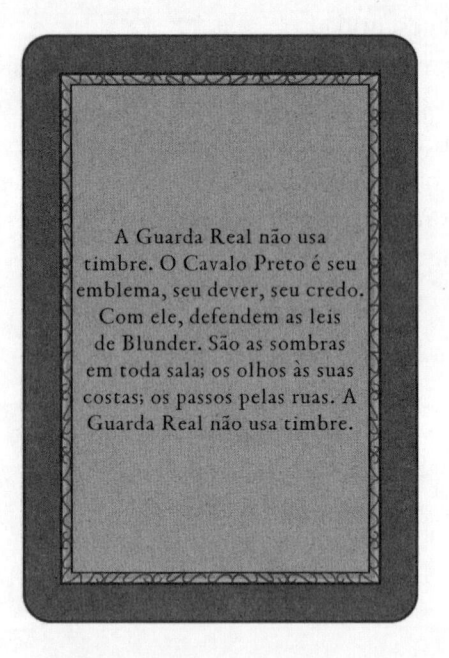

A Guarda Real não usa timbre. O Cavalo Preto é seu emblema, seu dever, seu credo. Com ele, defendem as leis de Blunder. São as sombras em toda sala; os olhos às suas costas; os passos pelas ruas. A Guarda Real não usa timbre.

Ravyn pegou minhas mãos e as esfregou na túnica, para a lã preta absorver o sangue dos dedos. Quando me soltou, eu escondi os braços nas mangas do vestido, cerrando os punhos para impedir minhas mãos de tremerem.

A voz de Ravyn estava seca — seus olhos, ilegíveis; sua coluna, ereta. Tinha sumido o bandoleiro. Em seu lugar se encontrava o capitão dos Corcéis, novamente frio e austero.

— Quem foi? — perguntou ele, em voz baixa.

Eu mal sabia. Tudo que realmente conhecia era a fúria — uma fúria que nunca tinha sentido, tão forte que, mesmo então, hesitava em me abandonar.

— Outro Corcel — consegui dizer, apontando o bosque com a cabeça. — Linden.

Ravyn flexionou os músculos da mandíbula.

— Morto?

Fiquei enjoada.

— Ferido.

— E o menino?

— Em algum lugar da mata.

Ele respondeu com um aceno brusco de cabeça, atento aos sons do vento.

— Há mais Corcéis a caminho — disse ele. — Espere aqui.

Em um momento, ele se foi, sumindo na bruma. Eu ainda o escutava, a voz cortante enquanto ecoava no cinza o som de passos pesados, a bruma obscurecida pela sombra de dois Cavalos Pretos.

Fiquei imóvel, à escuta.

— Wicker — chamou Ravyn —, busque Gorse e Beech e reúna os Clínicos. Cuide de todos os feridos pelo tumulto.

Com a voz mais dura, acrescentou:

— Larch. Siga para oeste, pelo bosque.

Meu estômago se revirou, sabendo o que aguardava a nosso oeste, encolhido e sangrando sob a copa das árvores.

O que você fez?, gritei no escuro.

Ele retraiu as garras, com a voz lenta, preguiçosa. *Fizemos juntos. Como sempre.*

Eu não queria aquilo!

Você me pediu por ajuda. Eu ajudei.

Balancei a cabeça. *Você é um monstro.*

Ravyn ressurgiu em uma lufada preta, com o olhar fixo em meu rosto.

— Elspeth?

Sequei lágrimas antigas do rosto e me encolhi. A dor no pulso machucado voltou com toda a força. Estava tonta, sem conseguir lidar com os acontecimentos da última hora: Hauth e a condenação dos pais do menino; a garra brutal de Orithe; Elm e sua Foice; a visão estranha ao fugir pela bruma; o terror no olhar de Linden quando a ira do Pesadelo tomou conta de mim.

— O que aconteceu, Elspeth? — perguntou Ravyn.

Fechei os olhos e respirei fundo.

— Eu não podia deixar Orithe levar aquele menino para Stone.

Ravyn olhou para a máscara e a capa que eu usava.

— Você foi reconhecida?

— Acho que não. Foi tudo tão rápido. Elm... a Foice...

Hesitei, com a mente segmentada, partida entre os pensamentos do Pesadelo e os meus. Olhei para o capitão dos Corcéis.

— Eu libertei o menino e o trouxe para a bruma — continuei. — Dei meu amuleto para ele salvar os pais. Mas o Corcel nos seguiu. Eu... eu não pretendia...

Ravyn aguardou.

— E o amarelo brilhando nos seus olhos? — indagou ele.

— Não posso explicar — repliquei, com mais força do que antes. — Você não vai nem querer saber de mim se eu contar.

Ravyn suspirou.

— Então a ideia que você tem de mim é pior do que eu imaginava.

Ele pôs a mão no bolso e bateu três vezes na luz vinho.

— O que está fazendo?

— Mandando Jespyr levar Orithe até Linden.

A Carta do Pesadelo no bolso do capitão projetava sombras estranhas em seu rosto. Depois de um momento, com os olhos fechados de concentração, ele deu mais três toques na Carta e declarou:

— Vamos.

Voltamos correndo pela colina e pelo descampado, em um silêncio tenso. Ouvimos vozes oriundas da bruma, e havia dois Cavalos Pretos em movimento ao longe. Ravyn tensionou os ombros, mas não desacelerou o passo, apenas levando um dedo aos lábios para me indicar silêncio.

Não busquei a escuridão do Pesadelo. Porém, ele estava presente, se esgueirando como uma sombra em cada canto da minha mente. Quando Ravyn e eu saímos da bruma e voltamos à estrada, o pandemônio tinha acabado. A multidão se fora, voltando correndo pelos portões de Blunder, e a frivolidade do Dia da Feira morrera fazia tempo.

— Tire a máscara — disse Ravyn, e olhou para minha capa, a capa de Elm. — Tire isso também. Você é apenas uma donzela que se perdeu na bruma, está bem?

Assenti. A mentira, contudo, não apagava nada. O sangue não manchava mais minhas mãos, mas a sensação perdurava. Pura mácula sombria e ameaçadora.

Fomos recebidos por um mar de preto e vermelho: Corcéis e Hauth Rowan, aglomerados no limite da bruma. A voz do grão-príncipe rasgava a estrada, alta e brutal.

Elm se mantinha afastado do grupo, de mãos nos bolsos e olhos verdes embaçados. Ombros encolhidos, face pálida. Uma camada fina de suor reluzia na testa. Fui até ele, avaliando seu rosto.

— Então ainda está viva — disse ele, sem me olhar.

Entreguei a capa para ele.

— E você?

— São e salvo.

Ele levou a manga até o rosto e secou o nariz. Quando afastou o braço, estava manchado de sangue.

— E o menino? — perguntou ele.

— Fugiu, por enquanto. Linden me alcançou, e nós lutamos — falei, rangendo os dentes, com medo de vomitar. — Talvez eu tenha matado ele.

Elm me encarou, demorando a focar os olhos.

— Você não deveria saber?

Os Corcéis abriram caminho para Ravyn, abaixando a cabeça para o capitão. Ravyn não deu atenção a eles, fixando o olhar em Hauth.

— Que merda você acha que está fazendo? — questionou ele, tão severo que eu me encolhi. — Declarou uma execução pública no Dia da Feira? — Sua voz transbordava de raiva. — Sem minha permissão?

O grão-príncipe se virou, com o queixo largo erguido e o rosto vermelho.

— Tenho o direito de executar qualquer pessoa culpada de esconder um infectado...

Ravyn acabou com a distância entre ele e o primo, com uma raiva sem igual.

— Tem o direito de fazer valer as leis do reino. Mas não sem minha permissão — retrucou ele, abaixando a voz, com ameaça no tom áspero e grave. — Não pense que eu não escuto a discórdia que você semeia pelas minhas costas, primo. Se o que deseja é comando — declarou ele, abrindo bem os braços em um convite —, venha tomá-lo.

Hauth inflou as narinas. Ao meu lado, um sorriso escapou nas feições cansadas de Elm. Ele e Ravyn, e talvez o restante dos Corcéis, sabiam que Hauth não se arriscaria em combate com alguém imune a sua Foice.

Considerando o brilho de raiva em seus olhos verdes, Hauth também sabia.

Ravyn se virou para os soldados.

— Vocês desejam seguir um homem tão relutante em aceitar um simples desafio?

Os Corcéis não disseram nada, imóveis, como se esculpidos em pedra.

Ravyn os fitou com um esgar de escárnio.

— Seu príncipe é apenas isso: um príncipe. E vocês não são seus brutamontes. Não perturbam a paz de Blunder, nem forçam os cidadãos a testemunhar tal crueldade. Vocês são sombras, ágeis e discretas. E, ainda mais essencial, vocês são guardiões por nossas juras. Cuidado. Atenção. Reverência. Entendido?

Os Corcéis seguraram os punhos das espadas, olhando fixamente para Ravyn.

— Sim, capitão — responderam.

Apenas Hauth continuou quieto.

Ravyn se virou para ele.

— Não o escutei, primo.

Hauth estreitou os olhos verdes.

— E eu não o escutei, *capitão*. Afinal, quando a criança foi descoberta e os Corcéis, convocados, não tivemos comandos a obedecer, pois não o encontramos em lugar nenhum.

Ele dirigiu um olhar de raiva para trás de Ravyn, encontrando meus olhos, e acrescentou:

— Mesmo agora, sua atenção parece estar em outro lugar.

Ravyn se deslocou, me protegendo do olhar de Hauth. Por um momento, tive certeza de que ele atacaria — quebraria a outra mão do primo. Porém, não foi o que fez. Apenas olhou com raiva para Hauth, transbordando frieza. O grão-príncipe o encarou de volta, até o vermelho do rosto chegar aos olhos. Então, sem armas contra o silêncio implacável de Ravyn, de punhos cerrados, Hauth abaixou os olhos.

Ravyn se virou.

— Fiquem atentos — ordenou ele aos Corcéis. — Não deixem ninguém que não portar um Cavalo Preto ou um timbre de Clínico passar pelos portões sem inspeção. Mantenham a patrulha. Se encontrarem o menino, ou se houver relato de outra infecção, me encontrem no Castelo Yew.

— E se não encontrarmos o menino? — perguntou um Corcel.

Ravyn abriu caminho pelo grupo aos empurrões, sem nem olhar para trás.

— Deixem a Alma carregá-lo — retrucou ele, com irritação.

Eu o segui pela estrada, Elm logo atrás de nós. O céu tinha escurecido e as sombras do portão estavam alongadas quando entramos na cidade. Ninguém disse nada, e o único som entre nós era o dos passos nos paralelepípedos.

Então, como se lesse meus pensamentos, Ravyn quebrou o silêncio.

— Jespyr vai buscar o menino e os pais — disse ele, tirando do bolso a Carta do Pesadelo, na qual bateu três vezes. — Temos um lugar para crianças como ele, se tivermos a sorte de encontrá-las a tempo.

Encarei as costas dele.

— Vocês já salvaram outras crianças infectadas?

— É exatamente para isso que reunimos o Baralho — resmungou Elm atrás de mim. — Ou você pensou que estivéssemos cometendo traição à pátria por diversão?

Ravyn parou tão de repente que tive que desviar para não trombar nele.

Elm, menos ágil, esbarrou nas costas de Ravyn.

— Pelo amor das árvores... o que houve?

Ravyn estava de olhos fechados. Um momento depois, deu mais três toques na Carta do Pesadelo.

— Acabei de falar com meu pai — disse ele, abrindo os olhos e se dirigindo a Elm. — Precisamos voltar para o Castelo Yew. Imediatamente.

Sem dizer mais nada, o capitão dos Corcéis correu pela rua. Elm e eu nos entreolhamos, estupefatos. Então disparamos também, circulando entre o que restava da multidão do Dia da Feira, nos esforçando para manter o ritmo de Ravyn.

Corremos até encontrar Fenir Yew na praça. Ele tinha convocado uma carruagem.

— Corram — disse ele, tão logo me acomodei. — Thistle falou que ele entrou escondido pelo portão depois de partirmos hoje de manhã, então fugiu ontem à noite. Se Orithe souber, não será nada gentil.

— Ele não saberá — disse Ravyn, fechando a porta com força. — Vai passar horas ocupado.

Ravyn subiu ao lado do cocheiro e estalou as rédeas. Os cavalos tomaram impulso e a carruagem avançou aos sacolejos, com cortinas escuras cobrindo as janelas.

Ao meu lado, Elm arfava. Mais sangue tinha se acumulado sob seu nariz. Ele secou o rosto, uma fadiga inerte ainda nos ombros e atrás dos olhos verdes, o preço alto da magia da Carta vermelha.

—Alguém vai me contar o que aconteceu? — perguntou ele.

— Quem entrou escondido? Por que estamos voltando ao castelo?

A voz de Fenir ao responder foi séria:

— Emory. Emory fugiu de Stone.

CAPÍTULO VINTE E SETE

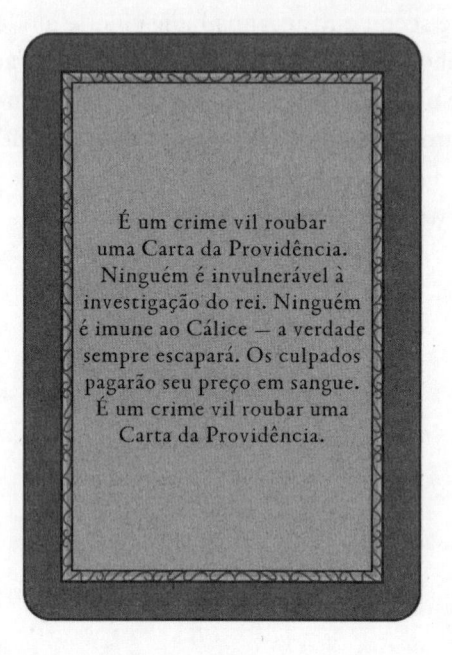

É um crime vil roubar uma Carta da Providência. Ninguém é invulnerável à investigação do rei. Ninguém é imune ao Cálice — a verdade sempre escapará. Os culpados pagarão seu preço em sangue. É um crime vil roubar uma Carta da Providência.

A chuva começou muito antes de chegarmos aos portões. Fustigava a carruagem, nos forçando a desacelerar, e o céu estava escuro, apesar do horário.

Quando a carruagem parou na entrada do Castelo Yew, Ravyn saltou e escancarou o portão. Tentei encontrar seus olhos cinzentos, mas ele me deu as costas, nos conduzindo ao castelo a passos ansiosos.

Thistle nos recebeu na porta.

— Ele está na biblioteca — falou ele. — O coitadinho está com frio até os ossos.

Segui Elm e os Yew a passos estrondosos, correndo escada acima.

A porta da biblioteca estava aberta. Senti o calor da lareira assim que entramos, vindo do fogo alto e recém-atiçado, transformando em vapor a chuva nas nossas capas, cabelo e pele.

Morette Yew andava em círculos diante da lareira. Escutei Fenir suspirar, olhando da esposa para o banco de madeira comprido perto dela, em frente ao fogo.

Um garoto de cabelo escuro e sardas espalhadas pelo nariz descansava no banco. Ele mantinha os olhos fechados, os braços bem cruzados sobre a manta que cobria o peito, lembrando um defunto.

Eu o encarei, Emory Yew tão incômodo em repouso quanto na noite do Equinócio.

— Ele ainda está com os lábios azuis — disse Morette, preocupada, e sentou-se na ponta do banco. — Elm, me ajude a aquecê-lo.

Elm pegou a Foice no bolso e fechou os olhos, a sombra da exaustão destacada no rosto. Ainda assim, comandou a Carta vermelha. Deu três toques e encostou a mão em Emory.

— Sinta o calor, Em — murmurou ele baixinho. — Sinta o fogo.

— Ele caminhou a noite toda — disse Morette em voz baixa. — Não faço ideia de se o rei sabe que ele está aqui.

— Eu cuido disso — falou Ravyn, se ajoelhado ao lado do irmão. — Há quanto tempo ele está dormindo?

— Faz uma hora — disse Morette, olhando para a porta. — Cadê Jespyr?

Ravyn e eu nos entreolhamos.

— Houve um incidente — respondeu ele. — Ela está com os Corcéis.

Lentamente, o rosto fino de Emory corou. Ele abriu os olhos cinzentos, se virando primeiro para a mãe e depois para Ravyn e Elm.

— Não estou morto — disse ele, com um sorriso malicioso. — Só dormindo. Por enquanto.

Elm deu um tapa na manta.

— Isso não é engraçado, Emory Yew — ralhou ele. — Você não pode viajar sozinho. E se tivesse caído na estrada, se perdido na bruma? E aí?

— Eu queria vir para casa — disse Emory, torcendo o nariz —, mas ninguém quis me trazer.

— É porque você não deveria sair de lá — disse Ravyn, com a voz dura.

Quando Fenir pôs a mão no ombro do filho mais velho, Ravyn se aproximou da lareira, o olhar perdido nas chamas. Ele acrescentou:

— Você podia ter morrido, Emory. Por que tamanho descuido?

— Eu já estou morrendo — retrucou Emory. — Pelo menos assim morro como eu desejar.

As palavras dele, apesar de dirigidas a Ravyn, me atingiram como um soco no estômago. Emory virou o rosto. Ele se afundou mais entre as cobertas e me fitou, os lábios exibindo sua insatisfação.

— Quem é esta? — murmurou ele.

Os outros me olharam, de cara fechada.

— Não se lembra dela? — perguntou Elm.

— Já... já nos conhecemos?

— Sim.

O garoto forçou a vista.

— Não enxergo o rosto dela daqui.

Morette me chamou com um sorrisinho triste. Ravyn abriu espaço para mim, e nós dois nos tensionamos quando passei por ele.

Emory me observava. Lembrei o que Elm me dissera sobre a degeneração do garoto — sua mutabilidade, sua perda de memória. Arregalei os olhos, o Pesadelo e eu analisando o garoto com fascínio mórbido.

— Olá — falei, com a voz falhando. — Eu me chamo Elspeth Spindle.

— Spindle — disse Emory, virando os olhos cinzentos de Elm para o irmão. — Ela é amiga de vocês?

Elm abriu a boca, mas Ravyn respondeu primeiro.

— Sim — disse ele, com a voz mais suave do que antes. — Elspeth é nossa amiga.

— Spindle — murmurou Emory. — Sua planta é o evônimo. É um arbusto... não, uma árvore. Talvez seja os dois? Semeada por pássaros e vento. Antiga, histórica.

Clareza tomou seus olhos e ele se endireitou, expondo as clavículas proeminentes sob a gola da túnica.

— Spindle — repetiu ele. — O evônimo é pequeno... sazonal. Folhas ovais, de pontas finas, que ficam amarelas no outono ou, em alguns raros casos, vermelho-sangue escuro.

Ele inclinou a cabeça ao me fitar, tão parecido em feições e modos com o irmão mais velho que era como olhar para o passado, para um Ravyn dez anos mais novo.

— Um dia, passei por um pátio com um evônimo antigo erguido entre rochas — disse Emory. — Vi um homem severo vestido em vermelho e uma menininha que andava sempre com um espelho.

Ele piscou, me encarando, como se tentasse relembrar um sonho esquecido havia muito tempo.

— Conhece esse lugar? — perguntou ele.

— É o Paço Spindle. Eu morei lá — respondi, fitando-o. — A menina não andava com um espelho... são gêmeas. O homem de vermelho é meu pai.

Ele passou a mão ossuda na testa.

— Spindle — repetiu ele, tirando a palavra da boca como se desenrolasse uma meada. — Perdão. Ultimamente, minha memória tem estado terrível.

— Por favor — falei, sem saber se estava mais aliviada ou triste pela degeneração do garoto ter me apagado de sua memória —, não se incomode com isso.

Emory sustentou meu olhar.

— Você é muito bela. Tem olhos escuros... infinitos — falou ele, fazendo uma pausa. — Lembra uma donzela de conto de fadas. Como se o próprio Rei Pastor a tivesse desenhado.

O Pesadelo gargalhou, emanando um calafrio pela minha coluna. *À beira da morte, o garoto ainda a entende melhor do que o resto desses tolos.*

Cerrei a mandíbula, os horrores do Dia da Feira ainda frescos na memória. *Cale a boca. Se tiver o menor apreço por mim, cale a boca.*

— Elspeth entende tudo do Rei Pastor e d'*O velho livro dos amieiros* — disse Morette, sorrindo para o filho.

— E da infecção — acrescentou Elm, em um sussurro.

Emory se esticou.

— Sabia, srta. Spindle, que nós, os Yew, somos descendentes do Rei Pastor?

Ravyn e Elm suspiraram e reviraram os olhos.

— De novo, não...

— É verdade! — exclamou Emory. — A história do Rei Pastor se perdeu, mas as histórias dos Rowan são fascinantes, se lidas nas entrelinhas. Stone foi construído pelo primeiro rei Rowan, então o Rei Pastor morava em outro lugar. Não há outros castelos grandiosos em Blunder — contou, dando um sorrisinho. — Exceto por aquele cujas ruínas se encontram aqui, no terreno do Castelo Yew.

Ravyn sorriu.

— As ruínas são antigas, talvez a coisa mais antiga em Blunder. Porém, isso prova apenas que, há séculos, havia outro castelo aqui.

Emory balançou a cabeça.

— Mas a coisa mais antiga de Blunder não são as ruínas — replicou ele, se virando para mim com um brilho nos olhos cinzentos. — São as árvores. Se o Rei Pastor vivesse mesmo aqui, teria assumido o nome das árvores, como todos. E que tipo de árvore foi plantada pelo terreno inteiro, até perto das ruínas? — indagou ele, sorrindo ainda mais. — Teixos, as árvores dos Yew. Fiquei paralisada. As ruínas, a câmara — ele as construíra, como me dissera. Porém, nunca dissera seu nome, e não havia registro algum. Ninguém pronunciava seu nome havia quinhentos anos. Desta vez, eu o cutuquei. *Seu nome nunca aparece no Velho Livro, sussurrei, vasculhando as sombras. Qual é seu verdadeiro nome?* Ele retaliou, cruel. *Meu nome são cinzas*, sibilou, *perdidas ao vento.* Elm riu.

— E agora vem a parte da história em que Emory nos lembra que *meus* ancestrais vieram e destruíram o castelo do Rei Pastor — comentou ele, bagunçando o cabelo do primo.

— É uma teoria justa — replicou o garoto. — A linhagem dos Rowan é fundada em violência. Afinal, foram os primeiros a exterminar os infectados pela magia.

— Porém, uniram o reino com as Cartas da Providência, oferecendo ao povo de Blunder uma fonte de magia mais segura — argumentou Elm.

— Matando tudo e todos que não se submetiam às Foices.

— Basta — interviu Fenir. — Isso nunca acaba bem.

Elm deu uma piscadela para o primo mais novo.

Soou uma batida na porta. Nos viramos e vimos Thistle equilibrando várias tigelas fumegantes de comida.

— Estão com fome?

Os cheiros deliciosos de sopa, carne e pão encheram a biblioteca. Morette e Fenir chamaram Emory para a mesa. Quando o garoto se levantou, todos arquejamos, pois as cobertas, caídas, revelaram pele tesa e ossos aparentes. Até o Pesadelo sibilou de incômodo ao ver o garoto, que perdera peso na mera semana em que fiquei sem vê-lo.

Não alimentam ele em Stone?, questionei.

O Pesadelo estalou a língua. *O problema não é comida. É a degeneração. Primeiro a mente, depois o corpo.* Ele abaixou a voz. *Mais rápido do que eu imaginava.*

Ravyn se levantou e ajudou o irmão a chegar à mesa.

— Emory — disse ele, tensionando a mandíbula. — Preciso levar você de volta para Stone.

Emory mantinha o olhar abaixado.

— Precisa mesmo?

Os olhos de Morette estavam marejados.

— Ele precisa de descanso — falou ela, endurecendo a voz. — Deixe meu irmão se preocupar.

Ravyn passou a mão pela testa. Não era Morette quem enfrentaria a fúria do rei quando descobrissem o desaparecimento de Emory Yew. Era Ravyn. Porém, ele não disse isso.

— Ele pode passar a noite aqui. Mas amanhã preciso levá-lo para Stone.

— Primeiro, ele vai comer — disse Elm, firme, se instalando na cadeira ao lado de Emory. — Um pouco mais de carne nos ossos cairia bem para todos nós.

O cheiro da comida estava uma delícia, mas meu apetite era nulo.

— O jardim — disse Emory, com os dedos tremendo ao redor da colher enquanto tomava goles pequenos da tigela fumegante. — Quero ver as árvores do jardim — insistiu ele, com a voz falhando. — Depois, pode me levar embora.

Nós nos sentamos à mesa e vimos Emory comer, todos esquecendo de nos alimentar. Ao meu lado, empertigado, Elm fulminava Ravyn, do outro lado da mesa, com o olhar.

Após um minuto inteiro de silêncio tenso, Ravyn bateu o garfo no prato.

— Pelo amor das árvores, Elm. O que foi?

— Preciso falar com você.

Ravyn indicou a mesa.

— Você tem toda a minha atenção.

Elm me dirigiu um olhar irritado.

— Duvido muito.

— Se tiver algo a dizer — grunhiu Ravyn —, desembuche. Não tenho tempo para os seus draminhas de príncipe.

Elm respondeu com a voz mais grave, cheia de raiva:

— Tudo bem. Acho que você é um tolo, primo.

Emory levou a manga da roupa à boca, abafando uma risada.

A voz de Ravyn continuava caracteristicamente firme:

— E por que, exatamente?

— Poderíamos ter entrado no Paço Spindle hoje para roubar a Carta do Poço — declarou o príncipe. — Mas você insistiu em irmos à rua do Mercado, porque queria ficar com *ela*. Que, por sinal, chegou pertinho de estragar nosso plano inteiro, se exibindo na frente do maldito Orithe Willow.

Tossi, engasgada com o vinho.

— Eu praticamente implorei para você ir comigo ao Paço Spindle para encontrar o Poço!

Elm balançou a mão para mim, em um gesto desdenhoso.

— Eu não falei que era má ideia, só que não era hora — disse ele, torcendo o nariz. — E eu não ia dar a você a satisfação de saber que teve uma ideia um pouquinho inteligente, Spindle.

Eu queria quebrar o pescoção comprido daquele Rowan.

Ravyn, do outro lado da mesa, continuava quieto.

— Enfrentaremos um inferno ao retornar para Stone — disse Elm, voltando a ira contra o primo. — Ela atacou um Corcel. Meu pai não levará levianamente uma agressão contra sua guarda, nem o desastre na prisão de uma criança infectada.

Ele pausou, dirigindo a mim outro olhar insensível.

— Qualquer que seja a magia dela — acrescentou ele —, vai além da facilidade para encontrar Cartas da Providência. Eu não confio nela.

— Pois eu confio — retrucou Ravyn, cruzando os braços. — Isso deveria bastar.

— Deveria? Não tenho direito a opinião? Ou todos devem se curvar diante do capitão dos Corcéis?

— Você pode ter a opinião que quiser — respondeu Ravyn.

— Mas saiba que, com todos os fatos, vai parecer um idiota.

Elm subiu a voz:

— E que fatos me faltam?

— Eu queria que fôssemos ao Dia da Feira para que, quando os Ivy roubassem a Carta do Poço do Paço Spindle, estivéssemos bem longe de lá, à vista de todos.

Pisquei, surpresa. Do outro lado da mesa, Fenir e Morette fizeram caras sérias.

— Os Ivy foram à casa do meu pai? — perguntei.

Fenir assentiu.

— E quando planejava me contar? — gritou Elm. — Quando lhe fosse conveniente, imagino.

— Adoro quando eles brigam — disse Emory, tomando a sopa. — Aquece meu coraçãozinho frágil.

Fenir cofiou a barba.

— Imagino que os Ivy não tenham encontrado a Carta.

Ravyn balançou a cabeça em negativa.

— Provavelmente porque não souberam procurar — falei, me levantando. — Eu poderia ajudar! Queria ir para lá, mas Elm...

— Vinte pessoas teriam visto você marchar porta adentro — retrucou Elm. — Além do mais, o *capitão* mandou esperarmos.

Ravyn não demonstrou remorso.

— Contei apenas a quem era fundamental para a tarefa.

— Ou seja, todo mundo, menos eu e a mulher magicamente perturbada?

— *Perturbada?* — gritamos eu e o Pesadelo ao mesmo tempo.

— Não podemos correr o risco de errar, Elm — replicou Ravyn. — E se fôssemos vistos? Uma coisa é roubar uma Carta escondidos pelas máscaras de bandoleiros. Mas entrar na casa de um homem, roubar à plena luz do dia, é um risco que não podemos correr. A não ser que você acredite ter estômago para enfrentar uma investigação.

Elm franziu o cenho, tensionando a boca em uma linha comprida e infeliz.

O ar da biblioteca de repente me pareceu rarefeito.

— Haveria mesmo uma investigação? — perguntei. — Mesmo que não nos pegassem em flagrante?

Morette crispou os lábios.

— O roubo de Cartas é imperdoável. Meu irmão põe a plena retribuição nas mãos do dono da Carta roubada. Qualquer um, em qualquer posição, pode ser interrogado — respondeu ela, com uma pausa. — Apresentam uma Carta do Cálice.

Ravyn olhou diretamente para Elm.

— E é muito difícil enganar um Cálice.

Jespyr voltou ao cair da noite. O menino infectado e seus pais não tinham sido encontrados. Linden estava vivo. Por pouco. Ela arrastava os pés, visivelmente mancando. Abraçou Emory com afinco e nos deu boa noite.

Emory foi o próximo a ir dormir, com Morette postada em uma poltrona larga à cabeceira dele, velando seu sono. Fenir, Ravyn, Elm e eu seguimos para a sala de estar, e de vez em quando Thistle aparecia para encher nossos cálices.

O vinho esquentou meu peito, e eu encarava o fogo, lutando contra a vontade de olhar para Ravyn, sentado na minha frente com tranquilidade treinada. Quando cedi e me virei para ele, ele me observava com os olhos cinzentos insondáveis, passando a mão na barba por fazer.

Eu não sabia em que pé o capitão e eu estávamos. A violência no Dia da Feira tinha enterrado nas sombras aquela coisa frágil e implícita que brotava entre nós. Sustentei seu olhar, buscando falhas em sua postura inabalável.

Elm ergueu o rosto depois do segundo cálice, olhando de Ravyn para mim.

— Árvores malditas! — praguejou ele, se levantando. Sem desejar boa noite, pegou o jarro de vinho da mesa e se retirou.

Fenir percebeu a deixa e pigarreou.

— Bem, acho que já deu minha hora — disse ele, e saiu arrastando os pés, me deixando a sós com o capitão dos Corcéis.

Ravyn não desviou o olhar de mim, mas eu não conseguia interpretar sua expressão. Me dava um aperto no peito saber que ele voltara a se resguardar quando estava perto de mim. Meus dedos tremeram na haste do cálice.

— Você foi sincero? — perguntei, sustentando seu olhar.

— Confia em mim? Ou estava apenas fingindo para seu primo?

Ravyn passou o dedo na borda do próprio cálice.

— Por que você acha que eu fingiria?

— Não... não faça isso.

Algo ardeu em meus olhos. Afastei a sensação.

— Não responda uma pergunta com outra — continuei. — Cansei disso.

Ele arqueou uma sobrancelha, se debruçando.

— Como prefere que conversemos, Elspeth?

Desviei o olhar e um nó se formou na minha garganta. Os músculos da minha testa se tensionaram, contendo tudo o que eu ainda não lhe dissera.

— Quero que sejamos honestos — respondi.

Levei a mão ao rosto, mas já era tarde demais; ele tinha visto as lágrimas nos meus olhos, minhas sobrancelhas franzidas. O medo.

O Pesadelo deslizou das sombras, sua voz acariciando meus ouvidos. *Não precisa temer.* Sua voz era suntuosa. *A magia chega para todos.*

Vá embora!, gritei.

Não se pode desfazer o que já teve começo. Ele pausou, a voz serpenteando ao passar pelos meus ouvidos. *Se há como apagar o sal, desconheço. Mas se não me deixar sair... deixe ele entrar, qualquer que seja o preço.*

Fechei os olhos.

— Estou degenerando, Ravyn.

Escutei sua respiração brusca e o tilintar do cálice batendo na travessa. Em um instante, ele se levantou e se ajoelhou ao meu lado, com uma mão no braço da minha cadeira e a outra no meu joelho.

— Me conte — pediu ele.

— Foi por isso que ataquei o Corcel, e é por isso que Elm não confia em mim. Estou mudando. Não como você, nem como Emory, mas com igual certeza.

Procurei o Pesadelo, mas ele estava estranhamente calado.

— E meu tempo está acabando — declarei.

— Você contou ao Filick?

— Não há nada que ele ou qualquer outra pessoa possa fazer, Ravyn.

Ele apertou meu joelho.

— Como é a sua degeneração, Elspeth?

Balancei a cabeça.

— Nunca falei disso — respondi, cobrindo os olhos com a mão. — Não dá.

Uma lágrima escorreu até meus lábios e Ravyn a secou com o dedo, se aproximando.

— Todos fomos forçados a guardar segredos, Elspeth — murmurou ele.

Ele levantou meu queixo. Quando ergui o rosto, ele fixou o olhar no meu.

— Eu confio em você. Você está em segurança comigo. A magia, ou outra coisa, nos atrai. Faltam apenas duas Cartas — disse ele, roçando o nariz no meu —, e então você estará livre.

Eu queria acreditar nele, me sentir segura, como me sentira mais cedo em seu abraço. Queria que ele fizesse o mundo inteiro sumir, me protegesse de tudo e todos que pudessem me fazer mal. Porém, nem a vastidão dos braços de Ravyn Yew — o calor de sua pele, os músculos sob suas roupas — poderia me proteger de mim mesma.

Contudo, eu estava mais do que disposta a me perder em seu toque, apenas para ter certeza.

Eu me aproximei, levando a mão à sua nuca para unir nossos lábios. Ele soltou um suspiro que se transformou em grunhido. A mão no meu queixo desceu para meu pescoço, apertando-o de leve com o polegar.

A cadeira rangeu em protesto quando Ravyn se pressionou contra mim, em um beijo quase frenético. Ele subiu a outra mão pela minha perna, afundando os dedos no tecido do vestido. Quando ele apertou minha coxa, soltei um arquejo.

Ele recuou um pouco, com as pupilas dilatadas, a boca inchada.

— Isso... Quer que eu pare?

— Não — respondi, e tomei a boca dele outra vez.

Vinho, a luz do fogo e a necessidade desesperada de escapar do meu destino se mesclaram em uma onda inebriante, acendendo em mim um fogo que eu não previra, uma queimada fora de controle.

Queria que me incendiasse inteira — que *ele* me incendiasse inteira.

Um estrépito soou perto da porta da sala, seguido pelo eco de passos rápidos, próximos e depois distantes. Thistle, sem dúvida vindo trazer mais vinho, saíra correndo.

Ravyn soltou um palavrão. Ele apertou meu quadril, me puxando para me levantar da cadeira. Quando ficamos de pé, ele ajustou o gibão e falou, com um tremor na voz grave:

— Venha comigo.

O quarto dele ficava ao fim do mesmo corredor do meu e estava destrancado. Ele empurrou a porta e me convidou para dentro, passando a mão pelas minhas costas.

O cheiro de cravo, cedro, papel e couro me atingiu. O quarto dele era uma enxurrada de perfumes — ervas secas, estantes repletas de livros, madeira recém-cortada para a lareira, toras de cedro em vários formatos espalhadas pelo chão, algumas parcialmente esculpidas, outras perfeitamente talhadas. Havia roupas jogadas, amarrotadas pelos cantos e caídas nos móveis. A cama era grande, desarrumada, a colcha pesada junto aos pés como se tivesse sido amarfanhada a chutes. Um quarto bagunçado, caloroso — um caos suave. O tipo de caos que fazia um contraste gritante com o pétreo e controlado capitão dos Corcéis.

E ele o revelava para mim.

Ravyn fechou a porta e se recostou nela, sombras compridas dançando em seu rosto, projetadas pela lareira, a única fonte de luz no quarto.

— Eu mentiria se dissesse que normalmente não é tão bagunçado.

— Eu gostei — falei, meu olhar se demorando um pouco demais na cama.

Era um choque migrar dos braços dele para aquele momento ali — ele recostado na porta, eu no meio do quarto, sem saber o que fazer ou para onde olhar. Levei a mão ao rosto para me recompor, mas o efeito foi o oposto. O toque da minha pele me fez pensar apenas em suas mãos ásperas e calejadas me puxando.

Ravyn me observava, um fio invisível repuxando o canto de sua boca.

— É isso que você quer?

Eu me encostei na coluna da cama.

— O que você acha que eu quero, Ravyn?

Ele semicerrou os olhos perigosamente, afastando-se da porta com um impulso e vindo até mim.

— Achei que não fôssemos mais responder perguntas com outras perguntas.

Era dolorido dizer em voz alta o que eu desejava, como flexionar um músculo pouco exercitado. Eu queria fazer piada, mostrar timidez, provocá-lo, qualquer coisa que fizesse eu me sentir menos vulnerável e exposta conforme diminuía rapidamente a distância entre nós.

Porém, eu já tinha escondido muito de mim. Naquilo, ao menos, poderia ser verdadeira. Eu me sentei na cama. Com a mão que não estava machucada, segurei a saia, o tecido se espalhando quando a puxei para cima, até expor os joelhos, e o tremor em minha voz me traiu:

— Quero estar aqui. Com você.

Foi difícil tirar o gibão dele com uma só mão. Ele me ajudou, curvado sobre mim, com a boca na minha. Depois veio a túnica, arrancada pela cabeça e jogada na pilha de outras roupas. Passei a mão pelos músculos tesos de seu peito, de sua barriga, parando logo abaixo do umbigo.

Ele estremeceu e recuou, passando as mãos pelas minhas pernas e subindo o vestido até o alto das minhas coxas. Seus dedos puxaram minha meia-calça de lã, descendo-a pela cintura e pelas minhas curvas, tão devagar que eu quis gritar, e seguiu o toque com a boca. Sua barba arranhou a parte interna da minha coxa, meu joelho, minha panturrilha. Quando tirou a peça e a jogou na pilha de roupas no chão, voltou as mãos para as minhas coxas.

Eu estava arfando, minha respiração entrecortada. De repente, me senti confinada pelo vestido, de corpete restritivo, me apertando de todos os piores modos. Arranquei as amarras, com os dedos desajeitados e desesperados, até a fita carmim e comprida me soltar.

Então o vestido se abriu. Respirei fundo uma vez, e depois outra, com o peito subindo e descendo rapidamente, coberto apenas por uma combinação fina.

Ravyn subiu as mãos para meu quadril, percorrendo a curva do meu corpo com o olhar. Ele me encarou, me beijou com vontade e me puxou até a borda da cama.

— Posso beijar você?

Minha voz tremeu.

— Está meio tarde para perguntar, não acha?

— Não na boca, Elspeth.

Com um olhar de malícia, ele se ajoelhou e beijou a parte interna da minha coxa, roçando a pele com os dentes. Respirando ruidosamente, ele afastou minhas pernas, deixando espaço suficiente para acomodar seus ombros largos.

— Aqui — falou ele.

Levei a mão à boca e caí de costas na cama, a respiração escapando de mim em um sopro, entre um suspiro e uma imprecação. A ânsia em meu ventre se expandiu como uma brasa, desesperada por um toque. Fechei os olhos.

— Sim — respondi, levando as mãos ao cabelo dele.

Ravyn suspirou contra mim, apertando meu quadril com as mãos, me segurando junto ao corpo. Quando me beijou por baixo da saia, minha ânsia respondeu, o calor se entranhando em mim.

Eu não tinha prática em viver fora da minha cabeça. Mas ali, presa à cama de Ravyn Yew, com o toque dele queimando minha pele, vivi apenas no meu corpo, como se me debruçasse na janela aberta da torre mais alta do Paço Spindle. Sentia no ventre, na palma das mãos, na sola dos pés. E, a cada beijo, cada lambida, Ravyn demolia o peitoril da janela, me empurrava à queda inevitável e avassaladora.

Ele demorou a me deixar cair. Pelos suspiros, pelos grunhidos abafados de satisfação, ele estava se demorando comigo. Acabando comigo.

— Não pare — murmurei, fechando os olhos com força.

Senti o gemido dele, e então caí, solta do peitoril, desabando da torre, meu corpo inteiro tomado pela queda. Gritei, puxando o cabelo dele e tensionando as pernas.

Ele se debruçou em mim e sorriu, como se soubesse exatamente a dimensão de seu estrago. Subiu a mão pelo meu abdômen até o peito, apertando meu seio, logo acima do coração. Ele se abaixou, roçando a boca na minha.

— Seu coração está batendo rápido — disse ele, com um sorrisinho.

De algum modo, acabamos no chão, emaranhados em seus pertences, embolados um no outro. Já tendo tirado todas as roupas, prendi Ravyn com meu corpo, esmagando-o no tapete, me demorando com ele também. De início, ele permitiu, cedendo controle, apertando com força meu quadril e tensionando o rosto.

Porém, nem ele, com sua compostura abundante, teve como se conter por tanto tempo.

Ele me virou de barriga para cima em um gesto fluido, sem deixar de me tocar. Encontrou meu pescoço com a boca e, quando afundou em mim, mais penetrante do que antes, soltei um suspiro abrupto.

Meu nome era um presente em sua boca, uma doação, como se ele estivesse se entregando a mim ao pronunciá-lo.

— Elspeth.

Encostou a testa na minha, respirando cada vez mais rápido.

— Porra, Elspeth.

Desfeitos, nos deitamos no chão, assistindo ao fogo na lareira com nossos olhos pesados. Ravyn passou um dedo pelas minhas costas, e eu acariciei as linhas de seu pescoço, queixo, testa e nariz adunco. Quando não aguentava mais ficar de olhos abertos, ele me ergueu do chão e me carregou até a cama, nos embrulhando na colcha grossa. Encostei a cabeça no peito dele, perdida no som de seu coração. O ruído se estendia, uma batida eterna, uma falsa promessa.

Como se todos os meus infortúnios fossem desaparecer se eu ficasse ali, nua, ao lado dele.

Como se eu tivesse todo o tempo do mundo.

CAPÍTULO VINTE E OITO

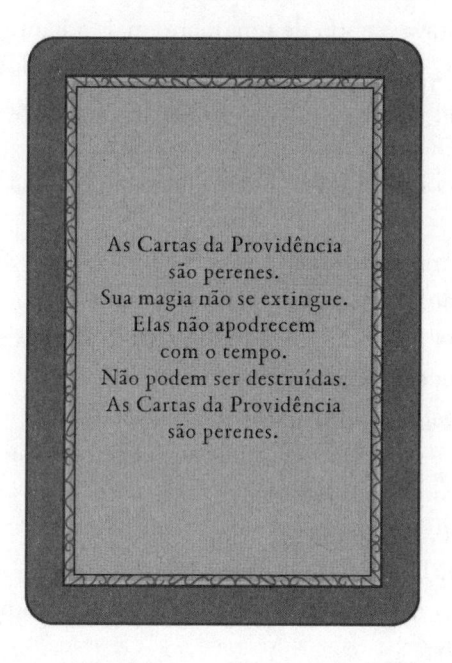

As Cartas da Providência
são perenes.
Sua magia não se extingue.
Elas não apodrecem
com o tempo.
Não podem ser destruídas.
As Cartas da Providência
são perenes.

Saí de fininho da cama de Ravyn ao amanhecer, tomando cuidado para não acordá-lo. Revirei desesperadamente as roupas no chão em busca do meu vestido, mas encontrei apenas a combinação. Teria procurado mais se Ravyn não tivesse se mexido atrás de mim, murmurando algo. Fiquei paralisada, mas ele ainda estava dormindo, deitado de barriga para baixo, as costas largas subindo e descendo em respirações longas e tranquilas. Vesti a combinação e abri caminho, na ponta dos pés, pela bagunça labiríntica do chão.

A porta do quarto era velha e pesada. Aquele tipo traiçoeiro, cujas dobradiças frequentemente gritavam. Prendi a respiração e puxei a porta suavemente, e ela me recompensou com apenas um leve rangido. Saí para o corredor, fechei a porta e soltei um suspiro triunfante.

— A noite foi agradável, espero.

Eu me virei, com o coração na boca.

Jespyr estava à porta de um quarto mais adiante no corredor, já vestida nas roupas pretas de Corcel. Apesar da luz fraca do corredor, cujas tochas estavam apagadas, não havia como disfarçar o sorriso largo e malicioso em seu rosto.

Cruzei os braços sobre a combinação dolorosamente transparente.

— Você me assustou.

— Perdão — disse ela, sem soar nada arrependida, e me fitou de cima a baixo, se detendo no meu cabelo embaraçado. — Você parece... descansada.

— Obrigada — falei, passando por ela e parando à porta do meu quarto. — Você... não escutou nada, escutou?

Ela pressionou os lábios.

— O quê, por exemplo?

— Nada. Deixe para lá. Nos vemos no café.

Empurrei a porta do quarto, seguida pelo som grave da risada de Jespyr.

A lareira do salão tinha sido acesa, e o café da manhã, posto na mesa. Morette e Fenir estavam sentados com Emory, falando em voz baixa para incentivá-lo a comer pão doce e caldo de mocotó. Eles me cumprimentaram com a simpatia habitual e eu me sentei ao lado de Jespyr, que encheu as bochechas de ar ao me ver.

— O que foi? — perguntei, rangendo os dentes.

Ela sorriu para o prato de ovos.

— Nada.

Elm chegou em seguida, com o cabelo arruivado em estado catastrófico, caindo para todos os lados, como se ele tivesse dormido em um vendaval. Ele se largou com um baque na cadeira e bocejou, olhando a mesa.

— Nada do Ravyn?

Jespyr arranhou o prato com o garfo, e eu dirigi a ela um olhar mortal.

Thistle entrou com uma fornada de pão fresco. Atrás dele, usando as roupas de Corcel, veio Ravyn. Calor subiu pela minha nuca. De repente, me preocupei muito com meu prato.

— Que cheiro delicioso — disse Ravyn, com um tapinha nas costas de Thistle.

Ele passou por trás dos pais e de Emory e roubou uma fatia de pão do prato do pai, então passou por Elm e bagunçou o cabelo desgrenhado do primo antes de se sentar.

Todos o observavam, de sobrancelhas arqueadas. Quando eu ergui o rosto, Ravyn estava olhando para mim, com a boca curvada, os dentes puxando o lábio inferior.

— Bom dia.

Ele estava ridiculamente lindo, todo convencido. Eu me escondi atrás da xícara.

— Bom dia.

Ao lado dele, Elm contorceu o rosto em uma careta.

— Caramba, qual é o seu problema?

Ravyn mordeu um pedaço de pão e se recostou na cadeira.

— Como assim?

— Você está *sorrindo* — respondeu Elm, olhando para todos à mesa. — Ninguém mais acha isso incrivelmente perturbador?

Os ombros de Jespyr tremeram. Ela cobriu a boca com um guardanapo, a gargalhada escapando.

— A gente disse que era para ele sorrir mais, não disse?

Dei um chute nela por baixo da mesa, o que apenas a fez gargalhar ainda mais. À nossa frente, Elm estreitou os olhos, olhando de Jespyr para Ravyn e então para mim. Quando notou o rubor subindo pela minha nuca e o conectou ao sorriso desavergonhado de Ravyn, soltou um som grosseiro de nojo e largou o garfo no prato.

— E, de repente, perdi o apetite.

Na ponta da mesa, Emory tossiu. Quando ele levou um guardanapo à boca, o pano ficou vermelho. A tosse dele ecoou pelo salão, roubando nossos sorrisos, e o clima imediatamente tornou-se sombrio quando nos lembramos ao mesmo tempo: Emory precisava voltar para Stone.

Jespyr foi aprontar a carruagem enquanto o restante de nós caminhava pelo jardim a passos pesados. A chuva da manhã tinha diminuído, tornando-se uma garoa sutil, mas a grama estava muito alta. Não demorou para minhas botas e a barra do meu vestido verde ficarem encharcadas.

Emory queria ver as árvores do jardim antes de voltar à gaiola de ouro do castelo do rei. Ele caminhava na vanguarda, arregalando os olhos cinzentos enquanto perambulava pela bruma. Atrás dele, Elm envolvia os dedos com o amuleto de crina, o olhar fixo no primo mais novo.

Ravyn e eu íamos um pouco atrás, com distância suficiente para não nos tocarmos, mas proximidade o bastante para sentir aquele fio invisível nos conectando. O sal fez meu nariz arder quando o vento ficou mais forte, o ar frio acariciando meu rosto, onde esvoaçavam várias mechas do meu cabelo escuro.

Ravyn roçou o dorso da mão na minha.

— Fico feliz de você poder vê-lo como é de verdade — disse ele, apontando para Emory. — Ele não tem mais muitos dias assim.

E alguém tem?

Eu me sobressaltei, assustada pela voz do Pesadelo. Eu não o escutava desde a véspera. Por tolice, me permitira aproveitar sua ausência, fingindo que minha mente era apenas minha.

Água da chuva pingava das árvores, molhando minha cabeça e meus ombros. Eu sentia o cheiro de lã molhada da capa de Ravyn. Ele passou um braço ao meu redor e me puxou para baixo do mesmo salgueiro debaixo do qual eu me escondera dele.

— Está tudo bem? — perguntou ele, afastando meu cabelo molhado do rosto. — Você foi embora antes de eu acordar.

Eu me recostei nele.

— Queria deixar você descansar.

Ele me beijou, emaranhando os dedos no cabelo da minha nuca.

— Não quero descansar, Elspeth — murmurou ele junto aos meus lábios. — Quero você.

Eu estava no calor dele, seu corpo me protegendo da brisa outonal de Blunder que balançava os juncos do salgueiro. Meus braços se encaixavam perfeitamente ao redor da cintura dele, e fiquei parada ali, contente por ser abraçada, beijada e soprada pelo vento.

Uma tosse fraca e determinada ecoou ali por perto. Emory nos espreitava através dos galhos do salgueiro, curvando a boca em um sorriso malicioso.

— Encontrei eles! — exclamou Emory para Elm. — Estavam se beijando.

Corei até a raiz do cabelo, escondendo o rosto na capa de Ravyn.

Ele sorriu, tímido, e pegou minha mão para nos conduzir de volta ao jardim. Elm e Emory nos esperavam na trilha, de braços cruzados. Elm revirou os olhos.

— Pelo amor das árvores! Já entendemos. Não precisam esfregar na nossa cara.

— Que pena — suspirou Emory, me olhando. — E aqui estava eu, achando que ela viera me beijar. Os contos de fadas são assim, não são? Bela donzela salva rapaz doente com um beijo… rapaz sara milagrosamente e livra o reino da magia sombria.

— Quase — disse Elm, dirigindo a mim seus olhos verdes. — Só que, neste conto, a donzela tem sangue nas mãos.

***

Eu sabia o que precisava fazer. Deixei Ravyn e Elm discutindo atrás de mim e apertei o passo entre os galhos já conhecidos que a todo momento agarravam no meu cabelo.

— Emory — chamei. — Espere.

O garoto de olhos cinzas aguardou sob um teixo largo, passando os dedos nos galhos retorcidos. Quando se virou para mim, curvou o canto da boca em um meio sorriso.

— Pois não?

Eu me atrapalhei com as palavras. Molhado, meu cabelo grudava no rosto. Quando o afastei, meu nariz se encheu de sal.

— Preciso perguntar uma coisa — falei, olhando para trás de relance.

— Uma coisa que não quer que meu irmão e meu primo escutem?

Olhei para além dele também. Detrás dos galhos do teixo, vi as formas ameaçadoras das ruínas de rocha. Ali, aninhada na bruma sob um grande teixo, se encontrava a câmara, a escuridão fixa da janela me capturando.

— Preciso da sua magia, Emory — falei, com a voz trêmula.

— Preciso que você me toque outra vez.

A voz do Pesadelo ondulou pela minha mente. *Então é assim que vai revelar meus segredos, Elspeth Spindle? Vai roubá-los?*

— Outra vez? — perguntou Emory.

Você já sabe a verdade. O rosnado dele encheu minha cabeça. *Eu contei a história.*

Concentrei meu olhar no rosto de Emory.

— Você não lembra, mas tocou meu braço no Equinócio. Falou coisas a meu respeito que eu nunca tinha contado para ninguém. Enxergou meus pensamentos — falei, com os olhos ardendo de lágrimas. — Quero que olhe de novo, Emory. Por favor. Preciso saber quem, ou o quê, ele é de verdade.

— Ele? — indagou Emory, estendendo a mão.

— Você vai ver.

Quando nos demos as mãos, Emory fechou os olhos. Flexionou os dedos ao redor dos meus e, quando falou, sua voz soou estranha, como se de dentro de um túnel — ao mesmo tempo próxima e distante.

— Eu a vejo, Elspeth Spindle. Vejo uma mulher de cabelo preto comprido e olhos de carvão. Vejo um olhar amarelo, cheio de ódio. Vejo escuridão e sombras — disse ele, com os lábios trêmulos. — E vejo seus dedos, compridos e pálidos, cobertos de sangue.

— O que mais? — supliquei. — Vê o Rei Pastor? O homem de armadura dourada?

Emory balançou a cabeça, franzindo a testa de concentração.

— Vejo uma criatura, enroscada na sua coluna, como se costurada em você.

Um calafrio tomou conta de mim.

— Quanto tempo tenho até ele me dominar por completo?

Os olhos de Emory se reviraram atrás das pálpebras.

— Não muito, Elspeth Spindle. Ele está chegando.

Tentei puxar minha mão, mas Emory não a soltou, e continuou, com a voz falhando:

— Ele se acocora, nem animal nem homem, mas algo entre os dois. Ele se ergue na câmara que construiu para a Alma do Bosque, empoleirado em uma pedra alta e escura — disse ele, com as feições se contorcendo de medo. — Ele sussurra algo.

— O que ele diz? — perguntei, com o coração na boca.

As mãos de Emory tremeram. Quando falou, foi com a voz estranha, suntuosa:

— Era uma vez uma garota, reverente e atenta, que se embrenhou nas sombras da mata profunda e benta. Era uma vez também um Rei, determinado a pastorear, que reinava a magia e compôs o velho exemplar. Os dois se uniram, um do outro igual...

Ele não precisava continuar. Eu conhecia a história de cor.

— A garota, o Rei... — completei, suspirando.

A voz do Pesadelo ardeu em minha mente. *E o monstro que viraram ao final.*

Emory abriu os olhos e toda a cor se esvaiu de seu rosto.

— Seus olhos — arfou ele, lágrimas escorrendo pelo rosto.

— Estão amarelos.

Desviei o rosto, piscando furiosamente.

— O que foi isso? — perguntou Emory, com a voz ainda entrecortada. — Parecia um sonho terrível.

— Ah, Emory... — falei, de repente tomada pela culpa. Ele era tão jovem e sofria tanto com a própria degeneração. Colocar minhas preocupações nas mãos dele tinha sido mais do que egoísta — tinha sido um erro.

— Me perdoe — falei. — Eu não deveria ter feito isso com você.

Atrás do teixo, ouvi o som de movimentos.

— Emory — chamou Ravyn. — Está na hora.

Eu me virei para Emory com um olhar de súplica.

— Você não vai contar nada, vai?

O garoto tentou sorrir.

— Não se preocupe — disse ele, secando as lágrimas. — Amanhã já terei esquecido. É a única misericórdia da minha degeneração: eu não me lembro dos pesadelos.

Ele afrouxou o aperto na minha mão, os olhos cinzentos cheios de tristeza.

— Adeus, Elspeth Spindle. Tenha cuidado. Tenha atenção. Tenha reverência.

Quando nossos dedos se soltaram, minha mão ficou fria. Queria tocá-lo de novo e dizer que o conto de fadas era verdadeiro — que, de algum modo, eu poderia curá-lo. Não com um beijo, mas com as Cartas, as doze reunidas, um modo de salvá--lo — de me salvar.

Porém, eu estava cansada de fingir. Sendo assim, não disse nada, curvando as costas quando o Pesadelo enroscou as garras na minha coluna.

PARTE III

O

Sangue

CAPÍTULO VINTE E NOVE

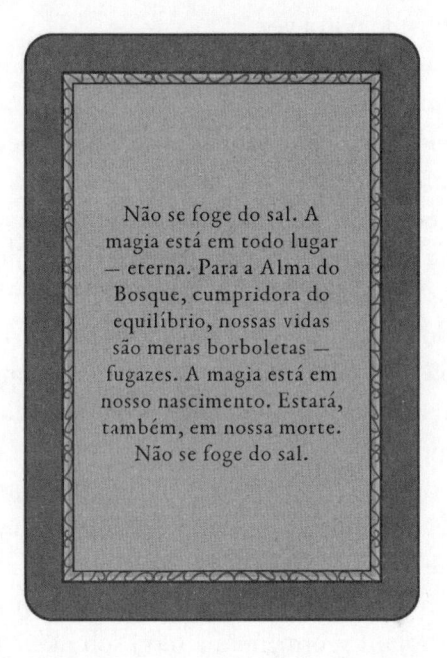

Não se foge do sal. A magia está em todo lugar — eterna. Para a Alma do Bosque, cumpridora do equilíbrio, nossas vidas são meras borboletas — fugazes. A magia está em nosso nascimento. Estará, também, em nossa morte. Não se foge do sal.

Crianças me seguiam, seus olhos arregalados de medo. Corríamos, perseguidos através do matagal, prendendo as roupas nos galhos baixos de teixos descuidados. O céu estava preto, e a lua crescente, mascarada pela fumaça. Quando chegamos à câmara de pedra no limite do bosque, ajudei as crianças a pularem a janela, uma a uma.

Alguém já me esperava no cômodo, à luz vermelha da Foice. Dor queimou todos os meus ossos e, quando tossi, salpiquei sangue nos meus dedos compridos e pálidos.

Caí, sob o manto da terra. O cheiro forte de sal ardia nos meus olhos e nariz, e então o mundo ao meu redor começou a desaparecer inteiramente na escuridão fria e solitária.

Gritei, minhas mãos e pés ficando azuis de frio.

Despertei do sonho, estremecendo no chão da câmara decadente. A luz da manhã atravessava os galhos de teixo e o teto apodrecido. Tossi, soltando um grito engasgado, a sensação de estar presa na escuridão ainda em minha memória.

Sonambulismo outra vez.

O que é isso?, questionei, com o rosto molhado de lágrimas.

Por que está fazendo isso comigo?

O Pesadelo ecoou pela minha cabeça, um espectro ao vento — onisciente, silencioso.

Quando consegui me levantar, abafei um grito ao notar meus braços e mãos recobertos de terra escura e pesada, que ia das unhas aos cotovelos. Minha camisola estava esfarrapada, o tecido rasgado e sujo. Ao redor dos meus pés havia terra solta, revirada na base da pedra mágica que Ravyn me mostrara.

— O que aconteceu? — perguntei em voz alta. — Por que me trouxe aqui?

Precisava ver uma coisa, replicou ele, insensível ao meu horror.

Estremeci, batendo os dentes, enquanto tentava sacudir as mãos para me livrar de parte da terra. Acima de mim, as árvores farfalharam e três corvos saíram voando. Um vento gelado atravessava a sala. Escorreguei na terra sob meus pés e acabei olhando para o chão revirado ao pé da pedra mágica.

— O que há ali? — indaguei, me ajoelhando para enxergar melhor.

Estava escondido pela terra. Peguei a barra da camisola para esfregar. Mesmo assim, não entendia — as letras estavam gastas pelo tempo e pela deterioração.

— Por que gravar uma inscrição na base de uma pedra?

A respiração dele me causou calafrios. *É só isso que vê?*

Recuei, analisando a terra que tinha revirado. Saindo da pedra e atravessando o solo, eu vi: um retângulo comprido de terra seca e grama. Pisquei e olhei outra vez.

Não é apenas uma pedra mágica que esconde Cartas da Providência, percebi, o terror tomando conta do meu coração. A câmara ficava no limite do cemitério. E a pedra... a pedra era uma lápide.

Marcava uma sepultura.

Olhei para as minhas mãos. *De quem é o túmulo?*, questionei, arfando desesperadamente.

E você não sabe?, sussurrou ele.

A gargalhada dele me cercou. De repente, o cômodo escureceu, a ardência do sal tão forte que tossi, cobrindo a boca. A última coisa que vi antes de perder o equilíbrio e desabar na escuridão foram os meus dedos sujos de terra, compridos e rígidos, cobertos de sangue.

Arranquei a coberta e arquejei, sem fôlego. A câmara tinha desaparecido, a luz da manhã abafada pelas paredes robustas e pelo telhado do Castelo Yew. Estava de volta ao meu quarto, na cama — acordada e livre daquele sonho terrível.

Segui até a lareira, onde restavam meras brasas do fogo da noite. Fui pegar o açoite, mas imediatamente recuei, com calafrios subindo pela minha coluna.

— Não, não, não! — exclamei, vendo meus braços enlameados e minhas unhas quebradas.

Olhei para minha camisola, o tecido branco imundo e rasgado.

— Foi um sonho! — soltei. — Como... Eu não... Foi um sonho, sem dúvida!

Ele não respondeu.

— *Já basta!* — gritei, com os olhos ardendo. — O Rei Pastor morreu. O que quer que você seja... a alma dele, presa na Carta do Pesadelo... presa em mim... imploro, por favor, me deixe em paz.

Não posso, minha querida.

— Esta vida também é minha, Pesadelo. É minha a mente que você invade. É *minha* a alma.

Uma alma que protegi, disse ele, com dureza. *Quando você era criança e os Clínicos bateram na porta de seu tio, quem a levou a um abrigo? Quando o grão-príncipe a perseguiu como a uma corça na mata, quem a protegeu? Quando o Corcel veio cortar seu pescoço, quem o derrubou? O rei Rowan a pendurou na forca assim que a infecção tocou seu sangue, Elspeth Spindle. A única razão para seu pescoço ainda estar inteiro é eu ter estado aqui, segurando suas pernas.*

Lágrimas de fúria encheram meus olhos. *Se eu tivesse morrido, você também morreria, Pesadelo. Não ouse fingir que fez tudo isso porque se preocupa comigo. O Rei Pastor morreu*, repeti. *E você... você é um monstro.*

Sou mesmo, replicou ele.

Cobri as orelhas com as mãos e sibilei.

— Não vou fazer isso... hoje, não — falei, com o medo eclipsado pela fúria.

Há coisas demais em jogo, acrescentei.

Uma Carta do Poço, disse ele, em tom zombeteiro.

É mais do que uma Carta do Poço. Peguei a bacia de água do lavabo e esfreguei a terra das mãos. É a décima *primeira Carta. Precisamos dela.* EU *preciso dela para me livrar de* VOCÊ.

Ele ficou sentado no escuro, quieto, enquanto eu me lavava. Apenas quando acabei — depois de a criada vir amarrar meu vestido preto — ele voltou a falar, com a voz muito distante.

Você tem tão pouco tempo, Elspeth.

E o que quer dizer com isso?

Mas ele se foi — recolhido às profundezas da mente.

Elm e sua luz vermelha me aguardavam ao pé da escada. Quando me viu, ele estreitou os olhos verdes.

— O que houve?

— Nada — respondi, tocando o cabelo. — Por quê?

— Você parece... inquieta.

— Ando dormindo mal.

— Ficar longe do capitão dificulta o descanso?

Como o ignorei, o príncipe sorriu, seu rosto bonito quando não era distorcido pela carranca de costume.

— Pronta para celebrar suas irmãs? — perguntou ele.

— Meias-irmãs.

Fazia uma semana que Ravyn, Jespyr e Elm tinham partido com Emory do Castelo Yew. O rei, furioso ao saber da incompetência dos Corcéis no Dia da Feira, mantivera a guarda trancada em Stone, a fim de "reforçar a união", como descrito em uma carta que Jespyr enviara.

O que apenas queria dizer que o rei dizimaria a determinação dos soldados com patrulhas em período integral e um treinamento arrasador.

Eu vinha fazendo o possível para manter um sorriso no rosto para Morette e Fenir, que estavam uma lástima desde a partida de Emory, mas rapidamente notei que, para eles, fazia pouca diferença se eu sorrisse.

No quarto dia, Morette recebera uma carta de meu pai, me convidando, assim como a família Yew, para o Paço Spindle, na ocasião de uma comemoração que, como tantos eventos no Paço Spindle, eu conseguira evitar nos últimos muitos anos.

O aniversário de Nya e Dimia.

Desta vez, porém, era diferente. Porque, desta vez, eu iria à festa com o capitão dos Corcéis, Jespyr Yew e um príncipe. Desta vez, andaria pelos salões do Paço Spindle com propósito e determinação. Desta vez, não me acovardaria sob o olhar de minha madrasta.

Desta vez, roubaria a Carta do Poço de meu pai.

Morette e Fenir nos encontraram à porta e me abraçaram.

— Chegaremos logo — disse Fenir, e deu um tapinha nas costas de Elm. — E Ravyn e Jespyr?

— Estão se despedindo dos Corcéis. Vão nos encontrar na entrada.

Eu me despedi e saí do castelo com Elm, atravessando o jardim de esculturas. Acima de nós, o céu de outono escureceu.

Uma tempestade estava chegando. Eu a sentia no pulso machucado, a atadura inchada sob a manga preta da roupa.

Corvos grasnavam dos teixos, soando um alerta que eu ainda não entendia.

— Como vai Emory? — perguntei quando chegamos ao portão.

— Fraco. O rei não ficou feliz com a visitinha dele de volta a casa — respondeu Elm, com um meio sorriso. — Também não gostou de saber que uma criança infectada tinha escapado, e um Corcel, sido atacado. Linden vai exibir umas cicatrizes espetaculares quando se recuperar.

Eu me encolhi, meu estômago se revirando.

Elm abaixou a voz quando saímos para a rua.

— Mas meu pai está distraído. Ele está obcecado por encontrar a Carta dos Amieiros Gêmeos a tempo do Solstício, porém não tem ideia de onde procurar.

— Tenha cuidado com o verde, e se atente à planta — falei, com uma voz que não era exatamente a minha. — Cuidado com o canto do bosque na sua manga. Escapará da trilha, em benção, fúria e armadilha. Cuidado com o canto do bosque na sua manga.

Elm me olhou.

— Anda lendo *O velho livro dos amieiros*?

Não andava. Nem tinha sido minha intenção dizer nada daquilo.

No escuro, os estalidos das garras do Pesadelo marcavam um ritmo lento e ameaçador. Cerrei a mandíbula para não dizer mais nada, voltando o pensamento para a câmara escura e a sepultura lá dentro.

Elm tomou por apreensão meu silêncio.

— Faltam só duas Cartas, Spindle. Logo você terá o prazer de caminhar livre e desimpedida por estas ruas — disse ele, com uma careta. — E logo eu terei o prazer de livrar Blunder do Clínico Orithe Willow.

Não fomos os primeiros convidados a chegar ao Paço Spindle. As tochas estavam acesas, e uma multidão se reunia na entrada, as vozes subindo pela rua como fumaça.

Os guardas se enfileiraram para abrir o portão, todos vestidos em capas vermelhas. Ao lado de um deles estava Jespyr, e, de seu outro lado, encostado no muro de pedra como se a casa fosse dele, Ravyn Yew. Meu coração se debateu, como se dotado de asas sombrias e poderosas. Ele tinha feito a barba e penteado para trás o cabelo preto. Porém, parecia cansado — mais cansado do que eu jamais o vira. As olheiras abaixo de suas íris cinzentas estavam tão escuras que pareciam até hematomas. Os nós dos dedos tinham formado casca, e o lábio inferior estava arrebentado.

Quando encontrou meu olhar, ele se afastou da parede e atravessou a multidão em passos firmes. Curvou a boca ao me tocar, levando uma das mãos à minha cintura e a outra ao meu rosto. Quando se inclinou sobre mim, algumas mechas de cabelo escuro caíram em seus olhos.

— Elspeth — cumprimentou ele, beijando meus lábios.

Afastei o cabelo do rosto dele e o olhei de cima a baixo.

— O preto lhe cai bem, capitão — falei. — Falta apenas a máscara.

Ravyn sorriu, quase juvenil.

— Digo o mesmo, srta. Spindle.

Passei o dedo pelo corte apenas parcialmente cicatrizado em seu lábio.

— O que aconteceu?

— Treino — respondeu ele, dando de ombros. — Não descanso desde o Dia da Feira.

Jespyr se juntou a nós, seu olhar cálido.

— Prontos?

— Sim, por favor, pelo amor das árvores — resmungou Elm.

— Qualquer coisa que acabe com esses *cochichos*.

Quando os guardas abriram o portão, entramos no pátio, onde o evônimo central estava cercado por lamparinas douradas e fitas vermelhas penduradas nos galhos. Ravyn passou o braço por cima do meu ombro, e nós quatro esperamos junto aos outros convidados de meu pai, que iam entrando no pátio.

Quando o gongo marcou as seis, todos voltaram os olhos para as portas duplas e altas do Paço Spindle, que se abriam.

Aplausos soaram. Balian, mordomo de meu pai, anunciou meu pai, minha madrasta e minhas meias-irmãs pelo nome. Eu os vi surgir no patamar, abrindo a casa para os convidados. Nerium apertava a mão de meu pai, que não sorria, contido na austeridade de sempre. Não havia luz azul em seu bolso. Guardara a Carta do Poço em algum outro lugar.

Nya e Dimia fizeram reverências, se deleitando com os aplausos. Usavam vestidos vermelhos, uma de cada lado dos pais, com os rostos espelhados em sorrisos idênticos.

Eu me recostei em Ravyn e não aplaudi. Elas me pareciam desconhecidas — desconhecidas jovens e bonitas. Por anos, eu tinha andado pelos mesmos corredores que Nya e Dimia, comido a mesma refeição, comemorado meu próprio aniversário, olhado para o mesmo evônimo. A infecção, entretanto, tinha mudado tudo. Minhas meias-irmãs e eu não éramos iguais. A vida as tinha protegido, como pérolas em uma bolsa de veludo. E eu... eu não era feita de pérola.

Eu era feita de sal.

— Gêmeas me dão nervoso — murmurou Elm, e endireitou as costas. — Eles chegaram.

O gongo soou mais duas vezes em rápida sequência. A multidão do pátio se abriu quando o rei passou pelo portão de meu pai. O rei Rowan se erguia, ereto, vestido em seda dourada, com pele branca de raposa forrando a gola da capa. Ao lado dele vinha Hauth e, junto dele, Ione, que, apesar de não carregar a Carta, nitidamente ainda estava sob efeito da Donzela. Meu tio vinha logo atrás dela, com roupas mais elegantes do que as que usara no Equinócio.

Minha tia e meus primos mais novos não estavam com eles.

Forcei a vista ao olhar para Ione, de mão agarrada à do grão-príncipe. Em minha mente, o Pesadelo se remexeu. *Menina amarela, quanta beleza emana. Menina amarela, notada e tirana. Menina amarela, do coração de pedra. Menina amarela, cruel soberana.*

Meu pai convidou o rei Rowan e a corte a entrarem no Paço Spindle, indicando o início da comemoração. O restante dos convidados os seguiu, com vozes animadas. Dentro da casa, em algum lugar, um violino e uma flauta tocavam uma melodia alegre. Elm, Jespyr, Ravyn e eu nos demoramos sob o evônimo.

O príncipe soltou um suspiro demorado, se apoiando nos galhos.

— Que comecem as festividades.

CAPÍTULO TRINTA

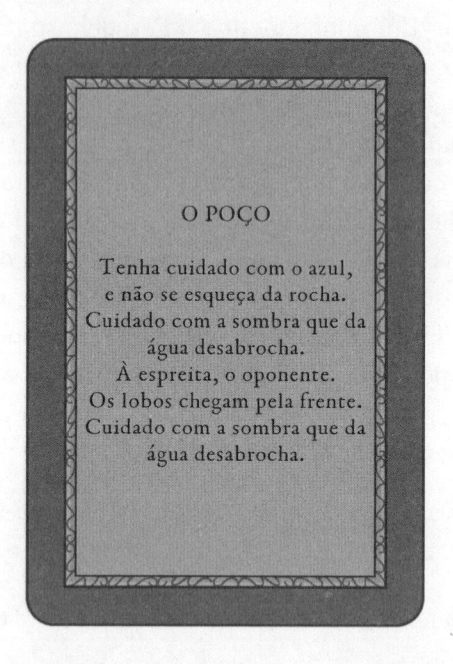

O POÇO

Tenha cuidado com o azul,
e não se esqueça da rocha.
Cuidado com a sombra que da
água desabrocha.
À espreita, o oponente.
Os lobos chegam pela frente.
Cuidado com a sombra que da
água desabrocha.

Estavam todos no salão. Ninguém me viu subir a escada com o capitão dos Corcéis. Ou, se viram, eu era apenas uma donzela, me escondendo nas sombras com um homem alto e bonito. Não seria a primeira nem a última.

Um momento depois, Jespyr e Elm vieram ao nosso encontro, um subindo de cada vez.

— Precisamos nos dividir — disse Jespyr, olhando para a escada comprida e curva que subia ainda mais. — Cada um em um andar.

Ravyn balançou a cabeça.

— Melhor ir em dupla. Vamos levantar menos suspeitas caso nos flagrem bisbilhotando.

— Vamos? — perguntou Elm, tamborilando os dedos no corrimão, e dirigiu a mim seus olhos verdes. — Tudo bem. Spindle, você vem comigo.

Pisquei.

— Você não pode estar falando sério.

— Ah, mas estou, sim.

Ravyn respondeu em voz baixa:

— Ela deveria vir comigo.

— Pelo amor das árvores, Ravyn! Você vai sobreviver um momento sem ela — disse Elm, cruzando os braços diante do olhar de raiva do primo. — A não ser, é óbvio, que sua prioridade não seja encontrar a Carta do Poço.

Ravyn não disse nada, flexionando os dedos junto aos meus.

— Ah, não me olhe assim. Você tem um Espelho, e Jes é quem melhor arromba portas. Dentre nós dois, é você quem está em vantagem.

— Não acho que o interesse dele seja arrombar — murmurou Jespyr, cobrindo a boca com a mão. — Ou talvez seja exatamente…

— Calem a boca, estamos perdendo tempo — falei, soltando a mão de Ravyn. — Elm e eu vamos vasculhar a biblioteca e subir para os quartos de hóspedes do terceiro andar. Vocês começam pelos aposentos do meu pai, no quarto andar, e depois sobem para o quinto.

Olhei de relance para Ravyn.

— Se não encontrarmos, nos reunimos no salão e investigamos o térreo — acrescentei.

Elm bateu continência.

— Sim, capitão.

— E se alguém perguntar o que você e o príncipe estão fazendo por aí? — perguntou Ravyn enfaticamente.

Elm sacudiu a Foice na cara do primo.

— Mando a pessoa embora tranquilamente.

— E o sexto andar? — perguntou Jespyr, voltando a olhar a escada alta em espiral.

Balancei a cabeça.

— Meu pai não sobe lá.

— Como você sabe?

— Porque é o meu quarto.

Não encontramos a Carta na biblioteca. Eu teria visto a luz azul de imediato, mas Elm insistiu em revistar vários livros velhos e abrir todas as gavetas da escrivaninha de meu pai. Segui atrás dele, domando o caos, garantindo que fosse tudo guardado de novo em seu devido lugar.

Então fomos para o cômodo seguinte, e para o outro. Quando não havia mais o que buscar no terceiro andar, nos escondemos nas sombras, aguardando que a escada ficasse livre acima e abaixo.

Elm estava perdendo rápido a pouca paciência que tinha. Ele passou a mão pelo cabelo desgrenhado.

— Tem certeza de que não deixamos passar nada?

Eu o olhei com irritação.

— Se houvesse uma Carta do Poço por aqui, eu teria visto.

— Talvez não esteja aqui porque seu pai usou — disse ele, abaixando a voz. — E nos viu.

Mordi o lábio, o nervosismo revirando meu estômago. *Para ver inimigos*, declarou o Pesadelo. *Traído por um amigo. Ou, neste caso, pela filha, pelo sucessor, por uma Corcel e por um príncipe.*

— Posso ajudá-la, srta. Spindle?

Nós dois nos sobressaltamos, o que fez o mordomo de meu pai pular também. Balian tossiu de leve.

— Perdão. Seu pai deseja mostrar ao rei um dos livros, e pediu que eu buscasse. Não imaginei que alguém estaria aqui.

Ele olhou para trás de mim e arregalou os olhos ao reconhecer Elm.

Eu não sentia prazer no sofrimento alheio. Porém, naquele momento, me deleitei no puro choque de Balian ao me ver, a Spindle mais velha — por quem sempre mostrara tanta indiferença e desconfiança —, de queixo erguido e vestido preto e elegante, ao lado do filho do rei.

— Virá se juntar a nós na festa, Sua Graça? — perguntou Balian, com uma mesura profunda.

— Daqui a pouco — respondeu Elm, roendo a unha, com uma aparência *nada* principesca.

— Pode ir, Balian — falei, com um sorriso falso. — Certamente tem muito o que fazer.

Quando falei, Balian franziu o cenho por um momento, abandonando a máscara de civilidade. Parecia que, mesmo na companhia de um príncipe, ele não gostava de obedecer às ordens da filha mais velha do patrão — da filha infectada.

— Está bem — disse ele, passando por mim.

Elm pôs a mão no bolso, banhado em luz vermelha.

— Como assim, ela não ganha uma mesura?

Balian hesitou. Ele me olhou, com todas as rugas da face franzidas. De repente, seus olhos ficaram vidrados e ele se abaixou em uma mesura profunda. Um momento depois, se empertigou, com o olhar mais límpido e arregalado. Fez uma cara assustada para Elm e seguiu apressado pelo corredor, sumindo escada abaixo.

Ao meu lado, Elm riu, dando três toques na Foice e girando a Carta entre seus dedos compridos.

— Não precisava disso — falei, subindo a escada. — Ele é apenas um homenzinho pomposo.

Os passos do príncipe ecoaram atrás dos meus.

— Do que adianta ter uma Foice se eu não puder me divertir de vez em quando?

Precisei levantar a barra do vestido, porque a escada do Paço Spindle era traiçoeira e íngreme.

— Nem sempre é divertido. Você pareceu prestes a desmaiar depois da confusão no Dia da Feira.

— Tudo tem seu preço — replicou Elm, indiferente.

— O da Carta da Foice é mais alto do que o da maioria. Até onde sei, se usada em excesso, a dor é agonizante.

Elm fingiu surpresa.

— Ninguém me contou! Vou parar imediatamente.

Fechei a cara.

— É arriscado.

— Lesa-majestade também — retrucou o príncipe. — Mas cá estamos.

Chegamos ao nosso patamar da escada principal e viramos à esquerda, seguindo um corredor comprido e frio que levava a outra escada em espiral, o acesso de serviço aos aposentos.

O olhar do Pesadelo iluminou a escada escura, e, embora ele estivesse calado, sua respiração era audível.

— Por que você faz isso? — perguntei a Elm, arfando ao subir a escada. — Você é um Corcel... um príncipe, segundo na linha de sucessão. Por que arriscar tudo?

— Emory está morrendo. Faço o que for preciso para salvá-lo. É o que a família faz.

— E os Rowan não são sua família?

— E esta não é a sua? — devolveu ele, indicando as paredes do Paço Spindle.

Desacelerei o passo.

— Meu pai poderia ter me entregado quando contraí a febre, mas não me entregou — falei. — Ele violou as regras por mim. E é isso que vê ao me olhar... uma regra violada.

— E se não visse? — retrucou Elm. — Imagine que ele, ou que outra pessoa, arriscasse o título, a própria vida pela sua, de bom grado? Alguém que visse todos os seus segredos e doenças, e não a temesse? Você não escolheria essa pessoa acima de tudo?

Tentei não pensar em Ione. Imaginei minha tia — seus abraços quentes e apertados, sua sabedoria. Pensei em quando ela passara a noite em claro comigo nas primeiras semanas, quando a febre me mantinha sob seu jugo. Pensei nas cartas dela e que, se eu voltasse para casa, ela me abraçaria de novo.

Pensei nos Yew, determinados e leais. Fenir, Morette, Jespyr — até Jon Thistle —, que me olhavam sem medo e ofereciam apenas gentileza.

E em Ravyn.

Assim como o corvo que lhe dava o nome, havia uma inteligência marcante nos olhos cinzentos de Ravyn Yew. Quando ele me olhava, eu me sentia vista, compreendida. Havia um traço entre nós, desenhado por destino e magia, que atravessava o espaço e o tempo. Ravyn e eu tínhamos seguido aquele caminho pela vida inteira, sem saber que estávamos nos aproximando um do outro. Eu me vi em seus olhos cautelosos e na escuridão que nadava em minhas veias e, apesar de não perceber até aquele momento, havia magia entre nós, que não tinha relação com o sangue, as Cartas da Providência nem nada daquilo.

— Acho que entendo — falei, quando chegamos ao topo da escada. — E, sim, acho que eu faria qualquer coisa por alguém assim. Faria mesmo.

— E não faria de tudo para proteger esse alguém? — indagou Elm, suas palavras me perseguindo como uma sombra.

Eu me virei, atraída por algo em sua voz. Quando encontrei seu olhar, o Pesadelo se agitou, observando Elm pelos meus olhos.

— Você está preocupado com Ravyn — falei, já sabendo a verdade. — Acha que, por eu ter segredos, irei trai-lo... trair todos vocês.

Elm não negou. Se eu não tivesse a certeza de que ele portava apenas a Foice, poderia pensar que existia entre nós uma Carta do Pesadelo — um conhecimento, uma leitura de pensamentos. Assim como em Ravyn, havia muita sagacidade no olhar do jovem príncipe, e, apesar de brilhar em verde, era igualmente astuto.

Porém, o olhar de Elm estava repleto de desconfiança.

— Eu nunca trairia vocês.

Quando a gargalhada do Pesadelo encheu minha cabeça como fumaça, eu me encolhi e acrescentei:

— Pelo menos, não de propósito.

Elm ergueu as sobrancelhas.

— Como assim?

Eu me virei, uma lágrima fria caindo do meu queixo no degrau sob meus pés.

— O tempo dirá — respondi, entrando em um dos muitos quartos. — De qualquer modo, a verdade virá à tona.

Uma hora depois, encontramos Ravyn e Jespyr ao pé da escada, na entrada do salão. Meu coração despencou — não havia luz azul vindo de nenhum deles.

Jespyr roía a barra da manga da túnica. Quando nos viu, falou, com a voz tensa:

— Por favor, me diga que encontraram.

Balancei a cabeça em negativa. Jespyr soltou um palavrão baixinho.

Elm passou a mão no rosto.

— Que horas são?

Ravyn se virou para o salão, tensionando a mandíbula.

— Acabaram de soar o nono gongo.

— A festividade acabará apenas tarde da noite de amanhã... ainda temos um dia inteiro de buscas.

Senti o pânico me enredar. Minha mandíbula doía de tanta tensão, meus ombros rígidos, minhas mãos cerradas em punhos.

— Vocês três deveriam entrar... deixar o rei e a corte vê-los.

Ravyn abriu a boca para discordar, mas eu o interrompi, passando por ele:

— Vou encontrar vocês assim que achar o Poço.

Jespyr e Elm se entreolharam.

— Tem certeza? — perguntou Jespyr.

— Tenho — respondi, com uma risada baixa. — Confie em mim, ninguém ali vai dar falta de mim.

Algo se mexeu na minha visão periférica, acompanhado de uma voz suave:

— Sinceramente, Bess. Você me dá tão pouco crédito.

Quando me virei, vi Ione, usando um vestido violeta-escuro que eu nunca tinha visto. O decote bordado era baixo, revelando o pescoço de porcelana e a curva dos seios. Ela usava o cabelo em uma trança frouxa, o único adorno uma fita dourada entre as mechas.

Ela parecia um raio de luar, a senhora da noite, de beleza desmedida. Eu a encarei, boquiaberta, hipnotizada por todas as suas curvas e traços. Exceto pelos olhos castanho-claros, que, antes da Carta da Donzela, tinham um brilho próprio, como se iluminados por dentro.

No momento, porém, estavam nebulosos. Sem foco. Perdidos.

— Venha sentar-se comigo — disse ela, indicando o salão, e acenou para Ravyn, Jespyr e Elm. — Venham todos.

Quando ela se virou, olhei com desespero para Ravyn.

— O Poço — murmurei.

Vimos Ione entrar no salão. Quando ela olhou para trás, ele passou o braço ao meu redor, e, juntos, a seguimos.

— Dez minutos — disse ele, junto ao meu cabelo, e fez sinal para Jespyr e Elm nos acompanharem. — Depois, pode continuar a busca.

Ione nos levou pelas fileiras de mesas no clamor do salão, risadas e música lutando por domínio e ricocheteando no teto alto. O rei estava sentado ao lado do meu pai na mesa principal, os dois de cabeça baixa, conversando. Mais adiante estava Nerium, de lábios tensos enquanto observava os convidados, e, ao lado dela, as gêmeas, de bochechas rosadas pela bebida.

Ione nos conduziu até uma mesa vazia junto à parede leste. Lá, aguardando em uma bandeja de prata, estavam seis cálices de vinho.

— Sentem-se, por favor — disse ela, apontando a mesa. — Vamos brindar?

Nós nos sentamos, lentos e rígidos, como se as articulações estivessem enferrujadas. Eu me instalei entre Ravyn e Ione, e Jespyr e Elm, na nossa frente. Cada um pegou um cálice da bandeja e o ergueu.

— A Nya e Dimia — disse Ione, tomando um gole profundo e demorado. — Muitas felicidades.

— Muitas felicidades — repetimos, com a voz fraca.

Tomei um gole de vinho e fiz uma careta, pois a bebida era mais amarga do que eu esperava.

Ninguém disse nada. Olhei de relance para Jespyr e ela deu de ombros, arregalando os olhos. Eu me virei para Elm, contando com ele para dizer algo, qualquer coisa, e quebrar aquele silêncio insuportável.

Porém, Elm estava quieto, debruçado na mesa, com o olhar inteiramente focado em Ione. Um momento depois, ele esticou o braço e agarrou o rosto dela, apertando as bochechas com os dedos.

— Elm, o quê...

— Cale a boca — mandou ele, e observou o rosto da minha prima. — Srta. Hawthorn — chamou ele, com a voz estranhamente suave. — Ione.

Ela não respondeu, não afastou a mão dele nem piscou, com o olhar tão desfocado quanto antes.

Havia algo de errado. Eu me segurei na mesa.

— O que houve?

— Veja os olhos dela — murmurou Elm. — Alguém usou uma Foice nela.

Ele pôs a mão no bolso, sem deixar de olhar para Ione. Tocou a própria Foice três vezes e disse, com a voz gentil:

— Me conte o que fez, Hawthorn.

Ela piscou. Quando falou, soou esganiçada:

— Apenas o que ele mandou.

Fiquei paralisada. Foi então que percebi que éramos cinco sentados à mesa. Cinco de nós.

E seis cálices.

Eu me virei para Ravyn, mas o capitão dos Corcéis estava imóvel, apertando minha mão com tanta força que parecia um torno.

Então, com a boca contorcida em um sorriso cruel, envolto pelo vermelho da Foice e pela luz turquesa de uma Carta do Cálice, Hauth Rowan sentou-se à cabeceira da mesa. Ele olhou para nós e soltou uma gargalhada.

— Sinceramente — falou ele. — É uma tradição de aniversário. Vocês certamente não vão me negar um pouquinho de diversão.

Ele tirou do bolso a Foice e deu três toques.

— Obrigado, meu bem.

A luz voltou aos olhos de Ione. Ela olhou de Elm para Hauth e então para a taça vazia. Nem o encanto da Donzela escondia a palidez de seu rosto.

Elm soltou o rosto dela e se virou para o irmão, fulminando-o com o olhar.

— Não acredito — falou ele, irritado.

Ele jogou o cálice vazio no chão, a raiva transbordando nas notas graves da voz.

— Pois acredite — disse Hauth, sorrindo, e bebeu o conteúdo todo da sexta taça. — Agora também tomei. Acha justo, meu irmão?

O Pesadelo entendeu antes de mim. Sua raiva queimou por mim, enchendo meus pensamentos de fumaça.

Eu o procurei. *O que está acontecendo?*

O gosto do vinho perdurava na minha língua, amargo e azedo, diferente de qualquer outra bebida que eu já tivesse provado. A luz turquesa no bolso dele. O Cálice.

Boquiaberta, olhei para minha taça, para meu rosto grotescamente refletindo nos restos de vinho no fundo. *Não.* Minhas mãos começaram a tremer. *Não acredito.* Porém, estava estampado na cara do grão-príncipe, um sorriso arrogante e triunfante esculpido em sua boca quando pôs a Carta do Cálice na mesa, para que todos a vissem.

— Só mais alguns momentos — disse ele, e se virou para Ravyn. — Quem quer contar a verdade primeiro?

CAPÍTULO TRINTA E UM

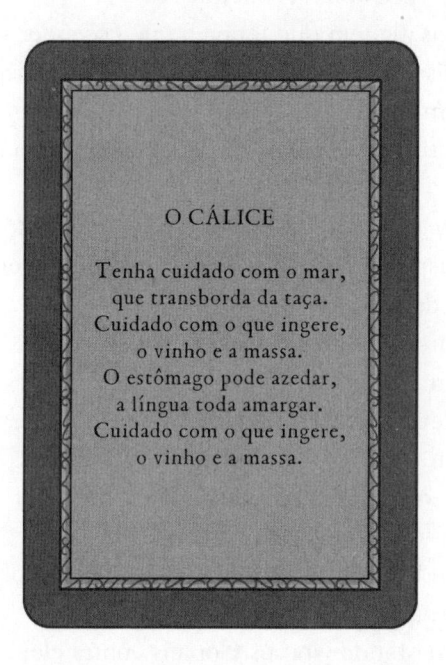

O CÁLICE

Tenha cuidado com o mar,
que transborda da taça.
Cuidado com o que ingere,
o vinho e a massa.
O estômago pode azedar,
a língua toda amargar.
Cuidado com o que ingere,
o vinho e a massa.

Eles já tinham jogado aquele jogo. Porém, quando eram mais jovens, e tinham muito menos a esconder. Encarei Hauth e ele me encarou, girando o Cálice entre os dedos grosseiros.

Se tiver um segredo, o Cálice revelará. O grão-príncipe busca a verdade. E a verdade roubará.

— Então tudo bem — disse Hauth, abrindo as mãos, como se para mostrar que não tinha o que esconder. — Eu começo. Cada um só pode fazer uma pergunta, então escolham bem. Tentem não mentir demais... — Ele curvou a boca. — Bem, vamos torcer para que não chegue a esse ponto. Jespyr. Você primeiro.

Jespyr parecia prestes a vomitar, com a boca tão crispada que quase desaparecia.

— Você não pediu — disse ela, com a voz baixa, tremendo de raiva. — Não é brincadeira se não consentimos com o Cálice, Hauth.

Hauth se recostou na cadeira.

— Apenas alguém que tenha o que esconder se recusaria a brincar — disse ele, e olhou ao redor. — Vocês não têm nada a esconder, têm?

Jespyr estreitou os olhos. Então, largou a taça com força na bandeja.

— Certo. Vou começar com uma pergunta fácil, *primo* — disse ela, cuspindo a palavra como se fosse peçonha. — Você sente inveja de Ravyn?

A gargalhada de Hauth não chegou aos olhos.

— N... n... n... n...

Ele rangeu os dentes e tentou de novo:

— N... n... n...

O vinho, o Cálice, não o deixaria mentir.

— Sim — respondeu ele.

Em seguida, foi Elm. Pálido como a morte, conseguiu manter a cabeça erguida.

— Está tentando virar os Corcéis contra ele?

Hauth tentou mentir outra vez. As veias latejavam em seu pescoço grosso, lutando contra a coleira invisível amarrada na língua. Finalmente, ele cedeu, com um olhar amargo para Ravyn.

— Sim.

Ravyn sustentou o olhar dele e perguntou:

— Vai me desafiar pelo comando?

Desta vez, Hauth não tentou mentir.

— Sim.

Silêncio se espalhou pela mesa. Era minha vez.

Tenha cuidado, sussurrou o Pesadelo. *Tenha atenção.*

— Já usou sua Carta da Foice em Ione mais de uma vez? — perguntei, com a voz entre um silvo e um engasgo.

Hauth sorriu, sem se afetar pela minha ira.

— Sim — respondeu ele, se virando para Ione. — Sua vez, noiva.

Os olhos de Ione, apesar de brilharem mais do que antes, não revelavam nada.

— Não quero brincar.

— Mas precisa — disse Hauth, dando um tapinha no braço dela, com um pouco de força demais para ser carinhoso. — Precisamos todos. Se não jogar, vou achar que tem o que esconder, meu bem.

Ione dirigiu a ele um olhar vazio.

— Não me importo com o que você acha.

Algo ardeu nos olhos de Hauth.

— Me faça uma pergunta, Ione.

Eu queria subir na mesa e rasgar a cara dele outra vez. Ravyn, sentindo minha ira, apertou minha mão com mais força.

Ione apoiou o cotovelo na mesa e o queixo na mão, avaliando Hauth como se ele fosse esterco grudado na sola do sapato.

— Você esteve com outras mulheres desde nosso noivado?

Para alguém que fizera tamanho espetáculo, parecia que Hauth tinha, sim, alguns segredos a esconder. O rosto dele ficou roxo, como se, ao prender a respiração, pudesse conter a mentira.

Mas o Cálice se sustentou.

— Sim — admitiu ele.

Elm bufou, rindo. Ione, porém, se sentava sob o escudo da beleza, aparentemente intocada pela infidelidade do futuro marido.

— Agora vou eu — disse ela, erguendo o olhar para a mesa. — Me pergunte qualquer coisa, Jespyr.

O olhar de Jespyr era duro, mas sua voz, suave:

— Hauth a trata bem, Ione?

Ione arqueou uma sobrancelha perfeita.

— Tão bem quanto um bruto, do jeito que ele sabe.

Elm se debruçou na mesa, silencioso por um momento arrastado, analisando Ione com seus olhos verdes.

— Você está apaixonada por ele?

Minha prima sustentou seu olhar invasivo, analisando-o também.

— Não.

Jespyr soltou um assobio baixo. Era a vez de Ravyn.

— O que você quer com sua conexão com os Rowan? — perguntou ele.

— Quero poder — respondeu Ione.

As palavras dela me assustaram tanto quanto a ausência de vida no tom. A Ione que eu conhecia gostava de rir, sorrir, pôr flores no cabelo, montar o cavalo do pai, descalça, pela estrada da floresta. Ela tirava forças da própria luz interior.

Uma luz que fora alterada, assombrada, até se tornar algo frio, duro. Insensível.

A Donzela a transformara.

Era minha vez de perguntar.

— É isso mesmo que você quer, Ione? — questionei, crispando os lábios, e olhei para Hauth. — Se casar com ele?

A risada dela vibrou no peito, o rosto perfeito impassível, as bochechas rosadas.

— Você é igualzinha à minha mãe, Elspeth. Com a cabeça nas nuvens. Não vê como é difícil uma mulher ser poderosa, ser destemida em Blunder, porque nunca quis ser mais do que é. Mas eu quero — disse ela, cruzando as mãos e mantendo firmes os olhos castanho-claros. — E, se for necessário um coração frio para atingir meu objetivo, que seja.

Eu estava perdida em seu rosto.

— Mas eu queria, sim, ser mais do que era, Ione — falei, com os olhos ardendo. — Eu queria ser como você.

Minhas palavras não pareceram alcançá-la.

— Agora, não faz diferença — disse ela, levando um dedo à boca. — Agora somos duas ovelhas, agradavelmente aninhadas no covil do lobo. Ou seria o contrário?

O Pesadelo arreganhou as presas afiadas. *Gostei dessa Ione.*

Achei que fosse vomitar. Olhei ao redor, me perguntando se poderia fugir, procurando um pretexto para me livrar daquela mesa — da minha prima mudada, do olhar brutal de Hauth Rowan.

Você não pode ir embora, disse o Pesadelo, batendo as garras em um ritmo ágil e incômodo. *Precisa ficar aqui, assim como os outros, e fingir. Como sempre fez.*

— Minha vez — disse Elm, desviando a atenção de mim e de Ione. — Façam logo essas malditas perguntas.

A Carta do Pesadelo sob a mesa lampejou na minha visão periférica. Eu me virei para Ravyn, mas ele estava distante, olhando fixamente para Elm.

— Quem você acha que é o usuário de Carta mais talentoso em Blunder? — perguntou Jespyr ao primo.

Elm apoiou os cotovelos na mesa.

— Sou eu.

— É a verdade dele — resmungou Hauth, baixinho.

Ione se debruçou na mesa.

— Por que você não mora em Stone, com seu pai e seu irmão?

A pouca cor que ainda restava no rosto de Elm desapareceu. O pescoço dele tremeu, e eu soube que ele estava lutando para responder, tentando mentir. Porém, não podia enganar o Cálice.

— Eu odeio aquele lugar — respondeu ele, com a voz tão baixa que quase vibrava. — Eu demoliria tudo se pudesse, colocaria fogo no castelo. Veria queimar até virar cinzas.

O Pesadelo se agitou nas sombras, esticando as garras, observando Elm.

Não era o que Ione esperava que ele fosse dizer. Ela olhou de relance para Hauth, que estava ereto feito uma parede, sem se abalar. Eu me perguntei o quanto ela sabia — se Hauth contara como brutalizava o irmão quando eram crianças.

Ravyn quebrou o silêncio.

— Minha vez.

Ele olhou para o primo. Não consegui decifrar o que ele disse no silêncio de suas mentes. Eles mantinham a expressão neutra, exceto pelas leves mudanças no olhar.

— Você confia em mim, Elm? — perguntou Ravyn.

— E tenho opção? — retrucou Elm, e, depois de uma pausa, suspirou, seu olhar deixando de ficar vidrado. — Sim. Confio em você. Confio minha vida a você.

Era minha vez. Eu queria perguntar se ele confiava em mim também, mas era muito arriscado.

— Dói quando você usa demais a Foice?

Por um momento, Elm apenas me encarou. A Foice era uma Carta de poder, de controle. Mostrar dor era ceder aquele controle. A dor era fraqueza. E, para um príncipe de Blunder, fraqueza era uma característica imperdoável.

Porém, diferentemente do irmão, Elm não fingia ser maior do que a fraqueza. Desta vez, ele nem tentou mentir.

— Sim — respondeu ele, se empertigando, o queixo firme. — É como vidro cortando minha cabeça.

Hauth observou o irmão mais novo.

— Você se acha mais digno de ser rei do que eu?

Elm se virou para o irmão.

— Sim — respondeu ele, com um ódio tão grande nas profundezas dos olhos verdes que eu me encolhi. — Mas você já sabia disso.

Senti que a mesa se partiria de tanta tensão entre nós. *Eles levam este jogo na brincadeira?*, sibilei no escuro. *Guerras foram declaradas por muito menos.*

Este jogo é uma guerra, querida, respondeu o Pesadelo. *E o Cálice, a verdade, é a maior arma que há.*

— Agora sou eu — disse Ravyn.

Hauth fez um esgar de desdém.

— Por quê? Nós dois sabemos que você dirá exatamente o que quer, como sempre faz.

As feições de Ravyn continuavam neutras, controladas. *Ele não pode usar o Cálice*, lembrei. *Nem se pode usar o Cálice contra ele.*

Então o capitão dos Corcéis fará o que faz de melhor, disse o Pesadelo. *Mentir.*

Hauth fez sinal de que continuaria a objeção, mas Ione já tinha se debruçado na mesa.

— Você gosta de Elspeth? — perguntou ela. — De verdade?

Ravyn flexionou os dedos ao redor da minha mão.

— Desde o primeiro momento em que a vi — respondeu ele, e hesitou. — Ou do segundo momento, talvez.

Dirigi um olhar tenso a ele. Ione me observava da cadeira, com um sorriso momentâneo pintado no rosto impecável de porcelana. Elm revirou os olhos, e Jespyr sorriu.

Hauth fez uma carranca.

— O que você faz quando não está com os Corcéis? — perguntou ele a Ravyn. — Aonde vai?

— Uma só pergunta — ralhou Elm.

Hauth socou a mesa.

— Eu poderia fazer cem perguntas e não receber um pingo de verdade. É o *dom* dele. Não é, Ravyn?

Ninguém disse nada. Ravyn manteve o rosto inexpressivo, intocado pela ira do primo, livre para mentir à vontade.

— Ando ocupado — respondeu ele — com as responsabilidades do rei. O que mais faria?

Hauth franziu o cenho e afundou na cadeira.

A voz de Jespyr soou baixa:

— Você queria não ter virado Corcel... ter vivido uma vida normal?

Eles se olharam demoradamente, e as rugas na testa de Ravyn relaxaram.

— Apenas nos dias em que minha irmã não está lá para me conduzir à direção certa.

Era a vez de Elm.

— Pelo amor das árvores, Ravyn, sei lá — disse ele, e passou a mão na testa. — Você me acha mais bonito do que você?

O canto da boca de Ravyn tremeu.

— Sem dúvida.

Era minha vez de perguntar. Olhei para Ravyn e ele me deu um sorriso, com os olhos cinzentos tão límpidos quanto no dia em que ele pegara minha mão e me levara para as profundezas subterrâneas do castelo — para um mundo de segredos, traição e propósito. Um mundo de bandoleiros e sal.

— Você ainda está fingindo? — perguntei, me deleitando em seu olhar.

Ravyn soltou uma risada surpresa e, na frente de todos, se abaixou e me beijou.

— Nunca fingi — sussurrou ele junto a minha boca.

Quando ergui o rosto, o olhar de Hauth estava fixo em mim. Ele apoiou as mãos na mesa, entrelaçando os dedos e prendendo ali a luz turquesa do Cálice.

— E agora o que eu estava aguardando. É a sua vez de responder às nossas perguntas, srta. Spindle.

Suor se acumulou na palma das minhas mãos, e minha respiração começou a sair em chiados curtos e hesitantes.

Calma, disse o Pesadelo. *O Cálice é a Carta da verdade. Mas a verdade precisa ser enquadrada, enredada, capturada. A pergunta é tão importante quanto a resposta.*

Eu mal tivera tempo de recompor meus pensamentos antes de Ione começar, com os olhos castanho-claros contidos, entre curiosidade e calculismo.

— Você está apaixonada, Elspeth?

Achei que fosse morrer. Pela primeira vez, quase odiei minha prima. Eu me perguntei o efeito que a Carta da Donzela teria em um dente quebrado com um soco.

Isso é um pavor, gemi. *Me ajude.*

Ajudar?

VOCÊ ME OUVIU. *Socorro!*

O Cálice afeta o sangue. Minha força, minha magia, não vai livrá-la. A risada dele atravessou o escuro. *A não ser que você queira que eu arranque a Carta da mão do grão-príncipe... e quebre todos os dedos dele, para completar.*

Isso não me ajuda em nada.

Então você precisa dar seu próprio jeito de contornar a magia do Cálice.

Ele estava certo: a magia do Cálice era estranha. Eu não a sentia nas veias, nem discernia o cheiro familiar de sal no nariz. Ficava em algum lugar do corpo, presa, me esperando responder.

Quando tentei mentir, tossi, com uma sensação tão aguda de estrangulamento que lacrimejei.

— Larguem disso — disse Jespyr. — Ela não precisa responder se não quiser.

— Todos nós respondemos — disse Hauth, com uma piscadela para Ravyn. — Deixe a moça falar.

Mas não consegui. Não estava pronta para falar, mesmo que sentisse aquilo. A verdade era muito nova, tão frágil que se partiria. Esforcei-me para contornar a verdade, mas a magia bloqueava minha língua a cada instante, me esganando até eu arfar, sufocada.

Respire, mandou o Pesadelo, sua voz como uma vela na escuridão.

Ao meu lado, Ravyn se agitou.

— Elspeth — disse ele, apertando minha mão. — Não precisa...

— Sim — falei, a palavra escapando sem resistência, tão sem esforço que não poderia ser vista como nada além da verdade.

Tentei soltar a mão de Ravyn, mas ele não deixou, roçando o polegar nos meus dedos. Porém, eu não o fitei. Dirigi um olhar amargo para Ione, pela violação de sua pergunta, que arrancara de mim algo que eu não estava pronta para revelar.

Hauth admirou com ganância o desconforto em meu rosto, se concentrando em mim. Como se me caçasse.

— Agora a pergunta que mais desejava fazer — disse ele, se debruçando na mesa. — Me conte, srta. Spindle — começou, com a voz cheia de falso charme —, o que aconteceu com seu braço?

Não tive nem que olhar para saber que Ravyn, Jespyr e Elm estavam rígidos nos assentos. Ravyn puxou minha mão por baixo da mesa, mas eu o ignorei, paralisada, desesperada por palavras que não fossem me entregar ao carrasco.

O Cálice contorceu minha língua, impedindo as mentiras antes de chegarem à boca. Hauth fora esperto. Ele não podia roubar segredos de Ravyn, um homem imune ao Cálice.

Mas podia roubar os meus. E, com eles, condenar a todos nós.

— Eu... — falei, engasgada. — Eu... eu fui...

Ione pôs a mão no braço de Hauth.

— Eu falei, ela caiu...

— Cale a boca, Ione — rosnou Hauth, afastando a mão dela com um tapa.

— Ela já não suportou o suficiente da sua maldade? — questionou Elm, rangendo os dentes.

— E o que você tem a ver com isso, meu irmão?

— Pode me chamar de retrógrado, mas eu não acho que você deveria usar a Foice na mulher com quem vai se casar.

Eles começaram a discutir, e Jespyr se intrometeu. Eu não escutava o que eles diziam. Sentia que ia engasgar com bile.

Calma, veio a voz do Pesadelo, ao mesmo tempo próxima e distante. *Mais cedo ou mais tarde, a verdade virá à tona*, ronronou ele. *Você mesma disse.*

Mas não ASSIM!

Olhei para Ravyn. Ele devia estar percebendo o medo em minha expressão, porque, ao me olhar, demonstrou uma aflição que até então era inédita para mim: vulnerável, protetor. Ele apertou minha mão e, mesmo que mal mexesse a boca, discerni três palavras murmuradas:

— Me deixe ajudar.

Meus olhos marejaram. Ao meu lado, a Carta do Pesadelo de Ravyn brilhou outra vez. Sal inundou meu nariz, e eu fiquei paralisada, entendendo tarde demais o que Ravyn dissera.

Me deixe ajudar.

— Ravyn, não... — arfei.

Já era tarde demais. Ele já tinha descumprido a promessa. A invasão à minha mente foi como se alguém tivesse me jogado um balde de água fria. Senti nos ouvidos, nos olhos, no nariz, no céu da boca. Tossi, ofegante.

Está tudo bem, Elspeth, ecoou a voz de Ravyn na minha cabeça. *Você consegue... é só escolher suas palavras com cuidado. Ele perguntou o que aconteceu... não como aconteceu.*

Porém, eu mal o escutei. Estava ocupada gritando, afundando os dedos na palma da mão do capitão dos Corcéis. *Não, não, não! Eu já disse, Ravyn, não!*

Respire, Elspeth, disse ele, com a voz calma em meio ao caos. *Vai ficar tudo bem.*

Eu disse NÃO, *Ravyn*, insisti. *Saia daqui.*

Ravyn se agitou, confusão e mágoa quase imperceptíveis surgindo em seu rosto. *Perdão*, disse ele. *Queria apenas...*

O Pesadelo saltou das sombras como uma fera. *Você escutou*, disse ele, atacando com as garras, e um rosnado feroz escapou de sua garganta. *Saia daqui, Ravyn Yew. SAIA. DAQUI.*

Ravyn caiu da cadeira com força total e a mesa inteira sacudiu.

— Cuidado! — exclamou Jespyr, se levantando em um pulo.

Os outros também se levantaram, olhando de mim para o capitão dos Corcéis, sentado no chão, aturdido, com o belo rosto contorcido pelo medo.

Elm contornou a mesa.

— Parece que você viu um fantasma.

Os olhos cinzentos de Ravyn, arregalados e vidrados, me encaravam fixamente.

— Não... não vi.

— Sentem-se — ordenou Hauth.

Ele esticou o braço, passando por Ione até me alcançar. Segurou meu pulso machucado.

— Está tudo bem, srta. Spindle, pode me contar a verdade — disse ele, pressionando o polegar por cima da minha manga, afundando na área ferida. — Afinal, é só uma brincadeira.

Jespyr pulou nele.

— Solte ela — gritou ela, jogando-o para trás, e ele arranhou meu pulso ao soltar.

Eu vi estrelas, enjoada de dor. Hauth e Jespyr estavam brigando. Elm levantava Ravyn do chão. Fui a única a perceber quando Ione pegou o Cálice caído na mesa e, com o toque delicado do dedo, bateu na Carta e me libertou.

Nós nos entreolhamos. Abri a boca para dizer alguma coisa, mas ela já havia se levantado da cadeira e saído pelo salão.

Ravyn, de pé, se virou contra o primo como um lobo.

— Foi uma emboscada, e não um jogo — rosnou ele. — Já fomos mais cordiais do que devíamos.

Ele me ofereceu a mão, que eu aceitei, e fez sinal para Jespyr e Elm.

— Vamos embora.

Soltei um suspiro de alívio, me levantando com dificuldade.

Porém, o mundo todo começou a girar, e meus joelhos, de repente fracos, cederam sob meu peso.

Desabei no chão.

Náusea invadiu meu estômago e eu engasguei, bile grossa e gosmenta subindo pela minha garganta, me sufocando. Quando tossi no chão, o que saiu era escuro e granuloso, pesado como a terra que tinha cavado pela manhã. Escorreu pelos meus dedos, quente e viscoso, deixando rastros compridos e furiosos, se acumulando em poças escuras na palma das mãos.

Foi só ao tossir de novo que entendi que era sangue.

Tola, eu tinha tentado controlar o Cálice. Tinha tentado mentir demais.

Nos breves momentos antes de vomitar um mar de sangue, me lembrei da insígnia da Carta do Cálice: *Soro da verdade* — o texto antigo desenhado acima da imagem de uma taça repleta de um líquido vermelho-escuro. Do lado oposto, a taça virada de ponta-cabeça, e o líquido derramado, descontrolado...

Veneno.

CAPÍTULO TRINTA E DOIS

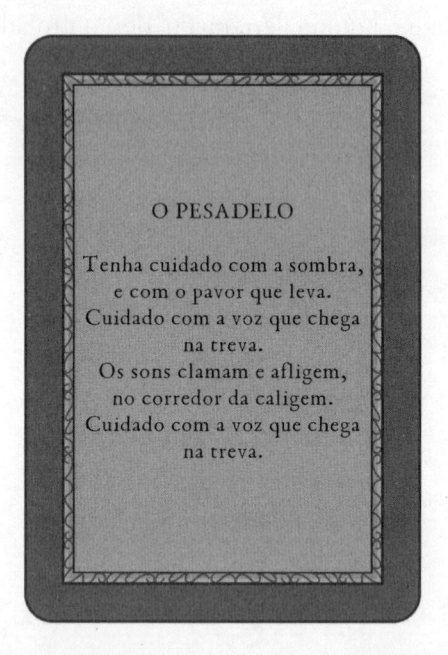

O PESADELO

Tenha cuidado com a sombra,
e com o pavor que leva.
Cuidado com a voz que chega
na treva.
Os sons clamam e afligem,
no corredor da caligem.
Cuidado com a voz que chega
na treva.

O quarto estava escuro quando acordei, a aurora ainda tímida no horizonte. Encarei o nada, com uma dor latejando atrás dos olhos.

Primeiro, reconheci o teto. Havia nós na madeira que, se eu desfocasse os olhos, se transformavam em rostos estranhos e grotescos me olhando de cima. Antes de eu ter qualquer noção concreta de monstros, imaginava que aqueles desenhos na madeira eram criaturas que me observavam, nem bondosas nem más.

Mas fazia muito tempo.

Eu me sentei na cama de quando era criança e olhei ao redor do quarto, com dor martelando o crânio. O quarto era exatamente como eu me lembrava: o baú cheio de vestidos, a casa de bonecas de madeira. A pilha de cobertas, agora desbotadas e furadas pelas traças, estava onde eu a deixara onze anos antes.

Nada tinha mudado de lugar, o quarto congelado, paralisado no tempo.

As únicas coisas diferentes eram a cadeira alta de madeira, puxada de seu lugar habitual no canto e trazida para o lado da cama, e o homem sentado nela. Ravyn estava curvado, dormindo com a cabeça abaixada, como se em oração. O rosto dele estava inexpressivo, toda a tensão e a austeridade lavadas pelo sono. No bolso brilhavam as luzes familiares, violeta e vinho, de suas Cartas, sem piscar.

Eu o observei por algum tempo, conforme a luz na janela ia ficando mais forte. Eu me perguntei como ele tinha me levado até ali, no alto da casa. Como tinham me curado do veneno do Cálice.

Principalmente, eu me perguntei — com um nó no estômago — se, depois daquela noite, Ravyn Yew teria mudado irrevogavelmente de ideia a meu respeito.

Um toque suave bateu três vezes na porta. Fechei os olhos, fingindo dormir.

Ravyn despertou no susto, se levantando em um pulo.

— Quem é?

— Elm.

Escutei o trinco se soltar e a porta se abrir com um rangido, os passos apressados de Elm ao entrar no quarto e fechar a porta.

— Como ela está?

— Dormindo, ainda — murmurou Ravyn. — Filick já foi embora há algumas horas.

— Mais sangue?

— Não.

— Eu quero matar o Hauth — sibilou Elm.

— O mais preocupante foi o motivo para ele querer usar o Cálice, para começo de conversa — disse Ravyn. — Seu irmão desconfia que éramos nós naquela noite no bosque. Ele não tem provas, mas tem suspeita.

— Precisamos tomar cuidado, Ravyn.

— Eu sei.

— Você dormiu?

O bocejo de Ravyn foi resposta suficiente.

— Sente-se, antes que você caia duro — disse Elm.

A cadeira rangeu sob o peso de Ravyn. Continuei de olhos fechados, sem saber se e quando falar.

Ravyn abaixou a voz:

— Eu usei o Pesadelo nela ontem.

Meu corpo todo ficou tenso.

Elm fez silêncio por um momento.

— Você usou para ajudá-la... para orientá-la no jogo. Como fez comigo.

— Eu falei, logo no início, que não usaria a Carta com ela. Eu prometi.

Elm bufou.

— Ontem foi uma circunstância excepcional, na minha opinião.

— Duvido que ela vá concordar.

— Por quê?

Ravyn hesitou. Ao falar, foi com a voz baixa, cheia de dúvidas:

— Não sei explicar. Foi diferente de qualquer outra cabeça em que já entrei. Senti que tinha afundado no mar. Era sombrio, oscilante... como uma tempestade. Quando falei com ela, ouvi sua voz, mas muito distante.

Ele pausou, e escutei o som áspero da palma das mãos sendo esfregadas no rosto.

— Não sei o que aconteceu, Elm — disse ele. — Devo estar enlouquecendo.

Vai deixar ele sofrer assim?, sussurrou o Pesadelo.

Cerrei ainda mais meus olhos. *O que ele vai pensar de mim? E isso importa?*

Lógico que sim. Ele é importante.

Então não minta para ele.

Minha respiração arranhou no peito. Abri os olhos e me virei para Ravyn e Elm.

— Elspeth — disse Ravyn, puxando a cadeira para mais perto da cama, e pegou minha mão. — Como você está?

— Horrível — admiti. — O que aconteceu?

— Depois de você vomitar um rio de sangue — respondeu Elm, se apoiando no pilar da cama —, Filick conseguiu fazer você tomar um antídoto. Você vai passar um tempo fraca.

Cocei a cabeça, encontrando o olhar de Ravyn.

— Pedi para você não usar a Carta do Pesadelo comigo — falei, pouco mais de um sussurro.

A vergonha cobriu o belo rosto do Capitão.

— Eu sei — disse ele. — Perdão. Achei que fosse ajudar.

Então, como se lutasse contra as palavras, ele suspirou bruscamente e continuou:

— O que foi que aconteceu, Elspeth? Que voz era aquela?

— Voz? — perguntou Elm.

— Uma voz falou comigo — explicou Ravyn. — Como se estivesse dentro da minha cabeça. Escutei com muita clareza.

— O que a voz disse?

Ravyn se virou para mim, com o olhar cinzento aguçado.

— Me mandou sair da cabeça dela.

Lágrimas caíram dos meus olhos, me traindo, lavando minhas bochechas. Ravyn tocou meu rosto.

— Elspeth — disse ele, meu nome uma rosa em sua língua. — Seja o que for, eu posso ajudá-la. É só me contar.

Balancei a cabeça.

— Você não pode me ajudar, Ravyn.

— Mas posso tentar, não posso?

Porém, eu nunca dissera aquelas palavras — em onze anos. Tinha enterrado a verdade tão fundo, por tanto tempo, que não sabia como externá-la.

Apontei para a luz vinho em seu bolso.

— Melhor mostrar.

Ravyn deu três toques na Carta do Pesadelo, sem desviar os olhos do meu rosto. A invasão à minha cabeça foi tão abrasiva quanto na noite anterior — como se eu tivesse submergido em água salgada e fria. Em minha mente, o Pesadelo aguardava. *Seja simpático com ele*, sussurrei.

Era estranho ver Ravyn à minha frente e sentir sua presença na minha cabeça ao mesmo tempo. *Ravyn*, falei.

Elspeth.

A voz do Pesadelo era suntuosa. *Ravyn Yew*, disse ele. *Desta vez, pelo menos, foi convidado.*

Ravyn recuou, sobressaltado, de olhos arregalados.

— O que foi? — perguntou Elm, apoiando a mão no ombro do primo.

— Tem alguma coisa ali — arfou Ravyn. — Alguém.

— Outra pessoa?

— Não é uma pessoa. Eu... eu não sei — disse ele, e me fitou. — O que é?

Apontei para a Carta na mão dele. Ali, havia o desenho de uma criatura. Uma fera das sombras...

Um Pesadelo.

Ravyn piscou.

— Isso — disse ele, estendendo a Carta entre nós. — Esta *coisa* está na sua cabeça?

Elm empalideceu, com os olhos verdes mareados, e apertou com força o ombro de Ravyn.

Quem é você?, questionou Ravyn, gritando no escuro.

O Pesadelo foi insensível à angústia dele. *O pastor da sombra. O demônio da ilusão. O fantasma do pavor. O pesadelo da escuridão. Por que está na cabeça de Elspeth?*

Meus pensamentos se distorceram ao meu olhar. De repente, eu estava de volta à biblioteca de meu tio, a Carta do Pesadelo exposta na mesa de madeira de cerejeira. Olhava para o monstro da Carta. Olhos amarelos, garras vis, a curva de pelo áspero subindo pela coluna do ser agachado que me encarava.

Vi minhas mãos pequenas se aproximando para tocá-lo, a biblioteca repentinamente envolta pelo cheiro de sal.

Então tudo se apagou.

Diante de mim, o rosto de Ravyn virara pedra, o terror visível apenas nos olhos.

— Não entendi. Como ele entrou na sua cabeça?

— Eu encostei na Carta do Pesadelo de meu tio — respondi, e olhei para Elm. — É minha habilidade... minha magia. No momento em que uma Carta da Providência toca minha pele, eu absorvo o que o Rei Pastor pagou por sua criação.

Elm se engasgou com as palavras.

— Como assim, "pagou"?

Rangi os dentes.

— Quando o Rei Pastor criou o Baralho, a Alma pediu pagamento. Então, ele negociou Carta a Carta, pagando em objetos, animais...

Elm balançou a cabeça.

— Não preciso do conto da carochinha inteiro, Spindle, só o *essencial*, por favor.

— Deixe ela falar — grunhiu Ravyn.

Engoli em seco, as palavras grudando na garganta.

— Quando o Rei Pastor criou a Carta do Pesadelo, ele negociou parte de si mesmo.

Fechei os olhos.

— A alma — disse Ravyn, a voz um fio.

Assenti, reabrindo os olhos.

— Foi isso que absorvi quando encostei na Carta do Pesadelo de meu tio.

Ravyn e Elm me encararam, arregalando os olhos como se nunca tivessem me visto de verdade.

— Mas se ele pagou com a alma — sussurrou Elm, abaixando os olhos para a Carta do Pesadelo de Ravyn —, e você a absorveu, a voz na sua cabeça...

A gargalhada do Pesadelo preencheu minha mente, fazendo Ravyn se encolher.

Ergui os olhos, a verdade finalmente arrancada de mim, pouco a pouco.

— É o Rei Pastor.

Não havia espaço suficiente no Paço Spindle para suportar o peso do silêncio que carregávamos. Elm parecia prestes a gritar, com a mão cobrindo a boca, os olhos verdes arregalados, a expressão contorcida de choque.

A reação de Ravyn, porém, foi a que mais me assustou. Imobilidade — o rosto inteiro paralisado, como se feito de pedra.

— E as outras Cartas da Providência? — perguntou ele. — Você vê mesmo as cores?

Desviei o rosto.

— Eu não vejo, mas *ele* vê.

— Quer dizer que essa criatura — indagou Elm, apontando a Carta na mão de Ravyn — é o Rei Pastor? Que é *ele* quem tem nos dito onde estão as Cartas?

— Ele não fala por mim — respondi, mordendo a bochecha. — Não frequentemente.

— Mas ele ajuda você — disse Elm, sua voz ficando mais forte. — É por isso que você consegue lutar... por isso que é forte, rápida. Se não fosse por isso, como teria sobrevivido ao ataque de seu pai naquele dia na estrada?

Ele se virou para Ravyn, erguendo os ombros em satisfação, e continuou:

— Foi assim que ela feriu Hauth... que machucou Linden. Foi *ele* que fez isso por ela.

Nem tentei negar.

— Ele só me dá força se eu pedir.

— Muito ético, né? — questionou Elm, bufando. — Essa história só melhora. Imagino que sejam dele esses olhos amarelos que andamos vendo nessas últimas semanas?

Cerrei a mandíbula, a dor de cabeça de repente incomparável com o desespero sufocante que enchia meu peito. Eu queria chorar — me afundar nos travesseiros e dormir por cem anos

—, pois a dor da desconfiança deles, o medo entalhado no rosto de Ravyn, eram mais do que eu conseguia suportar.

Ravyn passou a mão pelo meu braço.

— Nos dê um momento, Elm.

O príncipe se revoltou.

— Isso só confirma tudo o que eu falei dela. Que ela está mentindo para a gente desde o começo!

Ravyn olhou de soslaio para o primo.

— Por favor. Saia.

Elm franziu o cenho. Então nos deu as costas, abaixando os ombros, mas tensionando a mandíbula. Atrás da sombra de sua carranca, vi seus olhos verdes semicerrados e vidrados.

Quando a porta se fechou, Ravyn se virou para mim, de sobrancelhas franzidas e boca em uma linha fina.

— Por que você não me contou, Elspeth?

Desviei o rosto, olhando para a janela.

— O que sei só eu sei — falei, batendo os dentes. — É segredo profundo. Os escondo há tempo, e os esconderei deste mundo.

Ravyn me encarou, franzindo mais as sobrancelhas.

Você viu, assim como eles, ronronou o Pesadelo. *Viu o amarelo nos olhos dela na noite em que a atacou na estrada. Desde então, já viu várias vezes.*

Eu não estava em posição de exigir respostas, disse Ravyn. *Como eu saberia que era esse o segredo dela?* Ele apertou meu braço.

— Ele está na sua cabeça há onze anos?

— Preso, que nem eu. E está ficando mais forte. É a minha degeneração — respondi, piscando, com a cabeça pesada, como se no fundo da terra. — Sempre que peço ajuda, ele ganha força.

— Ele já machucou você?

O Pesadelo sibilou. *Machucar? Eu a protejo.*

Então por que está ganhando força?, questionou Ravyn.

As garras do Pesadelo estalavam no piso escuro da minha cabeça enquanto ele andava em círculos, inquieto. *Quando Rowan roubou minha vida, restou minha alma, selada na Carta do Pesadelo. Aguardei por séculos, consumido por fúria e sal. A voz dele grudava em mim, como se feita de cera. Elspeth me tirou da Carta, das sombras. Então eu a protegi do mundo que queria matá-la. Falei do Velho Livro com ela. Ela já tinha reverência, já tinha atenção. Mas eu a ensinei a ter cuidado. Dei a ela meus dons, minha força. Mas nada de graça vem, Ravyn Yew. Especialmente a magia.*

A voz de Ravyn mal chegava a um sussurro. *O que vai acontecer quando você ficar mais forte do que a mente de Elspeth é capaz de aguentar?*

A única resposta do Pesadelo foi o rangido dos dentes, vindo de todos os lados ao mesmo tempo.

Meus pensamentos nadavam no escuro. Eu quase sentia a pelagem áspera nas costas do Pesadelo, como se ele passasse próximo aos meus dedos. A voz dele soava como mil pássaros se debatendo na minha cabeça.

— Era o castelo dele… o das ruínas. O primeiro rei Rowan o incendiou, matou ele e a família — falei, virando para Ravyn meus olhos cheios de lágrimas salgadas. — Ele está enterrado sob a pedra na câmara do Castelo Yew.

Mais três batidas na porta, desta vez urgentes.

— Agora não — respondeu Ravyn, seco.

— O rei está nos chamando no térreo — disse Jespyr do outro lado da porta. — Agora.

— Diga que estou ocupado.

— Ele vai desconfiar se você não estiver conosco, Ravyn.

Ravyn esfregou as mãos no rosto, as olheiras em sombras mais pronunciadas à luz da manhã.

— Já vou.

Os passos de Jespyr sumiram escadaria abaixo.

— O que o rei quer? — perguntei. — Achei que todos fossem ficar mais uma noite aqui, para a comemoração.

— Discutir patrulhas, sem dúvida — respondeu o capitão.

— Meu tio exigiu mais inspeções de Clínicos na cidade desde

a fuga do menino e dos pais dele. Nós fazemos a escolta. Devo voltar antes do anoitecer.

Ele soltou minha mão e tocou três vezes a Carta do Pesadelo, encerrando nossa conexão. Senti uma tensão entre nós — certa hesitação.

Porém, quando tentei segurá-lo, ele já estava na porta.

— Podemos conversar quando eu voltar — disse Ravyn. — Descanse, Elspeth.

Passei cinco minutos na cama, tão ansiosa que minhas pernas chutaram as cobertas por vontade própria.

Você precisa descansar, disse o Pesadelo. *O veneno a enfraqueceu.*

Eu o ignorei e passei as pernas para o lado da cama, me sentando.

Uma batida na porta me imobilizou, e fiquei à espera.

— Olá?

A porta se abriu com um rangido e meu pai entrou, desajeitado e a passos leves, como se eu fosse um gigante adormecido.

— Não sabia se você estava acordada — disse ele.

Eu não respondi. Estava distraída demais pela luz que emanava de seu bolso, um azul-safira ofuscante.

A Carta do Poço.

— Está melhor? — perguntou ele.

Forcei um sorriso rápido, tentando parecer calma. Quando minhas mãos começaram a tremer, meu corpo inteiro consciente da Carta do Poço, me sentei em cima das mãos.

— Cansada, mas melhor.

Meu pai parou ao pé da cama, com as pernas afastadas na largura dos ombros, as mãos cruzadas às costas, sua eterna postura de Corcel.

— Falei com Filick Willow na saída. Ele me disse que você usou um Cálice.

— Foi o príncipe Hauth, não fui eu — falei, com a voz fria.

— Por acaso eu estava presente.

— Humm — disse meu pai, percorrendo o quarto com seu olhar azul. — Eu tomaria cuidado com o príncipe Hauth, Elspeth. Ele não... Ele é muito...

— Horrendo?

O canto da boca dele tremeu.

— Ele é filho de quem é.

Não perguntei o que ele queria dizer. Duvidava que ele fosse me contar, de qualquer modo.

— E Ravyn Yew?

Eu me empertiguei.

— O que tem ele?

Ele fez uma careta, nitidamente desconfortável.

— Vocês dois parecem estar gostando da corte.

Até ele perceber que um rei morto há quinhentos anos ocupa sua cabeça, disse o Pesadelo.

Tentei sorrir.

— Eu gosto muito dele.

Meu pai, com os dedos rígidos, tirou do bolso a luz azul brilhante. Ele pôs a Carta do Poço na beira da minha cama e recuou. Na Carta, amarrado por um barbante, estava um caule seco de milefólio.

— Sua mãe me deu esta Carta de presente na ocasião de nosso casamento — disse ele, em voz baixa. — Tinha recebido de presente do pai, mas queria me dar. "De que me serve um Poço?", ela falou, daquele jeitinho leve de sempre. "Apenas um homem precisaria de uma Carta para acompanhar seus inimigos."

Ele nunca falava de minha mãe. Algo se partiu em mim ao ver seus olhos ficarem marejados.

— Eu queria dar esta Carta para você — disse ele, inspirando fundo, ainda mais empertigado do que antes. — Não precisa dar de presente para Ravyn Yew. Nem para ninguém. Só pensei...

Ele desviou o olhar, a luz das janelas refletida em seus olhos, e continuou, com a voz mais baixa do que um sussurro:

— Se eu pudesse voltar atrás e fazer diferente, Elspeth, eu voltaria.

Ele não me deu tempo para responder. Foi melhor assim, pois eu não tinha resposta. Estava surpresa, comovida, abalada demais para saber o que dizer além do "Obrigada" que murmurei quando ele saiu pela porta.

Meu vestido preto estava largado no chão. Se eu tinha tossido sangue nele, o tecido escuro não revelava. Eu me vesti e desci de fininho até a cozinha, a voz do rei se espalhando, alta, pela casa, e os convidados de meu pai ainda na cama.

Uma nuvem de escuridão emanava do térreo. Os Corcéis ainda não tinham saído para a patrulha. Atravessei o corredor e me posicionei perto do alto da escada. Quando os Corcéis passaram, Ravyn e Elm ficaram para trás. Eu os notei, vermelho, violeta e vinho as únicas outras cores no mar de preto.

Atraído pelo meu olhar, Ravyn se virou, e seus olhos cinzas me encontraram rapidamente na escada.

Ele se aproximou com uma expressão insondável. Eu me debrucei no corrimão, meu cabelo comprido caindo entre nós.

— A Carta do Poço está no meu quarto — sussurrei.

Ravyn arregalou os olhos.

— Você roubou de Erik?

— Ele me deu.

Ele arqueou uma sobrancelha.

— Simples assim?

— Simples assim.

Uma risada rápida brotou em sua garganta.

— Vou mandar Filick examinar você. Ele pode levar a Carta de volta para o Castelo Yew.

Senti a mesma tensão entre nós que sentira antes, a mesma pressão. Estiquei a mão entre os balaústres de madeira da escada, mas alcancei apenas seu ombro.

— Me... me perdoe, Ravyn — falei. — Peço desculpas por não ter contado antes. Achei que você não confiaria em mim. E precisava que você confiasse, para eu reunir as Cartas e me curar.

Ele balançou a cabeça e esticou o braço até a ponta dos dedos roçar meu rosto.

— Você não me deve explicação alguma, Elspeth. Fui eu que quebrei minha promessa.

— Eu deveria ter contado antes. Só não sabia como.

Ravyn abriu um sorrisinho triste.

— Eu sei.

Elm pigarreou, aguardando à porta.

Olhei para a boca de Ravyn.

— Quando você vai voltar?

— Hoje à noite — respondeu ele, passando o polegar pelos meus lábios ao abaixar a mão.

Seu beijo foi um fantasma em meu cabelo preto. Em um momento, ele saiu pela porta do Paço Spindle para o pátio, as botas pisoteando as primeiras folhas vermelhas a cair do antigo evônimo.

As garras do Pesadelo embalaram minha mente.

— Se cuide — sussurrei ao vento quando Ravyn Yew desapareceu portão afora.

Se eu soubesse que seriam as últimas palavras que eu lhe diria em voz alta, talvez tivesse escolhido outras.

CAPÍTULO TRINTA E TRÊS

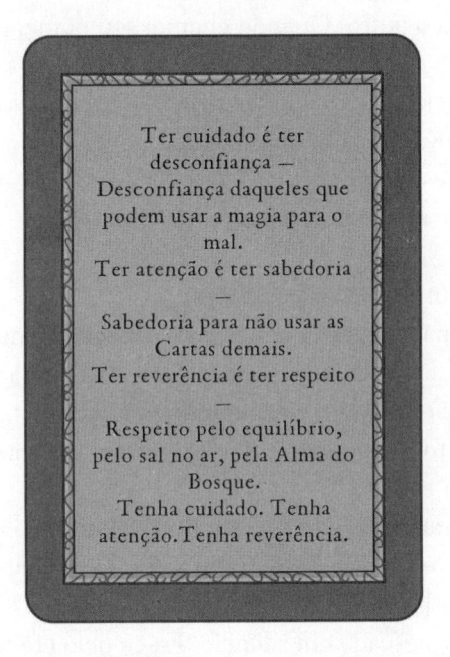

Ter cuidado é ter
desconfiança —
Desconfiança daqueles que
podem usar a magia para o
mal.
Ter atenção é ter sabedoria
—
Sabedoria para não usar as
Cartas demais.
Ter reverência é ter respeito
—
Respeito pelo equilíbrio,
pelo sal no ar, pela Alma do
Bosque.
Tenha cuidado. Tenha
atenção.Tenha reverência.

Filick veio e foi embora, com a Carta do Poço bem escondida na veste branca de Clínico. Eu o acompanhei até a porta, mas não tive forças para me arrastar de volta ao quarto. Então me demorei na sala de estar, perto da lareira. Balian trouxe sopa quente para mim, que tomei enquanto a casa se enchia do ruído dos convidados que despertavam.

Não vi Nerium nem minhas meias-irmãs, fato pelo qual agradeci. Porém, esperava ver Ione, assim que conseguisse reunir energia suficiente para me levantar.

Não, falei quando o Pesadelo se agitou. *Quero ficar sozinha.*

Que pena, disse ele, deslizando pela minha mente. *Tem alguém chegando.*

Afundei na poltrona, torcendo para não ser notada. Porém, quando a porta da sala se abriu, fiquei paralisada. Meu tio era a última pessoa que eu esperava ver.

Ele estava procurando alguma coisa, virando a cabeça de um lado para o outro. Quando chamei seu nome, ele se sobressaltou.

— Elspeth — disse ele, tossindo. — Aí está você.

Eu me levantei com dificuldade.

— Aqui estou eu.

— Soube que estava doente. Melhorou?

Assenti.

— Foi um mal-estar passageiro.

Meu tio não pareceu escutar, com o olhar distante, concentrado na lareira, longe de mim. Então, após uma pausa severa, falou:

— Sua tia está aqui, procurando por você.

Meu peito se aqueceu e dei um sorriso espontâneo.

— Onde ela está?

— Esperando no seu quarto. Eu falei que viria buscar você — disse ele, e abriu a porta, com a boca em uma linha fina e pálida. — Se lhe convier.

Subimos a escada em silêncio. Fraca pelo efeito do veneno, meus músculos doíam, o que me forçou a parar várias vezes para descansar. Meu tio ia se demorando atrás de mim, os passos rangendo a cada degrau.

Quando chegamos ao quinto andar, apenas um patamar antes do meu quarto, ele estremeceu.

Eu me virei, mas ele desviou o rosto, com um sorriso tenso nos lábios sem cor.

— Tudo bem — disse ele. — É só o frio.

Talvez fosse mesmo. Sempre fazia mais frio naquela parte da casa. Porém, algo em sua expressão me marcou, as rugas tensas do rosto — a palidez fantasmagórica, como se fosse ele quem ingerira veneno, não eu.

Ainda assim, ele não me olhou. Senti um calafrio na coluna.

— Está tudo bem mesmo, tio? — perguntei, inclinando a cabeça.

Ele assentiu com um gesto rígido, indicando a escada.

— Opal está esperando.

Ele está escondendo alguma coisa, murmurou o Pesadelo.

Continuei a subir.

Quando cheguei ao quarto, o vento assobiava pela janela aberta. A luz cinzenta da tarde projetava sombras compridas no piso de madeira que rangia. Acima de mim, uma teia de aranha se estendia entre as vigas do teto, agitada pela corrente de ar. Se eu não tivesse estado ali naquela manhã mesmo — a cama ainda desfeita —, imaginaria que o quarto estava inteiramente abandonado, tudo imóvel, bolorento e frio.

Minha tia não estava ali.

Quem estava era Hauth Rowan, escondido nas sombras do guarda-roupa.

O Pesadelo sibilou com ferocidade, as garras rasgando o escuro. *Corra.*

Mas era tarde demais. Meu tio tinha chegado por trás de mim, me forçando a entrar no quarto.

— Melhorou, srta. Spindle? — perguntou Hauth, com a voz tranquila.

Recuei e esbarrei em meu tio, o pânico tomando conta de mim.

— O que está fazendo aqui?

O grão-príncipe sorriu.

— Pedi para seu tio trazê-la. Para conversarmos.

Olhei para meu tio atrás de mim.

— Usou a Foice com ele?

Hauth sorriu.

— Quer responder, Tyrn?

A expressão de meu tio respondeu por ele. Abaixou os olhos castanho-claros, a testa franzida de culpa. Eu o encarei, esperando que falasse, esperando que me dissesse que não era verdade — que ele tinha sido forçado a me trair, que não tinha me levado, de bom grado, até o grão-príncipe.

Mas ele não disse nada.

— O que você quer? — perguntei, com a voz tremendo, ao me voltar para Hauth.

— Quero a verdade — respondeu o grão-príncipe. — Com Ravyn na patrulha, eu sabia que finalmente encontraria você a sós. Então me responda, srta. Spindle — disse ele, olhando para a manga do meu vestido. — O que aconteceu com o seu braço?

Eu estava tremendo, com os dentes trincando.

O grão-príncipe olhou para meu tio com ar de desdém.

— Pode ir, Tyrn. Se alguém perguntar, avise que Elspeth não deseja ser perturbada, pois está dormindo, segura — disse ele, e sorriu para mim. — Caso alguém se importe a ponto de perguntar.

— Tio! — gritei, agarrando o braço dele. — Não vá!

Ele não suportava me olhar. Meu tio se desvencilhou e bateu a porta na minha cara. Tentei girar a maçaneta, mas ele já tinha trancado, me prendendo ali com o grão-príncipe.

— Pai! — berrei, esmurrando a madeira. — Alguém aí? Ione! Balian! Socorro...

Hauth me alcançou em poucos segundos, empurrando a mão grossa e áspera contra minha boca para abafar meus gritos.

— Silêncio — disse ele ao pé do meu ouvido. — Quero conversar. Ninguém precisa se machucar.

Cambaleei e me virei com velocidade suficiente para dar um tapa na cara dele, afundando as unhas na bochecha e no queixo, rasgando os machucados que eu tinha causado uma semana antes.

Hauth praguejou e tirou do bolso a Foice.

— Fique parada — ordenou ele.

Sal ardeu no meu nariz, a magia tão poderosa que meus músculos travaram. Não conseguia me mexer, com a mente em guerra sob a influência da Foice. Rangi os dentes e cerrei os punhos. Quando olhei para Hauth, ele contorceu a boca em um sorriso arrogante.

— Não resista — disse ele. — Vai apenas se machucar.

Fechei os olhos, respirando com dificuldade. Ele não era o primeiro príncipe que tentava me dominar com a Carta vermelha. *Não é real*, falei para mim mesma, rangendo os dentes. *Minha mente foi testada, fortalecida. A magia da Foice é apenas uma chuva forte, uma tempestade para me derrubar.*

E o Pesadelo e eu não nos deixamos derrubar.

Atravessei a parede do controle da Foice com um berro gutural. Hauth arregalou os olhos verdes, boquiaberto. Ataquei com desespero, meu punho colidindo com a mão do grão--príncipe — a que Ravyn machucara. Hauth chiou e largou a Foice. Ataquei de novo, acertando o queixo dele com a base da mão. A cabeça dele foi jogada para trás, o rosto contorcido de dor. Quando abriu os olhos verdes, estavam desfocados.

Porém, foi apenas por um momento. O grão-príncipe ainda tinha uma Carta no bolso.

O Cavalo Preto.

Uma luz escura brilhou. Não vi seu movimento, a Carta concedendo a ele uma velocidade repentina e notável. Ataquei o ar, mas ele me pegou pelo pulso machucado e torceu meu braço para trás.

— Me solte! — berrei.

Ele me arrastou pelo quarto. Quando tentei empurrá-lo, ele me jogou na cadeira de madeira em que Ravyn se sentara de manhã. Apertou com firmeza meu pescoço com a mão larga.

— Sei que era você no bosque — rosnou ele. — Se gritar de novo, desta vez não vou só quebrar seu braço. Vou arrebentar seu pescoço.

Ele rasgou tiras do lençol e me amarrou na cadeira, atando minhas mãos nas costas. Fiz força contra as amarras, e meu pulso machucado vibrou de dor.

— O que você quer? — sibilei.

O grão-príncipe pegou a Foice do chão e a tocou três vezes.

— Acha que sou idiota? Acha que não reparei no seu pulso, quebrado e enfaixado, naquele dia no pátio? — questionou ele, flexionando a mão machucada sob a luva. — Achei que você tivesse uma arma naquela noite no bosque. Pelos arranhões... — disse ele, passando os dedos pelas feridas. — Você é infectada, não é, srta. Spindle?

A vida se esvaiu de mim, substituída por uma forja de ódio fervente.

Hauth continuou, com um sorriso cruel:

— Por que mais Ravyn a protegeria tão ardentemente? Seu tio confirmou.

Era como se ele tivesse me esganado. Quando tentei falar, minha voz saiu trêmula:

— Meu tio... contou?

Hauth assentiu, tocado por um humor frio e insensível. Ele guardou o Cavalo Preto no bolso, olhando demoradamente para a luz vespertina que vinha da janela.

— Para ser sincero, Tyrn tentou não entregá-la. Mas esconder uma criança infectada é crime de lesa-majestade, e leva a uma morte terrível, terrível mesmo. Todo o trabalho que ele teve para encontrar aquela Carta do Pesadelo, negociar uma posição na corte real... seria desperdiçado. E por quê? — perguntou ele, estreitando os olhos verdes. — Por uma sobrinha infectada de quem foi forçado a cuidar há onze anos? — Ele balançou a cabeça. — Tyrn pode ficar com as terras, o título... a vida. Não estou interessado nele. Mas precisava da ajuda dele. Ou melhor, da sua.

Eu não sabia o que me deixava mais enojada, o fato de meu tio — minha família — ter me traído por alguém como Hauth Rowan, ou de, no fundo, eu não estar surpresa.

— Ajuda para quê? — perguntei.

Hauth cruzou os braços.

— Ravyn — respondeu ele, crispando os lábios. — Quero sua ajuda com Ravyn.

Fiquei quieta, o rosnado do Pesadelo irradiando por mim e queimando minha língua.

— Ele anda ausente — continuou Hauth. — Ele, Elm e Jespyr. Desaparecem no meio das patrulhas e ficam sempre juntos, unha e carne — disse ele, flexionando a mandíbula. — E, lógico, esconderam o segredo da sua infecção. Por que fazer isso, se não fosse parte de uma mentira maior?

Era uma armadilha, uma arapuca para Ravyn, Elm e Jespyr. Hauth fornecera a gaiola, meu tio, o gatilho, e eu era a isca.

Senti vontade de vomitar.

— Ravyn não vai contar nada para você — falei, procurando a coragem que não sentia. — Está perdendo tempo.

O grão-príncipe se abaixou até estarmos cara a cara.

— Estou? Eu já vi como ele olha para você. Ele estava lá, no bosque, na noite em que você me atacou? — perguntou ele, sorrindo. — Se ele quiser que eu esconda sua infecção dos ouvidos atentos de meu pai, Ravyn vai me contar tudo que anda fazendo. Vai se exonerar do posto de capitão.

Ele segurou meu rosto, apertando meu queixo com a mão áspera.

— Depois — disse ele, rangendo os dentes —, se estiver satisfeito, talvez eu cogite deixar vocês viverem.

Escuridão inundava minha cabeça como a fumaça de um forno. Encarei os olhos verdes de Hauth, e a mesma ira que sentira no dia em que dilacerara o Corcel tomou conta do meu peito.

Cuspi no rosto do grão-príncipe.

Minha visão estremeceu, o punho de Hauth colidindo com meu rosto como uma pedra. Soltei um gemido grave, a dor se espalhando. *Socorro*, gritei nas trevas, o pulso machucado doendo enquanto eu me debatia contra as amarras que me prendiam. *Não pode acabar assim.*

O Pesadelo se enroscou em um canto da minha mente. *Não sei o que vai acontecer, Elspeth*, disse ele. *Sua degeneração está chegando ao fim.*

Da janela do quarto, eu via o evônimo no pátio. Os galhos carmim balançavam, sempre galantes, à brisa do outono. Sussurrei uma despedida que ninguém escutaria e fechei os olhos, perdendo de vista o evônimo e o quarto em que passara minha infância até restarem apenas sombras. Sombras, e o Rei Pastor.

Estou pedindo sua ajuda, falei, com a voz nítida. *Entendo o preço.*

A escuridão subiu, abafando meus sentidos. O Pesadelo estava sentado em seu cerne, à espera — à espreita. Quando a porta estremeceu com uma batida ameaçadora, ele cobriu meus olhos, com a voz tão nítida em meus pensamentos que poderia ter sido a minha própria.

Você precisa soltar as mãos.

Hauth foi até a porta.

— Quem é? — ladrou ele.

Uma voz soou do lado de fora.

Puxei com toda a força o pulso que não estava machucado. O lençol apertou meus braços, ralando a pele até ficar em carne viva. Ouvi uma chave na fechadura, o trinco estalando.

Concentre-se, rosnou o Pesadelo, derramando sua magia pelo meu braço, fazendo minhas veias arderem.

Cerrei a mandíbula e fechei os olhos com força. O poder do Pesadelo incendiou meus músculos enquanto eu me concentrava na amarra no punho direito. Puxei tanto que a pele rasgou. Quando abri os olhos, havia inúmeros pontinhos escuros na minha visão.

A dor queimava, quente e molhada, pelo meu braço. Sangue escorria pelos meus dedos até pingar no chão e manchar a madeira.

Mas minhas mãos estavam livres.

A porta se escancarou com um baque. Escutei o tilintar de metal e, quando ergui o rosto, o vi: alto, pálido, paramentado em branco. Sobre seus dedos compridos repousava o apetrecho que lembrava uma luva com espinhos brutais e ameaçadores se estendendo de cada ponta.

A garra de metal.

— Olá — disse Orithe Willow, me fitando com seus olhos insensíveis. — É um prazer enfim conhecê-la, srta. Spindle.

CAPÍTULO TRINTA E QUATRO

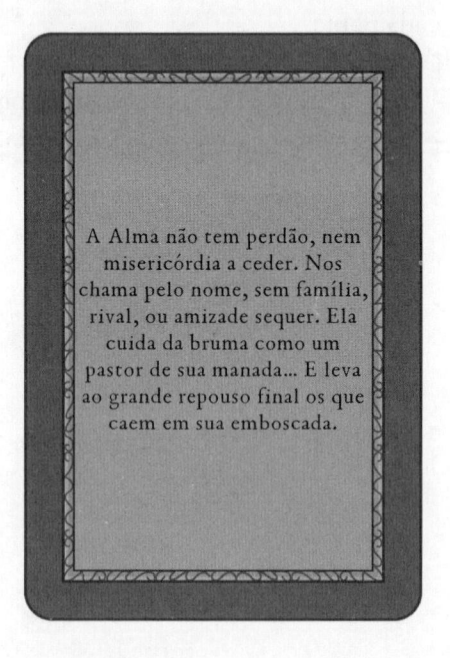

> A Alma não tem perdão, nem misericórdia a ceder. Nos chama pelo nome, sem família, rival, ou amizade sequer. Ela cuida da bruma como um pastor de sua manada... E leva ao grande repouso final os que caem em sua emboscada.

De meu lugar no chão, observei o evônimo. A sombra se estendia na pedra, a luz da tarde esmorecendo rápido conforme o anoitecer se aproximava.

Logo eles vão voltar da patrulha, sussurrei no escuro. *O tempo está acabando.*

Acima de mim, Hauth e Orithe conversavam em voz baixa. Vez ou outra, Orithe virava para mim seus olhos enevoados de cor estranhamente clara.

Ele levara meros momentos para confirmar minha magia, com meu sangue espalhado pelo chão. Depois, ele e Hauth me deixaram em paz. Discutiam, de cabeça baixa, sobre Ravyn, Jespyr e Elm, e o que sua mentira — sua traição — implicaria.

Por um tempo, quase fui esquecida, pingando sangue dos braços por ter me soltado.

Lágrimas escorriam pelo meu rosto e meus dentes rangiam diante da perspectiva do que precisava fazer. *Está tudo acabado*, falei no escuro, com a voz falhando. *Mesmo que Ravyn não admita o roubo das Cartas, ou que é bandoleiro, eles sabem que ele escondeu minha infecção. De qualquer modo, ele está condenado. Vão matá-lo.*

Ravyn não precisa morrer, disse o Pesadelo, com a voz assustadoramente calma. Em seguida, tão baixo que poderia ser o vento assobiando pela janela, perguntou: *Você confia em mim, Elspeth?*

Pisquei, os olhos embaçados pelas lágrimas. *E tenho opção?*

Minha querida, você sempre teve opção.

Arregalei os olhos quando o som do portão do Paço Spindle ecoou do pátio até a janela aberta.

— Ravyn — sussurrei.

Os Corcéis estavam voltando.

Hauth e Orithe olhavam pela janela, e um sorrisinho ameaçador surgiu no rosto do grão-príncipe.

— Apague a lamparina — instruiu a Orithe. — Fique perto da garota. Quero deixar muito claro para Ravyn que, se ele tentar sair dessa lutando, você cortará o lindo pescoço de seu bichinho de estimação com facilidade.

Orithe me olhou de relance.

— Não devemos alertar os outros Corcéis, senhor?

— Ainda não — respondeu Hauth. — Ravyn é esperto. Quando meu pai prendê-lo por escondê-la, ele já terá pensado em dezenas de mentiras, imune a qualquer investigação armada contra ele.

Ele me olhou de relance e acrescentou:

— Mas ele não vai resistir. Não com a vida dela em jogo.

Os passos foram ficando cada vez mais ruidosos no pátio. Vi a nuvem escura de Cavalos Pretos passar sob o evônimo, aliviada apenas por um pequeno aglomerado de cores que, mescladas, emitiam o mesmo tom avermelhado das folhas caindo da árvore.

Vermelho. Violeta. Vinho.

Estavam chegando.

A voz do Pesadelo cortou meus pensamentos. *Agora.*

Então berrei. Mesmo amordaçada, meu grito atravessou o quarto — o uivo de um animal capturado por uma armadilha. Fechei os olhos e soltei o ar dos pulmões com toda força, minhas cordas vocais arranhando com o urro que se estendeu em um chamado alongado e incansável.

Orithe foi o primeiro a me alcançar, mas estiquei o pé e o acertei no joelho. Ele caiu com um baque seco. Voltei a gritar, meus dentes rasgando a mordaça.

— Basta — disse Hauth, me dando um tapa na cara antes de pegar o Cavalo Preto no bolso. — Juro que vou quebrar seu queixo se você não...

Saltei da cadeira, tentando atacá-lo.

Hauth se esquivou, com reflexos ágeis. Tentei de novo, com os dedos escorregadios de sangue. Desta vez, a base da minha mão colidiu com o queixo dele.

Ele desabou com um estrondo.

Ao meu lado, Orithe conseguiu se levantar, arregalando os olhos e correndo até Hauth.

— Senhor! — exclamou ele. — Está tudo bem?

Meu corpo estava estranho — ao mesmo tempo fraco e forte, o poder do Pesadelo me fazendo girar como uma roda atolada na lama. Corri para a porta, mas Hauth já tinha se levantado, e socou meu estômago com toda a sua força.

Tossi e me encolhi, o ar todo arrancado violentamente do meu peito.

— Me ajude a segurá-la — ordenou o grão-príncipe, emaranhando a mão no meu cabelo e me forçando a ficar em pé.

Gritei quando as pontas da garra de Orithe afundaram no meu braço, meu vestido preto absorvendo rapidamente o sangue quando as lâminas cortaram minha pele.

— Deixe ela no canto — disse Hauth —, longe da porta.

Eles me arrastaram para o outro lado do quarto e me jogaram na parede. Caí, aturdida, meu corpo tremendo enquanto queimava de magia.

Levante-se!, gritou a voz no escuro. *Levante-se, Elspeth!*

O Clínico do rei se inclinou acima de mim, arregalando os olhos fantasmagóricos ao arregaçar minha manga.

— Suas veias escureceram, menina. Qual é a sua magia?

Não respondi, me debatendo.

— O rei não ficará feliz se eu matá-la antes de apresentá-la a ele — murmurou Orithe. — Então, por favor, pelo bem de nós dois, fique quieta.

Sibilei e cuspi sangue em sua capa branca e perfeita.

Ele quase sorriu — se sorrisos pudessem ser amargos e repletos de pena.

— Estes olhos, tão escuros — disse ele, me fitando sem piscar. — Os mesmos olhos que vi por trás da máscara preta no Dia da Feira, antes de o menino desaparecer na bruma.

Hauth ergueu a cabeça bruscamente.

— Você ajudou ele a fugir? — cuspiu ele.

Rangi os dentes e não disse nada, forçando todo o ódio no peito a transbordar pelos olhos enquanto encarava o herdeiro do trono.

Hauth me observava com as sobrancelhas franzidas. De repente, soltou uma risada.

— Foi você que Linden encontrou na bruma, não foi? Ele acabou com as mesmas marcas — falou ele, indicando as feridas no rosto. — Mas as dele quase chegaram ao osso.

Como continuei em silêncio, ele olhou para a janela, endireitando a túnica.

— Você desperdiçou sua energia, Spindle. Assim como a capturei, capturarei aquele menino de novo. Seja amanhã, em uma quinzena ou daqui a um ano... — disse ele, sorrindo consigo. — De qualquer modo, ele queimará.

Um momento depois, Hauth estava no chão, tossindo, a força inteira de meu corpo pesando em seu peito enquanto eu socava seu rosto sem parar, tomada por tamanho poder do Pesadelo que nem Orithe vira meu movimento.

Hauth sacudiu o quadril, me derrubando, mas não antes de eu arrebentar uma de suas pálpebras. Eu me levantei correndo, com reflexos mais aguçados do que jamais sentira. Hauth secou o rosto furiosamente, o sangue pingando do olho. A Foice tinha caído no chão entre nós.

Ele mergulhou atrás dela e a tocou três vezes.

— Fique parada! — ordenou ele.

Uma gargalhada estranha e animalesca me atravessou, meu olhar indo para a Carta na mão do grão-príncipe.

— A Carta não vai fazer nada por você, não contra mim — falei, suntuosa. — E quem é você sem ela?

A garra de Orithe cortou o ar, as pontas das lâminas a um sopro de meu rosto. Ele me atacou de novo e de novo, e eu me esquivei todas as vezes.

O Clínico arregalou os olhos pálidos quando eu me virei, com movimentos anormalmente ágeis.

— Qual é a magia dela? — gritou ele para Hauth, golpeando o ar, sem conseguir me atingir.

Eu enxergava a parte branca dos olhos de Hauth.

— Tyrn disse que ela não tinha poder.

Tentei chegar à porta, meus dedos roçando o trinco, a fuga a um instante de distância. Porém, antes que eu pudesse abri-la, água salgada invadiu meus olhos e meu nariz. Tossi, engasgada e atordoada.

A invasão de uma Carta do Pesadelo.

Elspeth?, chamou a voz de Ravyn. *Você está aí?*

Fiquei confusa por apenas um momento. Porém, era apenas de um momento que Orithe precisava para enroscar a garra brutal no meu pescoço e puxar.

Fiquei paralisada, um mero movimento capaz de determinar se eu viveria ou morreria.

— Seu pai vai gostar de saber disso imediatamente, senhor — arfou o Clínico. — Precisamos convocar os Corcéis.

— Ela é uma fracote maldita — retrucou Hauth, brusco, e avançou. — Vou obrigar ela a ficar quieta.

Elspeth?, chamou Ravyn na minha cabeça, a voz cheia de preocupação.

Não tive tempo de responder. Em um momento, estava vendo estrelas, Hauth agarrando meu cabelo com a mão brutal e, com toda a sua força, esmagando minha cabeça contra a parede de pedra.

Desabei, meu corpo tombando como terra no túmulo.

Tudo se apagou.

A umidade escorreu pelo meu pescoço, formando uma poça no chão ao redor do meu cabelo, quente e grudenta — uma auréola escura de sangue.

— Você quebrou a cabeça dela — ouvi Orithe dizer.

— Ela vai sobreviver — disse Hauth, se debruçando sobre mim.

Ele sacudiu meus ombros com as mãos grossas. Como não me mexi, ele estapeou minha cara.

— Spindle — ladrou ele. — Spindle!

Mas eu estava muito distante.

Pânico transbordou na voz de Ravyn. *Elspeth! Está me ouvindo?*

O mundo ia se esvaindo, meus pés afundando aos poucos no solo escuro.

Vi o rosto de minha tia, agachada sobre mim, debaixo do evônimo, minhas mãos sujas por cavar meu caminho à segurança. Vi Ione — a Ione doce e indomada — vir até mim enquanto caminhávamos por ruas movimentadas de paralelepípedos. Vi um buquê de milefólio na mão de meu pai, e amarelo em meus olhos no espelho, o monstro me espreitando das sombras.

Vi Ravyn Yew me olhando. Não havia medo nem ressentimento em seus olhos cinza e límpidos. Apenas preocupação — preocupação e fascínio.

Ravyn, chamei, minha voz me escapando, distante e cheia de determinação. *Não venha me buscar. Hauth e Orithe. Sabem o que sou. Estão à sua espera.*

O controle da voz de Ravyn se foi, as palavras tensas de receio. *Cadê você, Elspeth?*

Eles vão mandá-lo para a forca, Yew, disse o Pesadelo. *Você não pode salvá-la.*

Você ainda pode encontrar os Amieiros Gêmeos, Ravyn, falei no escuro. *Ainda pode salvar Emory.* Mordi o lábio, com a voz trêmula. *Mas não se Hauth e Orithe estiverem caçando você.*

— Pelas árvores — suspirou Hauth acima de mim, segurando meu queixo e sacudindo minha cabeça. — Spindle! Acorde!

Elspeth, cantarolou o Pesadelo, meu nome como mel na língua. *Levante-se.*

Procurei por ele nas trevas e, quando minha mente roçou a pelagem áspera de suas costas, ele não recuou. *Não dá,* falei. *Não consigo me levantar. Desta vez, não.* Eu me sentia pesada, enterrada. *Mas você consegue.*

Elspeth.

Ia acontecer de todo modo, Pesadelo. Você é forte. E eu... eu estou tão cansada. Minha cabeça...

Sua voz era pouco mais que um sussurro: *Deixe-me ajudá-la.*

Afundei na escuridão. Novas imagens cruzaram minha mente — lugares e pessoas que eu não reconhecia, incógnitos de olhos amarelos. Eles sorriam para mim, e o mundo a meu redor oscilou, como se tomado pela maré.

Tão rápida quanto chegou, a visão se foi. Vi um homem correr pela bruma, crianças atrás dele, com o rosto pálido de pavor. Fugiam do castelo incendiado no topo da colina, desaparecendo na câmara debaixo dos teixos altos.

Um menino de olhos cinzentos de pé no limite da bruma, encarando a luz vermelha da Foice e um homem do tamanho de uma montanha, cuja capa ostentava a insígnia dos Rowan. Vi o castelo em chamas, reduzido a ruínas. De repente, minha cabeça foi preenchida por visões de centenas de crianças, com as veias escuras de tinta, berrando ao serem jogadas naquele inferno. Vi a bruma escurecer, suas raízes se aprofundando, sufocando Blunder e a isolando do mundo.

Séculos de fúria ferveram em mim, tempo que não era marcado pelo sol nem pela lua. Ódio envenenou meu sangue, e eu me perdi nas trevas, de corpo contorcido... ossos estalando... garras arranhando... olhos entreabertos... até meu corpo, monstruoso, espelhar o ódio no coração.

Animalesca, uma criatura das sombras — poderosa, vingativa e cheia de fúria.

A última coisa que vi antes de abrir os olhos foi uma menininha tímida diante do espelho, com os olhos escuros enevoados de medo.

— Você tem nome? — sussurrou.

Sorri para ela, a memória repuxando os cantos de minha mente antiga. A estranha magia, o mesmo lindo fascínio da criança que conheci um dia. *Certa vez, me chamaram pelo nome de um rei*, falei, abanando o rabo. *Mas já faz muito tempo.*

— Então do que devo chamá-lo?

De nada, minha criança, respondi, me arrastando de volta ao escuro. *Sou apenas o vento nas árvores, a sombra, o pavor e a ilusão. O eco em todas as folhas... o pesadelo na escuridão.*

Despertei de repente, tossindo, com a cabeça repleta da voz de Ravyn.

Elspeth!, gritou ele. *Por favor, Elspeth, aguente firme. Estamos na escada.* A voz dele tremia. *Você não precisa enfrentar isso sozinha.*

Hauth Rowan estava de pé, acima de mim, apertando meu queixo.

— Aí está — disse ele. — Não morreu, afinal.

Confusão tomou seu rosto. Ele franziu o cenho, se aproximando para ver melhor.

— O que aconteceu com os olhos dela, Orithe? — perguntou ele.

— Os olhos, senhor?

— Estão amarelos. Parecem olhos de gato.

Orithe chegou mais perto, passando a garra de metal no meu rosto.

— Que estranho — comentou ele. — Estavam escuros um momento antes.

Olhamos para Orithe, curvando o canto da boca, como se puxado por um fio invisível. Quando Ravyn tentou nos chamar, rangemos os dentes, expulsando-o da nossa mente. *Não tente nos salvar, Ravyn Yew*, dissemos o Pesadelo e eu, nossas vozes mescladas em um estranho eco dissonante. *Não podemos ser salvos.*

Atacamos sem medo.

Os olhos de Orithe saltaram e ele recuou, mas era tarde demais. O Pesadelo usou toda a nossa força para arrancar a luva de lâminas da mão do Clínico — estalando ossos e rasgando pele.

Em seguida, a enfiamos, com força total, em sua garganta.

Orithe soltou um grito engasgado, sangue salpicando suas vestes brancas. Ele desabou no chão, e choque e medo foram as últimas emoções a passar pelos seus olhos leitosos antes de ser carregado pela imobilidade final, o sangue o último sinal de vida, enquanto pingava, vagaroso, de suas veias — sombrio, mágico e derradeiro.

Hauth recuou.

— Pare! — ordenou.

Sorrimos e, ao nos levantarmos, o mundo ao nosso redor desapareceu, o tempo e o espaço, o príncipe e o rei, a criança e o espírito. Restava apenas a magia — preta como tinta.

Poderosa, vingativa e cheia de fúria.

Nossa voz era suntuosa, Hauth fixo em nosso olhar. Nós o perseguimos, o encurralamos no canto do quarto.

— Chegou na noite — dissemos — a horda preta e vermelha. Matou minha família à espada, e meu castelo à centelha. Coroaram o usurpador, antes de meu sangue secar, até. Mas ele não calculou a mudança da maré. Pois nada é seguro, nem de graça vem. A dívida segue todo homem, mesmo os que rogam amém. Quando voltar o Pastor, um dia novo trarei. Morte aos Rowan...

"Vida longa ao rei."

A maçã do rosto de Hauth se estilhaçou sob nossa mão. Ele caiu gemendo, a face perdendo a cor, sangue escorrendo da boca.

Olhei para ele, sem dó. *É o fim, não é?*, murmurei, a escuridão se espalhando pelos meus olhos. *Agora eu me vou. E você... permanece.*

Era inevitável, disse o Pesadelo, com a voz cada vez mais alta. *É a sua degeneração, Elspeth Spindle. Nada de graça vem.*

O ar ao meu redor se tornou mais rarefeito. Pisquei, tentando afastar as sombras, como uma criança se esforçando para não dormir. *Prometa que vai ajudar Ravyn. Prometa que vai salvar Emory.*

Chegou a hora, querida, ronronou ele, me ninando.

Prometa!

Ele suspirou. *Prometo ajudar os Yew em todas as suas empreitadas.*

Fechei os olhos e um sussurro final escapou dos meus lábios. A história — nossa história. Minha e do Pesadelo.

— Era uma vez uma garota — declarei — reverente e atenta, que se embrenhou nas sombras da mata profunda e benta. Era uma vez também um Rei, determinado a pastorear, que reinava a magia e compôs o velho exemplar. Os dois se uniram, um do outro igual...

A última coisa que escutei antes de ser engolida pela escuridão foi a gargalhada sedosa do Pesadelo, cruel e absoluta. *A garota, o Rei... e o monstro que viraram ao final.*

CAPÍTULO TRINTA E CINCO

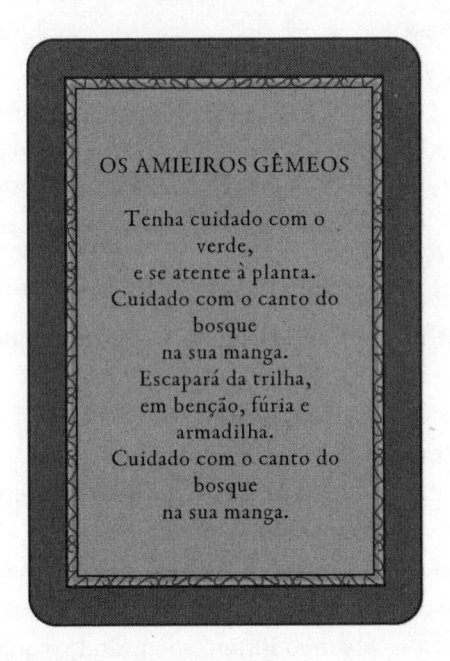

OS AMIEIROS GÊMEOS

Tenha cuidado com o
verde,
e se atente à planta.
Cuidado com o canto do
bosque
na sua manga.
Escapará da trilha,
em benção, fúria e
armadilha.
Cuidado com o canto do
bosque
na sua manga.

As masmorras eram a parte mais fria do castelo.

O Capitão dos Corcéis e o príncipe aguardavam juntos em silêncio, pouco antes do amanhecer. Ravyn bateu as botas no chão de pedra para que os pés não ficassem dormentes.

— Você dormiu? — perguntou Elm, a respiração saindo em nuvens de vapor do nariz enquanto andavam em círculos pela antessala.

Um pedaço de arenito quebrado estava caído no chão. Elm o chutava de um lado para o outro, com as pálpebras pesadas.

Ravyn rangeu os dentes, sentindo apertar o nó no estômago.

— Não paro de ter pesadelos — disse ele, esfregando os olhos com a palma das mãos.

Um momento depois, afastou as mãos, pois olhos amarelos piscaram em sua visão. Mesmo três noites depois, eles ainda estavam vivos em sua memória. Ele não conseguia escapar deles, aquela noite no Paço Spindle gravada em sua mente com nitidez dolorosa.

Tinha acontecido tudo tão rápido.

Sombras os perseguiam como demônios pela escada em espiral do Paço Spindle. Ravyn avançou com impulso, o coração batendo enlouquecido. Quando chegaram à porta menor no sexto andar, ele esmurrou a madeira, chamando Elspeth através da Carta do Pesadelo.

Mas foi recebido por um silêncio sepulcral.

— Elspeth! — gritou ele, o pavor se enroscando como uma corda no pescoço.

Os dedos de Elm no trinco estavam pálidos.

— Está trancada.

— Arrombe — ordenou Ravyn secamente, se virando para Jespyr e o Cavalo Preto em sua mão.

Precisaram de três chutes para derrubar a madeira, farpas voando como agulhas de pinheiro em um vendaval.

— Elspeth! — chamou Ravyn, adentrando o quarto, as botas derrapando no líquido escuro acumulado no piso de madeira.

— Pelas árvores… — arfou Elm. — O que aconteceu aqui?

Ravyn vasculhou o quarto com o olhar, passando pelo corpo inerte de Orithe até notar a donzela caída junto à parede dos fundos, o vento da janela aberta fustigando seu cabelo comprido e preto.

— Elspeth — chamou ele, se lançando em direção a ela. — Elspeth!

A pele dela era fria ao toque. Ravyn passou a mão na face dela, com o estômago se revirando. O rosto dela estava espancado, ensanguentado. O vestido, de manga rasgada, e o braço — coberto de sangue seco —, perfurado por marcas de garra distintas e ferozes.

— Ele está morto — disse Elm, debruçado em Orithe. — Sem dúvida.

— Elspeth — chamou Ravyn, deslizando os dedos sob seu queixo pálido, em busca da pulsação.

Quando ela se mexeu, tossindo um sopro baixo e violento, ele ficou tonto.

— Elspeth — insistiu ele, com as mãos tremendo no queixo dela. — Você está bem?

— Hauth ainda está vivo — declarou Jespyr, do outro lado do cômodo. — Por pouco. As pernas dele... tem algo de errado com elas.

Ravyn estava absorto demais em Elspeth Spindle e sua respiração profunda e demorada para dar atenção a outra coisa. Passou os dedos trêmulos pelo cabelo dela, com um alívio tão doce que quase sentia o gosto.

— Achei que você tivesse morrido — sussurrou ele.

— Não morri — disse ela, com a voz estranhamente firme. — Estou só... acordando.

— Não se levante tão rápido — advertiu Ravyn, notando que o cabelo dela estava ensopado de sangue na parte de trás da cabeça. — Vá no seu tempo.

— Já tive muito tempo — disse ela. — Mais do que você imagina.

Ela ficou de olhos fechados enquanto Ravyn a levantava devagar, oferecendo apoio.

— O que aconteceu? — perguntou ele, pela primeira vez notando de verdade o pandemônio ao redor.

— Iam entregar você — respondeu ela, direta. — Tudo pelo que vocês trabalharam acabaria em um instante.

— Você... você matou ele? — perguntou Jespyr, piscando, com o olhar fixo no corpo de Orithe.

Elspeth olhou para as próprias mãos, de unhas escuras, cheias de sangue.

— A garra dele começou o massacre de dezenas de crianças mágicas — replicou ela, flexionando os dedos como garras.

— Ele mereceu morrer.

A voz de Elm não tinha vida:

— Íamos usar o sangue dele para salvar Emory. E você acabou de derramá-lo pelo chão todo.

Elspeth agiu como se não o ouvisse. Quando falou, foi em voz baixa:

— Vocês precisam chamar os Corcéis. Melhor que eles saibam que fui eu, e somente eu.

Ravyn e a irmã se entreolharam.

— Do que você está falando?

— Ela está sangrando — murmurou Elm. — Olhe a cabeça dela.

Ravyn se aproximou de Elspeth, desesperado para abraçá-la — para senti-la, segura e apertada, em seus braços —, mas, quando encostou os dedos em seu ombro, ela recuou, arreganhando os dentes.

— Não me toque — disse ela, com os olhos amarelos brilhando.

Amarelos.

Amarelos, como a chama de uma tocha. Amarelos, como as moedas que ele colecionava quando criança.

Amarelos, e não pretos.

Alívio virou pavor no estômago de Ravyn. *Elspeth*, chamou ele no escuro. *Elspeth!*

Mas encontrou apenas silêncio.

Enfim, como uma serpente se esgueirando de debaixo de uma rocha, o Rei Pastor falou: *Agora ela está quieta, Ravyn Yew. Deixe ela repousar.*

O que você fez?, gritou Ravyn, se aprofundando nas sombras.

Ela me libertou, disse ele, a voz invadindo a cabeça de Ravyn como fumaça. *Vim ajudá-lo.*

Ravyn recuou da criatura vestindo a pele de Elspeth Spindle. *Liberte ela*, gritou ele, a voz tomada pelo medo e pela raiva. *Liberte ela agora mesmo, ou, juro pelas árvores, eu...*

Vai fazer o quê? A boca de Elspeth se contorceu. *Como pode me ferir sem feri-la?*

Elm deu um passo à frente, arregalando os olhos ao avaliar o rosto de Elspeth e seus olhos amarelos e felinos.

— O que aconteceu? — perguntou ele, olhando para Ravyn. — O que ela fez?

— Não é Elspeth — revelou Ravyn, com as mãos tremendo. — É *ele*.

O monstro dentro de Elspeth apenas continuava virado para a frente, os dedos de Elspeth tamborilando um ritmo invisível ao pousar as mãos, de pulsos cruzados, diante do corpo.

— Matei o Clínico do rei e ataquei o herdeiro ao trono — declarou ela. — Tenho a infecção da magia.

Ela passou os dentes pelo lábio inferior, torcendo a boca em um sorriso perverso, e concluiu:

— Eu me entrego ao capitão dos Corcéis e aguardo a investigação do rei.

Elm chutou a pedra, acertando a porta das masmorras, e o baque ecoou no ambiente. Ravyn se encolheu, arrancado do devaneio.

— Rei Pastor ou não — disse Ravyn, a voz rouca por falta de uso —, ele deixou evidente que quer nos ajudar.

Elm ergueu o rosto.

— Você não pode estar realmente considerando confiar nele.

— Não estou — retrucou Ravyn. — Mas, sem ele, podemos acabar naquela cela.

Passos ecoaram da escada, a luz amarela da tocha subindo nas paredes que os cercavam.

— Eles chegaram — disse Elm, se empertigando.

O rei Rowan conduzia os Corcéis para as masmorras, a passos ruidosos nos degraus de pedra. Mantinha a testa franzida, enrugada e decidida. Porém, não havia como esconder os sinais de sua própria insônia, a pele escura sob os olhos verdes.

Raiva soou em sua voz:

— E então? — questionou ele.

— Estamos prontos, tio — respondeu Ravyn.

Jespyr e um segundo Corcel tiraram chaves idênticas das capas. Quando giraram as fechaduras, uma depois da outra, a antessala ecoou o som.

— Lá vamos nós — disse Jespyr, abrindo a porta.

Estava escuro no lado norte das masmorras. Ainda pior, estava quieto. O rei mandara esvaziar o restante das celas três dias antes, temendo que Elspeth Spindle envenenasse a mente dos outros prisioneiros com sua perigosa magia das trevas.

Quando chegaram à última cela da ala, pararam e acenderam as tochas da parede, a luz amarela iluminando o corpo, enroscado e adormecido, no chão gelado.

Ravyn cerrou os punhos ao lado do corpo, o nó no estômago subindo à garganta e sufocando-o. Ela parecia tão serena, tão quieta — se parecia tanto com a mulher que ele abraçara...

Mas não era ela. Era outra coisa. E doía mais do que ele era capaz de imaginar ao pensar que talvez ela tivesse partido para sempre.

Ele não podia demonstrar — não podia nem pensar. Ravyn se manteve de pé, junto aos outros Corcéis, forçando todo o medo, a dor e o desejo para as profundezas da fortaleza rachada de pedra que construíra ao redor do coração. Neutralizou as feições, como se congeladas, e a observou através da grade de ferro, junto ao grupo, o queixo firme de determinação.

Ele encontraria a última Carta. Dissiparia a bruma. Salvaria a vida de Emory.

E libertaria Elspeth Spindle da escuridão que a consumira.

— Por que ela não está acorrentada? — rosnou o rei.

Os Corcéis se agitaram.

— Não conseguimos prendê-la, senhor — respondeu Gorse. — Era muito arriscado.

—Arriscado? É uma mera garota.

— A magia dela... — disse outro, com medo palpável na voz. — Vários de nossos homens foram mandados aos Clínicos para tratar lacerações profundas.

O rei Rowan se enrijeceu.

—Acordem ela.

As masmorras ecoaram quando dois Corcéis desembainharam as espadas, batendo o aço nas barras de ferro da cela. O ruído se espalhou pelo ambiente, o eco sinistro clamando corredor afora.

Elspeth se remexeu e se sentou. O cabelo comprido e preto estava duro por conta do sangue seco. A respiração saía das narinas como nuvens de vapor, mas ela não tremia, aparentemente insensível ao frio.

Ravyn viu as pupilas pretas e compridas de seus olhos amarelos se alargarem — como as de um gato no escuro.

— Meu capitão me diz que você se recusa a falar com ele — disse o rei. — Que aceitou falar apenas comigo.

Elspeth esticou o pescoço e espreguiçou os braços, um de cada vez.

— Ele me diz que você porta a infecção — continuou o rei. — Que enxerga as Cartas da Providência.

Com o canto da boca estremecendo, ela assentiu.

— E que tem uma oferta para mim, em troca de sua vida miserável.

Outro gesto de concordância, acompanhado pelo som dos dentes rangendo quando ela abriu e fechou a boca. *Clique. Clique. Clique.*

— Mas você matou meu Clínico — disse o rei, a voz cheia de veneno. — E meu filho, se sobreviver, nunca mais será o mesmo. Você é uma inimiga vil.

Ele se apoiou na grade.

— Não há nada que possa me oferecer que me traria mais satisfação do que vê-la sofrer uma morte lenta e horrenda — concluiu ele.

Elspeth inclinou a cabeça para o lado, estreitando os olhos amarelos.

— Veio até aqui, nas profundezas de seu submundo gélido, apenas para me dizer isso, usurpador?

O rei Rowan bateu na grade com as mãos espalmadas, os anéis de ouro tilintando no ferro.

— Vim dizer que você é uma abominação — declarou ele, seu controle dando lugar a uma ira fervorosa e incontida. — Uma doença. E mandarei estripar como bichos você e todos que já a protegeram.

Ravyn e Elm se entreolharam, desesperados.

Elspeth apenas sorriu.

— Mesmo sem escutar minha oferta?

A fúria do rei embolou sua boca.

— Você não tem nada que eu deseje.

Elspeth se desaninhou do chão da cela. Quando se levantou, foi com a coluna torcida, como se curvada.

— Então me mate — murmurou ela. — Não faz diferença. Mesmo na morte, não morrerei. Sou o pastor da sombra. O demônio da ilusão. O fantasma do pavor — disse ela, voltando para Ravyn seus olhos amarelos. — O pesadelo da escuridão.

O rei Rowan fez sinal de que falaria — de que esmurraria a grade outra vez. Porém, algo no olhar de Elspeth o paralisou, a raiva presa na garganta.

Ela atravessou a cela em movimentos tão ágeis que alguns dos Corcéis recuaram.

Um sorriso grande e perturbador estampou seus lábios.

— Mas, se me matar, usurpador, nunca reunirá o Baralho, nem curará a infecção. A bruma continuará a se espalhar. A Alma do Bosque consumirá Blunder, e todos que aqui vivem.

Posso partir, meu corpo mortificado pela violência e pelo tempo, mas, em cem anos, será você, Rowan, a ser esquecido. Seu castelo, reduzido ao pó. Ossos de Corcel estalarão ao vento, espalhados entre janelas por crianças para afugentar os corvos. Seu nome apodrecerá, suas Cartas da Providência, perdidas. Já vi tudo isso acontecer, Rowan. E é o que farejo em nós agora. O sal da magia no ar... e a virada da maré.

O silêncio recaiu sobre as masmorras. O rei Rowan encarou a criatura escondida sob a pele de Elspeth, e a criatura o encarou de volta com olhos amarelos e astutos.

— O que você quer? — sussurrou o rei.

Elspeth passou os dedos pela grade, com sangue seco acumulado sob as unhas.

— O mesmo que você — respondeu ela, perambulando pela cela. — Quero reunir o Baralho. Mas, primeiro, você precisa liberar Emory Yew para ficar aos cuidados dos pais.

Ravyn perdeu o fôlego. Ao seu lado, Elm e Jespyr estavam paralisados, com a expressão entre o medo e a admiração.

— Por que eu faria isso? — questionou o rei, recuando um passo. — Você deve saber que preciso do sangue dele.

— Notará que não precisa — disse Elspeth. — Visto que tem o meu.

— Você trocaria sua vida pela daquele menino?

— É a minha oferta.

Ravyn bateu na Carta do Pesadelo por baixo da capa, buscando na escuridão por qualquer sinal de Elspeth. Ele precisava ouvir a voz dela, saber que ela ainda estava lá...

Mas não encontrou nada. O Rei Pastor o tinha barrado completamente.

— E o que recebo em troca de prolongar sua vida miserável até o Solstício? — perguntou o rei, a incerteza formando sombras nos recantos da voz.

Elspeth continuou a perambular pela cela, parando apenas ao chegar bem diante do rei.

— Recebe os Amieiros Gêmeos — respondeu ela, lançando as palavras como fios de teia de aranha. — A Carta que busca sem encontrar. A última Carta.

O rei Rowan quase engasgou com as palavras.

— A Carta dos Amieiros Gêmeos está perdida há séculos — retrucou ele. — Por que acha que consegue encontrá-la?

Elspeth abaixou a voz em um sussurro, contorcendo a coluna e estreitando os olhos amarelos, cruéis e infinitos.

— Os Amieiros Gêmeos se escondem além do tempo. Em um lugar de tristeza, sangue e muito tormento. Entre árvores antigas, onde a bruma atravessa o osso, se encontra a última Carta, à espera e em repouso. Não há estrada no bosque, e a saída nunca lhe ocorreu. Sei encontrar esta Carta...

"Pois quem a pôs lá fui eu."

AGRADECIMENTOS

Entrei de fininho no mundo dos livros. E apesar de meus passos estarem mais firmes, minhas pegadas ainda são suaves, pois há pessoas que me acompanham e me dão suporte.

Para John, meu marido, que se gaba de mim, me abraça e me alimenta, que sempre tem a resposta correta de "Parece assustador!" quando duvido de mim — obrigada. Eu te amo. Este livro foi possível devido ao seu incentivo e seu trabalho incansável como parceiro e pai.

Para Whitney Ross, minha agente, que nunca deixarei de elogiar profusamente — você é meu sonho. Obrigada por ver o coração de *Uma janela sombria* escondido pelos espinhos e por trabalhar comigo para esculpir a história de hoje. Nada disso seria possível sem você!

Para minha família, grande e pequena. Para minha mãe, meu pai e Ben. Minha imaginação e meu amor por histórias começaram com vocês. Obrigada por me amarem e sempre comprarem livros para mim. Para Molly, cuja ajuda com Owen tornou possíveis minhas revisões e inúmeras outras tarefas literárias — sinto apenas gratidão e amor.

Para minhas amigas. Aquelas que sempre perguntam da minha escrita com pura alegria, e insistem em perguntar, mesmo quando estou tímida demais para responder. Leah, Grace, Shannon, Lena, Laura e Katy — vocês são meus sóis reluzentes. Obrigada por sempre perguntarem.

Para minha editora, Angeline Rodriguez — obrigada por me ajudar a dar a estes personagens o drama que eles merecem. E para a equipe da Orbit, uma montanha de gratidão. Foi um prazer trabalhar com vocês, e uma honra ver minha história se transformar em livro.

Para todos os leitores e autores que celebram *Uma janela sombria* com animação feroz — obrigada! Minhas histórias sempre foram para mim mesma, até eu entrar na comunidade literária. Agora, são para *nós*. Mal posso esperar para compartilhar histórias futuras com vocês; obrigada por me ajudar com meu trabalho dos sonhos.

Para Sarah Garcia — sei que este livro será assustador demais para você, e que você o lerá mesmo assim. Obrigada. Por *tudo*.

Finalmente, porque, mesmo que de fininho, eu ainda sigo em frente, gostaria de agradecer a mim mesma. Ao meu esforço. Ao meu espírito estranho, sensível e criativo. Lá no fundo, um lugar de quietude dentro de mim, eu sabia que chegaria até aqui.

**Confira nossos lançamentos,
dicas de leitura e
novidades nas nossas redes:**

editoraAlt
editoraalt
editoraalt
editoraalt

Este livro, composto na fonte Fairfield,
foi impresso em papel Ivory Slim 65g/m² na Coan.
São Paulo, Brasil, junho de 2025.